NADIFA MOHAMED

Der Garten der verlorenen Seelen

NADIFA MOHAMED

Der Garten der verlorenen Seelen

Roman

Aus dem Englischen von Susann Urban

C.H.BECK

Für Hooyo, Aabbo und Abtiyo Kildi

Titel der englischen Originalausgabe:
«The Orchard of Lost Souls», Simon & Schuster UK, London, 2013

Sonderausgabe 2020

Für die deutsche Ausgabe:

www.chbeck.de
Karte gefertigt von Peter Palm, Berlin
Satz: Fotosatz Amann, Memmingen
Druck und Bindung: Druckerei C.H.Beck, Nördlingen
Umschlaggestaltung: Geviert, Grafik und Typografie, Conny Hepting
Umschlagabbildung: © haya_p/Getty Images
Printed in Germany
ISBN 978 3 406 75984 0

myclimate

klimaneutral produziert
www.chbeck.de/nachhaltig

Wenn die erste Frau, die Gott je schuf,
stark genug war,
ganz allein die Welt auf den Kopf zu stellen,
sollten doch alle Frauen zusammen es fertigbringen,
sie wieder auf die Beine zu stellen.

«Ain't I a Woman?» – Sojourner Truth

Zu dieser Ausgabe

Die eine ist noch ein Kind und verkauft Früchte, die sie stiehlt oder findet, auf dem Markt von Hargeisa. Die andere ist Soldatin und setzt alles daran, in der Armee, der klassischen Männerdomäne, Karriere zu machen. Die dritte schließlich ist eine Greisin, sie wartet auf einen einsamen Tod. Deqo, Filsan und Kawsar, das sind die Protagonistinnen, die uns im «Garten der verlorenen Seelen» begegnen – die einander begegnen auf den verschlungenen Pfaden, die Nadifa Mohamed in einem vom Bürgerkrieg verheerten Land für sie vorzeichnet. Somalia am Ende der 80er Jahre, das ist der Schauplatz dieses Romans. Die Stadt Hargeisa ist ein Ort im Norden dieses Staates, der sich zwischen den Indischen Ozean und den Golf von Aden schiebt. Die Hoffnungen, welche die Unabhängigkeit von der britischen, vor allem aber der italienischen Kolonialmacht mit sich brachte, sind längst dahin. Das Land befindet sich im Bürgerkrieg, oder es ist so gut wie auf dem Weg dorthin, und Nadifa Mohamed zeigt in ihrem Roman auf eindrucksvolle Weise, wie sich die komplizierte und aufgeheizte politische Lage auf drei höchst unterschiedliche, aber miteinander verflochtene Biografien auswirkt.

«Der Garten der verlorenen Seelen» ist das «Buch für die Stadt 2020». Diese Leseaktion, die der «Kölner Stadt-Anzeiger» und das Literaturhaus Köln seit 2003 nunmehr zum 18. Mal veranstalten, ist eine Einladung, sich mit Büchern zu beschäftigen: Bücher, die sich nachdenklich, kritisch und erhellend mit unserer Gegenwart auseinandersetzen oder auch ein Licht auf die Vergangenheit werfen, die bis heute durchscheint, wie es bei «Der Garten der verlorenen Seelen» der 1981 in Somalia geborenen Nadifa Mohamed der Fall ist. Wer eine Ahnung davon bekommen möchte, vor was und wem die Menschen die Flucht ergreifen, die sich über gefährliche Landrouten und das Meer auch in unserem Jahrzehnt nach Europa retten wollen, der sollte diesen Roman lesen. Er spielt gut 30 Jahre vor unserer sogenannten Flüchtlingskrise, während der letzten Zuckungen des Regimes des Siad Barre, das 1991 endgültig gestürzt wurde. Zu dieser Zeit lebte Nadifa Mohamed bereits mit ihrer Familie in London – das Erbe Somalias aber wirkte vor allem in den Geschichten fort, die ihre Mutter Zahra Farah Kahin und ihr Vater Jama Guure Mohamed erzählten. Auf diese Berichte bezieht sie sich in einer Danksagung am Ende ihres Buches ausführlich, wie auf historische und zeitpolitische Schriften wie «Somalia – the Untold Story: War through the eyes of Somali women». Die Tatsache, dass sie als Rohmaterial für ihren Roman Tatsachenberichte und Geschichtsbücher benutzte, wirkt sich auf ihr Schreiben deutlich aus: Es schlägt einen ganz eigenen Ton an, in dem sich die gelegentliche Poesie verletzter Seelen mit dem harten Rhythmus der somalischen Wirklichkeit vermischt – bis hin zu vereinzelten historischen Exkursen etwa zum Ogadenkrieg, den sich Somalia und das benachbarte Äthiopien lieferten.

«Der Garten der verlorenen Seelen» – «Orchard of Lost Souls» im englischen Original und von Susann Urban mit höchstem Einfühlungsvermögen und Sinn für die Zwischentöne übersetzt – ist der zweite Roman Nadifa Mohameds nach dem Debüt «Black Mamba Boy», mit dem sie die Geschichte ihres Vaters erzählte. Diesen stellt sie sich für ihre Geschichte als Junge vor, der endlose Kilometer durch das östliche Afrika zurücklegt, in dem Mussolinis faschistische Truppen alle Traditionen über den Haufen werfen. Nun hat Nadifa Mohamed mit «Der Garten der verlorenen Seelen» auch eine Geschichte der Frauen geschrieben, eine Erzählung von Müttern und Töchtern, von Kawsar, die ihrem toten Kind nachtrauert, und von Deqo und Filsan, die beide auf ihre Weise von den Eltern im Stich gelassen wurden – Deqo, weil die eigene Mutter sie gleich nach der Geburt weggab, und Filsan, die ebenfalls mutterlos aufwuchs und vom Vater mit militärischer Härte erzogen wurde. Allen drei Figuren ist gemeinsam, dass ihnen die Grundlagen von Liebe und Vertrauen entrissen wurden.

Nadifa Mohamed entfaltet die drei Charakterbilder in einer Art Triptychon. Fast wie mit fliegenden Filmschnitten lässt die Autorin zum temporeichen Auftakt ihres Romans die drei weiblichen Hauptfiguren und damit auch drei Generationen aufeinanderprallen. Es ist eine Begegnung wie ein folgenschwerer Unfall, und auch, wenn sich im Mittelteil des Buches ihre Geschichten in ihre jeweils eigene Umlaufbahn begeben und in drei eigenständige Bewusstseinsströme münden, so führt die Autorin sie zum Ende hin wieder zusammen. Jede für sich, auf schicksalhafte Weise miteinander verknüpft, so gestaltet sich dieses zugleich anonyme und intime Netz, dieses beziehungslose Beziehungsgeflecht unterm Terror.

Es ist nicht allein die Begegnung mit einer politisch und historisch bedeutsamen Konstellation, die uns Nadifa Mohamed mit ihrem Roman verschafft. Auch literarisch ist «Der Garten der verlorenen Seelen» ein Buch von mitreißender Originalität; Nadifa Mohamed zwingt die Leser in eine raue, manchmal regelrecht schmerzhafte Erzählung über Zustände hinein, auf die man endlich den Blick lenken sollte. Die Empörung der Autorin über die Situation in ihrer fremden Heimat verleiht diesem «Buch für die Stadt 2020» Kraft und Wahrhaftigkeit.

Frank Olbert, Kölner Stadt-Anzeiger
Bettina Fischer, Literaturhaus Köln

ERSTER TEIL

Fünf Uhr morgens. Zu früh, um etwas zu essen. Kaum Licht, vielleicht gerade genug, um einen weißen von einem schwarzen Faden unterscheiden zu können. Doch im Bad wäscht sich Kawsar am Waschbecken bereits das Gesicht, fährt sich mit einem *caday,* einem Zahnputzhölzchen, über die Zähne und schlüpft in die Tracht, ohne einen Tropfen Petroleum zu verschwenden. Sie tastet sich in den Unterrock und das rote Etuikleid, zwängt dicke Bernsteinreifen über beide Ellbogen und streicht über ihren schlaffen Brüsten eine schwere Silberkette glatt, ordnet auf ihrem schmalen Bett Laken und Decke. Sie trinkt das Glas Wasser aus, das auf dem Nachttisch steht, und schüttelt ihre Ledersandalen aus, für den Fall, dass in der Nacht Spinnen oder Skorpione darin Zuflucht gesucht haben, ehe sie schließlich die Tür zwischen Wohnraum und Küche verschließt. Der Tag wird lang werden, und sie sollte sich zu einem kleinen Frühstück zwingen, aber ihr Magen fühlt sich an wie eine geballte Faust. Mit Sandalen an den Füßen und einem langen Umschlagtuch um die Schultern öffnet Kawsar die Haustür und sieht im Hof die Nachbarinnen versammelt, Maryam English, Fadumo, Zahra und Dahabo.

«Warum hast du so lange gebraucht, *saamaleyl*?» Dahabo schwenkt die Thermoskanne in Richtung Kawsar.

«Ich habe mir die Knie eingeölt», antwortet Kawsar lächelnd und hakt sich bei Dahabo ein, mit der sie seit Kindertagen befreundet ist.

Die Männer und Frauen der Guddi, der Nachbarschaftswache, haben die Nacht über Anweisungen durch Megafone gebrüllt, was man anzuziehen und wo man sich zu versammeln habe. Alle Frauen tragen die gleiche traditionelle Kleidung. Zahra verteilt Zweige, die sie von einem *miri-miri*-Baum gerupft hat; sie haben diese, eine weitere Anweisung aus den Megafonen, im Stadion zu schwenken. Auf der schmalen, sandigen Straße, die vor ihnen liegt, wimmelt es von gleichfalls traditionell gekleideten Frauen, denen weitere träge folgen. Sie gehen an Umar Fareys Achtzehn-Zimmer-Hotel vorbei, die Fenster blind, die Läden geschlossen, als schliefe das Gebäude. Aus Zahras Videohalle dringen weder Hindi-Songs noch Kung-Fu-Geräusche und Raages Eckladen ist nicht mehr Aladins Schatzhöhle, sondern nur noch eine Wellblechhütte.

«Wie früh die uns aus dem Bett reißen! Diese Schweine kennen keine Grenzen.» Maryam English zieht den Gurt fester, mit dem sie sich ihr Baby auf den Rücken geschnallt hat; die beiden älteren Kinder hat sie zu Hause eingeschlossen.

Kawsar massiert dem schlafenden Baby den Rücken und wünscht, es wäre Hodan, ihr Kind, als Säugling zurückgekehrt, mit der Chance auf ein zweites Leben.

«Schaut uns an, wir sehen aus wie dieselbe Frau in verschiedenen Lebensaltern», lacht Fadumo und bahnt sich mit ihrem Stock den Weg.

Es stimmt, sie ähneln einander sehr, außer dass Maryam English Ende zwanzig ist, Zahra Mitte vierzig, Dahabo wie auch Kawsar Ende fünfzig und die arme Fadumo über siebzig. Wie Zeichnungen in einem Schulbuch sehen sie aus, alle im gleichen Gewand, lediglich ein paar Falten im Gesicht oder ein gekrümmter Rücken verraten ihr Alter. So will die Regierung sie offenbar haben – schlichte, lächelnde Karikaturen ohne Ansprüche oder eigene Bedürfnisse. Jetzt sind diese Karikaturen zum Leben erwacht – nicht wie die Figuren auf den Geldscheinen beim Säen, Weben oder in einer Fabrik schuftend, sondern unter Zwang zu einer Feier trottend.

Sie gehen durch Seitenstraßen, der Himmel über ihnen wird immer blasser, bis sie das Stadion erreichen. Die Guddi-Aktivisten mit ihren Armbinden wollen wissen, aus welchem Viertel sie kommen, und zählen die Frauen, als sie durchs Tor gehen.

«Da ist Oodweyne und überwacht uns!», schreit Dahabo und zeigt nach oben.

«Pst!», zischt Maryam. «Die hören dich noch.»

Kawsar dreht sich um, um zu prüfen, ob die Guddi tatsächlich etwas mitbekommen haben, aber sie sind mit den Menschenmassen beschäftigt, die durch das Tor drängen. Die Mütter der Revolution sind aus ihren Küchen und von ihren Pflichten weggerufen worden, damit sie den ausländischen Würdenträgern zeigen, wie beliebt das Regime ist, wie dankbar sie alle sind, dass es ihnen Milch und Frieden gebracht hat. Es braucht Frauen, um menschlich zu erscheinen.

Hinter Dahabos erhobenem Finger hängt ein riesiges Bild des Diktators wie eine neue Sonne über dem Stadion, Strahlen umkränzen sein Haupt. Die Maler haben versucht, dieses grausame, griesgrämige Gesicht sanfter erscheinen zu lassen, aber dabei ist Unstimmigkeit herausgekommen – das Kinn ist zu lang, die Nase zu knollig, die Augen sind asymmetrisch. Gut geraten ist einzig der kleine, nach dem Vorbild dieses deutschen Führers getrimmte Schnurrbart.

Hastig hängen Arbeiter weitere, kleinere Bilder seiner Gefolgsleute auf, den austauschbaren Ministern der Verteidigung, der Finanzen und der Inneren Sicherheit, deren Position so unsicher ist, dass vielleicht schon vor dem Ende des Tages neue Bilder in Auftrag gegeben werden. Fadumo geht voraus zur Tribüne, die anderen folgen, wohl wissend, dass es überall ungemütlich sein wird; die nächsten sieben Stunden lang wird es keinen Schatten, keine Ruhepause, kein Essen geben. 1987 ist ein Dürrejahr, und am Morgenhimmel zieht wieder ein erbarmungsloses, wolkenloses Blau auf.

Filsan hat die vergangenen drei Nächte nicht geschlafen. Sie hatte die Verantwortung für drei Guddi-Einheiten, die ihr ständig Probleme bereiteten. Nicht einmal im Albtraum hätte sie sich eine zänkischere, untauglichere, schwatzhaftere Truppe vorstellen können. Schließlich hat sie eine der Einheiten ins Saba'ad-Flüchtlingslager zurückgeschickt, damit sie eine Gruppe von Kindern in traditionellem Tanz unterrichtet, aber wahrscheinlich werden sie nicht einmal das hinbekommen. Mittlerweile hat sich eine Einheit am Nordeingang des Stadions postiert, während die andere Nachzügler aufsammelt und entlang der Paradestrecke Abfall entfernt und die Obdachlosen verjagt. Die VIPs werden zwar erst in einer Stunde erwartet, aber das Stadion sieht immer noch nackt und chaotisch aus; die meisten Teilnehmer kommen erst noch, und nur der Himmel weiß, ob sie bei ihrer Ankunft überhaupt präsentabel aussehen.

Filsan verbringt den 21. Oktober zum ersten Mal in Hargeisa, und im Vergleich zu dem, was sie aus Mogadischu gewöhnt ist, kommt ihr alles chaotisch vor. Genau achtzehn Jahre ist es jetzt her, dass der Präsident durch einen Militärputsch an die Macht kam, und die Feiern in Mogadischu zeigen das System von seiner Schokoladenseite, alle arbeiten zusammen, damit etwas Schönes geschaffen wird. General Haaruun, der Militärbefehlshaber der Nordwestregion, wird den Präsidenten in Hargeisa vertreten und hat die Militärparade geplant, die mit einer Flugschau beginnt und endet. Der zivile Teil der Zeremonie ist von den Guddi zusammengestückelt worden, ein Anlass für sie, dilettantischen Gesang, Tanz und Vortrag darzubieten.

Filsan streicht über die Zinken des Plastikkamms in ihrer Hosentasche und kaut auf der Unterlippe herum; sie betrachtet das leere Podium, auf dem General Haaruun und die Würdenträger Platz nehmen werden, und stellt sich vor, wie sie dort in der Mitte sitzt, nicht als seine Begleiterin, sondern als seine Nachfolgerin, und ihren Untertanen zuwinkt. Ihre Stiefel sind schön poliert, ihre Kakiuniform ist sauber und mit Bügelfalten versehen, das schwarze Barett ist gebürstet und sitzt im perfekten Winkel auf ihrem Kopf. Die Augen hat sie dezent mit Kajal umrandet und mit den Fingern Farbe auf die Lippen gedrückt. Sie sieht immer noch aus wie sie selbst, etwas hübscher, ein wenig weiblicher; bis jetzt hat sie sich diesen Spielchen verweigert, aber wenn die anderen Soldatinnen auf diese Weise Aufmerksamkeit bekommen, warum dann nicht auch sie?

Filsan schiebt den Kamm tiefer in die Hosentasche und zieht den Uniformrock über dem Po glatt. Als sie am Südeingang vorbeieilt, salutieren zwei Polizisten in Zivil, die einander einen lächelnden Blick zuwerfen. Verärgert verzieht Filsan das Gesicht, weiß sie doch, dass sie ihr gleich auf den Hintern starren werden. Vor dem Südeingang bilden die Militärkonvois eine Schlange: Panzer, Jeeps, gepanzerte Fahrzeuge, Lastwagen mit allen erdenklichen Raketen und Geschossen, neben und in den Fahrzeugen warten geduldig grünbehelmte Soldaten. Bei ihrem Anblick empfindet Filsan Stolz. Sie ist Teil der drittgrößten Armee Afrikas, einer Streitmacht, die 1978 ganz Äthiopien und nicht nur den Ogaden eingenommen hätte, wenn die Russen und Kubaner nicht die Seiten gewechselt hätten.

Filsan geht den Konvoi entlang, und anders als die notdürftig ausgebildeten Polizisten starren oder lächeln die Soldaten sie hier nicht an; sie erweisen ihr den Respekt, der einem anderen Soldaten gebührt. Schon immer hat sich ihr Leben um diese Männer gedreht, angefangen bei ihrem Vater bis hin zu ihren Politologie-Dozenten am Halane College; ihr Urteil hat für sie Gewicht, und noch immer fühlt sie sich in ihrer Gegenwart klein. Filsan hat sich freiwillig für den Einsatz im Norden gemeldet, in der Hoffnung, damit beweisen zu können, dass sie, eine Frau, sich der Revolution mehr verschrieben hat als alle ihre männlichen Altersgenossen. Hier kann man an vorderster Front bei der Bekämpfung der Banditen des National Freedom Movement, die die Regierung hartnäckig provozieren, wertvolle Arbeit leisten. Als sie sich umsieht, wird ihr plötzlich klar, dass durchaus Mitglieder der verbotenen Organisation unerkannt zwischen den Müttern in Tracht und den Schulkindern in Uniform durch die Tore schlüpfen könnten. Unmöglich, Feind und Freund auseinanderzuhalten.

Sich auf diese Weise ein Paar neue Schuhe zu verdienen, war mühsam, aber für Deqo hat es sich gelohnt. In einem Monat Tanzunterricht hat sie den *Hilgo*, den *Belwo*, den *Dudi* und den überaus komplizierten *Halawalaq* gelernt. Sie ist keine schlechte Tänzerin, aber sie kann besser improvisieren als die Schrittfolgen einhalten, und selbst jetzt noch dreht sie sich nach links statt nach rechts, macht einen Schritt vorwärts statt rückwärts. Die Schuhe haben sie noch nicht zu Gesicht bekommen, aber während des Unterrichts kann Milgo-Zahnlos von nichts anderem reden. Im Schweiße ihres Angesichts haben sie sich diese Schuhe verdient, und Deqo gedenkt sie zu tragen wie ein Soldat seine Orden.

«Denkt an die Schuhe. Wollt ihr diese Schuhe denn nicht? Wollt ihr ewig barfuß gehen? Dann konzentriert euch!» Ein Akazienzweig peitscht über ihre Füße.

Sie haben gelernt, zum Taktschlag von Milgos schwieliger Handfläche auf dem Boden einer Plastikschüssel zu tanzen, aber bei der Parade werden es richtige Trommeln, Trompeten, Gitarren sein. Vor Tausenden werden sie tanzen, sogar der Gouverneur der Region wird ihnen zusehen, also müssen sie *üben, üben, üben.*

Jetzt ist der Tag der Parade endlich gekommen. Noch vor Morgengrauen wird die Truppe, fünf Mädchen und fünf Jungen, allesamt aus dem Waisenhaus, in den Hof hinter der Klinik des Flüchtlingslagers getrieben und beinahe zu Tode geschrubbt. Die stechend riechende Seife hat Deqos Augen gerötet, und sie reibt sie unausgesetzt, damit das Brennen nachlässt. Neben dem Apothekenzelt wartet ein Lastwagen, sie werden alle in traditionelle *macaweis* und *guntiino* gesteckt und dann hinten eingeladen. Der Lastwagen springt an, eine braune Rauchwolke stiebt aus dem Auspuff und Deqo klammert sich an der Seite fest, als sie schneller werden. Sie sitzt zum ersten Mal in einem Fahrzeug, und der starke Luftzug im Gesicht überrascht sie, ihre Haarspitzen werden herumgepeitscht wie an einem stürmischen Tag. Als der Lastwagen langsamer wird, lässt auch der Luftzug nach, und Deqo blinzelt wegen des aufstiebenden Schotters und presst die Lippen zusammen.

Während die anderen Kinder die Lieder üben, die sie bei der Parade singen werden, wird Deqos Aufmerksamkeit vom Flüchtlingslager gefesselt, auf einmal sind die halbrunden hölzernen *aqals* nur noch Tupfen in der Landschaft. Von hier aus sind der Getreidespeicher und die verschiedenen Kliniken, die ständig von Flüchtlingen umlagert werden, nicht zu sehen, Streit, Groll und Traurigkeit weit weg. Die Straße schlängelt sich nach Hargeisa hinunter, die Landschaft ist bis auf den einen oder anderen Aloebusch, vereinzelte Tierknochen und Plastikschuhe kahl, der einzige Unterschied zum Lager ist die frische Luft. Der Horizont ist ganz blauer Himmel, lediglich ein Streifen Gelb weist ihnen den Weg, und es fällt schwer, sich vorzustellen, dass etwas Greifbares vor ihnen liegt. Beinahe erwartet Deqo, dass der Lastwagen über den Rand der Erde fällt, wenn er den gelben Streifen erreicht, aber stattdessen fährt er die schlecht geteerte Straße entlang, bis er den ersten Militärcheckpoint vor der Stadt erreicht.

Kawsar und ihre Nachbarinnen quetschen sich auf die zweite Tribüne; das Stadion ist für dreitausend Zuschauer gedacht, aber heute drängen sich mehr als zehntausend darin. In ihre Gespräche vertieft, zwängen sich korpulente Frauen durch die schmalen Gänge, treten Kawsar auf die Zehen und halten sich an ihrem Arm fest, ohne sie auch nur eines Blickes zu würdigen. Noch ist es kühl, aber es wird so heiß werden, dass sie sich vorkommen wie Leder, das in der Sonne trocknet. Kawsars Knie sind geschwollen, und bereits jetzt verlagert sie alle paar Minuten ihr Gewicht von einem Bein auf das andere.

Das Fest des 21. Oktober ist eine armselige Nachahmung der Feierlichkeiten zum Unabhängigkeitstag, denkt sie – wie ein schlechter Ehemann, der seine unglückliche Frau an die guten alten Zeiten erinnert, wohl wissend, dass sie endgültig vergangen sind. Als die Briten am 26. Juni 1960 abgezogen waren, waren alle in ihren *Eid*-Kleidern aus den Häusern geströmt und hatten sich beim städtischen *khayriyo* zwischen Nationalbank und Gefängnis versammelt. Es war, als wären sie betrunken oder verrückt; Mädchen wurden in dieser Nacht schwanger, und auf die Frage, wer der Vater des Kindes sei, antworteten sie dann: «Fragt die Flagge.» In dieser Nacht, eingequetscht in eine bunte Menschenmenge, hatte Kawsar einen langen Goldohrring verloren, der Teil ihrer Aussteuer gewesen war, aber Farah, ihrem Mann, war es egal gewesen – es sei ein Geschenk an das neue Land, meinte er. Die Party war zum Freedom Park weitergezogen und hatte bis zum nächsten Morgen gedauert, die verschlafene Stadt hatte sich in einen Spielplatz verwandelt, die Jugend des Landes trunken im Glauben, etwas erreicht zu haben, was ihren Altvorderen nicht gelungen war. Später meinten die Menschen halb im Scherz, dieser Tag habe die Frauen von Hargeisa verändert, nach diesem Bacchanal seien sie nie wieder zu ihrem bescheidenen, ruhigen Leben zurückgekehrt, habe man erst einmal einen Zipfel der Freiheit zu fassen bekommen, wolle man das ganze Tuch.

Ein Flattern in der Gebärmutter lenkt Kawsar von der Marschkapelle ab, die neben ihr die Instrumente stimmt. Ein Gefühl, das mittlerweile regelmäßig wiederkehrt, als streiften Fingernägel über ihr Innerstes, als pulsierte tief in ihr ein Herzschlag. Schon jetzt zappelt Maryams Tochter herum, zieht beim Versuch, sich aus dem Tragetuch zu winden, ihre Mutter mit den molligen Händchen an den Haaren. Maryam klapst dem Kind auf den Schenkel, damit es sich beruhigt, bringt es damit aber nur noch mehr in Harnisch. Was war das doch für eine unkomplizierte Phase, wenn einem Kind der Sinn lediglich nach ein bisschen Herumlaufen stand, ehe es einem müde wieder in die Arme sank. Hodan hatte sich an solchen Tagen an Kawsars Schulter geschmiegt und geschlafen, damals, als die Menschen noch leichtgläubig waren und mit echten Gefühlen das Regime feierten, als der Glanz der Unabhängigkeit allem noch einen Zauber verlieh – unsere ersten Schulbücher auf Somalisch, unsere erste Fluggesellschaft, alles ein Wunder. Es war der Stern, der den ganzen Kummer verursacht hatte: Jener fünfzackige Stern auf der Flagge – jede Spitze stand für einen Teil des somalischen Vaterlandes – hatte zum Krieg mit Kenia und später mit Äthiopien geführt, hatte das zerstörerische Verlangen befeuert, Landstriche zurückzuerobern, die seit Langem verloren waren. Die letzte Niederlage veränderte alles. Nach 1979 richteten sich die Waffen von außen nach innen, auf die Somalier; die Wut gedemütigter Menschen feuerte über die Haud-Wüste hinweg zurück.

Filsan verabscheut, wie flach Hargeisa ist. In Mogadischu ragen die Gebäude hoch auf und blenden das Auge mit ihrem Weiß; hier klebt alles am Boden, kauernd und unterwürfig, oft sind die billigen Lehmziegelbungalows nicht gestrichen, als wäre die Stadt von Riesentermiten bewohnt, die ihre Behausungen aus Dreck und Spucke zusammenschustern. In Mogadischu sind die ältesten Wohnhäuser aus Korallengestein, sie besitzen feines Gitterwerk aus Holz und Gewölbedecken, die einen mit Staunen erfüllen. Wenn man im Stadtzentrum herumspaziert, wo sich die Gässchen bisweilen bis auf Schulterbreite verengen, ist es manchmal, als ginge man durch einen Traum, weiß man doch nie, was hinter der nächsten Ecke auftaucht: ein Mann mit bloßem Oberkörper, der auf seinem schmalen schwarzen Rücken einen silbernen Schwertfisch trägt, eine Schar Kinder, die von ihren Holztafeln Koransuren ablesen, oder ein Mädchen, das eine weiße Kuh melkt, deren Hörner einer Leier gleichen. Dieser Ort ist voller Zauber und Geheimnis, mit jedem Schritt bewegt man sich durch die Zeiten; wie passend, dass die Stadt am Meer liegt, wo ihre Seele atmen kann, statt von Bergen umschlossen zu sein wie ein Dschinn von der Flasche.

Neben ihr steht die Guddi-Marschkapelle mit indigoblauen Uniformröcken und weißen Käppis, alte Männer, die ihre alten Instrumente stimmen. Was ihnen an Talent fehlt, machen sie mit Gefallsucht wett; quäkend werden sie herumstapfen, bis man sie zum Aufhören auffordert. Die Musiker in Hargeisa sind Dilettanten; jene, die es in Mogadischu nicht geschafft haben, betreiben ihr Gewerbe nun hier in abgelegenen Theatern oder auf Hochzeiten, die tagsüber in Bungalows gefeiert werden. Es braucht eine echte Stadt, um das Leben in einen neuen Rhythmus zu versetzen – das Ticken der Rathausuhr, das Kratzen einer Baggerschaufel, das Trillern eines Verkehrspolizisten –, all das braucht es, damit der Puls schneller schlägt.

Pünktlich entsteigen die ausländischen Würdenträger dem Konvoi, und Filsan erkennt einige von ihnen anhand der Fotos, die im überregionalen *October Star* abgedruckt waren. Der US-amerikanische Wirtschaftsattaché ist der erste, gefolgt vom ägyptischen Botschafter und einem Mann im wallenden weißen Gewand und *Kufiya*. Ungefähr ein Dutzend weiterer Funktionsträger stellt sich entlang des blau-weißen Podiums auf und wartet auf den General.

Hupen verkündet seine Ankunft. Unbeholfen rollt ein Soldat einen abgelaufenen roten Teppich vom Eingang bis zum Podium aus, und General Haaruun steigt aus einem schwarzen Mercedes. Durch die Tribünen scheint ein Stromschlag zu zucken, als er von Bodyguards umringt zu seinem Platz geht, die Atmosphäre ist angespannt, in der plötzlichen zittrigen Stille wirkt jedes Geräusch doppelt so laut. Schnell dreht Filsan sich um und überprüft die Lage hinter ihrem Rücken: Das Publikum brüllt nicht und wirft auch keine Geschosse, sondern hat den Blick starr auf den großen, hageren Mann in Militärkleidung gerichtet. Einer Körperlawine gleich, die jederzeit auf Filsan stürzen und das

Stadion unter sich begraben könnte, beugen sich die Menschen auf ihren Sitzen vor.

Beim Anblick von General Haaruun hämmert Kawsar das Herz in der Brust. Er ist wie eine Hyäne – dünn, bedrohlich, seine bloße Anwesenheit scheint den Tod zu verkünden. Sie macht ihn nicht nur für Hodans Ableben verantwortlich, sondern auch für ihre Verhaftung, ihr Verschwinden und ihre Verwandlung in ein zusammengekauertes, zusammengefallenes Wesen. Trotz der Menge um sie herum spürt Kawsar, wie sich eine schwarze Decke der Trauer über sie legt, sie blind und taub und stumm macht, als befände sie sich auf dem Grund eines Brunnens und schaffte es immer nur, bis zur Hälfte hochzuklettern, ehe sie wieder den Halt verliert.

«Bleib bei uns.» Dahabo tätschelt Kawsars Hand, und sie spürt durch ihre taube Haut die Wärme der anderen.

«Wann geht es denn verflucht noch mal los?» Sie tut, als würde sie sich wieder ihrer Umgebung zuwenden, aber in Gedanken steckt Kawsar immer noch in diesem Brunnen.

«Da! Sieh mal!»

Drei MiGs dröhnen in Pfeilformation über sie hinweg, grau und langhalsig wie Geier, stoßen herab, als gierten sie nach einem Aas, und hinter ihnen werden die sechs Kondensstreifen breiter und vereinigen sich, bevor sie erneut auseinanderfallen. Die Würdenträger stehen stramm, Geier einer anderen Art; in ihrem Putz gleichen sie eher Marabus, die mit vollem Magen rasten, die Augen hinter den dunklen Brillengläsern wachsam.

Mittlerweile ist Dahabo der einzige Mensch, dessen Berührung Kawsar noch kennt. Ungefähr jeden Monat treffen sie sich bei Kawsar zu Tee und Wehklage, und Dahabo legt Wert darauf, ihr beim Sprechen eine Hand auf den Oberschenkel zu legen, als wüsste sie, wie schrecklich das Alleinleben ohne menschliche Berührung, ohne menschliche Geräusche ist. Je nach Gesprächsthema drückt, knetet oder tätschelt Dahabo, nie ist ihre Hand weit weg, eine harte, schwielige Hand, die Nägel sind tief heruntergebissen, aber sie vermittelt nicht nur Wärme, sie schenkt auch Trost. Noch so eine Sache, die das Älterwerden mit sich bringt, das ständige Bedürfnis nach Wärme. Kawsars Knochen sehnen sich nach Sonnenlicht, und sie hat sich angewöhnt, sich an den meisten Tagen in der schlimmsten Mittagshitze in ihrem Garten wie eine Eidechse zu aalen. Aber heute verlässt sie das Gefühl der Isolation und Einsamkeit nicht, trotz der Wärme der Sonne, die den Himmel hinaufwandert, und der Nähe so vieler Menschenleiber.

Aus den großen Lautsprechern dringen die Durchsagen nur verzerrt, aber das spielt keine Rolle, denn der Ablauf der Parade ist ohnehin wohlbekannt. Zuerst die Soldaten mit scherengleich auf- und zuschnappenden Beinen, dann die schwerfälligen älteren Polizisten und Polizistinnen in blauer Uniform, dann die Zivilisten in Arbeitskleidung – Lehrer, Beamte, Studenten. Einzig ihre Nachbarn und deren Kinder unter den Marschierenden zu entdecken, macht ihr Freude, wie sie mit blinden Augen und irrem Grinsen inmitten der vielen gleich aussehenden Gestalten auf den Tribünen nach ihren Familienmitgliedern suchen. Die Guddi kommen als Letzte, schwenken Zweige und tragen Bilder von Lenin, Kim Il Sung und Mao, den Kommunisten, die der Diktatur früher einmal als Inspiration dienten, jetzt sind die Fotos verblasst und werden nur einmal im Jahr wie Reliquien hervorgekramt. Mittlerweile sucht das Regime überall nach Freunden, egal ob Araber, Amerikaner oder Albaner.

Auf dem Weg ins Stadion hat Deqo einige schmuddelige Mädchen in ihrem Alter gesehen, die den Markt mit kurzen, aus getrockneten Gräsern gebundenen Besen fegten. So arm sie auch sind, hat doch jede ein Paar durchsichtige Plastiksandalen an den Füßen.

Nun lugt sie hinter Milgos Beinen hervor auf die Soldaten, die die Parade eröffnen. Sie bewegen sich wie ein einziges Wesen, ein Insektenschwarm mit grünen Panzerschalen auf den Köpfen, tausend Füße trappeln über den Boden, tausend Augen blicken in dieselbe Richtung. Noch nie hat sie so viele Männer auf einmal gesehen; das Lager besteht hauptsächlich aus Frauen und Kindern, die miteinander zanken und streiten. Die Soldaten sind jung, stark und einig. Sie scheinen zusammenzugehören, während sie dagegen zu niemandem gehört. Als die Männer an ihnen vorbeigehen, heult Milgo jubilierend auf, und Deqo versucht, sie nachzuahmen, lässt die Zunge im Mund hin- und herflitzen und jodelt. Während sie die Soldaten betrachtet, die Menschenmenge, die Flugzeuge am Himmel, gelangt sie zu der Überzeugung, dass dies der schönste Tag ihres Lebens ist, der Tag, an dem die ganze Welt vor ihr ausgebreitet liegt, damit sie sich daran erfreuen kann. Das Lager und sein Staub und seine Fliegen sind jetzt weit weg. Aufregung rumort in ihrem Magen; bald wird sie dort draußen im Mittelpunkt der Erde ihren Platz einnehmen.

Auf der Tribüne Kawsar gegenüber kommt jetzt Bewegung auf, Tausende von Lungen atmen aus, als sich die Zuschauer bücken und mit Plakaten in den Händen wieder aufrichten. Auf die Anweisung von Guddi-Aktivisten in traditionellen Gewändern hin werden die Plakate umgedreht und hochgehalten. Binnen weniger Sekunden ist die Tribüne verschwunden, und ein flirrendes Porträt von Oodweyne blickt zu Kawsar herüber. Ein paar Rebellen weigern sich, ihr Plakat hochzuhalten, verursachen winzige Löcher in seinem Gesicht, aber die Botschaft ist klar: Der Präsident ist ein Gigant, ein Gott, der über sie wacht, der sich zerteilen und alles, was sie tun, hören und sehen kann. Der kleine Nomadenjunge, der wusste, wie man einem Kamel die Vorderbeine fesselt und einem Schaf eine Zecke entfernt, ist zur Gottheit geworden. Ein Frevler, denkt Kawsar, als sein Gesicht vor ihr schwebt, sowohl er als auch sein Diener Haaruun. Ehe sie wieder weiß, wo sie sich eigentlich befindet, hat sie bei diesem Anblick auch schon heftig ausgespuckt und um sie herum ziehen die Zuschauer hörbar die Luft ein.

«Was machst du denn!», ruft Dahabo aus und packt Kawsars Oberarm.

Aber Kawsar hat keine Ahnung, sie ist nicht wirklich da, sie hat einfach ein Gesicht gesehen, das sie abstieß, und entsprechend reagiert. Auf den Gesichtern in der Reihe unter ihr zeigen sich Schock und die Angst, dass sie die Aufmerksamkeit auf sie gezogen haben könnte, aber Kawsar kann diese Angst nicht mehr fühlen, im Vergleich zu dem, was sie durchlebt hat, erscheint sie ihr belanglos und unsinnig. Welches Opfer können sie denn noch von ihr fordern, nachdem sie ihr das einzige Kind genommen haben? Angst lässt Soldaten tapfer sein, spornt Polizisten zur Plünderung an, flößt dem alten Mann in Mogadischu Leben ein. Ihr Leben oder ihr Besitz sind ihr nicht wichtig genug, um sich weiterhin selbst zu erniedrigen.

«Auf geht's! Los jetzt, los!», brüllt Milgo.

Die Kinder strömen auf das Areal, Deqo als Dritte. Aus allen Richtungen explodieren Geräusche: Trommeln, Schreie, Gebrüll. Deqo kann beim Singen ihre eigene Stimme nicht hören. Schon jetzt hat sie die Schrittfolgen vergessen, sie ahmt Safiyas Bewegungen nach, aber ihre Glieder sind schwer, ihre Gedanken verwirrt. Sie konnte diese Tänze auswendig, war besser als Safiya, aber jetzt ist sie völlig verunsichert. Der Anspruch, ja keinen Fehler zu machen, ist erdrückend, sie sehnt sich danach, so unsichtbar zu sein wie im Lager, kann aber den Blicken nicht entkommen, die sie beobachten und beurteilen. Der von den Schild-und-Speertänzern aufgewirbelte Staub, der immer noch in der Luft hängt, lässt sie beinahe ersticken, und die schrägen Töne der Kapelle bringen sie noch mehr durcheinander. Das hatte sie sich anders vorgestellt.

Milgo kommt auf sie zu gerannt, die Hand zum Schlag erhoben.

Deqo tanzt weiter, den Blick auf Milgos wütendes Gesicht geheftet. Hinter ihr kommen noch mehr ebenso aufgebrachte Frauen angelaufen. Ein dünnes, dunkles Urinrinnsal tröpfelt auf ihre Füße.

Milgo packt sie am Arm, zieht sie so schnell fort, dass sie sich schon in dem dunklen Gang zwischen zwei Tribünen befindet, als sie die Augen öffnet.

Sobald sie außer Sichtweite der Menge sind, prasseln die Schläge von allen Seiten auf sie ein, Worte dringen ihr schmerzhaft ins Ohr. Brüllend beschimpft Milgo sie ohne Unterlass, unerbittlich plärrt hinter ihnen die Musik.

Im Zentrum der wirbelnden Tänzermassen bemerkt Kawsar einen Ruhepunkt, eine Leere, die ihre Gefühle widerzuspiegeln scheint. In diesem Kreis steht verloren ein rotgekleidetes Mädchen, das auf seine Füße starrt und offenbar nicht weiß, wo es sich befindet. Der Anblick rührt Kawsar, ein Augenblick der Wahrheit inmitten dieser Unwirklichkeit. Dieser friedliche Moment hält nur eine Sekunde an, dann stürzen sich die Guddi auf die Kleine, und Kawsar sieht, wie sie am Arm fortgezerrt wird, vier, fünf Frauen umringen sie. Sie liest ihnen vom Gesicht ab, was sie vorhaben, und steht auf, ehe sie das Mädchen fortbringen können. Kawsar spürt, wie sich in ihr etwas Bahn bricht – Liebe, Zorn, Gerechtigkeitssinn gar, sie weiß nicht genau, was es ist, aber es bringt ihr Blut in Wallung.

«Wo gehst du hin?», will Dahabo wissen.

«Ich komme wieder, bleib hier.»

«Kawsar, warte!»

Aber sie ist schon weg, drängt sich an den Frauen in ihrer Reihe vorbei, tritt ihnen auf die Füße oder steigt über sie hinweg, wenn sie nicht schnell genug aus dem Weg gehen. Noch ein paar Stufen, und sie ist dem Gedränge entkommen.

«Schlampe!» – «Idiotin!» – «Miststück!», brüllen die Guddi neben der Tribüne, und da ist die Kleine – ein schmerzerfülltes, um Gnade bittendes Gesichtchen.

«Gebt sie mir», sagt Kawsar und hört sich gelassener an, als sie sich fühlt.

«Kümmere dich um deine eigenen Angelegenheiten», entgegnet eine junge Frau herablassend.

«Das *ist* meine Angelegenheit. Ich sagte, gebt sie mir.» Kawsar stürmt vorwärts und greift nach dem Mädchen.

Die junge Frau hält Kawsar fest. «Du verrückte Alte, willst du, dass wir die Wachen rufen? Willst du denn ins Gefängnis?», brüllt sie.

«Machen Sie, was Sie wollen, mir können Sie sowieso nicht mehr wehtun. Ich stamme aus dieser Stadt, bin hier geboren worden, und Sie sagen mir nicht, was ich zu tun habe.» Ihre Stimme ist schrill, und sie versucht wieder, das Mädchen zu fassen zu kriegen.

Die Guddi stellen sich ihr in den Weg und bilden einen Halbkreis um das Kind. «Milgo, hol die Wachen, diese Verrückte ist auf Ärger aus», sagt die junge Frau, und eine hagere ältere Frau rennt zum Eingang zurück.

Die Kleine reißt sich von ihren Verfolgerinnen los und rennt blitzschnell davon.

«*Naayaa*, he, du! Keine Sorge, ich krieg sie.» Das jüngste Mädchen der Gruppe setzt ihr nach.

Die Aufmerksamkeit richtet sich wieder auf Kawsar. «Willst du eine Nacht im Gefängnis verbringen, damit du kapierst, wie der Hase läuft? Alte Frauen haben harte Schädel und sind manchmal schwer von Begriff.» Vehement presst die Anführerin der Gruppe einen Finger auf Kawsars Stirn, um ihren Worten Nachdruck zu verleihen.

Kawsar schiebt die Hand weg. Sie stehen nur wenige Zentimeter voneinander entfernt, als wollten sie sich duellieren.

Eine zierliche Soldatin mit Barett nähert sich, zwei Soldaten dicht hinter ihr. Sie scheint von der gesamten Situation angewidert und bedeutet Kawsar ungeduldig, ihr zu folgen. Die Guddi machen Platz, und Kawsar geht mit hocherhobenem Kopf davon.

«Kawsar! Wohin bringen sie dich?», fragt Dahabo und lehnt sich über den Tribünenrand, Maryam steht neben ihr.

«Ins Gefängnis», erwidert die Soldatin, «und dich nehmen wir auch gleich mit, wenn du nicht auf deinen Platz zurückgehst.»

«Setzt euch wieder, wir sehen uns nachher.» Kawsar verspürt ein eigenartiges Triumphgefühl, jetzt ist sie diejenige, die das Geschehen bestimmt.

Blindlings rennt Deqo in die fremde Stadt hinein. Sie blickt sich um und sieht, wie ihre Verfolgerin ihr immer noch schwerfällig nachrennt. Sie läuft schneller, macht große, elegante Schritte. In Saba'ad hat sie nie ungehindert zwischen den überfüllten *buuls* umherrennen können, in den engen Durchgängen zwischen den Hütten saßen Frauen mit ausgestreckten Beinen; es war eine Umgebung, in der Langsamkeit, Vorsicht anstelle von kindlicher Ausgelassenheit regierten. Jetzt bildet

Deqo sich ein, dass dort Hände nach ihrem Rock gegriffen und an ihr gezerrt haben, in die Erde hinein, die täglich Menschen verschluckt. Hier gibt es Platz, endlos viel Platz, breite Straßen und Gebäude ohne Ende.

Mit pfeifenden Lungen und hämmerndem Herzen, rudernden Armen und stampfenden Beinen rennt sie dahin, treibt ihren Körper an den Rand seiner Leistungsfähigkeit. Sie kommt sich schneller vor als die Autos auf der Straße, die Krähen am Himmel, die Kugeln in den Gewehren der Soldaten. Sie läuft gegen sich selbst, bis das Stadion weit hinter ihr liegt; ihre Füße stampfen im Einklang mit ihrem Herzschlag über den staubigen Boden. Sie ist eine gut geölte Maschine, die völlige Kontrolle über sich hat. Deqo kommt zu einer Brücke und überquert den vibrierenden Beton. Vorbei am zweistöckigen Oriental Hotel, vor dessen Eingang zwei Landrover parken, vorbei an der Apotheke mit den großen Fenstern, der Autowerkstätte mit Stapeln schwarzer Reifen davor, der Wellblechhütte des Schrotthändlers. Die Straßen sind menschenleer, alle paar Meter an den Ecken ein Häufchen aus Dreck, Staub und Blättern, als wären gerade Straßenfeger durchgezogen; ein Bus fährt an ihr vorbei, als sie Richtung Markt flitzt.

Die alte Frau hinten im Lastwagen schweigt, die Nase hoch erhoben, als befände sie sich in einem Taxi. Einzig hinter ihrem Hochmut kann sie sich noch verstecken, der wird ihr aber auch nichts nützen. Wie all die anderen Missetäter wird sie eine Nacht auf nacktem Boden verbringen und für ihre Notdurft einen Eimer benutzen müssen, bis man ihr sagt, dass sie gehen kann. Sie ist nicht die älteste Unruhestifterin, mit der es Filsan je zu tun gehabt hat – die Marktfrau, die General Haaruuns Konvoi bewarf, muss über achtzig gewesen sein –, aber die hier sieht wohlhabender aus, gebildeter.

Sie halten vor dem Polizeihauptrevier. Filsan hat sich nicht die Mühe gemacht, ihr Handschellen anzulegen, wozu auch? Sie wird ihnen wohl kaum davonlaufen. Die alte Frau legt sich das Kopftuch um die Wangen, Filsan reißt ihr das Tuch weg, damit sie ihr Gesicht sieht. Erst jetzt blicken sie einander in die Augen, die der alten Frau sind voller Vorwurf und Verachtung. Filsan packt sie am Arm und bringt sie ins Gebäude; sie wird über ihr Betragen im Stadion Bericht erstatten und sie den Polizeibeamten überlassen.

«Die Zellen sind voll», fährt die Polizistin am Empfang sie an und schaut nicht einmal von dem Papier hoch, das sie in der Hand hält.

«Sie hat während der Feier öffentliches Ärgernis erregt.»

Die Polizistin hebt den Kopf und betrachtet die Verdächtige. «Was hat sie getan?»

«Frauen der Guddi belästigt und bedroht.»

Die Polizistin lacht und lehnt sich zu dem winzigen öffentlichen Ärgernis vor. «Bist du nicht zu alt für so was? Schämst du dich nicht?» Sie ist ungefähr zwanzig, unter ihrem Käppi lugen blondierte Strähnchen hervor. «Wo wohnst du?»

«Guryo Samo.»

«Name?»

«Kawsar Ilmi Bootaan.»

Sie kritzelt die Angaben in ein Formular und steckt sich dann den Stift hinters Ohr. «Allzu viel Platz wird sie wohl nicht brauchen.» Die Polizistin seufzt. «Dalassen, ich übernehme sie.»

Filsan sieht zu, wie Kawsar in eine Gemeinschaftszelle geführt wird. Ihr Schritt ist langsam, sie zeigt keine Gefühlsregung, bewegt sich wie ein Touristin auf Besichtigungstour, blickt nach links und rechts, als wollte sie sagen: «Ja, genau, alles, wie es sein soll.» Mit einem Klacken schließen sich die Gittertüren hinter ihr, und weg ist sie, verschwunden im Bauch des Polizeireviers, wo sie verdaut und an einem der nächsten Tage ausgeschieden werden wird.

Saylada dadka, denkt Kawsar. Hier endet also ihre Reise, im «Menschenmarkt». Die Glücklichen werden freigekauft, andere wiederum landen in der Leichenhalle des Krankenhauses oder verschwinden in irgendeinem Gefängnis des Landes. Dieser Ort hat ihr Kind vernichtet. Sie blickt sich um, versucht, sich vorzustellen, wo Hodan in dieser ersten Nacht saß, nachdem sie mit ihren Klassenkameraden verhaftet worden war. Die Zelle ist groß, die Wände waren früher einmal weiß, sind jetzt aber schwarzbrandig mit Schimmel überzogen, kaum mehr als ein Verlies. Ungefähr vierzig Frauen und Mädchen lagern auf dem Betonboden.

«Nimm Platz, *eddo*, Tante», ruft eine Insassin aus, die ihrem Kind die Brust gibt.

Kawsar zögert. Der zynische Blick und das knallbunte Kleid verraten, dass die Frau eine Prostituierte ist; die Frau rutscht auf ihrer Matte ein Stück zur Seite und klopft neben sich auf den Boden.

«Was macht eine Dame wie du an einem Ort wie diesem?»

«Mir ist klar geworden, dass ich mir von denen nichts mehr gefallen lassen will.» Langsam lässt sich Kawsar auf die Strohmatte nieder.

«Was hast du gemacht?», will die Frau wissen und schiebt dem Baby ihre Brustwarze wieder in den Mund.

Kawsar zuckt die Schultern. «Was kann ich schon groß tun? Ich habe den Guddi gesagt, sie sollen damit aufhören, ein Kind zu verprügeln.»

«Diese Schweine. Da hast du aber Glück, dass sie dich nicht zusammengeschlagen haben.»

«Schau mal», sie zeigt auf die Schläfe des Kindes, «siehst du diese Delle? Da hat ihn während einer Razzia ein Polizist mit dem Schlagstock erwischt. Keine Entschuldigung, nichts.»

Kawsar streichelt dem Jungen über die zarte, glatte Stirn. Noch bevor er sein erstes Lebensjahr vollendet hat, ist er schon von der brutalen Welt gezeichnet, in der er lebt; vielleicht wird er nicht sehen oder hören oder laufen können, aber bis auf diese schlampige, betrunkene Mutter, die ihn mit ihrem Gift säugt, kümmert das niemanden.

«Er ist wunderschön», sagt Kawsar.

«Das hat er von seinem Vater, der sah sehr gut aus, ein richtiger Ilmi Boodari.»

Kawsar lächelt. «Du siehst viel zu jung aus, um auch nur von Ilmi Boodari gehört zu haben.»

«Er starb in dem Jahr, in dem ich geboren bin.»

«Aus Liebe.»

«Natürlich ist er aus Liebe gestorben! Er war der romantischste Somalier, der je geliebt oder Gedichte geschrieben hat, und keiner kennt seine Lieder besser ich. Ich hab sie alle auf Kassette.»

Eine Liebes- und Trunksüchtige, denkt Kawsar, das passt, von einem Rausch in den anderen.

«Wie heißt du?»

«Die Leute nennen mich China.»

Kawsar entschlüpft ein Lachen. «Warum das denn? Bist du ein Kuli? Bist du in deiner Freizeit etwa beim Straßenbau tätig?»

«Nein, das nicht, aber ich unterstütze die Straßenbauer.» China sieht ihr in die Augen und zieht kokett eine Braue hoch.

Kawsar stellt sich vor, wie das Baby in einer Schublade unter dem Bett liegt, während Kulis mit schmutzigen Händen zu seiner Mutter ins Bett steigen.

«Guck nicht so scheinheilig. Wenn es nicht die Kulis sind, dann wahrscheinlich dein Mann oder dein Sohn.»

Kawsar steht von der Matte auf, fühlt sich klein und verletzlich.

«Geh! Geh zum Teufel! War ein Fehler, nett zu dir zu sein. Geh da rüber und setzt dich auf den kalten Boden», sagt China und stößt sie weg.

Kawsar geht auf die andere Seite der Zelle, wo sich um den stinkenden Toiletteneimer ein freier Kreis gebildet hat. Das Luftholen schmerzt, und sie atmet flach. Tragen Frauen wie China nicht bekanntlich immer eine Waffe bei sich?

«Bitte, Dahabo, komm schnell und hol mich hier raus», betet sie. Das durch ihren Widerstand gegen die Guddi entstandene Hochgefühl ist verflogen. Sie will nur noch eine Tasse starken Tee und zurück in ihr sauberes, sicheres Zuhause.

Schlitternd bremst Deqo ab. Vor ihr steigt ihre Retterin aus dem Stadion von einem Jeep. Als die Frau Milgo die Stirn bot, wirkte sie groß und mutig, aber jetzt wird sie von den Soldaten überragt. Sie geht hinter einer Soldatin die Betontreppe hinauf, auf der vierten Stufe scheinen ihre Knie nachzugeben, dann erlangt sie ihr Gleichgewicht wieder und betritt das Gebäude. Deqo überquert die Straße und starrt vom Fuß der Treppe nach oben. Kräftig und süß duften die Kleider der Frau nach Weihrauch, und Deqo atmet tief ein, stellt sich das Haus vor, in dem es so riecht – da brodeln Töpfe auf dem Herd, auf einer Leine trocknet Wäsche in der Sonne und auf einem Bett türmen sich Kissen und weiche Decken. Um nett zu sein, brauche es einen vollen Magen und ausreichend Schlaf, sagte Milgo, wenn sie es mit dem Prügeln übertrieb.

Deqo beschließt, im Schatten auf der anderen Straßenseite zu warten, bis die nette Dame wieder herauskommt, damit sie sich bei ihr bedanken kann; es war ungezogen gewesen, einfach so wegzurennen und sie im Stich zu lassen. Vielleicht hat sie keine Kinder, und sie kann bei ihr wohnen, so etwas ist schon vorgekommen – Frauen kamen in die Klinik, sahen in die Gitterbettchen und nahmen ein Baby mit nach Hause. Sie könnte kochen, putzen, Besorgungen machen, für eine alte Frau wäre sie viel geeigneter als so ein wimmerndes Baby.

Aus dem breiten, dunklen Gefängniseingang kommen ein paar Leute heraus, nicht aber jene Frau, auf die Deqo wartet. Zum Schutz gegen das gleißende Licht halten sie sich die Hand über die Augen, die Kleider sind fleckig und zerknittert, aber Deqo ist sich sicher, dass ihre Retterin nicht beschmutzt werden kann, sie wird bei ihrer Entlassung genauso gut riechen wie bei Haftantritt.

Von der Brücke her, die Deqo gerade erst überquert hat, sind Schwingungen zu spüren. Sie geht ein paar Schritte zurück und sieht einige Frauen, die sich langsam nähern und alle wie ihre Retterin gekleidet sind, eine rot-weiß-braune Woge bricht über die Straße herein; singend lobpreisen sie den Präsidenten und Somalia und schwenken Zweige. Sie marschieren in Zehnerreihen, manche auf der Straße, andere erobern den Gehweg, eine Hausfrauenarmee verdrängt die Stille. Deqo verzieht sich in ein Gässchen, falls Milgo unter ihnen sein sollte.

Ein somalisches Filmteam rennt vorbei. Mit ihren klobigen Kameras, Taschen und Mikrofonen erinnern sie Deqo an die ausländischen Fotografen, die sich während des Choleraausbruchs auf Saba'ad stürzten, den Leuten auf die Finger traten und ihnen die Kameras ins Gesicht hielten, während sie still und schweigend auf dem nackten Boden starben. Bis sie mit ihrer Arbeit loslegten, hatten sie freundlich gewirkt, dann übernahmen sie mit ihren Kabeln, Generatoren und den vielen anderen Geräten die Klinik geradezu. Sie hatten den alten Sulaiman gefilmt, der um seine tote Familie weinte, während seine Frau und die vier Kinder, für das Begräbnis in dünne Tücher gehüllt, dalagen, die Tränen rannen ihm in den Bart, und die Kameras waren nicht einmal einen Schritt von ihm entfernt. Er hatte überlebt, verließ das Lager dann aber ohne ein Bündel auf dem Rücken, seine Habseligkeiten hatte er den Nachbarn überlassen. Manche sagten, er sei in den Ogaden zurückgekehrt, andere meinten, er sei in die Stadt gegangen, jedenfalls wurde er nie wieder gesehen.

Die Marschierenden schwenken ihre Plakate und wedeln mit ihren Zweigen, allmählich versiegt ihr Strom, und zurück bleiben in den Asphalt getretene Blätter und Ästchen. Mit ihnen verschwindet das Leben aus der Straße, und Deqo bleibt mit dem Bild der vor der Klinik zum Begräbnis aufgereihten Leichname zurück, deren Geruch an ihrer Haut haftet wie Öl.

Endlich sind die Feierlichkeiten im Stadion vorbei, und die Würdenträger erheben sich, als die Nationalhymne aus den Lautsprechern dringt. Direkt unter General Haaruun steht Filsan inmitten einer Soldatenphalanx. Nachdem das Problem mit den Guddi gelöst war, hat sie sich zum Podium durchgeschlängelt. In der Nähe sind noch zwei Offizierinnen, aber sie ist dem General am nächsten; sie wirft einen abschätzigen Blick auf die Frauen und hofft, dass er die Bügelfalten in ihrer Uniform wahrnimmt, ihren geraden Rücken, die Präzision ihres militärischen Grußes. Sie hat den ganzen Tag über nichts gegessen, und vor ihren Augen verwandelt sich alles in eine Traumlandschaft: am Rand ihres Sichtfeldes winken ihr gespenstische Gestalten zu, die Tribünen wogen, Hände wie Wellenkämme; wo Sonne auf Metall trifft, lodert Feuer. Die letzten Töne der Hymne verklingen, da tippt ihr jemand auf die Schulter. Sie zuckt zusammen.

«Seine Exzellenz wünscht, dass Sie ihm vorgestellt werden», flüstert ihr ein Sergeant, auf jeder Epaulette ein Stern, ins Ohr.

«Was?» Filsan hat so lange auf diesen Augenblick gewartet, dass sie mehr nicht herausbringt.

«Schnell, er wartet.» Der Sergeant dreht ihr den Rücken zu und schnipst mit den Fingern, dass sie ihm folgen solle.

Sie hastet um die Absperrung und die Stufen hoch. Große Elektroventilatoren lassen die blauen und weißen Seidentücher, mit denen das Podium dekoriert ist, sanft flattern, und es kommt ihr vor, als stünde sie auf einer Wolke, die der Wind über den Himmel treibt.

Verstohlen tupft sie sich den Schweiß vom Haaransatz und salutiert vor General Haaruun.

«Stehen Sie bequem, Soldatin.» Seine Stimme ist sanft und leise, er ist sich seiner Macht so sicher, dass er sie nicht durch Gebrüll kundtun muss. «Ich treffe gern Genossinnen, und es ist mir ein Anliegen, ihre Karriere zu fördern. Wie heißen Sie?»

«Adan Ali, Filsan, Sir.» Sie bringt es nicht fertig, ihn anzusehen.

«Welcher Dienststelle gehören Sie an?»

«Innere Sicherheit, Sir.»

«Sehen Sie mich an, Genossin.»

Filsan hebt den Kopf und begegnet seinem Blick.

«Kommen Sie aus einer Familie mit Militärtradition?»

«Ja, Sir, mein Vater ist Irroleh.»

«Wir wurden zusammen in Ostberlin ausgebildet. Ein großartiger Soldat.»

Es hat funktioniert. Der Name ihres Vaters ist wie ein Schlüssel, der in ein Schloss geschoben wird; sie kann beinahe hören, wie sich die Tür für sie öffnet.

«Wie geht es ihm?»

«Sehr gut, Sir, er arbeitet im Verteidigungsministerium», lügt Filsan. Ihr Vater ist suspendiert und sitzt derzeit zu Hause, während die Untersuchung läuft.

«Dann werde ich, wenn ich das nächste Mal in Mogadischu bin, wohl mal bei ihm vorbeischauen müssen. Und Sie, seit wann sind Sie hier?»

«Erst seit drei Wochen, Sir.»

Er lächelt. «Die Welt ist doch ein Dorf.»

Sie lächelt zurück. Er ist wie einer der Männer, die sie als Kind auf den Schultern trugen, freundliche Riesen mit großen Händen und lautem Lachen.

Er wendet sich einem der Ausländer zu und schiebt dessen Stuhl zurück, spricht immer noch mit ihr. «Warum begleiten Sie uns nicht zum Oriental Hotel, dort können wir weiterreden.»

Filsan grinst und zeigt ihre kleinen, schief übereinanderstehenden Zähne. «Ja, Sir!» Die Leibwache umringt den General, und sie reiht sich in die äußerste Schutzreihe ein.

Er steigt in seinen schwarzen Mercedes und fährt mit der Wagenkolonne davon. Der Sergeant, der sie angesprochen hat, scheucht sie in seinen Jeep. Sollen doch die Guddi aufräumen und sich mit den Streunern und streitsüchtigen alten Frauen auseinandersetzen. Sie hat studiert, damit sie in der Schaltzentrale mitmischen kann. Der Jeep rast zum Oriental Hotel in der Nähe der Brücke, dem vornehmsten und ältesten Hotel der Stadt.

General Haaruun geht voran, berührt leicht den Rücken der Ehefrau eines asiatischen Botschafters, verbeugt sich und lässt ihr den Vortritt ins Hotel.

Filsan springt aus dem Jeep und folgt den Würdenträgern ins Foyer. Sie spürt den Drang, auf die Toilette zu flitzen und dort im Spiegel Haar und Make-up zu kontrollieren, aber die Soldatin in ihr rümpft darüber die Nase. Noch nie hat sie einen Fuß in dieses Gebäude gesetzt, aber sie ist praktisch in den Hotels von Mogadischu aufgewachsen, hat dort die Mahlzeiten eingenommen, während ihr Vater Kaffee trank und den ganzen Tag über Beziehungen knüpfte und pflegte. Nachdem ihre Mutter sie verlassen und bevor sie die Haushälterin Intisaar gefunden hatten, hatten sie kaum noch Zeit in ihrer Villa verbracht und waren nur abends zum Schlafen nach Hause gegangen. Hotels sind ihr wohlvertraut – Aufbau und Abläufe, der Geruch der blauen Seife, die in jedem Hotelbadezimmer zu finden ist –, aber wie sie nun hier steht, umringt von weltgewandten Menschen, und die Spiegel und goldfarbenen Kronleuchter anstarrt, kommt sie sich wie eine trampelige *bedu* vor. Am liebsten möchte sie sich in die langen Vorhänge einwickeln und verstecken, so, wie sie es als Kind tat, wenn zu viele fremde Besucher im Haus waren.

General Haaruun hält ein Glas in der Hand, das Getränk hat die gleiche Farbe wie der Whisky, den ihr Vater mag, und lässt beim Reden die Eiswürfel kreisen. Er sieht Filsan nicht an, aber sie bleibt ganz in seiner Nähe, beschäftigt sich verlegen mit den Einzelheiten des Raums: den roten Fliegen der Kellner, dem Samt, mit dem die Sofas bezogen sind und der auch für die Vorhänge verwendet worden ist, der lackglänzenden Platte der Speisetafel in der Mitte. Sie weiß nicht recht, welche Haltung sie einnehmen soll, welche Rolle für sie vorgesehen ist – Beschützerin, Bittstellerin oder Tochter. Sie strafft den Rücken, sackt leicht zusammen, strafft wieder den Rücken. Mit einer raschen Drehung greift sie ein Glas von einem Tablett, das vorbeigetragen wird, und schüttet das Getränk hinunter. Billiger Weißwein umspült ihre Geschmacksknospen und versetzt ihrem Magen einen Schlag; sie verzieht das Gesicht, stellt das Glas auf das Tablett zurück und nimmt wieder ihre Position ein. Sie wird warten, bis Haaruun Zeit für sie hat.

Er ist in ein fröhliches Gespräch mit dem amerikanischen Attaché vertieft. Aus ihrer Schulzeit fallen ihr englische Sätze ein, und sie muss lächeln. «Könnten Sie mir bitte sagen, wie ich zum Buckingham-Palast komme?» – «Ich warte auf den 10-Uhr-30-Zug nach York.» – «Ich muss dringend einen Arzt aufsuchen.» Sie stellt sich vor, wie Haaruun und der Attaché diese Sätze wechseln, das ganze Gespräch voller wahlloser Aussagen und Fragen.

Keiner der anderen Gäste kommt auf sie zu. Wenn sie keine Uniform trüge, fänden sie es vielleicht lohnenswert, sie anzusprechen, aber so verrenken sie sich den Hals, um an ihr vorbeizusehen. Draußen stehen Soldaten, mit denen sie sich unterhalten könnte, aber dann vergisst General Haaruun sie womöglich, springt in sein Auto und fährt im Dämmer des Spätnachmittags davon. Sie braucht die Geduld eines *bawab*, dieser schwarzen Männer mit bloßem Oberkörper und Turban, die in den Harems im Hintergrund stehen, reglos wie Stein, gleichzeitig abwesend und anwesend, und deren Augen im Dunkeln glänzen wie die einer Kobra. Sie hat ohnehin nichts Besseres vor – auf sie wartet bloß ihre winzige, kahle Stube in der Kaserne mit der widerlichen Toilette und der klumpigen Matratze.

«Genossin! Kommen Sie zu uns.» Haaruun.

Filsans Knie schlagen gegeneinander, als sie sich neben ihn stellt.

Der Amerikaner hat eine Hand auf Haaruuns Schulter gelegt, sein graues Hemd ist nass unter den Armen.

«Sie sprechen doch Englisch?»

«Ja, Sir.» Filsan ist sich ihres starken Akzents bewusst, hat sich aber intensiv mit der Sprache beschäftigt.

«Gerade habe ich unserem amerikanischen Freund erzählt, wie stark die somalischen Frauen sind, dass es bei uns keine Geschlechtertrennung gibt. Die Frauen arbeiten, kämpfen in unserer Armee, sind Ingenieurinnen, Spioninnen, Ärztinnen. Stimmt doch?»

«Absolut, wir sind nicht wie andere Frauen.» Sie nickt inbrünstig.

«Ich wette mit Ihnen, dieses Mädchen könnte innerhalb einer Minute eine Kalaschnikow zerlegen», prahlt der General und schiebt sich die goldgeränderte Sonnenbrille auf den kahlen Kopf.

«Ja, und sie könnte bestimmt ein ganzes äthiopisches Bataillon vernichten und dabei noch Einrad fahren», lacht der Amerikaner.

«Da, Mann, schauen Sie mal ...» General Haaruun schnappt sich Filsans Hand, hebt sie und wirbelt die junge Frau herum. «Wollen Sie mir etwa sagen, dass auch Amerikanerinnen ausgebildete Tötungsmaschinen sein und trotzdem so gut aussehen können?»

Filsan heftet ihren Blick auf den Boden, sie spürt, wie die anderen sie taxieren, Blicke lecken wie Zungen über ihren Körper.

«Nicht übel, nicht übel. Ich wollte ihr nicht im Dunkeln auf der Straße begegnen. Oder vielleicht doch, wenn's die richtige Straße ist.»

General Haaruun umklammert die Schultern des Attachés und johlt zustimmend, fasst sich dann. «Behalten Sie Ihre Kapitalistenhände bei sich.» Scherzhaft drohend wedelt er ihm mit dem Zeigefinger vor dem Gesicht herum.

Filsans Gesicht brennt, es treibt ihr Tränen in die Augen, und ehe sie ihr über die Wangen kullern, hastet sie zurück in ihre Ecke, gerade als im Raum die Lampen und Kronleuchter angehen. Hochaufgerichtet steht sie mit durchgedrücktem Rücken da. Sogar wenn sie in Uniform ist, sehen die Männer in ihr bloß zwei Brüste und ein Loch. Der General kennt ihren Vater, führt sie aber trotzdem wie eine Prostituierte vor. Ein Kellner bleibt stehen, wirft ihr einen Blick zu; mit herausgestreckter Brust und angehaltenem Atem muss sie so aussehen, als wäre sie kurz vorm Platzen.

«Fahr zur Hölle!», zischt sie.

Er spitzt die Lippen zum Luftkuss und räumt ein leeres Glas vom nächsten Tisch.

Eine Träne löst sich, läuft ihr die linke Wange hinab und wird grob weggewischt. Draußen ist der Himmel schwarz, ihr Spiegelbild im Fenster wirkt gedrungen; sie sieht wie ein verlassenes Kind aus, das gleich weinend zusammenbricht.

«Genossin, soll ich Sie nicht zurück in die Kaserne fahren?» General Haaruun kommt auf sie zu und zeigt mit einer Handbewegung auf die Tür.

Sie zögert, möchte sich aber einen Rest der Hoffnung bewahren, die sie auf dieses Treffen gesetzt hat, vielleicht bietet er ihr ja doch noch seine Unterstützung an. Sie legt Dankbarkeit in ihre Gesichtszüge und nickt zustimmend.

Der Mercedes parkt zwei Meter vom Hoteleingang entfernt. Ein junger Soldat beugt sich vor und will die Tür öffnen, aber General Haaruun winkt abwehrend. «Bleiben Sie im Jeep», ordnet er an und hält Filsan den Wagenschlag auf. Sie rutscht hinein, darauf bedacht, mit ihren Stiefeln nicht das Polster zu berühren. Die Fenster sind schwarz getönt, und nachdem die Tür zugeschlagen worden ist, umgibt sie völlige Dunkelheit, nur die Anzeige des Armaturenbretts gibt ein zartes rötliches Licht ab.

Nachts ist Hargeisa gespenstisch. Um den Rebellen das Leben schwer zu machen, wird der Strom abgeschaltet, aber die Dunkelheit wirkt unheilvoll, und während sie dahinrasen, huschen Schemen über die schwarzen Scheiben, gelegentlich fällt aus einer Hütte am Straßenrand auch der Schein einer Petroleumlampe. Sie sind die Besatzung eines U-Boots, das die Tiefsee durchquert, vielleicht schaffen sie es bis zum Festland, vielleicht auch nicht, seltsame Geschöpfe treiben auf der anderen Seite des Glases vorbei.

«Nimm die Kopfbedeckung ab.» Die Stimme des Generals klingt jetzt weniger angeheitert.

Filsan zieht die Nadel heraus, die das Barett hält. Sie hat das Haar oben zusammengesteckt.

«Lass es runter. Ich will es offen sehen.»

Auf Befehle reagiert Filsan unverzüglich, das war schon immer so, dafür hat ihr Vater gesorgt. «Was du auch tust, mach es schnell und gut», hat er ihr eingetrichtert.

Bis sie alle Nadeln gefunden und herausgezogen hat, dauert es eine Weile; sie legt sie sich in den Schoß und lockert das Haar, bis es ihr auf die Schultern fällt. Die nachlassende Spannung auf dem Kopf fühlt sich gut an, kreisend bewegt sie die Fingerspitzen über die prickelnde Haut.

General Haaruun rückt näher, der Rücksitz quietscht unter seinem Gewicht. Filsan starrt durch die Windschutzscheibe, sieht die kurz ins Scheinwerferlicht getauchten Straßenhunde und Zivilisten.

Er legt ihr die Hand auf die Wange und streichelt sie, seine Haut ist weicher als erwartet, ein schwacher Cremeduft haftet an seinen Fingern.

Er rückt noch näher.

Im Rückspiegel ist der Blick des Fahrers auf sie gerichtet.

«*Ina* Irroleh, Tochter des Irroleh, sieh mich an.»

Der Name ihres Vaters trifft ihre Ohren wie ein Donnerschlag. Sie weiß, dass er sie jetzt beobachtet, er kann sie auf dem Rücksitz dieses Autos sitzen sehen, und seine Schläfenadern pulsieren.

General Haaruun fasst Filsans Kinn und dreht ihr Gesicht zu ihm. «Ich kann dir das Leben sehr leicht machen, was immer du willst, du bekommst es.»

«Das würde mein Vater nicht wollen.»

Seine Hand wandert nach unten, streicht über ihre Schenkel und drückt ihr Knie. «Du glaubst doch wohl nicht, dass es dein Vater bei den Mädchen, die er trifft, nicht genauso macht.» Er lässt seine Hand auf ihrem Schenkel bis zum Schritt hochgleiten. «Du bist doch noch Jungfrau, oder? Ein anständiges Mädchen», flüstert er ihr ins Ohr.

Filsan ist jetzt ganz tief unter Wasser, kann weder atmen noch schlucken, nie wird sie es bis zum Festland schaffen.

«Bitte hören Sie auf, mein Vater ...», hört sie sich murmeln.

«Wer interessiert sich schon für den. Ein alter Säufer ist er. Denk lieber daran, was gut für dich ist.» Er hat beide Arme um sie geschlungen, eine Hand tastet nach ihrem Gürtel, nach ihrem Reißverschluss.

Immer noch hat der Fahrer den Blick auf sie gerichtet.

Filsan packt General Haaruuns Hand und schiebt sie heftig weg. «Nein! Nein! Nein!» Bei jedem Wort schlägt sie ihm mit beiden Händen auf die Brust. «Fassen Sie mich nicht an!»

«Anhalten!», brüllt er.

Quietschend halten sie an, und die Jeeps dahinter positionieren sich fächerförmig um den Mercedes. Er greift über sie hinweg, öffnet die Tür und stößt Filsan aus dem Auto. «*Abu kintiro*, blöde Fotze, sieh zu, wie du nach Hause kommst.»

Vor den Augen von ungefähr zwanzig Soldaten landet Filsan auf den Knien, die Scheinwerfer der Jeeps erleuchten das Schauspiel taghell.

Dumpf schlägt hinter ihr die Tür zu, die Räder des Mercedes drehen durch, und der Wagen fährt davon. Nachdem der Konvoi fort ist, umhüllt sie Dunkelheit. Filsan rappelt sich auf, ihr schwirrt der Kopf, und sie geht auf die nächste Lichtquelle zu.

Im Gefängnis, denkt Kawsar, finden Lebensgeschichten ein Ende. Egal, wer man ist, egal, wonach man strebt, egal, auf welchen verschlungenen Wegen es einen hierher verschlagen hat, dieser Ort ist wie das Zentrum eines Spinnennetzes, in dem man schließlich gefangen ist. Noch mehr Frauen und Mädchen sind in die Zelle geworfen worden, mittlerweile sind es ungefähr fünfzig Gefangene. Keine hat bisher den Eimer benutzt, aber der Sohn der Prostituierten hat sich eingekotet, und eine Stunde später stinkt es immer noch. Die Enge zwingt die jüngsten Insassinnen zu stehen, einige von ihnen leben wohl auf der Straße, und sie scheinen das Ganze gelassen hinzunehmen, während andere in ihren Schuluniformen zittern. Trostsuchend scharen sich diese Mädchen um sie, und sie wünscht, ihre Arme wären lang genug, um sie alle an sich zu drücken. Bestimmt hat Hodan in diesem feuchten Loch die ganze Nacht lang geweint.

«Kawsar? Wo ist Kawsar?» Die Polizistin rüttelt am Gitter.

«Hier!» Sie braucht drei Anläufe, um sich aufzurichten; als es ihr schließlich gelingt, knirschen ihre Knie vernehmlich.

«Das ist für dich abgegeben worden.» Die Polizistin hält ein Handtuchbündel hoch.

«Ist sie noch da?», fragt Kawsar.

«Nein, ich habe die Frauen nach Hause geschickt.» Sie öffnet die Tür und reicht ihr das Bündel. «Vorsichtig, es ist heiß.»

Durch das Handtuch dringt köstlicher Duft: Koriander, Pfeffer, Gewürznelke, Knoblauch.

Sie ist die Erste, die Essen bekommt, aber wenn die anderen hungern, bringt sie nichts herunter. Sie geht auf die jungen Mädchen zu und lädt sie mit einer Handbewegung zum Essen ein.

Sie wickelt aus dem Handtuch einen kleinen Kochtopf samt einem Stapel runder *roodhis*. Als sie den Deckel hebt, dampft es, der Topf ist randvoll mit einem Lamm-Kartoffel-Eintopf, viel mehr, als sie allein je essen könnte. Vorsichtig wie Katzen lassen sich die Mädchen um das Essen nieder.

Kawsar reicht das Brot herum und hält immer noch vier, fünf Stück in der Hand; sie dreht sich zu China um. «Komm und iss, du brauchst Milch für deinen Sohn.»

China rümpft die Nase und schüttelt den Kopf. «Ich warte auf mein eigenes *asho*.»

Kawsar taucht ein Stück Brot in den Eintopf, greift damit nach einem Kartoffelwürfel. Das Brot ist von Maryam English, der Eintopf von Dahabo – sie kennt ihre Kochkünste gut. Um sicherzustellen, dass dies nicht das Abendessen der Wachmannschaft wird, haben sie bestimmt *laluush* gezahlt; sie nimmt sich vor, den beiden das Geld zurückzugeben.

Die Mädchen haben ihre Scheu überwunden, greifen tief in den Topf. Ihre Finger sind dreckig, ihre eigenen allerdings auch, zum Waschen gibt es keine Gelegenheit, aber beim Anblick der dicken

Dreckränder unter den Fingernägeln eines der Mädchen wird Kawsar trotzdem übel. In letzter Zeit ist ihr Magen winzig, eine kleine Mahlzeit pro Tag reicht ihr; sie isst ein *roodhi*, überlässt den anderen den Rest.

«Kawsar! Komm her, nach dir wird verlangt», bellt die Polizistin durch das Gitter.

«Ist das hier etwa das Kawsar-Hotel? Was ist mit uns? Ich sitze schon den ganzen Tag hier mit meinem Baby rum!», brüllt China.

«Ruhe, *dhilloyeh*, Hure! Halt die Klappe, wenn du nicht willst, dass wir sie dir schließen.»

Kawsar ist betreten. Ob ihnen Dahabo wohl gesagt hat, dass ihr Mann früher einmal Polizeichef von Hargeisa war?

«Hier entlang.» Bernsteinfarbenes Licht erfüllt den Korridor; sie schlagen die entgegengesetzte Richtung zum Ausgang ein, dringen noch tiefer ins Gebäude ein, gehen schmale Betonstufen in den Keller hinunter.

«Sind meine Nachbarinnen zurück? Haben sie gezahlt?», fragt sie die Polizistin.

«So leicht kommst du nicht frei.» Sie klopft an eine gelbe Tür, drückt die Klinke herunter und steckt den Kopf in den Raum hinein. «Hier ist sie.»

«Bring sie rein», sagt eine Stimme.

«Pass auf, was du sagst», gibt ihr die Polizistin leise mit und macht die Tür weit auf.

Es ist die Offizierin, die sie auf das Polizeirevier gebracht hat. Sie sieht jetzt weniger gelackt aus, das Haar nachlässig unter das Barett gestopft, das Make-up unter den Augen verschmiert. Eine nackte Glühbirne mit niedriger Wattzahl beleuchtet lediglich den Tisch, ihr bleiches Gesicht, ihre Hände. Der fensterlose Raum riecht nach den Gefangenen, die hier durchgeschleust worden sind, ihrem Atem, ihrem Schweiß, ihrem Blut.

Die Offizierin deutet auf einen Metallstuhl ihr gegenüber. Scharrend zieht ihn Kawsar über den Betonboden. Der Stuhl ist hoch, und im Sitzen kann sie mit den Zehen gerade so den Boden berühren; ein leises

Murmeln der Erleichterung entschlüpft ihr, als sie sich auf der gepolsterten Plastiksitzfläche niederlässt.

«Ich bin Officer Adan Ali.» Die Frau räuspert sich, ehe sie fortfährt. «Ich untersuche den Tumult bei der Parade zum 21. Oktober im Hargeisa-Stadion. Wie heißt du?» Von ihrem Schoß nimmt sie Kladde und Stift und notiert rasch Kawsars Name, Adresse, Alter, Familienstand, Clanzugehörigkeit. Auf ihrem Gesicht liegt der gleiche Ausdruck intensiver Konzentration, wie Hodan ihn immer hatte.

Es entsteht eine Pause. Kawsar betrachtet den einzigen Schmuck im Raum – ein Poster an der hinteren Wand, schief mit Klebeband befestigt, das auf einer Seite Flüchtlinge aus Ogaden zeigt, die sich unter einer Akazie zusammendrängen, und auf der anderen dieselben Flüchtlinge in einem Fischerboot, ein breites Lächeln auf dem Gesicht, nachdem sie von der Regierung umgesiedelt worden sind. Immer wieder blickt sie einem der Jugendlichen auf dem Poster in die Augen, statt die Frau anzusehen, die sie verhört.

Officer Adan Ali zerrt an ihrem Kragen und streicht sich eine Haarsträhne hinters Ohr. «Berichten zufolge hast du versucht, Mitglieder der Guddi anzugreifen. Was hast du gegen diese Anschuldigung zu sagen?»

«Ich habe weder meine Hand gegen jemanden erhoben, noch damit gedroht», erklärt Kawsar.

«Willst du damit sagen, dass die Guddi lügen?»

Kawsar zögert, atmet tief durch. «Ja.»

Heftiges Gekritzel in die Kladde. «Dir ist klar, dass die Diffamierung von Staatsangestellten eine Straftat darstellt?»

«Eine Straftat gegen Gott? Gegen Sie? Gegen mich?»

«Gegen das Land.»

Schulterzuckend tut Kawsar ihre Verachtung kund.

Officer Adan Ali knallt den Stift auf den Tisch und lässt sich heftig gegen die Stuhllehne fallen; noch ein bockiges kleines Mädchen, das den Ton angeben will.

Filsan spürt, wie ihr Bein unter dem Tisch zuckt; eine nervöse Angewohnheit, die auftritt, wenn sie kurz davor ist, die Geduld zu verlieren.

Dies ist ihre erste Vernehmung überhaupt; sie ist aufs Revier gegangen und hat verlangt, dass man sie zu der alten Frau bringt. Die Besetzung der Nachtschicht hatte bereits rotunterlaufene, trübe Augen und ließ sie ohne große Diskussionen ein. Lieber einen klaren Kopf bekommen, sich auf die Arbeit konzentrieren, als über den Vorfall in Haaruuns Auto nachdenken. Tief im Innersten graut ihr davor, allein auf ihre winzige Stube zurückzukehren. Diese Alte hat nicht nur dafür gesorgt, dass sie wieder einen klaren Kopf hat, sondern entfacht in ihr auch Wut – die glaubt wohl, sie sei eine Kriminelle oder so, und weigert sich, Filsan anzusehen, und zuckt bei ihren Fragen nur gleichgültig die Schultern.

Filsan hat eine der Standardfragen vergessen und stellt sie nun. «Hast du Kinder?»

«Nicht mehr.»

Filsans Misstrauen wächst, wenn schon die Mutter so respektlos ist, dann steckt ihr Sohn vielleicht bei den Rebellen in Äthiopien oder am Golf von Aden, und sie schickt ihm Geld. «Wann haben sie das Land verlassen?»

Kawsar seufzt. «Vor ungefähr fünf Jahren.»

«Wo sind sie hin?»

«In den Himmel.»

Wieder Schweigen.

«Hältst du das hier vielleicht für ein Spiel? Wenn mir danach ist, kann ich dich in Mandera verschwinden lassen oder in einem anderen Gefängnis, von dem du noch nie was gehört hast und wo dich keiner findet.»

Gern würde Filsan ihr Gesicht mit einem Hammer bearbeiten. Aus irgendeinem Grund haben die Leute den Eindruck, sie wären ihr keinen Respekt schuldig. «Ich werde dir noch eine letzte Chance geben: Erzähl mir, was zwischen dir und den Guddi vorgefallen ist.»

Kawsar spreizt die Finger auf der Tischplatte, ihre Handgelenke sind nur Haut und Knochen und hervortretende Adern, die Finger gekrümmt, als müssten die Knöchel geölt werden, das Henna auf den Nägeln ist herausgewachsen, nur an den Spitzen sind noch kleine Halbmonde geblieben.

«Ich bin vorschriftsgemäß ins Stadion gegangen. Ich habe mit meinen Nachbarinnen friedlich da gesessen und mir die Parade angesehen. Ich bin alt und müde, ich habe nicht mehr die Kraft für solche langwierigen Veranstaltungen, aber ich habe gehorcht. Und da fiel mir ein schmächtiges Mädchen auf, das tanzte, bis es von den Guddi weggeschleppt wurde.»

«Und da hast du eingegriffen?» Filsans Pulsschlag beruhigt sich.

«Ja, sie prügelten auf sie ein, vier oder fünf von ihnen gegen ein Kind. Ich wollte da nicht einfach zusehen.»

«Und dann?»

«Ich bin zu den Guddi gegangen und habe ihnen gesagt, sie sollten aufhören. Ich habe niemanden angefasst, aber ich selber wurde mehr als einmal geschubst.»

«Was ist dann mit dem Mädchen geschehen, nachdem du ihm zu Hilfe gekommen bist?»

«Es ist weggerannt.»

«Ist das dein erster Zusammenstoß mit Vertretern des Staates?»

«Einmal musste ich Bußgeld zahlen.»

«Warum?»

«Man hat mich fälschlicherweise beschuldigt.»

«Wessen?», schnauzt Filsan.

«Angeblich habe ich Radio NFM gehört», sagt Kawsar leise.

«Verkehrt irgendjemand aus deiner Familie mit den Rebellen?»

«Ich habe keine Familie, ich bin alleinstehend.»

«Weshalb schaltet eine Frau in deinem Alter derart kindische Propaganda ein?»

«Habe ich nicht, aber selbst wenn, gehören diese Ohren nicht mir? Hat Gott sie mir nicht gegeben und kann ich damit nicht machen, was ich will?» Kawsar schnippt mit den Fingern gegen ihr rechtes Ohrläppchen.

Die Schläge fallen rasch nacheinander. Der erste aufs Ohr, laut wie eine sich am Felsen brechende Welle, dann auf Schläfe, Wange, Hals. Als Kawsar Officer Adan Alis Hand umklammert, hören sie für einen

Augenblick auf, setzen aber nach ein paar Herzschlägen wieder ein. Blick und Gehör verschwimmen, ein Schlag gegen die Brust schleudert sie vom Stuhl auf den Betonboden. Kawsar knallt mit der Hüfte auf, hört es unter sich knacken, und spürt dann, wie ihr der Schmerz wie ein anschwellender Fluss vom Magen bis in die Kehle steigt und ihr den Atem raubt. Sie stützt ihr Gewicht auf eine Hand, hebt abwehrend den anderen Arm, die Handfläche der Offizierin zugewandt. «Bitte aufhören!», weint sie.

Die junge Frau, selbst mit Tränen in den Augen, schüttelt den Kopf und verlässt hastig den Raum. Während sie den Korridor hinunterrennt, wird das Stampfen ihrer Stiefel leiser und verklingt.

Die allerkleinste Bewegung lässt Kawsars Nerven erzittern. Sie kann sich weder aufrichten, noch flach auf den Boden legen, sondern ist in dieser unglücklichen, verdrehten Position gefangen. Ihr dreht sich der Kopf; so heftig ist der durch ihren Körper pulsierende Schmerz, dass sie Galle schmeckt. Selbst wenn ihr jemand zu Hilfe käme, könnte sie unmöglich zulassen, dass man sie bewegt. Eine Kugel in den Hinterkopf wäre besser. Ihre Handflächen sind feucht, und sie rutscht über den Boden; auf dem weißen Beton sind Blutstropfen zu sehen. Kawsar leckt sich über die Oberlippe und schmeckt Blut; sie wischt sich die Nase, starrt auf ihre rote Hand.

Die Tür wird aufgerissen, und die Polizistin mit den blondierten Strähnchen und ein Mann hocken sich neben sie hin.

«Was, verdammt noch mal, hast du denn gesagt?», fragt die Polizistin und beugt sich über Kawsar.

«Fassen Sie mich bitte, bitte nicht an», schluchzt Kawsar.

Die Polizistin fasst ihr unter die Arme, und der Polizist nimmt sie bei den Fußgelenken.

«Meine Hüfte ist gebrochen, lassen Sie mich um Himmels willen wieder runter, bitte, bitte, lassen Sie mich wieder runter …» Ihre Worte werden zu Schreien, als sie hochgehoben wird.

Sie tragen Kawsar schlurfend aus dem Verhörraum und ein schwarzer Vorhang fällt über ihre Augen, alles Gefühl erlischt, alle Geräusche verstummen.

Aus dem schmalen Durchgang, in dem sie sich versteckt hat, linst Deqo auf die Menge, die sich vor dem Polizeirevier versammelt hat. Etwa zehn Frauen in roten Gewändern schreien auf einen Polizisten ein, noch mehr Polizisten treffen ein und die Frauen weichen zurück, schreien aber weiter. «Gebt sie uns heraus», hört sie eine sagen.

Ein Auto fährt vorbei, und eine der Frauen springt vor, schlägt auf die Windschutzscheibe ein, bis es anhält und der Fahrer aussteigt, um mit ihr zu reden. Als zwei junge Polizisten mit einer Trage auftauchen, auf der ausgestreckt eine Gestalt liegt, verstummen die Schreie.

Auf Zehenspitzen betritt Deqo die Straße; die Autos fahren langsamer, um das Spektakel in Augenschein zu nehmen, die Scheinwerfer tauchen das Gesicht der Frau auf der Trage ins Licht. Sie ist es.

Deqo stürmt über die Straße. Niemand scheint sie zu sehen, das ist offenbar ein Trick, den sie beherrscht, die Macht, unsichtbar zu werden. Sie wischt ihrer Retterin das Blut aus dem Gesicht und streichelt ihre Wange. Über ihren Kopf hinweg kreischen die Frauen, eine ältere Frau droht der Polizei mit dem Stock; zwei Polizisten fassen mit an und schieben die Trage in das wartende Auto.

Die Türen werden zugeschlagen, bevor Deqo mit hineinschlüpfen kann. Ein Quietschen, ein Knirschen und der Wagen fährt an, schleudert ihnen eine Rauchwolke ins Gesicht. Sie jagt den Rücklichtern durch die Dunkelheit hinterher, sieht an sich hinunter, geisterweiß schimmert ihre Kleidung, ihre Glieder sind ebenso bleich. Wie weit weg Saba'ad ist, wie aufregend ihr Leben geworden ist, in den paar Stunden, seit sie in Hargeisa ist, das begreift sie erst jetzt, und sie weiß, sie kann nicht zurück. Das Auto entfernt sich, sie wird schneller und schneller, das Auto biegt ab, und mit tauben Füßen folgt sie ihm. Der Wagen beschleunigt abermals, und Deqo hat Mühe mitzuhalten, ihr Herz hämmert gegen die Rippen. Sie hat den Blick auf die Lichter geheftet, übersieht das Schlagloch vor sich und fällt hinein, schürft sich die Knie auf und bricht zusammen. Das Auto wird vor der nächsten Kurve langsamer und verschwindet. Wieder einmal ist Deqo allein.

ZWEITER TEIL

Deqo

Barfuß steigt Deqo über den faulenden Mulch, der unter ihr wegrutscht. Von ihren Fingern baumeln ihre roten Plastiksandalen, von den Bäumen tropfen Wasserperlen, als schüttelten sich die Äste trocken und spritzten ihr dabei neckisch ins Gesicht und auf den Nacken. Nicht weit von zwei kauernden Gestalten entfernt, versteckt sie sich hinter einem breiten Weidenstamm; ein versengter Spalt, die Stelle, an der sich gedankenlos ein Blitz ausgetobt hat, rahmt ihr Gesicht. Um sich Mut zuzusprechen, sagt sie leise ihren Namen vor sich hin. Durch die Musik der Regentropfen hindurch ist die Unterhaltung der Männer nur schlecht zu verstehen; es pladdert auf die unzähligen Bäume im Graben, die ihre Blätter wie wächserne grüne Zungen ausgestreckt haben. Die quälende Trockenperiode, unter der sie in Saba'ad litt, ist vorüber, aber Deqo kann den Regenguss nicht genießen.

Zu beiden Seiten der Bäume streunen Straßenhunde, Diebe und Hargeisas herumflanierende Gespenster. In der Dunkelheit hört sie, wie Autos über die Brücke zischen und Beamte der Geheimpolizei wispern. Die Tonne, in der sie schläft, ist kalt, zu kalt. Die Stofffetzen, die normalerweise den Boden bedecken, schaukeln auf petroleumfleckigem Wasser. Auf der mondbeschienenen Oberfläche blitzen die Smaragde und Saphire eines Pfauenschwanzes auf. Solange sie es aushält, bibbert sie mit ihrer Gänsehaut vor sich hin, dann wagt sie sich mit dem Mut der Verzweiflung zu den Betrunkenen und ihrem Feuer vor. Was sie wohl für sie tun oder ihr antun werden? Ob Hyänen wohl nur beim Anblick eines Lamms zu Hyänen werden? Die Hitze des Feuers bläst über Deqo hinweg, sein Knacken und das Farbspiel wärmen sie. Alkoholberauscht haben die Männer einen bombastischen Brand entfacht; er springt züngelnd die dunklen, schwankenden Bäume an, bevor er zurücktaumelt und im Fass zusammenfällt.

Sie atmet den Geruch feuchten Rauchs ein, den Geschmack frischer Asche.

«*Waryaa, hus,* Mann, sei mal still! Hörst du nicht auch was, Karnickel?», nuschelt der eine Betrunkene seinem Kameraden zu.

«Ach, Bruder Faruur, bloß die Klagen meines armen Magens», erwidert der andere.

Faruur schweigt, den Kopf zur Seite gelegt, das Gesicht ernst und konzentriert. Er erinnert Deqo an einen Hund, der die Ohren spitzt, die das kleinste Geräusch einfangen und dessen zitternde Nasenhaare den süßlich-metallischen Blutgeruch erschnuppern.

«Da ist jemand im Gebüsch dort drüben», sagt Faruur triumphierend.

Mit hämmerndem Herzen tritt Deqo ins Freie, es ist besser, sich zu erkennen zu geben, als entdeckt zu werden; sie marschiert direkt auf das brennende Fass zu, die Handflächen ausgestreckt, um die Hitze einzufangen. Ihr Wagemut zahlt sich aus; schweigend und verwirrt senken Faruur und der andere Mann den Kopf, beide besorgt, sie könnten wieder einmal halluzinieren.

Das Feuer ergreift ihre Hände und zieht sie zu sich heran. Es ist wie Baden, aber ohne dass einem das Wasser in den Augen brennt oder man sich entblößen muss, während man von verborgenen Blicken beobachtet wird, was ihr peinlich ist.

Faruurs Augen sind suppig-trüb, gelb und rosa, glänzend wie die eines Babys, die Unterlider hängen schlaff herab. Er mustert Deqo von oben bis unten.

«Geh weg hier, weg von unserem Feuer!» Er greift nach einem Stück Holz, aus dem ein Nagel hervorsteht, und hebt es wie zum Schlag. Neben seinen Schuhen mit den offenen Schnürsenkeln lehnt eine halb ausgetrunkene Flasche Wundbenzin.

Deqo sieht ihm in die Augen. Er glaubt, dass er sie wegjagen kann, alle denken das. «Mensch, benimm dich wie ein Muslim. Ich will mich bloß wärmen, und dann lass ich euch in Ruhe.»

Faruur hat immer noch den Arm erhoben, und Deqo bleibt ruhig beim Feuer stehen, ihre Hände heiß wie zwei Explosionen. Langsam gibt sein Arm nach, fällt nach unten, immer noch hält die Hand die Waffe.

Der andere Betrunkene greift nach ihrem Schenkel, flink springt sie außer Reichweite. «Igitt! Begrapsch deinen Vater, du eklige, alte Eidechse!», brüllt sie.

Die beiden Männer sehen einander an und brechen in Gelächter aus, das abgehackte, heisere, keuchende Gelächter der Tuberkulosekranken.

«Was sagst du dazu, Karnickel, wir machen uns die Mühe, bauen ein Feuerchen, sammeln Holz, kaufen Streichhölzer, opfern fürs Anzünden an diesem nassen, gottverlassenen Abend unseren kostbaren Alkohol, und dann kommt diese ... diese *kintir* ... diese verwilderte Fotze daher und klaut uns unsere Wärme.» Ein Nachtfalter umflattert Faruurs Kopf. «Wo kommen wir denn da hin?»

Karnickel tut, als betete er, hebt die Hände und sieht zum dunkel verhüllten Firmament empor. «Möge das Ende nahe sein, denn ein Mensch kann nur begrenzt Unrecht ertragen, ehe er der Verzweiflung anheimfällt.»

Deqo macht sich zum Wegrennen bereit, falls sich die beiden auf sie stürzen sollten; ihre Haut glüht, ihre Muskeln sind geschmeidig, wie auf Flügeln kann sie in die Nacht verschwinden.

Faruur wirft den Stock weg und macht eine abschätzige Handbewegung. «Mach, was du willst. Ich bin zu alt und zu betrunken, um hinter jemandem herzujagen. Außerdem ist mir kalt.» Er beugt sich vor und greift nach seiner Flasche.

Deqo hofft, dass die beiden bald einschlafen, damit sie die Nacht neben dem Feuer verbringen kann, gewärmt und wohlauf, statt mit aufgerissenen Augen, mit zum Kinn hochgezogenen Knien in ihrer Tonne zu hocken, den Rücken gegen das kalte Metall gepresst wie eine Steißgeburt in einem verhärteten, toten Mutterleib.

Karnickel und Faruur nuckeln mit geschlossenen Augen an ihren Flaschen, friedlich und abwesend wie Säuglinge, benommen von Muttermilch und leisen Wiegenliedern.

Deqo hat die beiden schon in der Stadt gesehen, ausgestreckt auf den

Treppen der Lagergebäude hinter dem Krankenhaus, wie sie die heißen Stunden zwischen Mittag und Nachmittagsgebet verschliefen, in denen alles ruht; jene Stunden, in denen sie auf den Höfen entlang des Grabens Guaven, Granatäpfel, Mangos, Bananen und Papayas aufsammelt. Sie verstaut alles in einem Tuch, das sie auf dem Fakirmarkt ausbreitet, bewacht ihr kleines Revier, bis die Sonne schwächer wird und die Dienstmädchen und Köche mit ihren Strohkörben auftauchen, um für ihre eigenen Familien preiswerte Lebensmittel einzukaufen. An manchen Tagen verdient sie bis zu fünfzig Schilling – genug, um sich ein mit Lammfleisch, Zwiebeln und Kartoffeln gefülltes Baguette zu kaufen. Mädchen dürfen die Teebuden nicht betreten, also muss sie die Schuljungen in Augenschein nehmen, bis sie einen findet, der ehrlich genug aussieht, um für sie reinzugehen. Bisher ist sie nur einmal hereinlegt worden; grinsend stopfte sich der Junge in seiner Kakiuniform auf der anderen Seite der Glastür ihr Baguette in den Mund, verspottete sie mit wiegenden Hüften. Als er schließlich aus der Teebude schlenderte, versetzte sie ihm einen heftigen Tritt in den Magen, glaubte zu sehen, wie sich ihr täglich Brot unter seiner Haut wölbte.

Sie hasst Schuljungen. Eigentlich mag sie überhaupt nur wenige Menschen: Bashir, der auf seinem Esel sitzend Brunnenwasser verkauft, ihre Blechtasse aber umsonst füllt. Qamar, geschieden, groß, drall und parfümiert, die sie auf dem Markt in ihre molligen Arme schließt und herzt und küsst, und Eid, der blinde *ma'alim*, der den Marktkindern unter einer Weide in der Nähe des Museums Koranunterricht gibt. Karnickels Sarong hat sich bis zu den Knien hochgeschoben, sein Schnarchen wird beinahe ganz vom Prasseln des Feuers verschluckt. Ihre Beine sind müde, ihre Lider kurz vorm Zufallen, aber sie kann nicht neben ihnen hier schlafen. Schwer lässt sie sich auf den Mulch fallen und setzt sich in den Schneidersitz. Sie wird bis zum Sonnenaufgang warten, das Wasser aus ihrer Tonne kippen und ein paar Stunden schlafen.

Mit lautem Vogelgesang bricht die Morgendämmerung an, zwischen den Bäumen schlagen im schummrigen Sonnenlicht schwarze Flügel. Deqo wirft einen raschen Blick zu den Betrunkenen hinüber und ist erleichtert, dass sie immer noch neben dem Fass schlummern, in dem das Feuer niedergebrannt ist. Sie steht auf und macht sich auf zur Hargeisa-Brücke. Noch ist sie früh genug dran, um rechtzeitig bei der Hauptmoschee einzutreffen und etwas von dem Brot und dem Tee abzubekommen, die morgens kostenlos ausgegeben werden. Schon jetzt hat die Hitze den Regen der Nacht getrocknet, nur im Unterholz hängt noch ein wenig Feuchtigkeit, die ihre Plastiksandalen zum Quietschen bringt. Deqo hat sie eines Abends unter einem *Whodead*-Stand gefunden, wo sie der Wind hingetragen hatte, zu ramponiert, als dass es sich für den Besitzer gelohnt hätte, sie aufzuklauben, ehe er vor der Ausgangssperre nach Hause gehastet war. Sie gehören gar nicht zusammen, ein Schuh ist größer als der andere, aber immerhin fallen sie ihr nicht von den Füßen. Ihre gesamte Kleidung hat sie dem Wind entrissen: ein weißes Hemd, das sich in einer Akazie verfangen hatte, ein rotes Kleid, das verlassen am Wegrand entlangwirbelte, eine Baumwollhose, die über einem Stromkabel baumelte. Sie zieht diese von Geistern zurückgelassenen Kleidungsstücke an und wird selbst zu einem noch größeren Geist, der von den Passanten nicht bemerkt wird, über den man stolpert, auf den man tritt.

Deqo klammert sich an das Gestrüpp und zieht sich die steile Böschung hinauf, nimmt sich vor den Dornen, die sich gern in die Haut bohren, und den Kothaufen im Staub in Acht. Nur zwei Brücken führen über den Graben, diese hier aus Beton und eine andere aus Seilen in der Nähe des Sha'ab-Viertels, die beim Überqueren bedrohlich schwankt. Das Gebüsch unter der Betonbrücke ist mit Müll übersät. In den sechs Wochen, die Deqo jetzt in Hargeisa ist, hat sie viele Menschen getroffen, die sie kennt oder die ihr vage aus dem Lager bei dieser Brücke bekannt sind. Die Männer stechen in dunkelblau-weinrot karierten Sarongs hervor, die wahrscheinlich von einem einzigen Händler aus Dire Dawa an ganz Ogaden verkauft werden. Sie sehen ohne Ausnahme alt und vertraut aus, o-beinig, die Wangen eingefallen, die Rücken gebeugt, das Haar verfilzt. Mancher erwidert Deqos Blick mit einem Blitzen aus den Augenwinkeln, das die Wolken ihrer Erinnerung an Saba'ad durchdringt, und dann fällt es ihr wieder ein: Dieser Mann vermietete einen Schubkarren, jener half in der Klinik mit und der dort verkaufte Ziegenmilch.

Heute überqueren nur ein paar Menschen die Brücke, und so kann Deqo, ohne jemandem ausweichen zu müssen, die Hand über das Eisengeländer gleiten lassen, dessen weiße Farbe abblättert. Neben ihr bremsen Lastwagen und Toyotas ab, lavieren über den demolierten Asphalt. Auf dem Weg von Nord- nach Südhargeisa hört sie Gesang. Aus der Ferne taucht eine Flottille von Fäusten auf, nähert sich ihr, wie mit der Flut herangespült. Skandierend stoßen die Schulkinder in pastellfarbenen Uniformen die geballten Hände in die Luft: «Schluss mit Verhaftungen, Schluss mit dem Töten, Schluss mit der Diktatur!» Ihre Gesichter sind aufrichtig und glücklich, die Umrisse der einzelnen Körper verschwimmen im Fluss der Bewegung. Sie versperren die Straße vor ihr, daher wartet Deqo auf der Brücke und nimmt die Schüler näher in Augenschein. Die Brücke vibriert unter den hundert oder zweihundert Füßen, die über die zerbrechliche Konstruktion trampeln. Inmitten der Menge macht Deqo einige Kinder ohne Uniform und ein paar junge Männer aus, die schon zu alt für die Schule sind. Sie singen ein ihr unbekanntes Lied: «Hargeisa *ha noolaato*, lang lebe Hargeisa!» Die Kinder, die direkt an ihr vorbeikommen, mustern sie von oben bis unten und rümpfen die Nase.

Deqo lehnt sich mit dem Rücken gegen das Eisengeländer und beobachtet, wie die Kinder eine Schau abziehen. Ihr ganzes Leben hat sie damit verbracht, zu beobachten, ihr gehören die Augen, die ständig hinter Ecken und Felsen hervorlinsen und jeden mit ihrer Wachsamkeit zur Weißglut bringen. Seit sie aber ihre Freundin Anab verloren hat, gibt es niemanden mehr, mit dem sie sich abends gemeinsam hinlegen, niemanden, mit dem sie ihre Geheimnisse teilen kann, die stattdessen in ihrem Kopf Wurzeln schlagen und im Mulch ihres verworrenen Lebens gedeihen.

Dicht an dicht drängen sich die Schüler auf der Brücke, eine sich vorwärtsschiebende Masse in Blau, Rosa und Kaki. Deqo blickt zum nördlichen Ende der Brücke und zu den Soldaten mit rotem Barett, die sich dort auf der Straße zu einer Reihe formiert haben. Sie findet sie attraktiv, ihr gefällt das Flaschengrün der Uniformen, das Gold der Epauletten, die keck schräg sitzende berühmte Kopfbedeckung; sie mag sogar die silbernen Pistolen, die ihnen wie Schmuck von den Hüften hängen.

Die Schüler schweigen nervös, und als eine Pfeife schrillt, rennen sie kreischend zurück in die Richtung, aus der sie gekommen sind. Die großen, schlanken Soldaten ziehen Schlagstöcke und setzen den Kindern nach. Deqo wird ins Gewühl gezogen und schließt sich den Fliehenden an, damit sie nicht zertrampelt wird. Sie kommt sich vor wie ein Schaf, das ins Gehege getrieben wird. Hände packen sie und schieben sich an ihr vorbei, manche zerren sie beinahe zu Boden, aber es gibt keinen Fluchtweg, das südliche Ende der Brücke ist gleichfalls von einer Reihe Soldaten versperrt. Im Versuch, den brennenden Stockschlägen zu entkommen, fallen die Kinder übereinander, öffnen die Hände zur Kapitulation, recken sie nach oben, wie ein Versprechen, sich brav zu benehmen.

Deqo stolpert über einen Jungen und fällt einem Soldaten vor die Füße, der mit einer Hand ihr Kleid, mit der anderen den Jungen am Arm packt und sie beide zu einem am Straßenrand stehenden gewaltigen Lastwagen zerrt. Die Ladefläche ist so weit oben, dass der Soldat den Jungen loslassen muss, weil er beide Hände braucht, um Deqo hineinzuwerfen, als Nächstes kommt der Junge, dann folgen weitere Schüler. Deqo greift nach der Hand des Soldaten, will ihn darum bitten, sie gehen zu lassen, aber er schlägt ihr auf den Mund. Mit Blutgeschmack auf der Zunge sieht sie entsetzt auf das Geflirr von Röcken und Gliedern, als immer mehr Kinder zwangsweise auf den Wagen verfrachtet werden, über dessen Seiten sich schwarze Netze spannen, der einzige Unterschied zwischen diesem Lastwagen und jenen, die Tiere transportieren. Ein älterer Junge, dem die Locken bis auf den Rücken fallen, reißt ein Loch in das Netz und klettert hinaus, andere Wagemutige folgen ihm. Deqo späht auf den Boden weit unter sich und hat nicht den Schneid, es ihnen gleichzutun.

Bald ist der Lastwagen voller protestierender Schulkinder, die sich von allen Seiten gegen sie quetschen. Neben ihr sitzt ein Mädchen, das mit offenem Mund weint und vor Schluchzen kaum Luft bekommt.

Der Motor wird angelassen, und als der Lastwagen über die unebene Straße donnert, spürt Deqo, wie sich Fleisch und Knochen des Mädchens in sie hineinpressen. Selbst in diesem Gewimmel riecht das Mädchen frisch, seine Haut und Uniform sind derart mit Seife geschrubbt worden, dass sein Schweiß jenen berauschenden Waschmittelduft verströmt, der aus den *Dhobi*-Häusern wabert.

«Weine nicht», sagt Deqo und legt dem Mädchen die Hand auf den Arm.

«Fass mich nicht an!», schreit es und schiebt Deqo weg.

Ein älteres Mädchen mit rosa Bluse legt besitzergreifend den Arm um die Schultern der Weinenden und küsst sie auf den Kopf. «Ist ja gut, ist ja gut, Waris, ich bin doch bei dir.»

Deqo wendet den Kopf ab und presst die Lippen aufeinander. Dir bin ich nichts schuldig, denkt sie. Sauer sollte ich auf dich sein, weil du den ganzen Ärger verursacht hast, du blödes Ding. Sie versteht nicht, warum die Schüler und Soldaten ständig gegeneinander kämpfen. Sie haben alle was zu essen, ein Zuhause und Eltern, weshalb sollte man also herumkrakeelen? Die sollten mal ins Flüchtlingslager gehen und sehen, wie es sich dort lebt. Mit den Händen bedeckt sie ihre Füße, schämt sich der staubigen Zehen mit den überlangen Nägeln, der schwieligen, schuppigen Haut, des roten Hängerkleidchens, das an allen Nähten ausfranst. Sie presst die Knie aneinander und rückt von den Jungen weg, die in ihrer Nähe sitzen. Ihr fällt auf, dass diese nicht so weit von ihr abrücken wie die Mädchen, zwischen ihr und den Körpern der Jungen ist kaum ein Zentimeter Abstand. Jungen sind es auch, die sie auf der Straße schubsen, und sie fühlt sich klein und schäbig. Kein *Dhobi*-Geruch umgibt sie, nur Moschus, scharf wie Essig, der auf Deqos Haut übergeht, wenn die Jungen während der schaukelnden Fahrt gegen sie stoßen.

Der Lastwagen rumpelt durch ein letztes Schlagloch und hält dann; unter der Haube vibriert der Motor nach. Zu ihrer Rechten liegt das Polizeihauptrevier, nach dem Stadion der zweite Ort, den sie in Hargeisa kennengelernt hat. Ein Rotbarett öffnet die Ladeklappe und scheucht die Kinder heraus. Polizisten in weißen Hemden führen sie ins Revier, jeder packt links und rechts je zwei Kinder am Hemdkragen.

Schließlich ist Deqo dran und weicht zurück, als das Rotbarett nach ihr greift; er kommt ihr vor wie eine Gestalt aus einem Albtraum, schweigend, grausam und unbeugsam. Sie quiekt auf vor Schmerz, als sich seine Hand wie ein Schraubstock um ihre Fessel legt, eine andere Hand nach ihrem Schenkel greift und sie ins Freie gerissen wird. Mein Körper gehört mir nicht mehr, geht Deqo durch den Kopf, er ist eine Schale, die sie zerbrechen wollen. Ein Polizist, sein fetter Bauch wird vom Gürtel zusammengehalten, der Hosenschlitz steht halb offen, beschimpft wüst die Gefangenen; hart klatscht er Deqo mit der flachen Hand auf die Beine und dreht ihr die Arme auf den Rücken. Mit einer Hand hat er ihre Handgelenke und auch die des gut riechenden Mädchens gepackt und marschiert mit ihnen durch die Staubwolke, die von den Widerstand leistenden Demonstranten aufgewirbelt wird, und geht die hohen, vom Regen besprenkelten Betonstufen zum Revier hoch.

Im schmutzigen, dunklen Korridor sitzt rechts ein junger Wachmann auf einem Metallstuhl und betrachtet die vorbeigehenden Schulkinder mit großen, melancholischen Augen. «Helfen Sie mir», fleht Deqo ihn lautlos an, während sie schlitternd über den grün gekachelten Korridor gezerrt wird, aber er regt sich nicht, wiegt lediglich mit langen, dickknöcheligen Fingern sein Gewehr, unter der glatten Haut bewegen sich die Adern. Deqo kommt sich vor, als würde sie Wasser treten und in eine Strömung gezogen, der sie nicht entkommen kann.

Die Kinder werden zu den Zellen gebracht, die Mädchen in eine Gemeinschaftszelle gesteckt, die Jungen weiter ins Innere des Reviers getrieben. An der Stelle, wo der dickbäuchige Polizist Deqos Handgelenke zusammengequetscht hat, brennt die Haut, und sie wedelt mit den Armen, um sie zu kühlen. Sie geht ein paar Schritte weiter in die Zelle hinein und wird vom Gestank der Exkremente überwältigt. Die Gefangenen, die schon länger hier sind, müssen sich aufrappeln und zusammenrücken, um für die Demonstranten Platz zu machen. Lautstark protestieren sie. An der Rückwand drängen sich vier junge Frauen zusammen, das Haar in dicke Zöpfe geflochten. Eine der Erwachsenen tritt nach ihnen und schreit: «*Roohi*, bewegt euch!» Sie gehorchen, und die Frau breitet auf dem kleinen Fleck, den sich die vier geteilt haben, ihre Binsenmatte aus.

Nachdem sie sich die Zelle näher angesehen haben, fangen einige der Schülerinnen wieder zu schluchzen an. Deqo verdreht die Augen; sie fühlt sich diesen naiven, behüteten Mädchen überlegen, die demonstrieren, aber keine Ahnung haben, wie es im richtigen Leben zugeht. Sie wissen das Dach überm Kopf nicht zu schätzen, das sie vor Nässe schützt, die Körper, die ihnen Wärme schenken, den tropfenden Wasserhahn in der Ecke, der ihren Durst stillt. Ständig ändern die Frauen und Mädchen ihre Position, versuchen, einen Platz so weit entfernt vom Toiletteneimer wie möglich einzunehmen. Deqo atmet flach und zögerlich, dieser Geruch versetzt sie zurück ins Flüchtlingslager und zu jenem Cholera-Ausbruch, der Anabs Leben beendete und ihres beinahe auch, beide schliefen ein, aber nur eine wachte wieder auf. Im Graben hat sie wenigstens viel Platz, und sie hat sich an den frischen Duft der Bäume gewöhnt.

Ein paar der Gefangenen scheinen sich hier wie zu Hause zu fühlen. Eine der jungen Frauen hat die Beine ausgestreckt, stillt ihr Baby und plaudert dabei. Ihre Freundin ist prächtig in Rosa und Silber gekleidet, ihr schwarzes Haar an den Spitzen golden gefärbt. Ihre Lage scheint sie nicht zu bedrücken. Die Mädchen mit den Zöpfen hingegen wirken, als wären sie schon seit Wochen in dieser Zelle. Eine ist barfuß, der Schritt ihrer Hose blutig, eine andere hat überall auf den nackten Armen kleine, kreisförmige Brandstellen. Alle vier sind ausgezehrt, die Hüftknochen wie Metallgestelle unter den locker sitzenden Hosen, die Hälse lang und dürr, die dunkel bewimperten Augen in schwarzen Höhlen versunken. Polizistinnen in dunkelblauen Uniformen gehen am Zellengitter vorbei, die Hosen straff über den Hintern.

Was die Mädchen wohl angestellt haben, überlegt Deqo, dass sie so schlecht behandelt werden, und ob sie wohl mit ihnen eingesperrt bleiben wird? Sie lässt den Blick zwischen ihnen und den hübschen Frauen hin und her wandern und schiebt sich näher an die Hübschen heran, vielleicht färbt deren Glück ja auf sie ab.

«... dass er ungebunden ist, dass das letzte Kind ja nicht mal seins ist», sagt die mit den goldenen Haarspitzen gerade.

«Glaubst du ihm?», entgegnet die mit dem Kind.

«Nein, aber was soll ich tun? Die Liebe hat halt zugeschlagen.»

«Na, dann schlag doch zurück», lacht die Mutter.

Auch Deqo lacht, und misstrauisch blicken die Frauen auf.

«Hat man dir nicht beigebracht, dass es unhöflich ist, andere zu belauschen?»

Deqo lächelt entschuldigend.

«Lass sie in Ruhe, sie meint's ja nicht böse. Was machst du denn hier? Hast du gestohlen?»

Heftig schüttelt Deqo den Kopf. «Keine Ahnung, warum ich hier bin, fragt doch die da», geringschätzig deutet sie auf die Schülerinnen, «die haben mir das eingebrockt.»

«Soso», lächelt die Frau. «Wie heißt du?»

«Deqo. Und du?»

«Nasra, und das ist China und ihr Sohn Nuh.»

«Warum seid ihr hier drin?»

Die Frauen sehen einander an und schmunzeln.

«Das gehört zu unserem Beruf», antwortet Nasra geziert.

In keckem Winkel sitzt adrett ein schwarzes Barett auf dem hochgesteckten Haar der Polizistin, die eine seltsame Mischung aus Weiblichkeit und Gefahr verströmt.

«Wer von euch ist Hana Abdiweli Geedi?», ruft sie mit harter Stimme.

Das parfümierte Mädchen schiebt sich an den anderen vorbei und stellt sich vor der Polizistin auf, die sie mit hennabemaltem Finger aus der Zelle winkt und die Tür wieder verschließt. Die Gefangenen schieben sich in die kleine Lücke, die das Mädchen hinterlassen hat. Zu Deqos Belustigung schenkt Duftmädchen den zurückbleibenden Schülerinnen nicht mal einen Blick; das Mädchen, das im Lastwagen den Arm um sie legte, bleibt mit hängendem Kopf zurück. Deqo ist erfreut; es verschafft ihr eine gewisse Befriedigung, wenn arrogante

Leute gezwungen werden einzusehen, wie unbedeutend sie eigentlich sind.

Eins nach dem anderen werden die Schulmädchen aufgerufen, von ihren Vätern, Müttern, Onkeln oder älteren Brüder freigekauft und nach Hause gescheucht. Sie werden vor den Jungen freigelassen, um sie vor Schande zu bewahren – Schande, die mit ihren Brüsten wächst, sich mit ihren Hüften weitet und ihnen wie ein unerwünschter Freund folgt. Seit Langem ist sich Deqo bewusst, dass das weiche Fleisch ihres Körpers eine Bürde ist; das erste Wort, das sie gelernt hatte, lautete «Schande». Das Einzige, was ihr die Frauen im Lager beibrachten, war, wie man sich die Schande vom Leib hält: Sitz nicht breitbeinig da, berühr dich nicht da unten, spiel nicht mit Jungen. Im Leben eines Mädchens dreht sich offenbar alles darum, die Schande zu vermeiden. Zumindest in dieser Frauenzelle besteht die Hoffnung, dass sie der Scham eine Weile entkommt und sich keine Gedanken machen muss, ob man beim Hinsetzen ihre Beine sieht oder ob jemand sie im Schlaf begrabbelt. Neben einer hilflosen älteren Frau auf einer Binsenmatte findet sie ein Plätzchen.

«Hol mir mal 'ne Tasse Wasser», krächzt die Frau.

Deqo betrachtet die zurückgelehnte Gestalt, so alt und selbstgefällig. «Hol's dir selber.»

Die Frau seufzt. Deqo bemerkt, dass ihr vorn alle Zähne fehlen. Die Frau stupst sie mit dem Fuß an. «Los, Süße, hol mir einfach ein bisschen Wasser, mir schneidet eine Axt durch den Schädel.» Mit Luftschmatzern versucht sie, das Mädchen zu überreden.

Missbilligend schnalzt Deqo mit der Zunge und steht auf, sie wird auch für sich um Wasser bitten, damit sie etwas in den Magen kriegt. Sie stellt sich ans Gitter, kann die Polizistin am Ende des Korridors reden hören.

«*Jaalle, jaalle!* Genossin, Genossin!», ruft Deqo.

Keine Antwort.

«Genossin Polizist mit den Hennafingern und dem schwarzen *koofiyaad*, wir brauchen hier Becher.»

Die Polizistin kommt her und schiebt einen Blechbecher durchs Gitter. «Versuch hier bloß nicht, einen auf lustig zu machen, Kleine.»

«Tu ich ja gar nicht, ich wollte bloß Wasser.»

«Bist du nicht ein bisschen zu jung, um dich zu verkaufen? Oder hast du gestohlen?»

«Nein! Ich hab nichts gemacht, ehrlich! Die haben gedacht, dass ich zu den Demonstranten gehöre.»

«Wo kommst du her?»

«Aus Saba'ad.»

«Und was machst du dann hier?»

«Ich arbeite auf dem Markt. Ich stehle nicht, nie!»

Die Polizistin sieht ein wenig freundlicher drein, legt den Kopf schräg und sieht zu ihrer Kollegin hinüber.

«Luul, dieses Flüchtlingsmädchen hier ist heute Morgen versehentlich mit den Demonstranten einkassiert worden.»

Die andere Polizistin tritt neben sie. Sie ist groß und flachbrüstig, füllt im Gegensatz zu ihrer Freundin die Uniform nicht richtig aus.

Sie verzieht das Gesicht. «Lass sie raus, für die kriegen wir sowieso nichts.»

«Stimmt, ist die reine Brotverschwendung», lacht die Polizistin mit den hennaverzierten Fingern.

Erneut klirrt die Tür auf, und Deqo rennt zu der Alten auf ihrer Matte und gibt ihr den Becher, bevor sie den Korridor der Freiheit betritt.

«Bis zum nächsten Mal, Deqo», ruft Nasra.

Deqo winkt ihr zu.

Schweigend gehen die Polizistinnen rechts und links neben ihr her.

«*Jaalle*, wann kommt die Frau da frei?», fragt Deqo, bevor sie aus dem Revier geführt wird.

«Das soll nicht deine Sorge sein, von solchen Frauen solltest du dich fernhalten, sie ziehen dich bloß in ihr schmutziges Leben hinein. Halt dich fern von ihr, hörst du?» Sie rückt ihr Barett zurecht.

«Ist sie eine …?» Deqo zögert vor diesem mächtigen Wort, das sie ihr kurzes Leben lang verfolgt hat.

«Eine Hure? Definitiv und vieles andere obendrein.»

Gedankenversunken, den Blick auf den Boden gerichtet, marschiert Deqo zum Graben zurück. Noch hat sie Zeit, bei den Höfen Obst einzusammeln, sie wird den Markt noch erreichen, bevor dieser über Mittag schließt. Mechanisch treiben ihre Beine sie voran, doch in ihrem Kopf schwirrt es nur so vor Erinnerungen an Saba'ad, aufgewirbelt durch die Begegnung mit Nasra und China in der Gefängniszelle. «Hurenkind! Hurenkind! Hurenkind!» Das hatten ihr die anderen Kinder im Lager ins Gesicht gebrüllt, seit sie zurückdenken kann, aber sie hatte nicht gewusst, was eine Hure war; es hörte sich übel an, wie Kannibale oder Hexe oder eine Art Dschinn, aber keiner der Erwachsenen wollte erklären, was eine Hure zur Hure machte, und die Kinder schienen nicht viel mehr zu wissen als sie. Sie war in Sünde geboren, der Bastard einer unreinen Frau. Den Kindern zufolge verhielt es sich mit ihrer Geburt so: Eine junge Frau war allein und zu Fuß ins Lager gekommen, hochschwanger und mit von Dornen zerfetzten Füßen. Die Schwestern in der Klinik hatten ihr die Füße bandagiert und sie da behalten, bis das Kind kam. Sie weigerte sich, ihren Namen oder den ihres Ehemannes zu nennen, und als Deqo geboren wurde, verließ sie ihr eigenes Kind, ohne ihm einen Namen zu geben. Ein Jahr später hatte Deqo von den Schwestern einen Namen bekommen, als sie immer wieder aus dem Metallgitterbett kletterte, in das die Waisen gesteckt wurden, und verschwand. Deqo-wareego lautete ihr voller Name, «wandernde Deqo», und sie merkte, dass es etwas gab, das sie durfte und die anderen Kinder nicht – umherstreifen, so weit sie wollte. Sie gehörte eher zum Wind und den Feldwegen als zu einem anderen Menschen; keine wachsame Mutter war hinter ihr her, in alle Richtungen ihren Namen brüllend.

Zuerst hatte sie geglaubt, ihre Mutter sei ein Dschinn, der sich nur für kurze Zeit in einen Menschen verwandelt und dann wieder zurückverwandelt hatte, aber sie fror ständig und konnte daher keine Mutter haben, die aus Feuer gemacht war. Dann mutmaßte sie, ein Taifun hätte ihre Mutter davongeweht, aber zu viele der älteren Waisen sagten, sie hätten sie auf ihren eigenen zwei Beinen davongehen sehen. Schließlich beschloss sie, dass ihre Mutter, diese «Hure», von der die anderen immer sprachen, nicht wie andere Frauen war, die neben ihren Kindern lebten und starben, sondern eine Mutter von eigener Art, die wusste, dass ihr Kind gekleidet und genährt würde, nur eben nicht von ihr, wie ein Vogel, der sein Ei in ein fremdes Nest legt.

So war Deqo mit der Vorstellung aufgewachsen, sie wäre ein Kuckuck inmitten der anderen Lagerkinder, deren Eltern vor dem Krieg und der Hungersnot geflohen waren, die den Osten Äthiopiens von den Siebzigern bis in die Achtziger heimgesucht hatte. Manche waren Somalier, andere Oromo, aber alle hatten ihre Familie oder einfach auch nur ihren Familiennamen und ihren Clan, die ihnen halfen. Deqo wünscht sich inniglich, sie hätte einen zweiten oder dritten Namen; sie will nicht gierig sein und Gott um eine ganze *abtiris,* eine Abstammungslinie von mindestens siebzehn Namen bitten, bloß zwei mehr, damit sie sich in die Brust werfen und den Menschen ihre Existenz kundtun könnte. Als sie noch zu klein war, um es besser zu wissen, hatte sie sich «Rotes Kreuz» genannt, denn so hieß die Klinik, in der sie lebte, aber die gerunzelten Stirnen der weiß gekleideten Krankenschwestern verrieten ihr, dass dies kein geeigneter Ersatzname war. So war sie einfach Deqo oder manchmal auch Deqo-wareego, wenn die Schwestern sie anbrüllten, und wartete darauf, dass sich ihre Gebete erfüllten.

Als Anab Hirsi Mattan ins Waisenhaus kam, ungefähr sechs Jahre alt, den Kopf wegen der Läuse geschoren und irr vor Kummer, hatte man Deqo damit betraut, sich um sie zu kümmern. Als Anab weggerannt und zur Begräbnisstätte gelaufen war, war ihr Deqo dicht auf den Fersen, beobachtete nervös, wie das kleine, fledermausohrige Mädchen auf den Erdhügel eintrommelte, der seine Mutter bedeckte. Die älteren Gräber waren mit Steinen, Holzbrettern oder dornigen Akazienzweigen markiert, aber die neueren waren nicht geschmückt und lagen auf dem Abhang wie eine Woge, die den Hügel emporrollt. Der Friedhof ähnelte dem Gemüsebeet zwischen Klinik und Waisenhaus, schwanger mit Setzlingen, die nie wachsen würden, einzig mit Tränen gewässert. Anab wühlte mit den Händen in der Erde, als wollte sie ihre Mutter ausgraben oder sich selbst begraben. Schließlich wurde sie müde und legte sich wie erschlagen mit dem Gesicht nach unten auf das Grab. Da war

Deqo neben sie getreten und hatte die Hand ausgestreckt; Anab hatte sie mit blutenden Fingern ergriffen und war mit ihr den Hügel zum Waisenhaus hinuntergegangen.

Von diesem Tag an übernahm Deqo für Anab die Verantwortung, schlief und aß neben ihr in dem großen Zelt, in dem zweiundfünfzig Waisen und Straßenkinder untergebracht waren. Jeden Tag aßen sie *canjeero,* gesäuertes Fladenbrot, zum Frühstück, spielten neben dem Steigrohr, wo die Erde feucht und formbar war, folgten Trauerzügen zum Friedhof, hielten ein Nachmittagsschläfchen und spielten mit Lehmstückchen *shax*, das uralte Brettspiel, ehe unweigerlich Reis und Bohnen das Abendessen bildeten und anschließend Nachtruhe herrschte. Wenn sie im Dunkeln flüsternd und kichernd nebeneinanderlagen, nannte Anab sie Deqo-wareego Hirsi Mattan; sie waren neu entdeckte Schwestern, die wie Blätter im Sturm zufällig nebeneinandergewirbelt worden waren.

Die unzähligen Gebäude, deren Namen und Zweck Deqo allmählich kennenlernt, tauchen am Rand ihres Blickfelds auf, als sie auf die Straße voller Schlaglöcher tritt. Die Bibliothek, in der Lehrbücher aufbewahrt werden, das Museum der interessanten Gegenstände aus der Vergangenheit, die Schulen, wo man Kinder einpfercht und zähmt, die Hotels für Reisende mit Geld in der Tasche – die Existenz all dieser Gebäude erfreut sie, trotz der Gewissheit, dass sie als Flüchtling dort nicht willkommen ist.

In den Wochen seit ihrer Ankunft in Hargeisa hat Deqo jeden Tag etwas dazugelernt, einfach indem sie das Leben um sich herum beobachtet hat. In den ersten paar Tagen übernachtete sie auf dem Markt, vom elektrischen Licht und den Kinderstimmen angelockt, kauerte sich unter den Ständen mit ein paar Mädchen und vielen Jungs zusammen, die sich unentwegt stritten und an Tütchen schnüffelten, von denen sie tropfende Nasen bekamen. Sie haute von dort ab und fand vor einem Lagerhaus etwas Schlaf auf einer betonierten, sauber gefegten Fläche, die höher lag als der Staub der Straße, bis eines Nachts ein Rudel kurzhaariger Straßenhunde sie knurrend und bellend aufstöberte und sie das

Gesicht in den Händen verbarg. Der Wachmann wurde aufmerksam, scheuchte die Tiere davon und jagte auch sie weg. Danach verbrachte sie eine Woche vor dem Polizeirevier in der Hoffnung auf Schutz vor Jungen und streunenden Hunden, stattdessen herrschte Unruhe, Polizeiautos fuhren vor, Fußpatrouillen tauchten auf und Militärfahrzeuge rasten die Straße auf und ab. Schließlich zog es sie immer mehr zum Graben, dessen Dickicht und Abgeschiedenheit lockten. Dort fühlt sie sich beim Schlafen sehr wohl, furchtlos und unbehelligt in der tiefen Dunkelheit, es sei denn, es regnet, und die Kälte kriecht ihr in die Knochen.

Deqo erreicht den Graben und biegt bei dem Gebüsch mit den roten Beeren ab, das den Pfad zu ihrer Tonne markiert, flitzt den Abhang hinunter und bremst erst stolpernd ab, als diese in Sicht kommt. Die Tonne ist ein geheimnisvoller Zufluchtsort, der sie nachts verschluckt; Deqo weiß nicht, wer den Behälter hierhergebracht hat, hat ihn nur durch Zufall in einer mondhellen Nacht gefunden. Mit der Hand schöpft sie etwas von dem Regenwasser, das sie in der vergangenen Nacht so geplagt hat, und löscht ihren Durst; es hinterlässt einen schwachen Petroleumgeschmack. Das restliche Wasser gießt sie sich über Kopf und Körper, wringt ihr dünnes Hängerkleidchen aus. Es wird trocknen, während sie auf den Höfen Früchte aufsammelt.

Sie hastet zu Murayos Stück Land, das in der Nähe des trockenen Wasserbetts abseits des Straßenlärms liegt und wo sich schwatzend ein Vogelschwarm niedergelassen hat, die Nester wie schlecht geflochtene Weidenkörbe. Als sie näher kommt, fliegen die Vögel schimpfend auf, als wollten sie Murayo warnen. Es hängt von Murayos Stimmung ab, ob sie ihr erlaubt, Früchte aufzulesen, aber seit Deqo sie auf den Einbrecher aufmerksam gemacht hat, der auf dem Dach ihres Lehmhauses kauerte, ist sie großzügig gewesen. Sie lässt den Blick über den Boden wandern, sucht nach den matschigen überreifen Mangos, die sie selbst essen kann, bevor sie sich mit den harten grünen Früchten abmüht, die noch an den Ästen reifen. Heute liegt nur eine Mango aufgeplatzt im Unkraut, über das orangefarbene Fleisch wimmeln schwarze Ameisen.

Unterm Baum hält sie Ausschau nach Schlangen im Laub. Einmal hat sie beim Hochklettern versehentlich eine schlafende grüne Schlange gepackt, die unvermittelt das Maul aufriss, ihr starr und weiß ins Gesicht gähnte, worauf Deqo augenblicklich vom Baum fiel. Sie spuckt in die Hände und umklammert den schlanken Ast, oben hängt ein Büschel Mangos mit hübschen rötlichen Flecken, pflückreif. Sie klammert sich mit den Händen fest, während ihre Zehen am glatten Stamm abrutschen. Bevor sie den Halt verliert, hascht sie nach dem Zweig, an dem die Mangos hängen, und pflückt sie nacheinander, lässt die Früchte vorsichtig zu Boden fallen, schiebt sich wieder zurück zum Stamm und rutscht hinunter, genießt das Gefühl der Rinde auf der Haut. Sie sammelt die Mangos in ihrem feuchten Rock und läuft davon, bevor Murayo ihre Pflanzen wässern kommt. Das nächste Feldstück ist größer, von dichten Bananenbäumen beherrscht, manche sind so beladen, dass ihr die Früchte ins Gesicht baumeln. Sie schnappt sich sechs, mehr kann sie in ihrem Rock nicht tragen, und geht in die Stadt zurück.

Auf dem Fakirmarkt zieht Deqo ihr Kartonstück, auf dem immer noch ein Fitzelchen Werbung klebt, aus dem Stapel auf dem Boden heraus und legt ihre Ware in zwei Reihen zu je sechs Stück aus, immer abwechselnd Bananen und Mangos. Sie hat Verschiedenes ausprobiert: *Khat*-Blätter aufsammeln und an Dealer weiterverkaufen, Gras rupfen und als Ziegenfutter an Hausfrauen verkaufen, am Abend den Hauptmarkt fegen, wenn nicht genügend andere Mädchen da sind, aber das hier macht sie am liebsten. Der Arbeitstag ist früh zu Ende, und kein Boss sagt ihr, was sie zu tun hat, und an den Tagen, an denen keine Kundschaft kommt, kann sie das geklaute Obst selbst essen.

Die anderen Verkäufer sind hauptsächlich Frauen mittleren Alters mit kräftigen Armen und Füßen, deren Fleisch über die Sandalenränder quillt. Die Einzige, die immer nett zu ihr ist, Qamar, ist heute nicht da, also hockt sich Deqo gleich auf die Fersen und wartet auf Kunden. Die kommen nur zögerlich, stöbern erst an anderen Ständen, bevor sie zu dem Schluss kommen, dass sie aus ihr den günstigsten Preis herausschlagen können. Sie beobachtet die anderen Verkäuferinnen beim Feilschen und ahmt ihre ungeduldigen Gesten und ihre derbe Sprache nach. «Wenn du nichts willst, dann nimm deinen Schatten von meiner Ware!», schreit sie. «Du stehst anderen, die mehr Fusseln in der Tasche haben, im Weg.» Ihre Miene ist unbewegt, mag sie noch winzig und klapperdürr sein und Zweige in ihrem Haar stecken haben.

Die Bananen gehen zuerst weg, an eine Frau, die ein Kleinkind auf dem Rücken trägt, und dann die Mangos, einzeln oder paarweise. Zufrieden hält Deqo das Geld in der Hand, heute gibt es kein Theater, kein Dieb wird übergriffig, kein Streit bricht aus. Sie hasst die Tage, an denen kreischende Frauen auf der Suche nach diesem oder jenem schwerfällig über ihr Fleckchen trampeln.

Sie steht auf und schüttelt den Staub vom Karton.

«*Yaari,* Kleine, komm mal kurz her», ruft eine Frau mit blauem, von Goldfäden durchzogenem Turban.

Deqo geht zu ihr hinüber, steht mit versteinertem Gesicht da, die Hände auf den Hüften.

«Ich gebe dir ein paar Schilling, wenn du jemandem was bringst.»

«Wie viel?»

«Zwanzig?»

«Vierzig.»

«Dreißig.»

«Gut», Deqo lächelt triumphierend. «Was soll ich hinbringen?»

Die Frau greift hinter sich und holt ein Päckchen hervor, das in den hellblauen Druck des *October Star* gewickelt ist.

Deqo greift mit beiden Händen danach und kann die Form einer Glasflasche ertasten.

«Lass das Päckchen bloß nicht fallen und wage ja nicht, es aufzumachen. Die Person, die darauf wartet, heißt China – du gibst es ihr und sonst niemandem. Wenn dir die Bullen zu nahe kommen, wirfst du es einfach weg, hörst du?»

Fasziniert nickt Deqo.

«Halte es so!» Der Oberarm der Frau schwabbelt, als sie das Päckchen unter Deqos Arm in eine aufrechte Position bugsiert. «Drück es an dich, fest, ganz fest.» Der Vorgang hat der Marktfrau Schweißperlen auf die Stirn getrieben. «Geh, verhalte dich unauffällig und halte in der Straße, die dort hinten rechts abgeht, nach einem blauen Haus Ausschau.»

Die Gegend, auf die sie zeigt, gehört zu jenem Teil der Stadt, in den sich Deqo bisher nicht getraut hat. Die Marktfrauen sprechen von diesem Ort wie von einer Art Hölle, in der tote Seelen leben, in den Hütten dort kommen Menschen zusammen, die keinerlei Anschein von Tugend mehr aufrechterhalten – Säufer, Diebe, Wüstlinge und schmutzige Frauen.

Die Straße verengt sich zu einem schmalen Gässchen, Meter für Meter verschwindet der Markt, bis nur noch kärgliche Reste zu sehen sind: ein Stück Stoff, eine zerquetschte Tomate, ein zerrissener Schilling-Schein, den Deqo aufhebt und in ihr Geheimversteck stopft. Die Sonne steht hoch, und der Geruch von Ziegenkötteln und Eselskot dringt ihr stärker in die Nase. Immer spärlicher werden die Bungalows aus Stein, stattdessen mehren sich Lehmziegelbauten und traditionelle *aqals*, die mit Planen und Blech anstelle von Holz und Tierhäuten modernisiert worden sind. In dieser Gegend einen blauen Bungalow zu finden, ist einfach. Überall sieht sie Kinder mit nacktem Hintern und verwuscheltem Haar, Fünfjährige tragen Zweijährige auf den Hüften, starren ernst und feindselig aus Eingängen. «*Dhillo!* Hure!», brüllt ihr ein kleiner Junge, dessen rotes Hemd ihm bis zu den Knien reicht, ins Gesicht.

Sie hebt einen Stein auf, wirft ihn in hohem Bogen, verfehlt den Jungen nur knapp; aufkreischend verzieht er sich in seine Hütte.

Ihre Sandalen sind voller Steinchen; Deqo bleibt stehen und schüttelt sie aus, dabei fällt ihr neben dem Weg ein Abzugsgraben mit dreckigem Wasser auf, im Morast stecken kleine schartige Knochenstücke, Plastikfetzen und verbogener Draht. Dieser Teil der Stadt scheint sich selbst überlassen, auf dass er versinke, in sich zusammenfalle und verrotte; sie fragt sich, warum jemand ausgerechnet hier wohnt, wenn er doch ganz Hargeisa zur Auswahl hat.

Schließlich entdeckt sie einen kleinen blauen Bungalow aus Gasbetonsteinen und klopft an die Metalltür, auf die orangefarbene und grüne Rauten gemalt sind. Knallend dehnt sich das Blechdach in der Sonne, und um das Drahtgeflecht vor den Fenstern surren Fliegen. Neben dem blauen Bungalow steht ein Jakarandabaum, zwischen dessen Zweigen eine Ziege mit gestrecktem Hals verzückt an frischen Schösslingen knabbert.

Deqo wartet eine ganze Weile, ehe sie nochmals klopft; sie sieht nach, ob sich irgendwo um das Haus herum etwas rührt.

«Wer ist da?», schreit es von drinnen.

«Ich hab was abzugeben», antwortet Deqo nervös.

Drei Riegel werden zurückgeschoben, und im Dämmerlicht des Korridors zeigt sich eine Gestalt.

Ihr Haar erkennt Deqo als Erstes wieder, das breite Band aus Gelb an den Lockenspitzen.

«Gib mir das Päckchen», sagt Nasra und gähnt.

«Das darf ich nicht. Ich muss es China geben.» Deqo schaut beim Sprechen zu Boden.

Stöhnend wirft Nasra den Kopf in den Nacken; offensichtlich erkennt sie Deqo nicht wieder.

«Dann bring's ihr.» Sie zieht Deqo in den Bungalow und legt alle drei Riegel wieder vor.

Nasra führt sie in den Hof, und ihr hellrosa *diric* leuchtet im Sonnenlicht auf, umschließt ihren Körper wie eine Blütenknospe. Trotz der Feuchtigkeit, die schwarz an den Innenwänden hochklettert, riecht der Bungalow unglaublich süß, und Deqo atmet tief ein.

Nasra klopft an die rohe Holztür auf der gegenüberliegenden Seite des weiß getünchten Hofes. «*Isbiirtoole,* Säuferin, dein Nektar ist da!», ruft sie.

China macht die Tür auf, und der Hof wird von fremdländischer Musik erfüllt. «Gib her.» Sie schnappt sich das Päckchen, ehe Deqo es ihr überreichen kann. «Dich kenn ich doch … Ach ja, unsere kleine Knastschwester. Wusste gar nicht, dass du in diesem Gewerbe tätig bist.»

«In welchem Gewerbe?»

«Saufhandel, natürlich.»

«Bin ich nicht, ich habe einen Stand auf dem Markt.»

«Ausreden sind hier nicht nötig, in der Pimperstraße kann man ganz man selbst sein.»

«Wo wohnt denn deine Familie?», fragt Nasra.

«Ich habe keine Familie.»

«Keine Großmutter, keine Tante, keine Cousine?»

Deqo schüttelt den Kopf. «Keine Onkel, keine Stiefgeschwister, keine Halbonkel. Ich sorge selbst für mich.» Mit jedem Mal fühlt sich dieser Satz wahrer an.

«Wo schläfst du dann?»

«Drüben im Graben.»

Missbilligend schnalzen beide Frauen mit der Zunge.

«Oho, dann hast du ein mutigeres Herz als ich, schläfst in dieser gespenstischen Ödnis», sagt China, wickelt die Flasche aus dem Zeitungspapier und schraubt den Deckel auf.

Das Äthanol vertreibt alle anderen Gerüche aus Deqos Nase.

«Es ist gar nicht gespenstisch, und man lässt mich dort in Ruhe.»

«Bis jemand kommt und dir im Schlaf die Kehle durchschneidet», sagt Nasra.

«Das wird aber nicht passieren, wo ich schlafe, findet mich niemand.» Trotzdem läuft es Deqo kalt den Rücken hinunter.

Die Frauen sehen ihr direkt in die Augen. Sie sehen sie auf eine Art an, wie dies die meisten anderen Menschen nicht tun, sie muss nicht pausenlos um ihre Aufmerksamkeit buhlen.

Nasra streicht Deqo über das Haar. «Was ist das für ein Gefühl, in deinem Alter ganz allein auf sich gestellt zu sein?»

Die Frage trifft Deqo wie ein herabstürzender Ast. Sie scharrt mit den Füßen und versucht sich durch die Worte zu lavieren, die sich auf die Lippen drängen: beängstigend, ermüdend, frei, verwirrend, aufregend, einsam. Sie murmelt etwas Zusammenhangloses und verstummt. «Ich kann immer noch ein schönes Leben haben.»

Mit Tränen in den Augen sieht Nasra auf sie hinab.

«Wenn du Glück hast, schon. Bist du ein Glückspilz?», fragt China. Der Alkohol lässt sie lauter werden.

Lächelnd legt Deqo den Kopf schief. «Manchmal schon. Gerade habe ich draußen einen zerrissenen Schilling-Schein gefunden, das ist doch ein ziemliches Glück.»

«Du wirst ein bisschen mehr Glück nötig haben, Kind.» China wirft den Kopf in den Nacken und stößt ein Lachen aus, das von den Mauern und dem Blechdach widerhallt. Ihr Baby wacht auf und fängt im Zimmer drinnen an zu weinen. «Oh, sei still!», brüllt sie und schließt die Türe mit einem Knall.

«Gib das Geld hier der Frau, die dich geschickt hat.» China zählt hundertfünfzig Schilling von einer dicken Rolle ab und quetscht sich wieder in das schmale Zimmer. «Viel Glück, Kleine», sagt sie und verabschiedet Deqo mit einem Winken.

Nasra bringt sie zur Vordertür und schiebt ihr zehn Schilling in die Hand.

Im Begriff wegzugehen, bleibt Deqo plötzlich stehen und dreht sich zu Nasra um.

«Kann ich dich was fragen?», flüstert sie.

«Hä? Ich kann dich nicht hören.»

Deqo beugt sich weiter vor. «Kann ich dich was fragen?»

Vorsichtig nickt Nasra.

Nervös leckt sich Deqo über die Lippen. «Bist du eine Hure?»

Nasra erstarrt vor Wut, aber Deqo rennt nicht weg, lacht auch nicht, mit großen Augen wartet sie auf die Antwort.

Ein paar Augenblicke vergehen, dann schleicht sich ein Funkeln in Nasras Augen, und ihr Lächeln beantwortet die Frage.

Eine Stunde später kauert sich Deqo am Straßenrand nieder, beißt in ein Lammbaguette, das Brot ist altbacken, das Lammfleisch kalt, aber das stört sie nicht. In Gedanken geht sie immer wieder das Gespräch mit Nasra durch. Wenn sie eine Hure ist, dann muss China auch eine sein, aber warum hat sie ihr Kind behalten? Wenn sie es nicht irgendwo zurücklassen musste, warum hatte dann ihre eigene Mutter sie zurückgelassen? Deqo kommt der Gedanke, dass ihre Mutter sie vielleicht bei sich hätte behalten können, und sie schluckt schwer. Fand sie etwas an

Deqo nicht in Ordnung? Rannte sie weg vor einem Kind, dem das Unglück ins Gesicht geschrieben stand? Wie um diesen Gedanken zu unterstreichen, fährt ein Auto neben ihr durch eine Pfütze und spritzt ihr schmutziges Wasser auf die Beine. Sie steht auf und wischt sich Tropfen und Brotkrümel ab, kickt frustriert einen Stein gegen ein Autoheck. Mit verkniffenem Gesichtsausdruck und melancholischen Gedanken geht sie zurück zu Nasras Haus.

Der Himmel öffnet seine Schleusen, und sie rennt schlitternd los. Der Regen riecht frisch, berauschend und grün, er reinigt die Stadt und bringt auf den Häusern die Farbe wieder zum Leuchten. An einer Mauer beim Markt hängt das Porträt des alten Mannes mit den vorstehenden Zähnen; der Präsident. Es ist ihr oft aufgefallen, aber jetzt sehen die Regentropfen, die ihm über das Gesicht laufen, wie Tränen aus, und Deqo bleibt stehen, plötzlich gefesselt von seinem traurigen Gesichtsausdruck; trotz der Militäruniform und der Goldtressen sieht er sie unendlich einsam an. Die dunklen Wolken und die leere Straße verdüstern ihre ohnehin schon trübe Stimmung noch mehr; bei so einem Wetter sollte man zu Hause bei seiner Familie sein, gemütlich vorm Feuer sitzen, spielen oder dösen. Sie fühlt sich betrogen, betrogen und von der Welt verschmäht. Sie wischt dem Porträt die Tränen ab und geht weiter, am Hauptmarkt und dem antennenohrigen Radiosender vorbei, an der Außenmauer einer großen Schule entlang, in der Kinder lärmen, die geliebt werden, und über ihren Fakirmarkt.

Zitternd erreicht sie Nasras Straße, Wasser rinnt Deqo über die Nase und unter dem Kleid am Körper hinab. Die Straße hat sich völlig verändert, sie ist voller ausgelassener Kinder, die halbnackt im Regen tanzen und ihre Münder weit aufgerissen dem Himmel entgegenrecken. Flügelschlagend rennen Hühner zwischen ihren Beinen herum, und Ziegen werden in ihren Armen zum Tanz auf den Hinterbeinen gezwungen. Aus jeder Behausung dringt eine musikalische Kakofonie: Lieder aus dem Radio, verzerrte Töne ausgeleierter Kassetten und das Trillern der Frauen. Der Morast des Abzugsgrabens fließt jetzt als kleines Bächlein dahin, die Plastiktüten, die sich in den Ästen der Bäume verfangen haben, glänzen wie Luftballons. Ein ungefähr achtjähriges Mädchen, dem das Haar am Kopf klebt, rennt auf Deqo zu und zieht sie ins Getümmel, hält sie eng an sich gedrückt und dreht sich im Kreis herum wie ein Derwisch, kichert unausgesetzt. Auch Deqo lacht, genießt die Trance, ihre Traurigkeit schwebt empor und verharrt einen Augenblick, dann rutscht das Mädchen aus, und beide landen im Matsch, die Glieder ineinander verhakt.

«Wie heißt du?», keucht Deqo.

«Samira, und du?»

«Deqo.»

«Ich hab dich noch nie gesehen.» Das Mädchen lächelt und zeigt dabei kleine braune Zähne.

«Ich komme von weit her.» Deqo kennt das schon, wenn sie den Leuten erzählt, dass sie aus dem Flüchtlingslager ist, verschwindet das Lächeln.

Eine barfüßige Frau springt auf sie zu, sie ist dünn und verärgert. «Samira! Samira! Steht sofort aus dem Dreck auf, du Ferkel!»

«Ich muss gehen.» Samira hüpft auf die Füße, bevor die Frau ihr einen Schlag auf den Hintern versetzen kann. Sie rennt in die Hütte, und die Frau folgt, stochert wie ein Stelzvogel durch den Schlamm.

«Deqo, bist du das?»

Deqo hebt den Kopf aus dem Schlamm und sieht Nasra, die sie mit zusammengekniffenen Augen betrachtet. Schlitternd richtet sie sich auf und wischt sich die Dreckspuren aus dem Gesicht.

«Komm rein, du wirst sonst krank», befiehlt Nasra.

Ein Tongefäß, in dem Weihrauch brennt, verbreitet ein klein wenig Wärme im Zimmer. «Im Moment gibt's kein Wasser, du musst eben noch ein Weilchen dreckig bleiben», sagt Nasra, während sie mit einem Handtuch Deqos Haar und Körper abreibt.

Allmählich wird ihre Haut wieder warm, und Deqo sieht sich im Zimmer um: Die rosa Wände sind mit Filmpostern dekoriert, auf dem blauen Linoleum liegt ein Fellteppich und weißes Mobiliar drängt sich um sie herum. Das ist das schönste Zimmer, das sie je gesehen hat. Als sie zusammenrechnet, was die Möbel, die Kleidung, die Dekoration, der

Krimskrams und die Schminksachen auf dem Markt gekostet haben müssen, muss sie tief Luft holen. Als Hure lebt es sich aber gut, denkt sie.

«Ich stell schnell Milch auf den Herd.» Nasra lässt das Handtuch aufs Bett fallen und verlässt das Zimmer.

Auf Zehenspitzen geht Deqo zu dem Tisch hinüber, auf dem gerahmte Fotos stehen; alle Bilder zeigen Nasra, aber nur auf einem lächelt sie. Ihr Blick wandert weiter, und sie nimmt Fläschchen mit Nagellack in die Hand, eines nach dem anderen: Blassrosa, Pink, Dunkelrot, Metallicblau – sie würde sich gern die Fingernägel lackieren, jeden in einer anderen Farbe. Alles in diesem Zimmer ist hinreißend, alles soll dem Vergnügen dienen; der weiche Teppich fühlt sich unter ihren geplagten Füßen himmlisch an, Pailletten funkeln an den hauchdünnen violetten Vorhängen, auf dem Bett sind Kissen aufgetürmt. Sie hat Mühe zu begreifen, warum Hure zu sein eine Schande ist, wenn das Leben dadurch so luxuriös wird. Sich schön machen ist wahrscheinlich das Einzige, wozu Nasra geeignet ist; sie ist viel zu zart und hübsch, um im Marktstaub zu schuften oder auf den Knien anderer Leute Fußböden zu schrubben.

Nasra kommt mit zwei Bechern Milch zurück. «Vorhin musste ich an dich denken.»

Deqo lächelt und verbirgt schnell den Mund hinter der Hand.

«Es ist nicht recht, dass ein Kind, zudem ein Mädchen, auch nur in der Nähe dieses Grabens schläft, bei all den wilden Hunden und den noch wilderen Männern. Wenn du magst, kannst du hierbleiben, in der Küche wäre Platz zum Schlafen, und nachts hättest du es warm. Wir können ein wenig Hilfe im Haus gebrauchen – putzen, einkaufen. Du könntest dich auch um Chinas Baby kümmern. Das würde dir doch bestimmt gefallen?»

Deqo sieht ihr geradewegs in die Augen. «Warum willst du mir helfen?»

Nasra stellt ihren Becher auf den Boden und setzt sich auf das Bett. «Weil ich einmal in einer ganz ähnlichen Lage war wie du: einsam, hungrig, vernachlässigt. Ich bin nach Hargeisa getrampt und kam hier mit einem Zahnstocher und Unterwäsche zum Wechseln an. Ich weiß, wie es sich als Mädchen auf der Straße lebt.»

«Ich kann wirklich hierbleiben? Du schickst mich nicht weg?»

Nasra lächelt. «Nur wenn du etwas ganz Schreckliches anstellst.»

«Das ist Chinas Zimmer, das weißt du ja bereits, dort drüben wohnt Karl Marx und da in der Ecke, das neue Mädchen, Stalin.» Nasra deutet auf drei geschlossene, aus groben Bohlen gezimmerte Türen, die von den drei Seiten des Hofes abgehen. «Du musst ihre Zimmer putzen, aber wenn die Türen geschlossen sind, lass sie in Ruhe.»

«Sind sie Ausländerinnen? Ihre Namen klingen nicht somalisch.»

«Nein, das sind ihre Spitznamen, in dieser Straße hat jedes Mädchen einen.»

Deqo hüpft neben ihr her. «Wie ist deiner?»

«Alle bis auf mich. Ich mochte meinen eigenen einigermaßen, und mir war's egal, ob mich jemand findet.» Sie öffnet die Küchentür, in einer Ecke ist ein großer Plastikkorb zu sehen, in den Töpfe, Pfannen und lange Messer geworfen wurden, und in einer anderen eine Matte, eine Decke und ein Kissen.

«Es ist nicht gerade das Oriental, aber besser als der Graben, was?»

Deqo nickt. In einer warmen Küche zu schlafen, den Geruch richtigen Essens in der Nase, genügt ihr völlig.

«Es kocht zwar jede von uns für sich selbst, aber du musst vielleicht beim Kleinschneiden helfen oder auf die Töpfe aufpassen. Wenn du gerade nicht putzt, bleib in Rufweite, für den Fall, dass wir dich für Besorgungen brauchen.»

In dieser Nacht, als sich Deqo, zusammengekauert in der Küche, vorstellt, wie einsam und unglücklich es in ihrer Tonne im Graben wäre, hört sie Männerstimmen. Sie springt auf und linst um den Türrahmen herum. Die drei Türen, die zu den Zimmern der Frauen führen, stehen offen, und Licht schwappt in den Hof.

«Bleib mir bloß vom Leib!», schreit ein junges Mädchen im Korridor. «Igitt, ich will dich nicht in meiner Nähe haben, du Kannibale.»

Das ist wohl Stalin.

Ein älterer Mann taucht auf, trägt eine Ledertasche in Karl Marx' Zimmer. Lächelnd wirft er einen Blick über die Schulter. Ohne anzuklopfen, betritt er das Zimmer, und der glühende Lichtstreifen unter Karl Marx' Tür erlischt.

Die ganze Nacht über wird Deqo immer wieder von Türenschlagen, lauten Stimmen und anderen, geheimnisvolleren Geräuschen geweckt. Sie verspürt hier mehr Angst als im Graben, aber auch unstillbare Neugier. Vermutlich hat ihre eigene Geschichte an einem Ort wie diesem ihren Ursprung, es ist an der Zeit, das Geheimnis ihrer Geburt aufzudecken. Ihre Augen sind im Dunkeln weit geöffnet, ihre Ohren lauschen auf das kleinste Geräusch, ihre Träume lösen sich auf wie Nebel. Im Graben Schlaf zu finden, war viel einfacher gewesen, dort war es zu dunkel, um etwas zu sehen, und manchmal so still, dass sie das Blut durch ihre Adern rauschen hören konnte.

Gerade als Deqo einschläft, bricht der Morgen an, hell und fordernd. Sie widersteht dem Ruf so lang wie möglich, als ihr plötzlich klar wird, wie spät es eigentlich ist. Sie isst das *canjeero*, das jemand auf einem Blechteller neben sie gestellt hat, und wäscht sich unter dem schwachen Strahl des Wasserhahns im Hof Gesicht und Arme, weil sie nicht weiß, ob sie das Bad benutzen darf.

Während sie ihre Arme trockenwedelt, späht sie durch Stalins geöffnete Tür, sieht, dass das Zimmer leer ist, und schnappt sich aus der Küche einen Lappen, um mit der Arbeit loszulegen. Für sie ist es lediglich eine Ausrede, um diese interessanten Gegenstände anzufassen, sie hat keine Ahnung, wie man die verschiedenen Gefäße, Utensilien und Schmuckstücke reinigt, die im Raum verstreut sind, aber Deqo genießt es, sie in die Hand zu nehmen, dreht sie im Licht hin und her und überlegt, wozu sie wohl gebraucht werden. Schließlich richtet sie ihre Aufmerksamkeit auf die Matratze auf dem Boden mit den zu Blumenranken verschlungenen Laken, schüttelt sie aus und streicht sie auf dem Bett glatt, wie sie es die Schwestern in der Klinik hat tun sehen, und hebt das gestreifte Kopfkissen hoch. Deqo muss zweimal hingucken, als sie das darunter versteckte Fleischermesser entdeckt. Sie berührt das Messer nicht, beugt sich aber vor, um es genauer zu betrachten: die Klinge besteht aus einem langen, breiten Stück Silber, der schwarze Griff hat Mulden, damit er gut in der Hand liegt, und an der Stelle, an der Metall auf Plastik trifft, befindet sich ein rotbrauner Fleck, der Rost oder getrocknetes Blut sein könnte.

«Komm da raus, du Dieb!», schreit ein Mädchen, drängt sich an ihr vorbei, schnappt sich das Messer und richtet es auf Deqos Gesicht. «Wer hat dir gesagt, dass du so einfach mein Zimmer betreten darfst?»

Entsetzt hebt Deqo die Hände und deutet zum Hof.

«Nasra», stottert sie.

«Nasra! Hast du dieses Straßengör ins Haus geschleppt?», gellt das Mädchen.

Nasra zwängt sich zu ihnen in das winzige Zimmer und schiebt das Messer beiseite. «Stalin, was denkst du dir denn bloß? Ich habe ihr gesagt, sie kann hier arbeiten. Du kannst doch nicht jedem Fremden ein Messer ins Gesicht halten.» Sie seufzt. «Hast du sie denn nicht in der Küche schlafen sehen?»

«Ich war Frühstück kaufen.» Stalin mustert Deqo von oben bis unten. «Hast du sie schon jemandem vorgeführt?»

Nasra funkelt Stalin wütend an, schiebt Deqo aus dem Raum. «Geh zu Karl Marx, die wird dich nicht anraunzen.»

Nasra schließt die Tür und bleibt mit Stalin zurück.

Deqo wirft über die Schulter einen Blick zurück. Immer noch leicht zitternd beschließt sie, zukünftig Stalins Zimmer fernzubleiben und ihr das Putzen selbst zu überlassen. Stalin ist das genaue Gegenteil von Nasra: stämmig, muskulös, strenges Gesicht, das Haar zurückgebunden und pomadisiert – sie sieht aus, als könnte sie jemanden zu Brei schlagen. Was hat sie wohl damit gemeint, mich jemandem vorführen?, überlegt Deqo. Ich bin doch kein wildes Tier, da gibt es nichts zu sehen.

Sie überquert den Hof und klopft bei Karl Marx an, bevor sie hineingeht. Es dauert ein paar Sekunden, bis sich ihre Augen an das Dämmerlicht gewöhnt haben, aber dann erkennt sie Karl Marx, die auf dem Rücken liegt, die Hände flach auf der Brust. Deqo steht an der Tür, ist sich nicht sicher, ob die Gestalt auf dem Bett überhaupt atmet.

«Komm rein, ich bin nicht tot. Jedenfalls noch nicht», sagt Karl Marx, ohne die Augen zu öffnen.

«Ich soll dein Zimmer putzen», Deqo unterdrückt das Niesen, das sie in der Nase kitzelt.

Karl Marx rührt sich nicht, blass und scharf hebt sich ihr Profil von der blauen Wand ab. «Dann mach sauber.» Die Worte scheinen aus den großen Ohren oder den schmalen Nasenlöchern zu kommen, denn ihre Lippen bewegen sich nicht.

Deqo nimmt den Lappen und wischt eine Staubschicht vom Fensterbrett, allerdings schüchtert die Anwesenheit eines anderen Menschen im Zimmer sie ein. Allmählich rührt sich Karl Marx, schwingt die Beine aus dem Bett und gähnt lauthals. Deqo wirft einen raschen Blick auf den nackten, knochendürren Körper der Frau; die hervorstehenden Schlüsselbeine bilden ein Joch um ihren Hals, die mageren Schenkel sind von blutenden Wunden überzogen. Verstohlen mustert Deqo sie, sieht eine Frau, die ins Krankenhaus gehört. Karl Marx greift nach einem Lakenzipfel und tupft sich das Blut von den Beinen, steht bedächtig auf, als wäre sie sich ihres Zustandes nicht bewusst. Als sie ein *diric* vom Boden aufhebt, sind die beiden dreieckigen Knochen ihres Gesäßes zu sehen.

Deqo hat einen Kloß im Hals und summt, um sich abzulenken, leise vor sich hin.

«Gehörst du zu Nasra?»

«*Haa*, ja.»

«Bietest du dich an?»

«Was soll ich denn anbieten?»

«Das zwischen deinen Beinen.»

Es dauert, bis Deqo begreift, was zwischen ihren Beinen überhaupt verkauft werden könnte. «Nein! Ich putze und mache Besorgungen», sagt sie schleunigst. Sie stellt sich vor, wie Karl Marx das tut, was Ziegen und Straßenhunde tun, wenn sie einander besteigen, und ist angeekelt. Das also macht eine Hure zur Hure, begreift sie, und ihre Augen werden groß.

Karl Marx lässt sich schwer aufs Bett fallen und betrachtet Deqo unter gesenkten Lidern hervor. «Ich war so alt wie du, als ich angefangen habe.»

Deqo findet es unbegreiflich, dass irgendjemand was von Karl Marx will, sie sieht aus, als hätte sie sich Typhus und alle möglichen Krankheiten eingefangen. In Saba'ad wären die Leute vor ihr davongerannt.

«Sieh mich an», sagt Karl Marx.

Deqo dreht sich um und sieht ihr ins Gesicht.

«Wie alt schätzt du mich?»

Auf ihrem Kopf zeigen sich bereits weiße Haare, unter dem durchsichtigen *diric* hängen die Brüste bis zum Nabel; in Deqos Augen ist sie uralt.

«Los, sag schon.»

«Fünfzig? Fünfundfünfzig?»

Karl Marx lacht und zeigt dabei von *Khat* verfärbte und zerstörte Zähne. «Du kleines Biest! Zwanzig weniger und du kommst ungefähr hin.»

Deqo lächelt ungläubig zurück, ist aber zu höflich, ihre Zweifel zu äußern. «Warum heißt du Karl Marx?»

«Weil ich gegeben und gegeben und gegeben habe, und jetzt ist nichts mehr übrig.» Sie greift sich an die Brust und seufzt.

«Was ist mit Stalin und China?»

«Stalin ist wegen ihrer Brutalität nach dem russischen *jaalle* Stalin benannt, und China ist bei den Kulis sehr beliebt. Nasra möchte keinen neuen Namen.» Ihre Aufmerksamkeit wandert zu dem Vorrat weißer Medikamentenschachteln auf dem Boden, und während Deqo das Bett richtet, zermahlt sie mit den Zähnen eine Tablette nach der anderen.

«Wie willst du heißen?»

«Ich heiße Deqo, ich will keinen anderen Namen», sagt sie bestimmt. Wenn Nasra für das Leben hier keinen neuen Namen benötigte, braucht sie auch keinen.

«Sei so nett und wasch die Kleider da für mich.» Karl Marx zeigt auf einen Haufen neben der Tür.

Deqo zögert, unsicher, ob Waschen zu ihren Pflichten gehört, beschließt dann, sich gut mit Karl Marx zu stellen; es kann nicht schaden, im Haus eine Verbündete gegen Stalin zu haben. Sie sammelt die Kleider auf und geht.

Deqo lässt Karl Marx' Wäsche in ein Becken im Hof fallen, schrubbt sie mit einer grünen Seife unter dem Wasserhahn; das Wasser tröpfelt so langsam, dass sie beschließt, erst die Zimmer fertig zu machen. Nachdem sie dreimal an Chinas Tür geklopft und keine Antwort erhalten hat, tappt Deqo zu Nasras Zimmer, wo in einem weißen Henkelgefäß aus Ton Weihrauch brennt. Nasra hat gerade geduscht; ein um den Kopf gewickeltes Handtuch hält das Haar oben und entblößt ihren langen Hals. Ihre Haut an den Knien und Ellbogen ist heller und mit Leberfleckchen übersät, die sich bis über die Brust und Oberschenkel ausbreiten; mit kräftigen Bewegungen verteilt sie eine milchweiße Lotion auf ihrem Körper, massiert, knetet mit den Fingern das Fleisch, zieht es vom Knochen weg.

«Nimm ruhig was.» Nasra hält ihr die Flasche hin.

Deqo drückt sich einen winzigen Klecks auf die Handfläche und reicht die Flasche zurück. Der Duft der Lotion, die Rasierklinge und die unzähligen Tiegel auf dem Toilettentisch scheinen die Verwandlung vom kleinen Mädchen zur Frau zu verkörpern, die notwendige Pflege und Kontrolle, nach der ein erwachsener, ungebärdiger Körper verlangt. Sie reibt die Handflächen aneinander und hält sie sich unter die Nase, der Duft der Lotion wird von Seife, Kohle, Brot und Schweiß überdeckt.

Nasra reißt sich die Handtücher von Kopf und Körper und steht in ihrer ganzen Pracht vor dem Schrank. Deqo wendet den Blick ab, aber wegen des Unterschieds zwischen Nasras kräftigen Schenkeln, dem stabilen Rücken und Karl Marx' Körper möchte sie gern noch einmal hinsehen, damit sie weiß, wie eine erwachsene Frau eigentlich aussehen soll, wie vielen Veränderungen ihr eigener Körper unterworfen sein wird.

«Hast du gut geschlafen?» Nasra geht die Stapel zusammengelegter Kleidung durch, die aus dem Schrank quellen.

«Ja», erwidert Deqo enthusiastisch, obwohl sie kaum ein Auge zugemacht hat.

«Gut. Vielleicht bleibst du dann ja bei uns.» Nasra zieht sich an, wählt ihre Kleidung sorgfältig aus. «Du musst mir sagen, wenn du etwas brauchst. Ich möchte, dass du dick und glücklich wirst, kapiert? Ich möchte, dass du mein kleines Mädchen bist.»

«Ja, Nasra.» Deqo lächelt breit.

«Hast du schon mal das Meer gesehen?»

«Noch nie.»

«Eines Tages nehme ich dich mit nach Berbera zu meiner Familie.»

«Wie ist es da so?»

«Wie in Hargeisa, aber Berbera liegt direkt am Meer, die Fischer verkaufen ihren Fang am Strand, und Jemeniten drängen dir *qudar* auf, ein Getränk aus Datteln, und meine Mutter mit ihrer Schere schneidet mir jeden Monat die Haare.» Nasra lächelt.

Sie schaltet die Stereoanlage ein, wechselt die Kassette, geht Aufnahme um Aufnahme durch, erklärt bei jeder wie eine Radiomoderatorin die Herkunft, arabisch, kongolesisch und amerikanisch. Deqo kann die Lieder nicht unterscheiden, aber ihr gefällt alles; plötzlich kommt ihr das Zimmer belebt und von unsichtbaren Musikern, Sängern und Tänzern bevölkert vor. Nasra findet ein somalisches Lied und setzt sich wieder auf das ungemachte Bett, in der Hand ein Fotoalbum, das sie durchblättert. Hinter dem durchsichtigen Papier haben die Fotos die Anmutung ferner, halb vergessener Erinnerungen, und Nasras Lächeln verschwindet.

Deqo schaut ihr über die Schulter: kleine Mädchen, die barfuß in der Brandung toben, eine gestrenge Matriarchin, die im Studio vor einem Savannenhintergrund finster dreinblickt, ein schlanker Mann mit ungebändigtem Haar, der stolz vor einem weißen Boot steht.

«Wer ist das?» Deqo tippt mit dem Finger auf das Foto.

Nasra wischt den Fettfleck weg, ehe sie antwortet. «Mein Vater.»

«Ist er Fischer?»

«War er.» Schnell blättert sie um und betrachtet die anderen Fotos nur flüchtig, scheint sie gar nicht richtig wahrzunehmen.

«Ich weiß gar nicht, wer mein Vater war oder was er macht», kichert Deqo nervös. Sie will Nasra den Arm um die Schulter legen, besinnt sich aber eines Besseren.

«Du kommst doch aus einem der Lager?»

«Ja, aus Saba'ad.»

«Na, dann war er wahrscheinlich ein armer Nomade und deine Mutter eine langhaarige Sultanstochter aus einem Dorf am Fluss, und sie begegneten einander und brannten verliebt zusammen durch und bekamen dich. Habe ich recht?» Nasra springt vom Bett herunter und stopft das Album in eine Schublade.

Deqo schnurrt beinahe vor Entzücken, Nasras Geschichte erfüllt sie mit Licht und Wärme. «Jajaja!», möchte sie schreien, aber stattdessen schwenkt sie die Arme hin und her.

Die Wahrheit ist sehr viel grausamer. Sie hat keinerlei Ahnung, wo sich der Rest ihrer Familie befindet; es gibt keine Geschichten, die von Cousins weitergetragen werden, keine Dörfer, in die sie zurückkehren, keine Ahnentafel, die sie weitergeben könnte, sollte sie jemals selbst Kinder haben. Sie ist wie ein Schössling, der aus der nackten Erde wächst, während andere Triebe alteingewurzelter Bäumen sind. Ihre minderjährige Mutter habe am Hals ein Muttermal in der Form einer Mondsichel gehabt und auf der ganzen Brust Flecken wie eine alte Frau, hatte Schwester Doreen ihr erzählt. Mehr wusste sie nicht. Kein Gesicht, kein Körper, einige Flecken und eine Halbmondsichel sind die einzigen Erinnerungen an ihre Mutter.

«Wer hat den verdammten Hof unter Wasser gesetzt?», brüllt Stalin von draußen.

«O nein», stößt Deqo leise hervor und rennt zur Wäsche zurück.

Während sich der Hof von blau zu dunkelblau zu schwarz wandelt, pult Deqo Dreck unter ihren Fingernägeln hervor und hört die Knochen des Hauses knacken, als es sich in die Nacht hineinschmiegt. Bald erleuchten Öllampen jede Ecke des Hauses, und sie fällt in einen leichten Schlaf, der die Geräusche um sie herum dämpft, aber nicht ganz verstummen lässt: Schritte, klickende Schlösser, Gelächter, ferne Musik,

Gespräche, Bettfedern, Stille. Aus Nasras Zimmer weht Tabakgeruch in die Küche.

Es ist spät, als Deqo ein lautes Klopfen an der Hintertür hört, hartnäckige Wirbel alle zehn Sekunden. Sie taumelt auf die Beine und presst das Ohr gegen die Tür. Dann linst sie durch das Schlüsselloch und sieht Ödland, auf dem Abfall abgeladen und Holzkohle hergestellt wird. Beim Gedanken, diese Dunkelheit hereinzulassen, wird ihr bang.

«Wer ist da?», will sie wissen und hört sich mutiger an, als sie sich fühlt.

«Mach auf! Ich will zu Nasra», antwortet eine tiefe Männerstimme.

«Ich darf niemanden reinlassen.»

Er tritt gegen die Tür. «Entweder du lässt mich so rein oder ich finde einen anderen Weg.»

«Ich darf Sie nicht reinlassen!» Deqo wirft sich mit der Schulter gegen die Tür.

Stille, dann scharren Füße die Mauer hinauf und über das Wellblechdach. Deqo duckt sich, als könnte der Fremde auf sie fallen. Nach ein paar Augenblicken springt ein riesiger Mann mit langem Mantel hinab in den Hof. Im Schatten des tief in die Stirn gezogenen Baretts kann Deqo nur seine Nase und die spöttisch verzogenen Lippen erkennen. Er richtet sich auf und entschwindet in Richtung von Nasras Zimmer, und Deqo hört, genau in dem Moment, in dem er die Tür erreicht, das Klacken von Nasras Riegel; sie versteckt sich im Korridor, als Stalin und China die Köpfe aus ihren Zimmern strecken.

Sie geht in den Hof zurück und hockt sich hin, um durch das Fenster von Nasras Zimmer zu spionieren. Mit gespitzten Ohren und großen Augen versucht sie, so viel wie möglich von dem Drama mitzubekommen, immer weiter schiebt sich ihr Kopf hoch, die Nase drückt gegen das Glas. Der Mann überragt Nasra; er hat weder Hut noch Mantel abgelegt, sondern umkreist sie, die aufrecht dasteht, lediglich mit einem roten, bis zu den Brüsten hochgezogenen Satinunterrock bekleidet, zwischen den Fingern eine brennende Zigarette. Sie reden nicht, berühren sich nicht. Nasra erblickt Deqos Gesicht im Fenster und schlägt mit der Hand gegen die Scheibe.

Sie hastet in die Küche zurück, ganz beschämt, dass sie beim Spionieren erwischt worden ist, und zieht sich die Decke über den Kopf; sie ballt die Fäuste und gräbt sich die Nägel ins Fleisch, wütend, dass sie Nasra verärgert hat. Sie weint nicht, sitzt mit dem Rücken an der Wand und fühlt sich verlassen. Schließlich hört sie den Mann durch die Hintertür verschwinden. Deqo verbringt eine weitere schlaflose Nacht in der Küche, ihr Gefühl der Sicherheit ist erschüttert, und sie rechnet damit, dass mitten in der Nacht weitere Riesen vor ihr auftauchen, die die Mauer übersprungen haben, und ihr mit einem Gewehr, einem Messer oder einfach mit ihren starken Händen den Atem abschnüren.

Deqo wacht spät auf, geweckt vom Tappen der Schritte um sie herum. Ein paar Zentimeter von ihren Füßen entfernt glüht der Holzkohleofen, und Stalin tritt ihr gegen das Bein, damit sie Platz macht.

«Deqo, hol uns Zucker aus dem Laden», bittet Nasra, die das Feuer anfacht, und holt ein Bündel Geldscheine aus ihrem BH.

Mit verquollenen Augen nimmt Deqo ihr *caday* von der Matte und stolpert auf die Straße, putzt sich beim Gehen die Zähne. Eine Kakofonie bricht über sie herein, krähende Junghähne, schreiende Esel, die sich gegen ihr Geschirr wehren, kleine Jungen in Uniform, die sich balgen, Frauen, die vor ihren Ziegen Futtereimer schwenken und der Trommelschlag halbwüchsiger Mädchen, die Teppiche klopfen. Sie bleibt stehen, beobachtet eine Katze, die ihre um sie herum maunzenden Jungen säugt, und stapft weiter zum Laden an der Ecke, zufrieden mit ihrem neuen Platz in der Welt.

Im Lager kam es einem so vor, als brächte jeder Tag neues Unheil – mal ein Feuer, der wiederholte Ausbruch einer Krankheit oder ein unerwarteter Tod; das Leben war ein Drahtseilakt, jeder Schritt musste behutsam gesetzt werden. Hin und wieder ahmten Deqo und Anab die deutschen Ärzte im Lager nach, indem sie einander den Puls fühlten, die Hand zum Temperaturmessen auf die Stirn legten und mit Stöcken auf ihre Gelenke klopften; sie machten sich darüber lustig, aber stets lauerte in ihnen die Angst, krank zu werden. Von den Kindern im Waisenhaus waren bereits fünf gestorben, drei an einer Krankheit, zwei bei einer gewalttätigen Auseinandersetzung zwischen verschiedenen Clans. Sie erinnert sich an die Röhren aus Schilfmatten, in die man sie vor dem Begräbnis gewickelt hatte, die Rollen so klein und dünn, dass sie Zigaretten ähnelten.

Während der Clankämpfe, bei denen die beiden Jungen starben, wurden die Entwicklungshelfer für ein paar Tage weggeschickt, und da dämmerte es Deqo, dass sie woanders zu Hause waren, dass dieses Lager für sie nur eines von vielen war, ihr richtiges Zuhause weit entfernt lag, in einem sicheren und wohlhabenden Land. Schwester Doreen war die Einzige, die zurückblieb. Sie war wie ein Maultier, unermüdlich, klaglos; je heftiger es im Lager zuging, desto begeisterter schien sie. Sie hatte versucht, Anab und Deqo von ihrer Kindheit in Irland zu erzählen; sie habe ein Pony gehabt, sagte sie, und Kühe, und soweit sie sich erinnern könne, habe es fast jeden Tag geregnet, und der Regen sei keineswegs von der Sorte gewesen, nach der sich die Leute hier sehnten, sondern eine spitznadelige, kalte, unerbittliche Angelegenheit, die ihrer Großmutter in die Knochen gefahren sei. Deqo hatte gern mit Schwester Doreens langem, von Grau durchzogenem Haar gespielt, während diese sprach, und sich vorgestellt, es sei der Schweif ihres eigenen Pferdes. Schwester Doreen mochte es, wenn Deqo ihre kühlen Finger auf die rote, verbrannte Haut ihrer Schultern legte, die nicht braun werden wollte wie der Rest der Arme. Schwester Doreen war gut; sie verlieh diesem Wort eine Bedeutung, wie es nur wenige Menschen taten.

Sehnsucht nach der Frau, um die sich ihr Leben einst drehte, überfällt Deqo. Sie fragt sich, wie die Guddi Schwester Doreen ihr Verschwinden erklären werden. Wahrscheinlich werden sie einfach ohne eine Erklärung ihren Namen aus dem Register streichen; keiner wagt, sie in ihre Schranken zu weisen, die Entwicklungshelfer schon gar nicht, die tun müssen, was ihnen die in Jeeps durch das Lager rumpelnden bewaffneten Polizisten vorschreiben. Ein paar Schritte vor dem Laden, der sich in einer Wellblechhütte befindet, wendet sich Deqos Aufmerksamkeit von dem blauen, mit weißen Kondensstreifen durchkreuzten Himmel der

Straße zu; ein Wirbel von Jeansschlaghosen, Afrofrisuren und engen Hemden, Dutzende von Burschen und Jungen stürmen an ihr vorbei. Soldaten in verschiedenen Wagen jagen ihnen nach. Die Straße verengt sich, die Soldaten steigen aus und setzen die Verfolgung zu Fuß fort, werfen sich auf ihre Opfer, die die Mauern hochklettern und in dem Gewirr der Höfe und Gässchen Schutz suchen. Ein Junge kriecht hinten aus dem Laden hinaus und versteckt sich um die Ecke in einem baufälligen Ziegenstall. Es ist wie ein gewaltiges Versteckspiel, von dem Deqo ausgeschlossen ist, ein Spiel nur für Jungen.

Ein Lastwagen rast heran, blockiert das andere Ende der Straße, und einige der Gefangenen werden mit gesenkten Köpfen und auf den Rücken gedrehten Armen zu dem Fahrzeug geführt. Eine Frau versperrt den Zugang zu ihrem Bungalow, aber zwei Soldaten stoßen sie beiseite und zerren einen Jungen an seinen langen Haaren nach draußen. Die Frau läuft ihnen nach, fleht sie an, ihn nicht mitzunehmen: «Lasst ihn gehen, er ist alles, was ich habe, er ist zu jung für den Wehrdienst, lasst ihn gehen, *walaalo*, Brüder.»

Von Staub eingehüllt, die Arme schützend vor der Brust gekreuzt, steht Deqo am Rand des Schauplatzes und fühlt sich an die Schlachtungen im Lager während *Eid* erinnert, als die Nomaden mit Schafen und Ziegen kamen und sie an die reicheren Familien verkauften, worauf die brüllenden Tiere brutal voneinander getrennt wurden. Sie betritt den leeren Laden, nimmt eine Packung Zucker aus einem Regal, lässt dafür Geld zurück und flüchtet zu Nasras Haus. Als sie den Bungalow erreicht, stehen die Frauen an der Tür und spähen auf die Straße. Stalin grinst, aber die anderen sehen besorgt aus.

«Das ist diesen Monat schon das zweite Mal. Was wollen sie denn mit all den Kindern?», ruft China.

«Kannibalen, die wollen die Frucht unseres Leibes», erwidert Karl Marx.

«Guckt mal, wie die rennen! Ist das nicht der kleine Scheißer, der mir einen Stein gegen das Fenster geworfen hat? Jetzt ist er nicht mehr so mutig, was?»

Nasra kaut auf einem Kopftuchzipfel herum und beteiligt sich nicht an dem Gespräch; sanft legt sie Deqo eine Hand auf den Rücken und bringt sie ins Haus.

Deqo steht im Dämmer des Badezimmers und zittert, als aus dem Eimer kaltes Wasser über ihren Kopf rinnt.

«Wasch dein Haar gründlich», ordnet Nasra an.

Dicker Schaum tropft ihr in die Augen und legt sich um ihren Hals; das Shampoo riecht so gut, dass Deqo immer wieder innehält und tief einatmet.

«Wenn ich mit dir fertig bin, wirst du wunderschön aussehen.»

«Wo bringen die Soldaten die Jungen denn hin?», fragt Deqo mit geschlossenen Augen.

«In den Süden, wo sie zu Soldaten ausgebildet werden.» Erneut füllt Nasra den Eimer und schüttet Wasser über Deqo.

«Wollen die denn nicht Soldat werden?»

«Nein, warum auch? Schließlich steht diese Regierung nicht auf ihrer Seite.»

«Aber der Präsident sorgt für uns, er ist unser Vater.»

Nasra lacht. «Jaja, so heißt es in den Liedern, aber ich glaube nicht, dass das stimmt. Hast du das in Saba'ad gelernt?»

Deqo nickt und führt ihr den Tanz vor, den Milgo ihr beigebracht hat; ihre Füße gleiten quietschend über den nassen Boden.

«Zappel nicht so rum, mit diesem Tanz machst du dir hier keine Freunde.»

Nasra fährt Deqo mit der Hand über den nackten Rücken, spült die letzten Schaumspuren ab.

Stalin taucht auf und lehnt sich gegen den Türrahmen. «Da hast du dir mit dieser *bedu* ja ordentlich Arbeit eingebrockt. Schau dir doch bloß mal die Storchenbeine an – und sie ist nicht einmal beschnitten!»

Deqo bedeckt mit den Händen ihre Scham; von Nasra gebadet zu werden, hatte sich ganz natürlich angefühlt, als wäre sie eine Mutter oder ältere Schwester, aber die Art, wie Stalin sie ansieht, lässt sie schrumpfen. Der Blick dieser Frau scheint sie auseinanderzunehmen und zu sagen: Sieh dich doch bloß an, niemand hat dich genug geliebt, um dich beschneiden zu lassen, du bist ungebärdig und schmutzig.

«Hast du nichts Besseres zu tun, Stalin?», erkundigt sich Nasra.

«Gerade nicht, nein. Ich habe ein Messer, falls du willst, dass ich's abschneide, na, Deqo?»

Deqo weicht vor ihr zurück, die Beine fest zusammengepresst.

«Glaubst du vielleicht, du hast besser ausgesehen, als du hier ankamst? Dir folgte doch überallhin ein Schwarm Flöhe. Raus mit dir!» Nasra spritzt mit Wasser nach ihr.

«Wenn du nicht achtgibst, verkaufe ich sie dir unter der Nase weg», gibt Stalin zurück, ehe sie verschwindet.

«Was meint sie damit?», fragt Deqo, den Blick zu Boden gerichtet.

«Nichts, sie ist einfach blöd und außerdem eifersüchtig, weil du hübscher bist als sie.» Nasra umfasst Deqos Gesicht und kneift ihr spielerisch in die Wangen. «Lass dich von ihr nicht verrückt machen. Ich beschütze dich jetzt, und mich hat noch nie jemand untergebuttert.»

Kurz bevor die Ausgangssperre zuschlägt – Deqo rührt in einem Lammeintopf, den Nasra auf den Herd gestellt hat –, hämmert jemand gegen die Hoftür.

«Mach auf!», schreit Nasra aus ihrem Zimmer.

Schwankend steht Karnickel vor der Tür, der alte Säufer aus dem Graben. Ohne Deqo eines Blickes zu würdigen, drängt er sich ins Haus und taumelt direkt auf Chinas Zimmer zu. «Mein Liebling, *habibti*, dein Freund ist hier», schmachtet er und schlägt auf das zersplitterte Holz ein, seine Handfläche ist mattgelb.

«Wer hat gesagt, dass du hierherkommen sollst?», brüllt China, reißt die Tür auf und versetzt ihm einen Stoß gegen die Schulter.

«Mein Schatz, du hast zwei Sachen, die mich interessieren – wenn du mir eine davon gibst, bin ich wieder weg.»

China greift in die Taschen seiner grauen Hose und zupft das leere weiße Futter heraus. «Sehe ich vielleicht wie das Rote Kreuz aus? Ich bediene keine Bettler und lass sie auch nicht ins Haus.»

«Dann gibt mir wenigstens einen Schluck Whisky.» Er streckt die

Hand aus und legt kokett den Kopf schief. «Als ich Geld hatte, war ich ein guter Kunde, das weißt du. Vielleicht bin ich sogar der Vater dieses lieben Jungen.»

«Träum weiter.» China packt Karnickel unter den Achseln und hebt ihn hoch, sodass seine Zehen nicht mehr den Boden berühren. «Als ob außer Krankheit und Alkohol irgendwas in dir stecken würde. Mit meinem Kind hast du gar nichts zu tun!»

Lächelnd betritt Nasra den Hof, auch Stalin und Karl Marx reihen sich ins Publikum ein.

«Verprügel den Dummkopf!», schreit Stalin.

«Du schuldest mir immer noch hundert Schilling.» Karl Marx beugt sich vor und zieht dem Mann die schwarzen Schuhe von den Füßen. «Die behalte ich, bis ich mein Geld bekomme.»

Sie sind wie Katzen, die zum Vergnügen nach einer Maus tatzen, denkt Deqo. «Meine Damen, ich bin ein armer Mann, der gibt, wenn es ihm möglich ist. Ihr solltet Erbarmen mit mir haben.»

«Dies ist kein Ort, an dem das Erbarmen regiert, das solltest du wissen, Karnickel», sagt Nasra und zwinkert Deqo verschwörerisch zu. «Die Welt hat uns auch nie einen Gefallen getan, warum also sollten wir dir helfen?»

«Ich bin nicht wie die anderen, ich habe euch nie wehgetan. Demütigt einen hilflosen alten Mann nicht!» Er klingt bemitleidenswert, den Tränen nahe.

Schuldbewusst kichert Deqo; er hat ihr tatsächlich nie wehgetan, aber es ist aufregend, wie er da in der Luft baumelt und von diesen Frauen eine Lektion in Sachen Respekt erteilt bekommt.

Stalin tritt ihm in den Hintern, und dann fallen alle über ihn her.

«Schafft den Müll raus!», schreien sie im Chor.

Während Deqo die Tür aufhält, wird er von den Frauen an Armen und Beinen gepackt; sie tragen ihn nach draußen und schwenken ihn ein paarmal hin und her, ehe sie ihn auf die Straße schleudern.

«Seid alle verflucht!», schreit er, als er mit einem dumpfen Geräusch im Dreck landet. Deqo macht ihm die Tür vor der Nase zu.

Die Frauen klopfen einander auf die Schultern und sind fröhlicher, als Deqo sie bislang erlebt hat; es fühlt sich an, als wäre nicht nur Karnickel vertrieben worden, sondern als hätte sich auch eine Spannung oder Wolke entladen. Sie lachen und lachen, bis sie nicht mehr können.

«Armer Mann!», keucht Karl Marx.

Deqo lehnt sich an Nasra und schlingt zögernd die Arme um ihre Taille; auch sie strahlt.

Gerade als sich Deqo daran gewöhnt hat, von dem schweren Regengetrommel auf dem Blechdach in den Schlaf gewiegt zu werden, findet die Regenzeit ein abruptes Ende. Anstelle des Wassers, das vom rostigen Dach tröpfelt, pfeift nun die Zugluft der *Jiilaal*-Winde, die ihr Bestes geben, um in den Bungalow einzudringen. Wenn Deqo sich über die Kälte beklagt, stopft Nasra die Löcher mit Lappen zu und lässt den Ofen abends etwas länger brennen. Der heulende Wind erinnert Deqo an das Elend, das die *jiilaal*, die Trockenzeit, nach Saba'ad brachte: rote, entzündete Augen vom Sand, alte Menschen, die in der Nachtkälte umkamen, Schlägereien zwischen den Flüchtlingen um Trinkwasser. Es war eine Zeit der Duldsamkeit und des endlosen Wartens. Das einzig Gute war der tiefblaue, wolkenlose Himmel. Ihr fällt ein, dass sie mit Anab am vergitterten Fenster hoch auf das Flachdach des Waisenhauses geklettert war und beobachtet hatte, wie die Menschen in Schlaf fielen. Wenn das Mondlicht hell genug war, konnten sie in der Ferne die bleichen Berge sehen und an ihrem Fuß einen Teil des Lagers. Alles makellos und sauber, der Himmel blauschwarz und die Sterne wie tausend freundliche Augen, die über den vergessenen Menschen wachten; wie Gebete stieg der Rauch der Kochfeuer empor. Plötzlich hat sie Sehnsucht nach diesem Anblick, nach jener Zeit in ihrem Leben, als Anab bei ihr und die ihnen vertraute Welt still und friedlich war; selbst wenn sie nach Saba'ad zurückkehren sollte, diese Zeit war vorbei.

Die Abläufe im Haus sind Deqo vertraut geworden, und sie weiß, welcher Kunde zu welcher Frau kommt: Die jüngeren, schick angezogenen Männer gehen zu Nasra, die Ehemänner mittleren Alters, das Gesicht hinter einer Sonnenbrille versteckt, zu Stalin, die Betrunkenen und Gangstertypen zu China, und die einfachen Arbeiter zu Karl Marx.

Nasra beklagt sich, dass an den meisten Abenden nur ein, zwei Kunden willens sind, der Ausgangssperre zu trotzen, und dass sie eher Chinas Typ sind als ihrer. Es habe einmal eine Zeit gegeben, da hätten sie hier keine Straßenhändler, Säufer und Verbrecher, sondern Journalisten und Geschäftsleute mit Dollars in den Taschen empfangen.

Die letzte Nacht des Jahres bricht an, und die einzigen Männerstimmen, die im Haus zu hören sind, kommen aus den Radios; selbst für die Säufer ist es zu kalt, zu dunkel und zu stürmisch. Den Abend über herrscht gedrückte Stimmung, Deqo sitzt auf Nasras Bett und sieht zu, wie diese ihr Zimmer umräumt, die Möbel von hier nach da schiebt und lauter Habseligkeiten aussortiert, angeblich weil sie ihr zum Hals heraushängen. Sie lässt den Haufen im Korridor liegen, damit Deqo ihn durchsehen kann, und wirft sich mit dem Gesicht nach unten aufs Bett.

«Was würde ich nicht tun, um von hier wegzukommen!», sagt Nasra und presst sich ein rosa Kissen gegen die Augen.

Deqo streicht ihr über das Haar.

«Wer hätte gedacht, dass mein Leben mal so verlaufen würde? Ich bin klug, ich bin keine Säuferin wie China, keine Analphabetin wie Karl Marx. Aus mir hätte was werden können. Aber wenn man einmal damit anfängt, kommt man da nie wieder raus, kann nie wieder etwas anderes sein. Ich gehe aus dem Haus, und die Leute sehen mich an, als wäre ich ein Gespenst, das am Tag herumwandert.»

«Gehst du deshalb nicht oft nach draußen?»

«Das und weil ich da draußen sowieso nichts verloren habe. Warum erzähle ich dir das überhaupt?» Sie lässt den Kopf auf die Bettdecke sinken und fängt wieder an. «Ich fühle mich, als wäre ich gar kein richtiger Mensch. Ich habe keine Familie, keine Freunde, keinen Mann, keine Kinder. Jeden Tag schlage ich die Augen auf und frage mich, weshalb ich mir überhaupt die Mühe machen und aufstehen oder essen oder noch einen Schilling verdienen soll. Keiner würde mich vermissen, im Gegenteil, meine Mutter wäre froh, wenn sie hören würde, dass ich gestorben bin, sie würde in die Hände klatschen und rufen, dass ihre Schande getilgt worden ist.»

Schluchzend verbirgt Nasra ihr Gesicht, und Deqo setzt sich mit großen, verängstigten Augen kerzengerade hin. «*Ich* würde dich vermissen, Nasra», sagt sie hastig und streichelt ihr über den Rücken.

Nasra gibt keine Antwort, und Deqo begreift, dass sie nicht genügt, bei Weitem nicht.

Der erste Tag des Jahres 1988 ist strahlend und wolkenlos, die Straße mit Blättern und Zweigen bedeckt, die es in der vergangenen Nacht hergeweht hat. Mit der rechten Hand umklammert Deqo hundert Schilling, ein Geschenk von Nasra, um das neue Jahr zu feiern, und vielleicht auch eine Entschuldigung für ihre Tränen. Das kleine Mädchen, das mit ihr im Regen getanzt hat, sitzt mit seiner Mutter auf einer hohen Treppenstufe aus Beton, den Kopf in die Hände gestützt. Grüßend winkt Deqo, aber als das Mädchen die Hand hebt, zerrt ihre Mutter diese nach unten. Die drahtige Frau verengt die Augen. «Geh weiter!», kreischt sie. Mit hocherhobenem Kopf marschiert Deqo weiter, aber ihr Magen dreht sich um, als ihr Nasras Worte wieder einfallen, sie will nicht auch zu einem Tageslichtgespenst werden.

Sie betrachtet ihre frisch lackierten roten Zehennägel und die sauberen, eingecremten Füße und weiß keinen Grund, weshalb irgendjemand auf sie herabsehen sollte. Gut sieht sie aus, findet Deqo, besser als je zuvor. Ihre Wangen sind voller und die ständigen Hungerkopfschmerzen sind weg, gleichzeitig aber fühlt sie sich schwerer, langsamer und weniger wachsam, da sie jetzt nicht mehr für jeden kleinen Happen rackern muss. Sie kommt sich verkleidet vor; ob sie auf dem Markt wohl jemand in Nasras abgelegten Sachen, dem grünen Rock und dem weißen Hemd, erkennt, oder ob sie für eines der hiesigen Mädchen gehalten wird, mollig und sorglos?

Deqo wendet sich nach links, will ein unbebautes Areal erkunden, das ihr bisher noch nie aufgefallen ist; in einer Sandgrube wächst struppiges Gebüsch, und Jungen kicken einen Lumpenball herum. Manchmal schlossen sich Deqo und Anab den Fußballspielern am breiten, trockenen Flussbett an, das an Saba'ad vorbeiführt; aus unerfindlichen Gründen uferten diese Spiele aus, bis sich vielleicht hundert Teilnehmer in einer kiesigen Arena versammelt hatten, die sich in jede

Richtung anderthalb Kilometer weit erstreckte. Aus Pullovern, die mit Schnürsenkeln zusammengebunden waren, wurden rasch neue Bälle hergestellt, wenn die anderen unter dem Massenansturm von Hosenmätzen und Halbwüchsigen, Jungen und Mädchen zerfallen waren – häufig hatten die Mädchen einfach einen Ball in die Hand genommen und waren damit zum Tor gelaufen, weil ihnen nicht einleuchtete, warum das nicht erlaubt war. An diesen Nachmittagen, wenn die Mädchen ihre *buuls* und Aufgaben im Stich ließen und das Lager in den von den Kindern aufgewirbelten Staub gehüllt war, war Deqo gerannt und gerannt und hatte im Sprung nach der goldenen Sonne gehascht, einer glänzenden Medaille, ganz knapp außerhalb ihrer Reichweite.

Nachdem sie ein paar Minuten zugesehen hat, wie die Jungen lustlos kickten, geht Deqo um die Sandgrube herum und spaziert zu einer Kreuzung. Sie wählt aufs Geratewohl eine der unbefestigten Straßen und schlendert an dem riesigen Elektrizitätswerk vorbei, an der Pepsi-Fabrik, vor der Lastwagen in Reihen geparkt sind. Nach einem weiteren Stück Buschland kommt der Graben, voller Abfall und Alkoholflaschen, eine Seilbrücke führt auf die andere Seite der Stadt hinüber. Beim Blick von der schwankenden Brücke auf den Graben kann Deqo kaum glauben, dass sie hier einmal ihre Nächte verbracht hat – ein wilder, dunkler Dschungel, ein Niemandsland voller Bedrohung und Gefahr. Mittlerweile wimmelt es in ihrer Tonne wahrscheinlich von Schlangen oder Skorpionen. Es ist einer jener Orte, wo menschliche Skelette ungestört und unbeweint in der Erde vermodern können. Deqo ist jetzt nicht mehr das Mädchen, das Unterschlupf in diesem Ödland suchte; sie muss dort einen Panzer abgeworfen haben oder aus einem Kokon geschlüpft sein.

Der Markt ist ihre Rettung gewesen, sein Lärm, die Gerüche, der raue Umgang haben dafür gesorgt, dass sie Mensch geblieben ist, und erleichtert erreicht Deqo den ihr vertrauten Ort, umklammert ihren Schatz noch fester. Noch nie hat sie hundert Schilling besessen, und sie muss gegen das Verlangen ankämpfen, das Geld für schlechte Zeiten aufzubewahren, aber Nasra hat ihr das Versprechen abgenommen, sie müsse sich etwas Schönes davon kaufen. Das Plätzchen, wo sie gestohlenes

Obst verkauft hat, ist hinter den breiten Rücken einiger Marktfrauen mittleren Alters verborgen. Kinder schwärmen um ihre wie neuen langen Beine herum – bleiche Klebstoffschnüffler, Schuhputzer, Taschendiebe, Koranschüler im langen weißen Gewand und mit Gebetsmütze, Straßenfeger –, es gibt genügend von ihnen, um damit ein ganzes kleines Dorf zu bevölkern, samt Hierarchien, Fehden und Bündnissen, die mit allem, was die Erwachsenenwelt bietet, mithalten können.

Niemand erkennt sie, ihre Verwandlung ist komplett; wer würde glauben, dass dies dieselbe Deqo ist, die in einer rostigen Tonne zu schlafen pflegte? In einem Spiegel, der vor einem Stand mit Kleidern hängt, erhascht sie einen Blick auf sich und sieht ein Mädchen mit ordentlich aufgestecktem Haar und herrisch hochgereckter Nase.

Nichts fesselt ihre Aufmerksamkeit so sehr, dass sie sich von den hundert Schilling getrennt hätte, bis sie an einem Eckstand vorbeikommt, wo Tiere verkauft werden. Der Händler sitzt auf einem Hocker, hält ein weißes Lamm im Arm; seine Haut ist dunkel und narbig, das Haar glatt geölt, und er lächelt wohlwollend, als sie näher kommt. Eine Schildkröte krabbelt behäbig zwischen seinen Füßen herum, mit einem Bein an den Hocker gebunden, verschiedene Vögel krächzen und flattern in überfüllten Käfigen, und im Inneren des Standes sieht sie ein kleines braun geflecktes Kitz auf den Hinterläufen hocken. Still kniet sich Deqo neben das Tier, und das Kitz sieht sie mit feuchten, verängstigten Augen an.

«Wie viel?», fragt sie den Händler.

Er kratzt sich am Kinn. «Gib mir fünfhundert», sagt er dann.

Deqo streichelt dem Tier über den Rücken, es zittert bei jedem schnellen Herzschlag. Es sollte bei seiner Mutter sein. «Ich hab bloß hundert.»

«Ah, dann vergiss es.» Er dreht sich zur Straße und spuckt aus.

«Womit füttert man es?»

«Kuhmilch. Wenn es dir so gefällt, warum bittest du nicht deine Mutter um mehr Geld?»

«Ich hab keine Mutter.» Sie krault das Tier unterm Kinn, woraufhin es mit den Ohren zuckt.

«Dann frag eben deinen Vater. Oder ...» Der Mann zieht einen Strohkorb zu seinem Hocker her und hält ihn schräg, damit sie den Inhalt sehen kann. Ein Gewusel gelber Küken fällt übereinander und piepst alarmiert. «Für hundert kannst du eins von denen haben.»

Deqo streichelt den Kopf des Kitzes und begutachtet das Kükenwaisenhaus. Sie hat Mitleid mit der Zerbrechlichkeit der Vögelchen; es wäre ein Leichtes, sie in der Hand zu erdrücken. Sie steckt die Hand in den Korb und streichelt die flaumige Brust eines Kükens, das auf dem Rücken liegt. Deqo selbst hat die ersten zwei Lebensjahre in den überfüllten Gitterbetten verbracht, in denen man die kleinsten Waisen des Lagers sich selbst überließ und wo die Kleinen übereinanderkrabbelten und neugierig Finger in ungeschützte Augen piksten. Irgendwie hat sie sich aus diesem Käfig befreit, sich selbst Laufen und Sprechen beigebracht und gelernt, sich zu versorgen.

«Ich nehm das da. Und wenn ich genug Geld hab, komme ich zurück und hole das Kitz», sagt sie energisch.

Scherzhaft salutiert der Händler und nimmt das Geld. «Ich warte auf dich!»

Langsam geht Deqo zum Bungalow zurück, schmiegt das Gesicht an den kitzelnden Flaum des Kükens; sie hofft, dass es eines Tages zu einem stolzen Huhn mit glänzendem Gefieder heranwachsen wird, zur Matriarchin einer ständig wachsenden Brut.

China steigt über Deqo hinweg und setzt den Kessel auf den Holzkohleofen; sie brummt undeutliche Vorwürfe vor sich hin, die entweder an Deqo oder das auf ihren Rücken gebundene Baby gerichtet sind. Das Gesicht des Jungen wird gegen Chinas Rücken gequetscht; obwohl es unbequem aussieht, wimmert er nicht. Deqo ist halb dankbar, halb neidisch, weil sie nie so getragen wurde. Auf ihrem Schoß zappelt das Hühnchen, trippelt auf ihren Schenkeln auf und ab.

«Ich dachte, du sollst in diesem Haus arbeiten und nicht bloß mit diesem Ding rumsitzen und uns das Essen wegfressen.»

«Ich bin mit Putzen fertig, China. Soll ich sonst noch was für dich tun?», antwortet Deqo ruhig.

«Als Erstes kannst du mir mal den Brocken vom Rücken nehmen.» China knotet das Tuch auf und lässt den Jungen in Deqos Arme plumpsen.

Schlaff hängen Nuhs Arme herunter; er riecht genauso stark nach Alkohol wie seine Mutter und scheint ebenfalls betrunken zu sein, die reglosen Augen sind halb geschlossen. Missmutig sieht Deqo China an. Warum hast du dein Kind behalten dürfen, wenn du dich nicht mal richtig darum kümmerst?, schießt ihr durch den Kopf.

«Deqo!», ruft Nasra. Hinter ihr im Hof steht ein großer Mann mit einem Holzstock. «Du bist ja wieder da. Hast du das gekauft?» Sie zeigt auf das Küken. «Hast du ihm schon einen Namen gegeben?»

Deqo schüttelt den Kopf. «Ich überleg noch.»

«Gehört das Kind dem Mädchen?», fragt der Mann. Er schiebt seine Sonnenbrille hoch und betrachtet Deqo eingehend, flüstert Nasra etwas ins Ohr.

«Natürlich nicht, das ist der Sohn von China.»

Der Mann kommt ein paar Schritte näher und beugt sich über Deqo, beim Lächeln sieht man zwei goldene Eckzähne. «Hübsches Mädchen», sagt er und nimmt ihre Nase zwischen seine tabakfleckigen Finger.

«Deqo, du bist doch völlig gesund?» Nasra zieht den Mann sanft weg.

Schüchtern nickt Deqo.

«Lassen Sie uns in meinem Zimmer weiterreden», sagt Nasra und geht mit dem Besucher weg.

«Oha, Kleine, jetzt geht's aufs Hackbrett mit dir», kichert China.

«Wie meinst du das?»

«Das wirst du bald herausfinden.» China nimmt ihr Nuh ab und verschwindet mit einer Thermoskanne Tee in ihrem Zimmer.

Deqo schiebt das Küken in die Rocktasche und stellt sich neben Nasras Tür, aber ganz gleich, wie fest sie das Ohr auch gegen die Wand presst, sie bekommt von dem Gespräch nichts mit. Sie geht zurück in die Küche, nimmt sich vor, nicht so misstrauisch zu sein. Nasra wird nicht zulassen, dass ihr jemand wehtut.

Das neue Jahr bringt neue Kunden – Soldaten, und das nicht zu knapp; der Mann, der über die Mauer geklettert ist, kommt fast jede Nacht und bringt seine Kameraden mit. Das Haus der Frauen ist ein Haus der Männer geworden, und selbst Stalin wirkt demütig. Von der Ausgangssperre nicht betroffen, kommen die Männer gegen Mitternacht und gehen vor Tagesanbruch, da versinkt der Bungalow bereits im Chaos, überall stehen Tassen und Gläser herum, in der Küche liegen zerbrochene Teller, Zigarettenkippen und leere Flaschen übersäen den Hof, Wäsche ist von der Leine gezerrt worden, und die Männer haben darauf herumgetrampelt, auf dem Toilettenboden schwappt Urin.

Erschöpft verschlafen die Frauen den Tag, während Deqo sauber macht. Aus Angst vor den Soldaten bleiben die alten Kunden weg, deren Ordentlichkeit sie vermisst. Schlafen fällt schwer, wenn die ganze Nacht hindurch Musik spielt und Füße dicht neben ihrem Kopf vorbeigehen, aber es sind die Stimmen, die sie wirklich stören: Warum müssen Männer so laut sein? Sie brüllen, statt zu reden, und lachen, als müsste die ganze Welt ihr Gelächter hören. Deqo hält sich die Ohren zu, während sie prahlen, dass ihnen die Stadt gehört, dass sie tun und lassen können, was sie wollen, und keiner sie daran hindert, und wie um es zu beweisen, rennt gern einer der jungen Rekruten, die gerade eingezogen worden sind, in die Küche, hebt ihren Rock und flüchtet unter dem Gejohle der anderen wieder. Jede Woche verkünden die Männer, Flugzeuge und Artillerie und Bulldozer seien auf dem Weg nach Hargeisa, aber Deqo sieht davon nichts. Das Küken, das wegen seiner honigfarbenen Federn den Namen Malab bekommen hat, wird ebenfalls bedroht, von einem jungen, eigenartigen Soldaten mit glatt rasiertem Schädel, der versucht, das Tier zu zertreten, wenn es die sichere Küche verlässt.

Die Anwesenheit der Soldaten hat die Nachbarn noch feindseliger werden lassen, und die Vordertür ist mit Ziegenscheiße gesprenkelt. Nachdem Stalin von einigen der hiesigen Frauen gestellt und mit Besen verprügelt worden ist, verhüllt sich Deqo, wenn sie auf den Markt geht. Die Frauen sind wütend, weil ihnen die Männer und Söhne genommen worden sind; einige von ihnen waren zum Bungalow gekommen und hatten Nasra angefleht, sie solle von den Soldaten herausbekommen, wo sich ihre Liebsten befinden. Sie hatte sich geweigert. Eigentlich hätten die Frauen es auf Nasra abgesehen gehabt, sagte Stalin, als sie humpelnd und mit Prellungen übersät ins Haus getaumelt kam, aber den Nachbarinnen war jede recht, um ihnen allen eine Warnung zukommen zu lassen.

Als die Trockenzeit vorbei ist, packt Karl Marx einen Koffer und verschwindet eines Nachts, ohne sich von irgendjemandem zu verabschieden. Gedrückt bleiben Nasra, China und Stalin zurück; sie holen sich aus Karl Marx' Zimmer, was ihnen gefällt, und schauspielern weiterhin für die Soldaten, lachen trocken über deren Witze und führen mit ihnen seltsame Tänze im dunklen Hof auf.

Nasra hat glasige Augen und trinkt aus Chinas Flaschen; sie sieht durch Deqo hindurch, wenn sie mit ihr spricht, undeutlich und zusammenhanglos. Trotz des Geldes, das sie von den Soldaten einstreicht, hat sie abgenommen. Warum sie nicht ein paar der Männer wegschicke, fragt Deqo, wenn sie von ihnen so aus der Fassung gebracht wird, aber Nasra schiebt sie weg und sagt, Deqo solle sie in Ruhe lassen.

Die Monate vergehen, es wird wärmer, aber nur wenig Regen fällt; der einzige Baum im Hof ist vertrocknet, und selbst die Plastikranke, mit der Nasra ihn geschmückt hat, ist brüchig und ausgeblichen. Einzig Malab gedeiht im Bungalow und wird fett von den Körnern, mit denen Deqo sie füttert; alle sind müde und schwach. Keine der Frauen kocht mehr; es gibt nur Brot, Obst und Kekse, und Deqo fühlt nur Knochen, wenn sie ihr Handgelenk umfasst.

Auf dem Weg zum Souk kommt sie an Kindern vorbei, die als Strafe für irgendein Vergehen vor ihren Behausungen mit dem Fuß an eine Tonne oder einen Pflock gefesselt sind. Stundenlang stehen sie da, starren Deqo aus leeren Augen an und reiben sich über die Stellen, wo man sie ausgepeitscht oder geschlagen hat. Alle sind wütend – selbst der Himmel ist grau und unbewegt; es scheint nur noch Platz zu geben für Schweigen und Gehorsam. Am Ende der Straße wird ein neuer Checkpoint errichtet; einige der Soldaten kennt Deqo von den nächtlichen Besuchen. Sie wird schnell durchgelassen, die anderen hingegen werden angehalten und durchsucht. Der Markt ist verwaist, und jedes Mal, wenn sie dorthin geht, werden die Waren zu höheren Preisen verkauft. Viele der Händler kommen gar nicht mehr, und wo ihre Stände waren, bleiben große dunkle Flächen zurück. Der Tierverkäufer hat sich samt Schildkröte und Kitz verzogen.

Deqo spürt, wie sie in die Vergangenheit zurückgleitet. Die Erinnerungen an die lebende Anab werden von Bildern der toten Anab weggespült – wie die Stille von ihren Schreien durchbohrt wurde, wie heiß ihre Haut war und dann wie kalt, nachdem die Cholera sie ausgesaugt hatte. Was hatte dazu geführt, dass das Leben aus Anabs Körper gesogen wurde, aber nicht aus Deqos Körper? Hatte sich die Freundin einfach so sehr nach ihrer Mutter gesehnt, dass sie ihren kleinen Puppenkörper zurückließ und von der Erde verschwand?

Deqo, in der Hand ein Einkaufsnetz mit Papayas und Orangen, öffnet die Hoftür und sieht im Korridor einen großen rosa Koffer stehen. Die Tür zu Nasras Zimmer ist angelehnt, und sie linst durch den Spalt. Der Boden ist mit Kleidern und Schuhe übersät, und Nasra wühlt panisch in dem Haufen herum und stopft eine Reisetasche voll.

Deqo geht weiter in die Küche, ehe Nasra sie anschreien kann. Aufgeregt huscht Malab um ihre Beine herum, pickt nach ihren nackten Zehen; sie ist fast ausgewachsen, und ihr scharfer Schnabel tut weh. Deqo schubst das Huhn weg und schält sich eine Orange, als Nasra nach ihr ruft.

Der Alte mit der Sonnenbrille raucht hinter der Tür und Nasra steht schwarz gekleidet im Zimmer. Sie streckt die Arme aus und winkt Deqo heran.

«Kleine, ich muss für eine Weile weg. Ich muss nach Äthiopien, muss dort eine neue Arbeit suchen, aber du bist nicht allein, Mustafa kümmert sich um dich. Tu, was er sagt, o.k.? Er wird auf dich aufpassen.»

«Kann ich nicht mitkommen?» Deqo streckt die Arme nach ihr aus.

Nasra schiebt die Hände des Mädchens weg. «Nein, zu viel Scherereien für mich. Du bleibst da, du kannst mein Zimmer und alle meine Sachen haben, solange ich weg bin.» Sie sieht Deqo nicht in die Augen, stattdessen schweift ihr Blick von einer Ecke in die andere, und als sie Kleidungsstücke vom Bett in ihren Schrank wirft, zittern ihre Hände leicht. «Das wird schon, Deqo. Mustafa ist ein netter Mann», sagt sie, aber ihre Stimme klingt nicht überzeugend.

Stumm sieht Deqo zu, wie Nasra durch das Zimmer geht, Papiere und irgendwelche Dinge in die Handtasche stopft, roten Nagellack, eine Pinzette, einen Kamm.

Vor dem Bungalow hupt ein Auto.

«Aber Nasra, –»

«Nichts aber! Ich muss los, hör auf, herumzuquengeln.» Die junge Frau wirft sich ein Tuch über Kopf und hastet in den Korridor, zerrt mit beiden Händen den schweren Koffer über den Boden, erreicht die Hoftür und knallt sie hinter sich zu.

Deqo wendet ihre Aufmerksamkeit Mustafa zu. Er zieht die Augenbrauen hoch. «Lass sie gehen, wozu brauchst du sie denn?»

«Wann kommt sie zurück?», fragt Deqo und kämpft mit den Tränen.

«Komm, setz dich zu mir.» Er drückt seine Zigarette in einem schmutzigen Teller aus, legt den Arm um sie und führt sie zum Bett. «Du bist aber gewachsen, seit ich dich das letzte Mal gesehen habe. Jaja, so ist das mit kleinen Mädchen, die verändern sich täglich.»

Deqo schüttelt seinen Arm ab, aber er packt sie am Kleid und zieht sie neben sich. «Na, jetzt hab nicht so. Wir können es im Guten versuchen, oder du kannst dich wehren und das Ganze schlimmer machen als nötig.»

«Ich will nicht. Lass mich los!», schreit sie und windet sich.

«Deqo!»

Beim Klang ihres Namens aus seinem Mund sträubt sich alles in ihr.

«Wenn du willst, kannst du ihr beim Wegfahren zusehen.» Er zeigt mit der einen Hand zum Fenster, während er mit der anderen immer noch ihr Kleid gepackt hält.

Deqo krabbelt über das Bett und sieht Nasra, die um den Kofferraum des weißen Wagens herum zur Beifahrertür eilt. Sie verschwindet hinter den getönten Scheiben, der Motor heult auf und unter Schlagzeug- und Saxofongetöse aus der Musikanlage verschwindet sie.

Mustafa lässt sie los, lehnt sich zurück und stützt sich mit den Armen aufs Bett. «Ich werde gut auf dich aufpassen, besser, als sie das je getan hat.»

Deqo stützt das Gesicht in die Hände, und die Tränen tropfen ihr in die Handflächen. Sie spürt, wie ihre Kraft aus ihr herausrinnt und in dem weichen, zerwühlten Bett versickert. Mustafas Anwesenheit legt sich auf sie; sein Atem, seine Körperfülle, seine stumme Drohung.

Sie nimmt die Hände von den Augen und schätzt die Entfernung zur Tür ein. Sie hat die Beine untergeschlagen, seine baumeln über dem Bettrand.

«Was hat Nasra dir denn über ihre Arbeit erzählt?», fragt er und kratzt sich über die Bartstoppeln.

Deqo schüttelt den Kopf und schweigt.

«Jetzt guck nicht so, als ob deine Welt eingestürzt wär, brave Mädchen wie du sind normalerweise sehr beliebt, du wirst gut verdienen.»

Ehe Mustafa zu Ende gesprochen hat, macht Deqo einen Satz zur Tür, aber er erwischt sie beim Fußgelenk und bringt sie zu Fall.

Als sie schreit, legt er ihr die Hand auf den Mund; seine Finger schmecken nach Tabak und *Ghee*. Deqo beißt, bis sie Blut schmeckt, er reißt die Hand weg und versetzt ihr einen Faustschlag auf den Mund.

«China! Stalin!», schreit sie.

«Die werden dir nicht helfen!», grinst er höhnisch.

Er reißt ihren Rock hoch; sie trägt keine Unterhose, denn sie hat an diesem Morgen die beiden, die sie besitzt, gewaschen.

Auf dem Boden entdeckt sie einen schwarzen, hochhackigen Schuh und greift danach, während er versucht, ihre Beine auseinanderzuzwingen. Es trifft ihn völlig unvorbereitet, als sie ihm den Absatz ins Auge bohrt. Der Schmerz wirft ihn nach hinten.

Blindlings rennt sie auf die Straße, in ihren Schläfen hämmert der Puls. Instinktiv wendet sie sich Richtung Markt, rast am ersten Checkpoint vorbei und hinein in das dichte Kaufgewimmel. Sie umkurvt die

Passanten, boxt sich durch, bis ein quer stehender Pritschenwagen ihren Lauf bremst.

Beim Anblick dreier Leichen auf der Ladefläche des Fahrzeugs ist die Menge wie versteinert: Drei alte Männer in rot karieren Sarongs, auf deren weißen Hemden die Blutflecken wie Lätzchen wirken, sie tragen Sandalen aus Kamelleder an den Füßen, neben einem von ihnen liegt der *hangol*-Stab der Nomaden. Jedem Mann hängt ein Schild um den Hals, auf dem mit roter Tinte «NFM» steht. Die um die Leichen sitzenden Soldaten sehen wie Jäger aus, die mit den Tieren posieren, die sie erlegt haben, auf den Gesichtern liegt der Ausdruck leichter Verlegenheit angesichts der verhutzelten, zahnlosen Exemplare, die sie erwischt haben. Einer von ihnen schiebt mit seinem staubigen Stiefel den Kopf der Leiche, die neben ihm liegt, zurecht.

Keiner sagt etwas, weder die Soldaten noch die Zuschauer; es ist eine stumme Lektion; das einzige Geräusch stammt von dem über dem Lastwagen schwebenden Fliegentornado. Die Hitze wirkt sich bereits auf die Leichen aus; das Leben ist aus den Gesichtern gewichen, nur noch schlaffe Haut, die die Knochen bedeckt.

Kawsar

Innerhalb der grünen Krankenhausmauern häufen sich die Ärgernisse – die tollpatschige Putzfrau, die ihren schweren Metalleimer auf den Betonboden knallen lässt, die Schwestern, die dauernd miteinander im Clinch liegen und nie kommen, wenn man sie ruft, und die in Selbstmitleid zerfließende Amputierte, die ständig nach ihnen verlangt. Das Dauerzwitschern winziger *Yaryaro*-Vögel verrät Kawsar, dass vor dem Fenster ein *miri-miri*-Baum steht; der Krawall der Tschiek-tschiek-tschiek-Rufe, das Flügelgeraschel sind schwindelerregend – als trippelten ihr Mäuse durch den Kopf –, sie hofft, dass die lärmenden Vögel den Baum verlassen und die Samen woanders fressen. In ihrem Aluminiumbett, dessen stinkende Matratze so dünn ist, dass sie die Streben des Gestells spürt, zieht sich Kawsar die Nylondecke über den Kopf und versteckt sich vor den Besuchern, die durch die Station trampeln. Sie konzentriert sich darauf, dem Schmerz zu trotzen, der sie einhüllt und der so viele Facetten hat: Ein schriller, pulsierender elektrischer Reiz legt sich über etwas Schwelendes, Dumpfes – ähnlich dem Gefühl, das sie nach der Entbindung hatte, als wären ihre Knochen, ihr Fleisch zermalmt worden. Sie kann sich nicht aufsetzen, nicht strecken oder umdrehen, nicht einmal die Position verändern, ohne dass es peinigend in ihren Nerven zuckt. Kawsar versucht, sich mit zusammengebissenen Zähnen, angehaltenem Atem und verhärteten Halssehnen gegen die nächste Schmerzwelle zu wappnen.

«Gebrochene Hüfte. Gebrochenes Becken», verkündet der Arzt, aber sie traut ihm nicht, er hat keine drei Minuten für ihre Untersuchung gebraucht, sein Blick ist gedankenverloren. Er scheint der Ansicht zu sein, dass ihre Zeit ohnehin abgelaufen, ihr Blatt fast abgefallen ist.

«Können Sie mich nicht operieren?»

In der Stimme des Arztes schwingt Verärgerung mit: «Sie sind zu alt, das würden Ihre Knochen nicht mitmachen. Osteoporose. Dem Krankenhaus fehlt es sowieso an der nötigen Ausstattung. Das Einzige, was wir tun können, ist Ihre Schmerzen in Schach zu halten.»

«Aber werde ich wieder gehen können?»

Während des gesamten Gesprächs hat Kawsar den Blick an die Zimmerdecke geheftet.

Er gibt keine Antwort und verlässt einen Moment später die Station, eine Schwester folgt ihm auf dem Fuß.

Als Kawsar später am Nachmittag erwacht, starrt Dahabo auf sie hinab. Vorsichtig berührt sie das Gesicht der Freundin, das voller Blutergüsse ist. «Sieh dich bloß mal an.»

«Wie sind die Helden so gefallen. Sie hat mich verprügelt wie einen störrischen Esel.» Kawsar lächelt schwach, das rechte Auge ist zugeschwollen, und links sieht sie nur verschwommen. «Ich bin überrascht, dass sie mich nicht umgebracht hat.»

«*Joow*, du bist aus Leder und Bitterkeit, dich bringt so schnell nichts um. Aber wenn ich die in die Finger kriege, ziehe ich ihr bei lebendigem Leib die Haut ab und mache mir daraus eine Handtasche.» Um ihrer Wut Ausdruck zu verleihen, verkrallt sich Dahabo im Kopfkissen.

«Sie ist eben ein Kind ihrer Zeit.»

«Nein, es ist genau andersrum: Die mit den verkümmerten Herzen haben die Zeit zu dem gemacht, was sie ist. Und du, was hast du dir eigentlich dabei gedacht? Im Stadion plötzlich einfach so von uns wegzurennen. Hast du den Verstand verloren?»

«Vielleicht. Irgendwoher muss es Hodan ja haben.»

«Kawsar, du musst aufhören, dir Vorwürfe zu machen. Niemand kann einen anderen Menschen vor seinem Schicksal bewahren. Sie wurde mehr geliebt als alle Kinder, die ich kenne, einschließlich meiner eigenen.»

Dahabos Stimme hat stets die Lautstärke, die nötig ist, um quer über die Straße zu dringen.

«Pst, Dahabo, kannst du denn nicht normal sprechen?», zischt Kawsar. Sie möchte nicht, dass die uralte Frau im Bett nebenan etwas mitbekommt.

«Zum Teufel mit denen, Kawsar, hör mir zu. Du hast nichts mehr für Hodan tun können. Du hast die Tabletten gekauft, die du kaufen solltest, ihr vom Imam den Koran vorlesen lassen, hast dafür gesorgt, dass sie nicht dort reingesteckt wird.» Sie zeigt durch das Fenster auf die Irrenanstalt des Krankenhauses. «Was denn noch? Was hättest du denn sonst noch machen können? Oder ich? Oder sonst jemand?»

«Ich weiß doch, ich weiß. Lass uns das nicht noch mal durchkauen», sagt Kawsar leise.

Dahabo packt sie bei der Schulter. «Du bist alt und gebrechlich, du musst besser auf dich achtgeben.»

«Ich möchte, dass das alles aufhört, Dahabo. Ist das denn so falsch?»

«Nein, aber deine Zeit wird kommen, genauso wie meine. Du kannst dich nicht derart in Gefahr bringen und dir da eine Hüfte brechen und dort einen Arm.» Sie hebt einen Korb an. «Ich hab dir was zu essen eingepackt. Ich möchte leere Teller sehen, hörst du?»

«Ich kann nicht ...» Kawsar hat ein schlechtes Gewissen, Dahabo das schwer verdiente Geld wegzuessen, wenn unter ihrer eigenen Matratze zu Hause Hunderte, Tausende Schilling versteckt sind.

«Du wirst müssen. Maryam und Raage kommen dich morgen abholen. Und wenn es sich vermeiden lässt, keine weitere Prügelei!»

Maryam und Raage kommen früh am nächsten Morgen, ehe der Andrang in seinem Laden einsetzt. «Vergesst den Korb nicht, er gehört Dahabo», Kawsar deutet von der Liege auf den Boden, «seht unterm Bett nach, vielleicht habe ich was fallenlassen.»

«Ja, *eddo*», Maryam bückt sich, «da ist nichts.»

«Gut, dann lasst uns gehen.»

Raage packt das hintere Ende der Trage und schiebt Kawsar aus der Station.

Sie rollen über den unebenen, grau gefliesten Korridor, vorbei an den Warteschlangen vor der Tbc-Klinik und den Kinderstationen. Dankbar für die kurzfristige Ablenkung vom endlosen Warten starren die Menschen sie an. Am meisten wird Maryam angestarrt, sie ist in Hargeisa geboren und aufgewachsen, hat aber die lange, europäische Nase ihrer englischen Mutter geerbt. Mit ihren blonden Haarsträhnen und der hellbraunen Haut hat sie Kawsar immer an eine Plastikpuppe erinnert, die in der Sonne vergessen worden ist.

Seit Hodans Tod hat Kawsar dieses Krankenhaus nicht mehr betreten und kann sich auch nicht daran erinnern, wie man sie aus dem Gefängnis hierherverlegt hat. Kawsar hat in dem niedrigen Hauptgebäude gelegen, einem Überbleibsel aus britischer Zeit; die Entbindungsstation und andere kleine Stationen sind rundherum angeordnet, und hinter einem hohen Stacheldrahtzaun liegt die psychosoziale Einrichtung. Die Leichenhalle ist neueren Datums, erbaut, um die Opfer der äthiopischen Bombardierungen unterzubringen. Das Krankenhaus zerfällt, die Wände sind rissig, der Putz bröckelt, Kletterpflanzen ranken sich durch die Fenster.

Beim Haupteingang hält sie ein Krankenpfleger im Kakioverall an. «Sie dürfen die Trage nicht nach draußen schieben», sagt er und umklammert des Gestänge oberhalb von Kawsars Kopf.

«Wir bringen sie bloß zum Auto, sie kann nicht gehen», wendet Maryam ein und versucht, die Trage mit sich zu ziehen.

«Du sollst das Ding hierlassen, hast du denn keine Ohren?»

«Das hat man davon, wenn man einen Esel in eine Uniform steckt!», schreit Maryam zurück.

«Soll ich vielleicht die Polizei rufen? Denen kannst du ja dann deine Ansichten über Esel und Uniformen mitteilen.»

«Zum Teufel mit dir.»

«Bitte lass uns schnell gehen, Maryam», bittet Kawsar.

«*Ko, labah, sadeh,* eins, zwei, drei ...» Maryam und Raage packen die Wolldecke, auf der sie liegt, und heben Kawsar hoch. Beide sind nicht besonders kräftig, beim Gehen entgleitet ihnen beinahe die Decke, aber sie halten durch, bis Kawsar sicher in den großen, schmutzigen Laderaum des roten Toyota bugsiert ist.

Raage lässt den Motor an und fährt vom Krankenhausgelände. «Fahr so langsam wie möglich», weist Maryam ihn an.

Kawsar hört nicht, ob Raage etwas erwidert; die Schmerzmittel haben ihre Sinne betäubt, eine wattige Distanz liegt zwischen ihr und dem Rest der Welt. Durch das staubverschmierte Rückfenster, über das sich Schlieren toter Fliegen ziehen, sieht sie auf die vorüberziehenden Bäume, die sich zu ihr herabbeugen und mit ihren grünen Fächern flattern.

Kawsar scheint zu schweben, während das Auto in Schlaglöcher rumst und Gräben umfährt. «Wo sind wir?», fragt sie orientierungslos.

«Fahren gerade am alten Women's College vorbei, unserem College», lächelt Maryam und drückt ihr die Hand.

«Ganz in der Nähe habe ich Farah zum ersten Mal getroffen …»

«Was hast du gesagt?» Maryam beugt sich zu ihr herab, um besser hören zu können.

«Nichts», antwortet Kawsar und schließt die Augen.

Sie hatte Farah zum ersten Mal gesehen, als sie mit Dahabo von der Women's Technical School nach Hause geschlendert war. Es war ein träger Tag in der Trockenzeit, die Mädchen alberten miteinander herum, während sie sich an den Händen hielten, und ihre Schatten hinter ihnen waren riesig und schwarz. Aus der psychiatrischen Anstalt war ein Geisteskranker ausgebrochen und überzog die Stadt mit seinem klebrigen Netz des Wahnsinns. Kawsar hatte ihn sich immer als Menschenspinne vorgestellt, die aus dem englischen Irrenhaus geklettert war, in das man sie gelockt hatte, und auf einem Treibholz zurück nach Somaliland segelte. Die Mädchen kamen an Telegrafenmasten vorbei, an denen seine Zahnabdrücke zu sehen waren, hundert weiße Schneidezähne eingeprägt in frischer schwarzer Farbe. Im College hatte Kawsar gehört, dass Teufelsstimmen den Irren durch die Telegrafendrähte verfolgten und sein Geist sich im Feuer ihrer Worte aufzehrte. Ein großer junger Polizist stand mit einem rothaarigen Engländer an der Kreuzung vor ihnen. Damals gab es in Hargeisa keine Hauptstraße, nur einen von Kamelkarawanen breitgetrampelten Pfad, und die Mädchen überquerten die Straße, damit die Männer ihnen nicht zu nahe kamen. Staub hing in der Luft, von der erschöpften Sonne gold und orangefarben beleuchtet, und als sie das Glitzern betrachtete, begegnete sie zufällig dem Blick des somalischen Polizisten.

«Wir sind da, *eddo*. Ich hole Hilfe aus dem Hotel.» Maryam kriecht aus dem Auto. Kurz darauf kommt sie mit einem Haufen Männer zurück, schwarz stehen ihre Silhouetten vor der Sonne, die Stimmen und Hände nicht unterscheidbar, nicht zählbar.

Jeder packt ein Stück Decke, und einen Augenblick lang glaubt Kawsar, dies wäre ihr Begräbnis, dass die Männer sie in diese Decke wickeln, jeder eine Handvoll Sand auf sie werfen und man sie, fügsam und mit aufgerissenen Augen, begraben wird.

«Hier entlang, hier entlang.» Maryam geht zu Kawsars Bungalow voraus. Durch einen Spalt zwischen den Männerkörpern zeigt sich ein Stück October Road: Kinder in schmuddeligen Spielkleidern beobachten das Spektakel mit einem fragenden Ausdruck auf den Gesichtern.

«Einfach hier rein.» Maryam schlägt gegen das Metalltor. Kawsar erwartet Dahabo, aber eine Fremde öffnet die Tür, ein junges Mädchen in Männerkleidern.

«Lass uns durch», befiehlt Maryam.

Als Kawsar an dem Mädchen vorbeigetragen wird, treffen sich ihre Blicke, beide voller Misstrauen.

Sie wird durch den Flur in den Wohnraum gebracht, der eigenartig riecht – eine beißende Mischung aus Süßigkeiten und billigem Parfüm –, und mit einem sanften Plumps auf das Bett fallengelassen.

Der Wohnraum ist ganz dunkles, durchsichtiges Blau. Am Ende eines Mondstrahls schläft das Mädchen unter einem dünnen Laken auf dem Boden. Leise hebt sich ihr Brustkorb, ein kleines, anrührendes Zittern belebter Luft. Seit Hodans Tod hat niemand mehr mit ihr unter diesem Dach übernachtet.

Kawsars Pulsschlag beschleunigt sich. Sie freut sich, dass jemand da ist, den sie beobachten, im Hintergrund hören kann; sie wird dieses Haus, das sie so lang allein bewohnt hat, mit jemandem teilen.

Am nächsten Morgen weckt das Mädchen Kawsar, indem sie ihr mit einem nassen Tuch über Gesicht und Hals fährt.

«Was machst du da?», stottert Kawsar.

«Man hat mir gesagt, ich soll dich waschen.»

«Bist du ein Bestatter, der mich für das Begräbnis vorbereitet? Kannst du nicht warten, bis ich wach bin?»

«Ich dachte, das spart Zeit.»

«Das ist nicht die Art und Weise, wie man Zeit spart.» Kawsar reißt ihr das Tuch aus der Hand. «Wie heißt du, und wer bist du eigentlich?»

«Nurto, ich bin eine Cousine von Maryam. Ich kümmere mich jetzt um dich.»

Sie ist ein großes Mädchen, das nur aus Armen und Beinen besteht; auf dem dünnen Hals sitzt ein scharfgeschnittenes, streitlustiges Gesicht.

«Du bleibst nur dann, wenn ich mit deiner Arbeit zufrieden bin.»

«Was soll ich dann jetzt machen?»

«Geh auf den Markt, es ist nichts zu essen im Haus.»

Nurto verschwindet in Richtung Souk und bleibt stundenlang weg.

Ein seltsamer Gedanke, dass es Nurto ist, die sie eines Tages leblos auffinden wird. Was wird sie tun – schreien, ein Gebet sprechen oder schnell ein Laken über den reglosen Körper mit den offenen Augen werfen? Kawsar muss über diese Vorstellung lachen – die perfekte Rache der Alten an der gedankenlosen Jugend.

Ein lauter Knall verkündet Nurtos Rückkehr, und Kawsar hört, wie das Mädchen am Wohnraum vorbei direkt zur Küche geht und dort den Inhalt des Korbes in Kisten verteilt. Später stößt sie die Tür mit dem Fuß auf, die dünnen Beine in schwarzen Cordhosen, und kommt mit einem Tablett herein.

Mit dem Einkaufsgeld hat sie gekauft, wonach es sie selbst gelüstet, Gebäck, Halwa, Kekse, und präsentiert die Auswahl mit großer Geste auf dem Tablett, als ob Kawsar diese Dinge tatsächlich haben wollte.

Es klopft, und Nurto eilt zur Tür. Maryam steckt den Kopf herein. Sie küsst Kawsar auf die Wangen und fühlt ihr die Stirn.

«Wie benimmt sich Nurto?»

«Alles in Ordnung», sagt Kawsar kurz angebunden. «Setz dich.»

«Ich kann jetzt nicht bleiben. Ich wollte dir nur das hier geben.» Sie zieht aus ihrer Handtasche aus Alligatorleder ein Päckchen. Ihre Mutter hat aus dem Londoner East End starke Schmerzmittel geschickt, und langsam und sorgfältig übersetzt Maryam Kawsar die Packungsbeilage, kämpft mit den somalischen Wörtern für «hypertension», «water retention» und ähnliche Ausdrücke. Sobald sie zu Nurto in die Küche gegangen ist, nimmt Kawsar sechs der Tabletten und wartet darauf, dass sich das Schmerzkorsett etwas lockert.

Im Nachmittagslicht wirkt der Raum wie ein Anstaltszimmer, er besitzt lediglich ein schmales Eisenbett, einen Metallstuhl, eine nackte Glühbirne und zwei große Schränke voller Kleider, die sie nie getragen hat und nun auch nie mehr tragen wird. Über dem Bett hängt der Wandschmuck: die schönen, abstrakt gemusterten Stoffe, die sie selbst gewoben hat, Strohbehänge, die sie in Juba gekauft hat, das Hochzeitsfoto in einem Rahmen, den sie in den Farben der somalischen Flagge mit Mondsicheln und explodierenden Sternen bemalt hat. Eine silberne Halskette, mit vielen Münzen und Bernsteinperlen, angefertigt für ihren Hochzeitstag von ihrem Großvater, dem Juwelier, ist der einzige Prunk, den sie zur Schau zu stellen wagt – hoffentlich zu altmodisch für die Polizisten, die bei ihren Razzien in Privathäusern gleich für ihre Frauen und Töchter einkaufen gehen. Sie hängt das Schmuckstück über die Klinke des größeren Schrankes, das leise Klimpern erinnert sie täglich an die magischen Finger ihres Großvaters und daran, welcher Zauber in ihnen gewohnt hat.

Kawsar schließt die Augen und stellt sich die Straße jenseits ihrer Hausmauern vor: die sandigen Gassen in der Farbe gedroschenen Weizens, alles andere blau übergossen – indigofarben die Tore zu den Bungalows, türkis die Grundstücksmauern, dunkelblau die in den Höfen vor sich hin rostenden Wassertonnen –, die Nachbarn haben sich das Meer herbeigemalt, Beistand gegen die Dürre. Die Wasserversorgung der begehrten modernen Steinbungalows, von Lehrern, Beamten und

Ingenieuren erbaut, hängt nun von Eselskarren ab. Es kommt Kawsar so vor, als hätte sie diese Straße erschaffen, sie im Alleingang dem Paviantrupp entrissen, der im nahen Wacholderwald gelebt und ihren Bungalow einstmals zu einem belagerten Fort im Feindesland gemacht hatte, ihre Wäsche zerfetzt und ihren Garten verwüstet.

Als sie 1968 mit Farah in Hargeisa angekommen war, war am äußersten Rand der Stadt die Luft frisch, das Land billig und das Haus ihrer Mutter in Dhumbuluq so weit entfernt gewesen, dass Kawsar sich frei gefühlt hatte, aber trotzdem jeden Tag einen Besuch machen konnte. In der Erwartung, einen ganzen Haufen Kinder großzuziehen, hatten sie ein großes Grundstück gekauft, aber daraus war nichts geworden. Stattdessen hatten sich schubweise Nachbarn um sie herum niedergelassen wie Korallen auf einem Schiffswrack und einen neuen Vorort geschaffen. Sie benutzten Kawsars Brunnen, bevor sie sich selbst einen bauten, versammelten sich abends auf ihrer Türschwelle und riefen um Hilfe beim Kindergebären. Diese Clanmitglieder und die Fremden, die sie geheiratet hatten, waren ihre Familie.

Kawsar erinnert sich, wie sie in Raages *dukaan* steht, der einem Puppenhaus ähnelt, grell glitzerndes Sonnenlicht verwandelt Blechdosen in Spiegel. Im Laden fühlt sich Kawsar wieder in ihre Kindheit versetzt, in der Hand das Geld der Mutter, die Schokolade und die Süßigkeiten auf dem Ladentisch füllen ihr Blickfeld. Der einfache Wellblechwürfel ist bis auf den letzten Zentimeter mit allem vollgestopft, was eine Hausfrau brauchen könnte: in Zellophan verpacktes Seifenpulver, frische Brötchen, Streichhölzer, Spielzeuggewehre und Süßigkeiten für gehorsame Kinder, Kunststoffschläuche, um ungehorsamen eine Tracht Prügel zu verabreichen. Raage thront hinter der hölzernen Ladentheke – groß, barsch, mit müden Hängeschultern. Er kam 1972 als Fünfzehn-, Sechzehnjähriger hierher, verkaufte für seine geschiedene Mutter Milch und baute sich langsam von den Einkünften einen Laden auf. Mittlerweile erledigt er seine Arbeit mechanisch, tauscht mit jedem Kunden die gleichen Höflichkeitsfloskeln aus, im kleinen Radio neben ihm läuft stets BBC World Service. Sein Gebet vor dem Morgengrauen verrichtet er im Laden und ist spätabends immer noch da, macht viel Aufhebens um Kleinigkeiten wie ein Vogel um sein Nest. Nur der Freitag läuft anders ab, wenn er ein Scheitelkäppchen auf seinem vorzeitig kahlen Kopf trägt und eine halbe Stunde lang schließt, um in der Moschee zu beten. Sein Gesicht ziert ein schütterer Bart, lang am Kinn, an den Seiten allerdings nur kümmerlich, was ihn mystisch und weise aussehen lässt.

«Alles in Ordnung, Raage?», fragt Kawsar für gewöhnlich.

«*Manshallah*, gelobt sei Gott.»

«Die Geschäfte laufen gut?»

«Gut genug.»

«*Nabadgelyo*, auf Wiedersehen.»

«*Nabaddiino*.»

Worte schlicht wie Vogelgesang werden zwischen ihnen gewechselt. Kawsar hätte fast den gesamten Einkauf bei Raage erledigen können, trat aber lieber jeden Tag den Marsch in die Stadt an, um zu spüren, wie das Stadtleben auf ihrer Haut vibrierte.

Mit immer noch geschlossenen Augen verlässt sie den Laden und steht vor Umar Fareys Hotel, die grün getönten Fenster sind immer verrammelt, und hinter dem dekorativen Mauerwerk auf dem Dach huschen Schatten umher. 1977 hat er von seiner Polizistenrente das Hotel gebaut, dasselbe Jahr, in dem ihm ein Straßenhund vier Finger abgebissen hat. Das Hotel wurde von Somaliern frequentiert, die von ihren Jobs aus Übersee zurückkehrten, hauptsächlich Matrosen und Ölarbeiter, und Farah pflegte dort seine Abende mit politischen Diskussionen zu verbringen. Zwischen 1977 und 1981 brachte das Hotel Schwung in die Nachbarschaft – Hochzeiten wurden gefeiert und lang vermisste Männer tauchten wieder auf. Aber dann veränderte sich die Atmosphäre, die Fröhlichkeit versiegte, es gab nur noch Versammlungen, bei denen mit gerunzelter Stirn über die sich ständig verschlechternde Lage geklagt wurde. Zuerst wurden die Krankenhausärzte verhaftet, weil sie versucht hatten, die Bedingungen für Patienten zu verbessern, nach ihren Hinrichtungen brachen Schülerproteste aus, und schließlich griff das National Freedom Movement, von Exil-Somaliern in London gegründet, zu militärischen Mitteln, um die Diktatur zu stürzen. Seitdem wirft das Hotel einen unheilvollen Schatten über die Straße. Tagsüber schleichen wenig diskret Spione um das Gebäude herum, die des Nachts zurückkommen und mit vorgehaltener Waffe Gäste wegschleppen; das Hotel ist ein geheimnisvoller Ort geworden, an dem man beinahe das Ticken einer Bombe zu hören vermeint.

Kurz nachdem Maryam gegangen ist, kommt Dahabo geschäftig hereingerauscht und trägt wieder einen bedeckten Korb vor sich her. Sie lässt den Korb auf den Metallstuhl plumpsen, und die zerfaserte Rattansitzfläche biegt sich unter seinem Gewicht.

«Kannst du mir bitte ein Glas Wasser geben?»

«Vergiss Wasser, du brauchst Milch, damit du wieder zu Kräften kommst.» Mit einer raschen Bewegung nimmt Dahabo das Tuch vom Korb. Als Erstes greift sie nach einem gelben Plastikkanister, der eigentlich für Benzin gedacht ist, in dem Nomaden aber nun Kamelmilch in der Stadt verkaufen. «Fang damit an. Ich hab auch Kuh-, Schaf- und Ziegenmilch hier drin.» Sie gießt die dünne Milch in ihren schwarzen Thermosbecher und reicht ihn Kawsar, die rümpft die Nase, bevor sie die Tasse zum Mund führt. Sie ist unglaublich durstig, verabscheut aber Kamelmilch; sie ist so sauer und schaumig und kommt ihr beim Trinken beinahe wieder hoch.

«*Ka laac!* Trink ganz aus!»

«Ich versuch's ja.» Kawsar schlürft die letzten grässlichen Tropfen, bevor sie ihrer Freundin die Tasse umgedreht wieder hinhält.

«Komm her, du Baby.» Mit dem Handrücken wischt Dahabo den Milchschaum von Kawsars Oberlippe.

«Oh, deine armen Kinder. Du hast eine harte Hand.» Kawsars Haut brennt nach der Berührung. Noch hat sie nicht in den Spiegel geschaut, aber die Prellungen sind immer noch schmerzempfindlich.

«Wenn's sein muss, ist sie sanft.»

«Dieser Arzt aus Russland, Hassan Luugweynes Sohn, sagte, ich hätte eine gebrochene Hüfte und ein gebrochenes Becken.»

«Möge Allah ihm das Becken, die Hüften und die Beine brechen, was weiß der schon! Ich bringe dich zu Musa, er wird deine Knochen wieder zusammenfügen. Erinnerst du dich, als meine Waris vom Berg stürzte und die ganzen Idioten sagten, sie würde sterben? Wer außer Musa Knochenheiler hätte gewusst, wie man sie ins Leben zurückholt?»

«Das werden wir ja dann sehen. Aber inzwischen bringt der Schmerz mich um.»

Dahabo greift wieder in ihren Korb, in dem sich Äpfel, Bananen, Datteln, Flaschen und etikettenlose Fläschchen türmen. «Hier habe ich etwas, was gegen den Schmerz hilft, aber es ist sehr stark. Nimm nicht zu viel davon, verstanden?»

«Was ist das?»

«Etwas Besonderes, frag nicht so viel, es wird helfen, vertrau mir.»

«Gib her.»

Eine Plastiktüte mit harmlos aussehenden Rindenstückchen fällt Kawsar in die Hand.

«Immer bloß zwei Stück auf einmal kauen.»

Kawsar gehorcht. Die Rinde ist weich in ihrem Mund; sie ist geräuchert worden und schmeckt leicht nach Zimt. Als sich die Stückchen auf ihrer Zunge auflösen, kann sie sich förmlich den Dreck vorstellen, der an ihnen haftet.

«Ruh dich jetzt aus. Ich komme morgen wieder …»

«*Bismillah*, mach kein Theater. Geh und kümmere dich um deine Familie.»

«Behalt den Korb im Auge, Diebe sind überall, und iss auch ja was.» Dahabo deutet mit dem Kopf in Richtung Küche, wo Nurto beim Abspülen mit dem Geschirr klappert. «Bis morgen, dann will ich hören, wovon du geträumt hast.» Sie beugt sich herunter, die Quaste ihrer Gebetskette kitzelt Kawsar am Hals, und küsst sie dreimal, ihre Lippen sind rau und trocken auf Kawsars Wange.

Kawsar ist barfuß, allein auf einem Friedhof, auf dem Felsbrocken die Gräber markieren. Ihre Arme sind taub und unbeweglich. Sie weiß, dass sie sich nicht umdrehen darf, hinter ihr lauert etwas Ungeheuerliches, das einen haarsträubenden Schatten wirft. Ihr stockt der Atem, ihre Beine sind so schwer, dass sie sie nicht bewegen kann, das Ding leckt an ihrem Nacken. Schwarz und scharf umrissen ist der Schatten nun, acht Beine, breit über die Erde verteilt, darüber drohend ein zweigeteilter Kopf. Zwei Beine umarmen sie, drücken ihre Brüste platt und heben sie sanft in die Luft. Sie schwingt mit der Bewegung des Geschöpfs mit, sein Griff ist zärtlich, beinahe väterlich, bis auf eines der Beine, das beständig über ihren Körper gleitet. Es bringt sie in das namenlose Buschland außerhalb der Stadt. Sie wird über dorniges Gesträuch, Akazien voller armo-*Kletterpflanzen und Termitenhügel in eine Wüste geschleppt, die sie nur aus Gespenstergeschichten kennt.*

«*Gaallo-laaye!*», brüllt Dahabo triumphierend und schlägt sich auf den Oberschenkel.

«Wer?»

«Ich hätte wissen müssen, dass sein Geist nicht in Frieden ruhen wird, ein schweres Leben gefolgt von einem schweren Tod.»

«*Gaallo-laaye*?»

«Wie kannst du den bloß vergessen? Schließlich hat er dich und deinen Liebsten zusammengebracht! Es ist also verständlich, dass er dich heimsucht, möge Gott ihn in seinem Grab festhalten!» Dahabo holt aus dem Korb zwei Äpfel und schält sie in eine Schüssel auf ihrem Schoß.

«Ich weiß nicht, von wem du sprichst …»

«Wie kannst du das bloß vergessen!» Dahabo wedelt mit erhobenem Zeigefinger vor Kawsars Gesicht hin und her. «Als wir noch klein waren, versetzte er ganz Hargeisa in Angst und Schrecken … Er hielt sich für eine Spinne.»

«Meinst du Mohamed Ismail?»

«*Na'am!* Das war sein richtiger Name, aber alle nannten ihn *Gaallo-laaye*, den Weißenschlächter, weil er doch fünf Engländer hier in irgendeiner Spelunke erschossen hat. Sie steckten ihn ins Irrenhaus, schickten ihn dann aber wieder hierher zurück. Eines Tages drehte er erneut durch und ballerte auf alles und jeden.» Dahabo zielt mit dem Finger auf Kawsar.

«Jetzt fällt es mir wieder ein.»

«Was für eine Spinne war wohl seiner Meinung nach mit einer Pistole bewaffnet? Über Kranke soll man nicht schlecht reden, aber erinnerst du dich, wie er auf dem Friedhof in die Enge getrieben wurde und alle kamen, weil sie sehen wollten, wie er sich ein Gefecht mit der Polizei lieferte? Er warf mit Steinen, feuerte seine Waffe ab, rannte von Felsbrocken zu Felsbrocken. Es sah tatsächlich so aus, als wären ihm zusätzliche Arme und Beine gewachsen, und er war ein so attraktiver Mann, langgliedrig und mit offenem Gesicht. Ich finde ja, die Verrückten sind besonders schön, *wallahi.*»

Dahabo hält ihr die Schüssel mit den Apfelschnitzen hin, und Kawsar nimmt eine Handvoll.

«Das ist der Dschinn in dir, der dich solche Sachen sagen lässt.»

«Warum? Da ist doch nichts dabei. Sie gehören doch auch zu Gottes Schöpfung. Sie sind in jeder Hinsicht Menschen, nur sind ihre Augen offen für Dinge, die wir nicht sehen können.»

Dahabos Anwesenheit zähmt Kawsars Schmerz, aber noch immer hat er sich fest um sie geschlungen wie eine schlafende Schlange. «Mohamed Ismail», wiederholt sie leise.

«Was für ein Mann! Stell dir bloß mal vor, was er heute mit dieser idiotischen Polizei anstellen würde.»

«Ich war dort auf dem Friedhof. Ich sah seine Leiche. Sein Haar war weiß vom Sand, er trug ein hellgelbes Hemd und in seiner Brust waren drei rote Flecke. Da, da und da …» Kawsar deutet auf drei imaginäre Löcher in ihrer eigenen Brust. «Seine Augen waren offen, sahen mich an, und ich beugte mich hinunter und schloss sie ihm.»

«*Maskiin*, armer Mann.»

«Hinterher habe ich mich über mich selbst geärgert. Ich dachte, es bringt Unglück, wenn ich so kurz vor meiner Hochzeit eine Leiche berühre.»

«Unsinn. Ich bin überrascht, dass ich in all diesen Jahren noch nie eine Leiche berührt habe.»

«Ich habe zu viele berührt. Vielleicht hätte ich mich gleich von der ersten fernhalten sollen.»

Dahabo besucht sie jeden Tag, wenn es auf den Straßen am heißesten ist und die Läden zum Essen und für das Mittagsgebet geschlossen haben. Haben Maryam English und Fadumo Zeit, essen sie alle gemeinsam, im Hintergrund läuft das Radio, und sie kauen die in Hargeisa kursierenden Gerüchte durch – die Regierung wird die Schulen schließen oder Chemikalien in die Wassertanks kippen, um die Bevölkerung gefügiger zu machen, oder ist bereits dabei, die Zerstörung aller Städte und Dörfer im Nordwesten zu planen – Kawsar schenkt nur den Berichten des BBC Somali Service aus London Glauben, dort ist man zu weit entfernt, um Propaganda oder Hysterie zu erliegen. 1976, als Farah kurze Zeit Polizeipräsident war, hatte er sie gewarnt und gesagt, die Regierung sei zu allem fähig, das Land sei für sie nichts als eine leere Leinwand, die sie nach eigenem Gutdünken bemalen könnte. Polizei, Armee und Bürokratie seien die Pinsel. Er hatte das Amt ein paar Monate lang innegehabt, als man ihm die vorzeitige Pensionierung verordnete. Die Polizei wurde von all jenen gesäubert, die die Verordnungen der Regierung infrage stellten, öffentliche Ausschreitungen waren undenkbar. Oodweynes Proklamationen wurden immer bedrohlicher, sein Spitzname «Große Stimme» sollte seine Radioauftritte karikieren, aber die Sätze, die er in seinem tiefen, schleppenden Ton von sich gab, wurden zusehends aufbrausender und überheblicher. Alle Bürger sollten begreifen, dass ihn niemand besiegen, nur der Tod ihn absetzen könnte.

Die Wochen nach ihrer Rückkehr aus dem Krankenhaus vergehen im Opiumdämmer. Kawsar döst, soviel sie kann, und in der verbliebenen Zeit streitet sie sich mit Nurto oder brütet vor sich hin. Sie erträgt Nurtos Unordnung, die grobe Art, mit der das Mädchen sie morgens mit einem nassen Lappen abreibt, aber sie erträgt es nicht, sie jeden Tag zur gleichen Runde aufbrechen zu sehen, die Kawsar selbst die letzten vierzig Jahre täglich gemacht hat. In einen festen Kokon aus Unterrock, *diric*, Pullover und Decken gewickelt, die Haut bleich und feucht, kommt sich Kawsar wie eine riesige, empfindliche Seidenraupe vor, die ein Leben abseits des Sonnenlichts führt. Wenn sich doch nur feuchte Flügel auf ihrem Rücken entfalten und sie davontragen würden. Stattdessen ist sie wund gelegen. Als Nurto nach

Ladenschluss um ein Uhr zurückkommt, flammt die endlose Diskussion wieder auf.

«Was hast du mit dem restlichen Geld gemacht?», fragt Kawsar mit einem prüfenden Blick auf das Wechselgeld, das ihr das Mädchen auf das Bett geknallt hat.

«Das ist alles», keucht Nurto. Ihre Wangen sind gerötet, und ihre Kleider riechen streng, weil sie mit ihren Freundinnen über den Markt getobt ist.

«Glaubst du vielleicht, statt meiner Hüfte hat mein Kopf was abbekommen?»

Nurto ignoriert den Kommentar und stapft in die Küche.

«Ich rede mit dir. Komm sofort her, oder du kannst in die Blechhütte zurückkehren, aus der du kommst.»

Nurto taucht wieder in der Tür auf.

«Wie viel hat das Kilo Reis gekostet?», fährt Kawsar fort, den Blick auf das Mädchen gerichtet.

«Tausend Schilling», kommt herausfordernd die Antwort.

«Und die Tomaten?»

«Hundertfünfzig Schilling.»

«Seit wann das denn?»

«Seit sie teurer geworden sind.»

Kawsar greift nach der Ledersandale, die nutzlos neben ihrem Bett liegt, und hebt sie hoch.

«Vor einem Monat hat eine Tüte Tomaten achtzig Schilling gekostet, und jetzt willst du mir weismachen, dass die gleichen vertrockneten Tomaten hundertfünfzig kosten?»

«Glaub doch, was du willst. Ich hatte Glück, überhaupt Reis zu kriegen, bevor er ausverkauft war. Die Leute haben um die paar letzten Beutel gekämpft, sich geprügelt und getreten. Gott da oben weiß, dass ich die Wahrheit sage.»

«Gott weiß, dass du eine betrügerische, undankbare, unzuverlässige Lügnerin bist.»

«Was weißt du denn schon? Du bist doch bloß eine … eine … stinkende Alte.»

Kawsar wirft die Sandale nach ihr, aber Nurto weicht ostentativ nicht aus und räumt mit verächtlicher Miene den Wollkorb mit dem halb fertigen Strickzeug wieder ein, den das Geschoss umgeworfen hat.

Nurtos Anwesenheit in ihrem Heim hat schon lange den Reiz des Neuen verloren und ist für sie nur noch erdrückend. Das ist jetzt Kawsars Leben, kein Garten, keine Familie, keine Bewegung. Sie ist bloß ein Magen, der gefüllt, und ein Hintern, der abgewischt werden muss, und dieses tägliche Kräftemessen mit dem Dienstmädchen gehört zu den wenigen Dingen, bei denen sie spürt, dass sie noch lebt. Ihre Gedanken drehen sich um das, was sie verloren hat und was ihr noch geblieben ist. Oft füllt sich der Bungalow wie eine riesige Muschel mit Meeresstille, ihre Tage sind leer, frei von Terminen und Pflichten. Statt Dahabo an ihrem Marktstand zu helfen oder sich um Zahras Kinder zu kümmern, beobachtet sie Nurto wie einen Geist. Sie ist eins geworden mit dem Bett, war sie einst ein zweibeiniges Geschöpf, sind ihr nun vier Metallbeine gewachsen, die Matratze ist mit ihrem Fleisch verschmolzen, die Federn sind mit ihren Rippen verwachsen. Sie ist gefangen in einem Körper in einem Bett in einem Haus, nur ihre Augen fühlen sich lebendig an, ihre Blicke flattern durch den Raum, lassen sich zögernd auf ihren staubigen Habseligkeiten nieder, den da und dort verstreuten geheimnisvollen Bündeln und Päckchen, wie sie typisch sind für das Zuhause alter Frauen. Das Bedürfnis, ihre Habseligkeiten zu bewahren, zu lagern und zu verhüllen, hatte sich allmählich eingestellt; sie kann sich nicht mehr erinnern, seit wann sie die Krümel vom Boden der Gewürzdose sammelt, die Wollfäden, die zu kurz für ein Strickwerk sind, oder die vertrockneten Seifenmedaillons, und wohin ihr Blick auch fällt, befindet sich ein weiteres Plastik- oder Stoffknäuel, das den Müll ihrer Existenz verbirgt. Alles ist in feste Bündel gestopft, ihre mehr als fünfzig Jahre Leben in dieser Stadt – die Papiere, das Gold, das Geld, die Fotos, Briefe und Kassetten – können zusammengepackt auf dem Rücken eines Kamels weggeschafft oder aber von einem heftigen Regen vernichtet werden. Ihr Bungalow, der in niemandes Hände übergeht, wird altersschwach zusammenbrechen und wieder zu Sand werden; ihr Leben voller Solidität, Ordnung und Anschaffungen wird weniger Spuren hinterlassen als die Feuerstellen längst verstorbener Nomaden in der Wüste.

Es ist Zeit für die wöchentliche Waschung. Eine Metallschüssel mit lauwarmem Seifenwasser und ein Waschlappen bilden ihr Bad, aber Kawsar lässt Nurto Weihrauch anzünden, damit es im Raum gut riecht. Es ist ein guter Tag, um Wasser auf der Haut zu spüren; es hat gewittert, durch das Fenster waren Blitze zu sehen, die den Himmel wie Speere aufspießten, der Donner war bedrohlich und erdrückend wie ein wütender Vater und der Regen zischelnd und sanft wie die tröstenden Worte einer Mutter. Die Luft ist voller Feuchtigkeit, denn endlich ist die Trockenzeit vorbei. Es ist ein Tag, an dem man in behaglichem, teurem Rauch sitzen und sich von der Musik der schläfrigen, durchweichten Stadt auf der anderen Seite der Hauswände einlullen lassen möchte. Kawsar hat ein paar Schmerztabletten genommen, damit sie diese Stimmung auskosten kann, die sie in ihre Kindheit zurückversetzt. Ihre Mutter wusch sie immer im Hof mit den dicken, warmen Regentropfen der *Gu*-Zeit, die in einer Tonne gesammelt und dann aus einer Blechtasse über sie ausgegossen wurden. Fest packte die Mutter mit ihrer freien Hand Kawsars dünnen Oberarm, während das Mädchen in der kleinen Pfütze kicherte und mit den Füßen panschte, ihr das Lockenhaar feucht auf dem Rücken klebte. Das war ungefähr um die Zeit, als sie ihre *gudniin* gehabt hatte. Dahabo hatte ihre zuerst und verschwand für zwei Wochen, ehe sie in neuen Kleidern und Schuhen wieder auftauchte und ihr eine Handtasche am mit Reifen geschmückten Arm baumelte. «Wofür hast du denn die Armreifen bekommen?», fragte Kawsar mit offenem Mund.

Dahabo legte die Handtasche behutsam auf die Treppe und warf einen raschen Blick über die Schulter; dann packte sie ihren Rocksaum und hob ihn geschwind, und die Armreifen gaben eine kleine Fanfare von sich, als wollten sie sagen: «Du siehst es, du siehst es nicht.»

Beim Anblick der halb verheilten Wunde an der Stelle, wo sich Dahabos Scham befunden hatte, wurden Kawsars Augen weit. «Tut's weh?» Sie wollte fragen, ob sie die Stelle noch einmal sehen dürfe, aber ihre Mütter hätten plötzlich auftauchen können.

«Wenn ich *kaaji*, brennt's.»

«Wann ist es denn gemacht worden?»

«Meine Cousinen vom Land sind zu Besuch gekommen, und sie haben uns gemeinsam drangenommen. Heute dürfen wir zum ersten Mal wieder gehen, unsere Beine waren tagelang zusammengebunden.»

Kawsar streckte die Hand nach den Armreifen aus; ein Hauch Glitzer blieb an ihren schweißigen, eifersüchtigen Fingern haften.

«Du solltest es auch machen lassen», zwitscherte Dahabo, und Kawsar würde es auf keinen Fall zulassen, dass sie zurückblieb, mit Schimpfnamen belegt wurde und nicht mitspielen durfte. Wenn es für Dahabo Zeit war, dann auch für sie.

Am selben Abend hatte sie sich eng an ihre Mutter geschmiegt und gesagt, dass sie auch *halal* gemacht werden wolle wie Dahabo.

«Aber du bist ein Jahr jünger und auch kleiner. Du bist noch nicht so weit, Kawsar.»

Vielleicht war sie jünger und kleiner, aber als einziges Kind einer Witwe war Kawsar nicht daran gewöhnt, dass man ihr etwas abschlug, und bis zum nächsten Morgen hatte sie der Mutter ihren Willen aufgezwungen. Nach vierzehn Tagen stand eine Frau mittleren Alters mit ihrem Beschneidungswerkzeug vor der Tür.

«Kawsar, Kawsar», Nurto rüttelt an ihrem Bein.

«Ja?» Sie zuckt zusammen.

Nurto wringt das kleine Handtuch aus und drückt es Kawsar in die Hand, als Zeichen für sie, sich zwischen den Beinen zu waschen.

Nurto wendet dem Bett den Rücken zu und geht mit der Schüssel in die Küche, um mehr Wasser zu holen.

Kawsars Hand fährt über die grauen Haarstoppeln, die durchs lebenslange Rasieren spärlich geworden sind, und über die glatte Hautfläche über ihren Genitalien. Sie schrubbt das Narbengewebe, das schlaffe Fleisch, in der Hoffnung den muffigen Geruch wegzubekommen, der höchstwahrscheinlich den Großteil der Woche an ihr hängt. Für diesen Teil ihres Körpers hegt sie keinerlei Sympathie, er hat ihr nur Schmerz und Enttäuschung gebracht, und wäre es möglich, würde sie ihn ohne Bedauern wegschrubben. Manchmal kommt es ihr so vor, als hätte die

Beschneiderin nach einem Blick auf den hübsch möblierten Raum, die dicke Matratze, auf die Kawsar sich legte, und die Risse in ihrer eigenen Kleidung beschlossen, dem Mädchen einen Streich zu spielen. Vielleicht hatte sie die Öffnung völlig geschlossen oder zu tief geschnitten oder sogar Dornen in ihren Schoß gepflanzt, damit sie unfruchtbar wurde. An diesem Tag wurde Kawsar ganz bestimmt geschwächt, wohingegen Dahabo und die anderen Mädchen gestärkt aus der Beschneidung hervorgegangen waren. Wer auch immer die verbitterte alte Zauberin in heidnischen Zeiten gewesen sein mochte, die diese Praktik ersonnen hatte, sie muss die anderen überzeugt haben, dass sich damit die Starken von den Schwachen unterscheiden ließen und Mädchen, die diese Prozedur nicht überlebten, nicht die Milch wert waren, die man für ihr Gedeihen brauchte. Sollte es ein paar von ihnen doch noch gelingen, weder ganz tot noch richtig lebendig, herumzuhumpeln, nun, dann konnte man sie, solange sie nicht im Weg standen, eben tolerieren. Diese Haltung hatte seit Generationen den Frauen Härte verliehen, die Fähigkeit, sich nicht darum zu scheren, wer zurückblieb, bis sie schließlich den anderen hinterherhumpelten.

Nurto kommt mit der Schüssel zurück, diese Härte ist auch ihr ins Gesicht geschrieben. Kawsar lässt das Handtuch auf den Boden fallen und sich von dem Mädchen den Rücken mit einer Bürste schrubben, deren Borsten vom ausgiebigen Gebrauch schon ganz platt gedrückt sind. Es tut gut, wenn die taube Haut wieder zum Leben erwacht, aber bald hat sich die Bürste zu den beiden wund gelegenen rosa Stellen über ihrem Hintern hinuntergearbeitet.

«Das reicht», sagt Kawsar und zieht die Luft zwischen den Zähnen ein.

Mit einem Handtuch, das vom Waschmittel ganz steif ist, trocknet Nurto sie ab und hilft ihr in frische, nach Weihrauch duftende Kleider.

Das ist nicht die Sauberkeit, die sie gewöhnt ist – manche Hautstellen sind nicht einmal vom Wasser benetzt worden –, aber es reicht, dass sie sich wieder wie ein Mensch fühlt; Seife, warmes Wasser und die Berührung einer Hand besitzen inzwischen diese Macht.

Ein heftiger Regen prasselt gegen die Fenster, lenkt Kawsar von ihren Gedanken ab; ein Polizeiauto, das die Einhaltung der Ausgangssperre überwacht, wirft ein schwaches, dottergelbes Licht in den Raum. Kalte Regenfälle bewirken bei Kawsar genau das Gegenteil – sie bringen Wärme, ein Gefühl der Fülle und des Wohlseins, die Erinnerung an Farahs Hand, die sich über das schlagende Herz in ihrem Schoß legt. Diese Jugendtage im grünen Dämmer geschlossener Fensterläden haben sich tief in das Gedächtnis ihres Körpers gegraben: das über ihnen klappernde Blechdach, der durch die Ritzen flüsternde Wind und Farah, der neben ihr auf der niedrigen Liege schläft, dessen wandernde Hand vom Bund ihres Unterrocks gebremst wird. Kawsar erinnert sich, wie sie seinen Arm fester um sich legte, sein Körper sich an ihren schmiegt und sie ihn durch halb geschlossene Lider betrachtete, an jenen Morgen oder Nachmittagen, wenn er sich weigerte, durch den gelben Matsch zurück ins Büro zu gehen. Nie liebte sie ihn mehr als in dieser Benommenheit, wenn sie wie Zwillinge waren, in einer Haut, ihre Glieder so ineinander verschlungen, dass sie nicht mehr spüren konnte, wo sein Fleisch aufhörte und ihres begann, oder sie ihren Geruch von seinem nicht unterscheiden konnte. Stunden vergingen in einem Schlaf, der so tief, so üppig war, dass sie wusste, wie sich Betrunkene fühlten, wenn sie am Straßenrand in Bewusstlosigkeit versanken, ein entrücktes Lächeln auf den Lippen. Wenn Farah sich schließlich regte, der Regen nur noch ein schwaches, halbherziges Sprühen war, kam die Trennung, das Sortieren von Gliedern, Haaren und Kleidern, als er wieder zum Ehemann und sie zur Ehefrau wurde. Aber jetzt ist von diesen Hunderten Morgen und Nachmittagen einzig die Wärme einer abwesenden Hand auf einem alten, leeren Schoß geblieben.

Es ist Freitag, Putztag. In der ganzen Nachbarschaft, in der ganzen Stadt, im ganzen Land werden Teppiche und Matten ausgeklopft, Fenster geöffnet und Zimmer abgestaubt, Böden aufgewischt und geschrubbt, Bettwäsche wird in großen Zubern gewaschen, ausgewrungen und über Büsche und auf Wäscheleinen gehängt, nur um ein paar Stunden später knochentrocken, sonnenduftend und pollenbedeckt wieder hereingeholt zu werden. An den Freitagnachmittagen kann Nurto tun, was sie will, und Kawsar fürchtet sich vor einem weiteren langen Tag, an dem sie auf die Tür starrt, heimlich hofft und befürchtet, dass sie Besuch bekommt, die Einsamkeit drückt sich mit spitzen Knien in ihre Brust. Ihre Ohren lauschen auf Schritte von der Straße draußen, ihr Puls beschleunigt sich, wenn sie in der Nähe verharren. Einmal stieß Maryam Englishs Ziege mit dem Kopf die Tür auf und erschreckte Kawsar, die glaubte, die Soldaten kämen sie wieder holen. Das riesige Tier mit seinen Hörnern sah sich erstaunt im Raum um, kaute einfältig auf einem Heubüschel herum, die Hufe, die Kastagnetten ähneln, auf den Beton gestemmt. «Geh weg!», hatte Kawsar gerufen und mit den Armen gewedelt, worauf das Tier gehorchte, sich umdrehte und ruhig davonging, als wäre es gleichfalls der Meinung, die Zeit mit einer alten Frau zu verschwenden, sei sinnlos.

Dahabo, Maryam, Fadumo, Raage der Lebensmittelhändler, Zahra, Umar Farey, das sind die Besucher, die gelegentlich vorbeischauen. Sie kennt wahrscheinlich Hunderte von Menschen, aber die besuchen sie nicht; man versteckt sich hinter der Ausrede von der Ausgangssperre, aber eigentlich haben sich ihre Herzen verhärtet, sie bringen es nicht fertig, sich um noch eine Unglückselige mehr zu kümmern, sie sind doch ohnehin schon überlastet. Jetzt sind die Frauen die Familienoberhäupter, auf den Straßen keine Männer, wer nicht im Ausland arbeitet, sitzt im Gefängnis oder ist aufgegriffen und eingezogen worden. Würde Farah noch leben, ginge es ihm wie den anderen – kleinlaut würde er sich in seinem Haus verstecken, vorzeitig vertrocknet wie eine Frau in einem Harem. Nurto hat berichtet, dass die alten *askaris* vertrieben wurden, die sich um fünf Uhr nachmittags um Raages *dukaan* versammelten und ihre West-End-Armbanduhren nach dem Signalton der BBC-Nachrichten stellten; auch die BBC ist aus allen öffentlichen Räumen verbannt worden. Das Regime will nicht nur die Stadt verdunkeln, sondern auch zum Schweigen bringen.

Kawsars Herz schwankt zwischen Schuldzuweisung und Verständnis. Die Zeiten haben sich grundlegend verändert; das Leben war preiswert, einfach und langsam, aber jetzt ist es auf andere Weise billig, ganz bestimmt nicht einfach, und die Stunden der Dunkelheit sind ihnen gestohlen und gefährlich geworden. Die Menschen hasten durch ihren Tag, bemüht, der halbierten Zeit ein erfülltes Leben zu entreißen. Die Läden sind leer gefegt, denn Reis und Mehl, die subventioniert werden, sind verschwunden, damit die Regierung weitere ausländische Kredite aufnehmen kann; statt der einheimischen Pflanzen Mais und Sorghum werden Säcke mit den Spenden der USAID aus den Flüchtlingslagern geschmuggelt und auf dem Markt zu abstrusen Preisen angeboten.

Nurto drückt Kawsar eine angeschlagene Emailschüssel in die Hand. Darin befindet sich ihr Essen: gehackte Tomaten, Zwiebeln, Koriander, Chilis, in Zitronensaft ertränkt, sowie der gekochte Reis, auf den das Mädchen besteht. «Ich will von niemandem hören, dass ich dich verhungern lasse», sagt sie mit anklagend hochgezogener Augenbraue.

Kawsar will den Reis nicht, er verwässert die intensiven, scharfen Aromen, die ihre Erinnerung nähren. Chilis hatte sie zum ersten Mal in einem Restaurant in Mogadischu gegessen, in das Farah sie geführt hat. In ihrem neuen Heim in Salahley hatte sie einen Zitronenbaum gepflanzt und jedes seiner Gerichte mit selbst gezogenem Koriander gewürzt, den er so mochte. Sie sehnt sich nach herben Aromen, die ihr die Gefühle entziehen; sogar in ihrem Tee ist zu viel Ingwer, Zimt und Kardamom – genau wie in dem Gebräu, das sie sich während des Stillens zusammenrührte. Sie möchte kein lebensverlängerndes Essen, sie möchte nur ihre Seele erhalten, solange diese in ihrem Körper wohnt.

«Ich geh jetzt auf eine Hochzeit, in ein paar Stunden bin ich zurück», sagt Nurto und stellt ein Glas Wasser auf den Nachttisch.

«Eine Hochzeit? Gleich?»

«Ja genau, denk an die Ausgangssperre. Wir müssen um sieben wieder von der Straße weg sein.»

Kawsar verdreht die Augen zum Himmel. «Und wie ich daran denke.»

Nurtos Gesicht ist nicht zu sehen, als sie sich in ein schwarzes Paillettentop und eine smaragdgrüne Hose zwängt, die sich um ihre

Hüfte bauscht und an den knochigen Fesseln verjüngt. Sie sind *whodead*, auf dem Souk gekauft. Es geht das Gerücht, dass die Leichen von Ausländern ausgezogen und die Kleidungsstücke, in denen sie ihren letzten Atemzug getan haben, auf dem hiesigen Markt verkauft werden.

«Auf Beine wie diese würde ich lieber nicht die Blicke lenken», lacht Kawsar. «Ein Mann will eine Frau mit kräftigen Fesseln, nicht diese dürren *minjayow.*»

«Brauchst du was von draußen?»

«Nein, brich dir bloß nicht die Beine in diesen lächerlichen Schuhen, für einen weiteren Invaliden ist hier kein Platz.» Nurto ist in Schuhe mit Plateauholzsohlen geschlüpft und trampelt zur Tür, bemüht, nicht mit den Armen rudernd um Gleichgewicht zu ringen.

«*Nabadgelyo!*», brüllt sie und knallt die Tür hinter sich zu.

«Dummes Ding.» Kawsar lacht, aber ihr Lächeln verblasst, als sie ihr Spiegelbild erblickt. Es sieht aus, als wäre eine Kokosnuss in lauter Decken gehüllt, ihr Gesicht ist ein blinzelnder, verschwommener Fleck im schmuddeligen Raum, ihr früher dickes schwarzes Haar ist jetzt kurz und fein wie das eines Babys. Nach Farahs Tod war es beinahe vollständig ausgefallen, jetzt ist es weiß und wächst nur an manchen Stellen nach. Sie zieht sich die Decke über den Kopf.

Kawsar öffnet ein Auge. Neben ihr schläft Hogan, mit verklebten Augen, aufgedunsenen Lippen, das feuchte Haar platt gelegen, ein Speichelfaden tropft auf ihre Hand und leises Schnarchen pfeift durch die Lücke zwischen ihren Vorderzähnen. Kawsar wischt die Spucke weg und zieht ihr Kind näher zu sich heran. Das Licht, das durch das Fenster fällt, ist die Haut eines goldenen Apfels. Gleich wird Hodan sich rühren und beim Aufwachen mürrisch den Blick vom Boden zur Zimmerdecke und dann auf das Fenster richten, um sich zurechtzufinden, damit ihre Seele sich wieder in ihrem festen Rahmen einlebt. An manchen Stellen ist der Siesta-Himmel im Fensterrahmen rosa und violett, träge ziehen schmale lange Wolkenstreifen dahin, die tiefen Strahlen der Kupfersonne lassen ihre Ränder metallisch glänzen. Wenn man diesen Himmel doch nur in Stücke schneiden und zusammennähen könnte, dann würde sie daraus für Hodan eine Decke machen, für die kalten, dunklen Nächte auf dem Friedhof.

Als Kawsar aufwacht, ist es im Haus dunkel, und durch die Eisenstäbe vor dem Fenster über ihrem Bett strahlen die Sterne. Ein paar fedrige Wolken treiben über den Himmel, der Nachtwind, kühler als gewöhnlich, blättert spielerisch in den Arzneirezepten auf dem Tisch. Sie zieht sich die Decken bis zum Kinn hoch, schließt die Augen und atmet Jasmin, Geißblatt, Mondwinde und *wahara-waalis* ein, die Wüstenblume, die sie vor langer Zeit im Garten hinter ihrem Bungalow gepflanzt hat. Das ist der einzige Kontakt, den sie mit ihrem geliebten Garten noch hat – die Liebkosung seines Duftes, wenn der Wind richtig steht. Die Granatapfel-, Guaven- und Papayabäume sind Nurtos roher Gnade ausgeliefert; ganz bestimmt kippt sie bloß einen Eimer schmutziges Wasser über die darbenden Wurzeln. Maryam berichtet, dass die Tomaten verwelkt, die grünen Chilis vergilbt, die Okras von Eidechsen gefressen worden sind. Nur die Bäume haben überlebt. Kawsars Geist ist mit diesen Bäumen verbunden; sie spürt, wie sich ihre eigenen Wurzeln zusammenziehen, wenn sie sterben.

Wahrscheinlich ist Nurto von einem indischen Händler verführt worden. Das Mädchen verströmt ein unbekanntes Parfüm mit Moschusnote, und sie verbringt erstaunlich viel Zeit im Bad, Plätschern und Seifengeruch dringen durchs Haus. Die *Singhe-Singhes* sind ein verflucht lüsterner Haufen mit ihren anzüglich zwinkernden, Kajal verschmierten Augen und den groben, von Gelbwurz verfärbten Händen, die auf dem Souk nach Mädchen grabschen. 1960, nach Erlangung der Unabhängigkeit, verschwanden nicht nur die Briten, sondern auch die Ehefrauen der *Singhe-Singhes*, reisten so schnell ab, wie sie zuvor eingetroffen waren, eine einzige riesige Menschenmenge mit juwelenfarbigen Saris, die hinter ihnen herwehten wie Schwanzfedern. Die Männer – Stoffhändler, Souk-*wallahs* und Beamte –, die im Indian-Line-Viertel wohnen bleiben, spielen auf dem nackten, rissigen Erdboden Kricket und sind mit der Rastlosigkeit von Katern hinter den somalischen Mädchen her.

«Für wen machst du das alles? Für einen Händler?», fragt Kawsar, als Nurto über den Betonboden hüpft und dabei schmale, feuchte Fußabdrücke hinterlässt.

«Kann ich mich nicht mal waschen, ohne dass du Theater machst?» Auf Nurtos linker Brust liegt das Haar wie ein feuchtes, sich allmählich aufdrehendes Seil; sie drückt das Ende aus und trocknet sich die Hände an ihrem mit Blättern bedruckten *diric*. Sie wird fülliger, erblüht zur Frau, Hüften, Brüste und Hintern halwa- und dattelgerundet.

Bewunderung und unangebrachter Stolz erfüllen Kawsar beim Anblick ihres Dienstmädchens; ein seltener Luxus, wenn man einem armen Kind den Haushalt überlassen und ihm beim Erblühen zusehen kann. «Gut schaust du aus, mehr wollte ich gar nicht sagen.»

Nurto verzieht das Gesicht; sie ist auf die nächste Verbalattacke gefasst gewesen, hat sich dagegen gestählt und gewappnet, breitbeinig, die Schultern gestrafft. «Findest du?», fragt sie einen Augenblick später. «Wie habe ich mich denn verändert?»

«Du siehst jetzt wie eine *gashaanti* aus, deine Haut glänzt, dein Haar ist länger, du hast jetzt Kurven, nachdem du erst wie ein Baum in der *jiilaal* ausgesehen hast. Du riechst auch besser», lächelt Kawsar.

«Und du glaubst, die ganze Mühe mache ich mir für einen *Singhe-Singhe*-Markthändler? Da habe ich meine Ziele aber höher gesteckt!»

«Oho! Erzähl.»

Nurto lacht. «Dieser Amerikaner will mich fotografieren. Er sagt, die Leute würden dafür bezahlen, dass ich in solche Zeitschriften komme.»

Kawsar zieht die Augenbrauen hoch, denkt an die schlüpfrigen Fotografien, die die Italiener in Mogadischu von somalischen Mädchen gemacht hatten. «*Naayaa*, sei auf der Hut, ich will nicht, dass die Leute sagen, du seiest in meiner Obhut verdorben worden. Sprich dein *ashahaado* und schütze deine Scham.»

Nurto macht ein langes Gesicht, es war ein Fehler gewesen, die Deckung fallen zu lassen. «Darum geht es nicht, er will mir einfach bloß helfen. Er sagt, dass ein anderes somalisches Mädchen in New York und Paris berühmt dafür ist, auf und ab zu gehen und Kleider vorzuführen.»

«New York, so ein Quatsch! Lass dich doch nicht täuschen. Als ich jung war, machten Italiener schmutzige Fotos von naiven Mädchen und steckten sie in ebenso schmutzige Filme.»

«Na und? Ist das etwa schlimmer, als ein ganzes Leben lang Dienstmädchen zu sein und sich von jedem x-Beliebigen sämtliche Schimpfnamen an den Kopf werfen zu lassen, die ihm gerade einfallen? Als ob man sein Eigentum wäre?»

«Ich wurde so erzogen, dass ehrliche Arbeit nie eine Schande ist. Das Einzige, was für ein Mädchen wertvoll ist, sei sie Tochter eines Sultans oder eines Bettlers, ist ihr Ruf. Sei nicht so dumm, den wegzuwerfen.»

«Zum Teufel mit dem Ruf!» Nurto wirft ihr Haarseil über die Schulter, lässt sich auf ihre Matratze fallen und vergräbt die Nase in einer Zeitschrift, auf der ein blondes Mädchen prangt; da sie nicht lesen kann, studiert sie die Fotos.

Das Sonnenlicht bricht durch die bleiernen, grollenden Wolken und schlüpft durch das vergitterte Fenster, wirft ein Muster aus Helligkeit und Schatten auf die Tagesdecke und Kawsars Füße. Die alte Frau wackelt mit den Zehen und kratzt sich mit den krallenlangen Nägeln die Sohlen. Sie hat Nurto gebeten, ihr heute eine ganze Thermoskanne zu füllen; sie ist in der Stimmung, Musik zu hören und süßen Gewürztee mit Kondensmilch zu trinken. Der lastende Fels auf ihrer Brust hat sich etwas gehoben, nun kann sie ohne Furcht tiefer einatmen; sie macht den Hals lang und streckt den Kopf nach links, verharrt kurz und streckt ihn dann nach rechts. Sie kann ihre Finger- und Zehenspitzen wieder spüren, ihre Kopfhaut prickelt, seit zwölf Stunden hat sie keine Schmerztablette mehr genommen, und ihr Körper fühlt sich an wie eine Stadt, die nach einer langen Nacht wieder zum Leben erwacht. Sie schaltet das Radio ein – für den Fall einer Polizeirazzia ist es auf Radio Mogadischu eingestellt –, und der Sender überträgt ein Livekonzert aus Khartum von Waaberi, einer der Regierung nahestehenden Band.

Nurto hockt auf ihrer Matratze, ganz auf die große Schneiderschere konzentriert. Bisher ist Kawsar noch nie aufgefallen, dass das Mädchen Linkshänderin ist; vielleicht ist das mit ein Grund, warum sie so unbeholfen wirkt, als ginge sie das Leben von der falschen Seite an. Sie schneidet ein paar von Kawsars alten Baumwollkleidern in rechteckige Stücke, die später zusammengefaltet als Binden benutzt werden; der Älteren war eine feuchte rote Blume aufgefallen, die hinten auf Nurtos dünnem *diric* erblühte, und sie hatte ihr einige seit Langem unbenutzte Kleidungsstücke angeboten. Nurto könne diese da auch gern tragen, Kawsar zeigte auf andere Kleider, die teilweise aus teurem Stoff und ungetragen waren, aber Nurto wollte nicht, verzog beim Herumstöbern sogar herablassend die Nase.

Kawsar schenkt sich die erste Tasse ein; die Knochen im Rücken knirschen, als sie sich nach vorn beugt, aber es fühlt sich merkwürdig gut an. «Wenn du willst, kann ich dir beibringen, wie man richtig näht», bietet sie Nurto an und pustet Dampf und Milchhaut leicht hin und her.

Nurto antwortet lange nicht. «Ich glaub nicht, dass ich das gut könnte.»

«Wer kann schon sagen, ob er etwas gut kann, wenn er es noch gar nicht ausprobiert hat?»

«Du zum Beispiel. Du sagst, dass ich eine schlechte Köchin bin, dass ich nicht putzen kann, dass ich an der Wäsche Seifenreste lasse, dass ich deine Pflanzen umgebracht habe. Ich werde dir bestimmt nicht noch was zum Herumkritteln geben.»

Kawsar lacht. «Ich versuche bloß, dich anzustacheln, dass du mehr darauf achtest, wie du arbeitest. Was willst du denn eigentlich mit deinem Leben machen? Weiterhin als Dienstmädchen arbeiten?»

Nurto schnauft verächtlich.

«Heiraten? Ziegen hüten? Eine Lastwagenfirma gründen?»

Nurto zieht die Augenbrauen hoch.

«Was denn dann?»

«Ich hab doch gesagt, ich gehe ins Ausland und werde Mannequin.»

«Warum machst du dann nicht, solange du hier bist, das Beste daraus – kaufst dir ein ganzes *Ghee*-Fass und steckst deine Finger rein und leckst sie ab, bis bei jedem Schritt deine Hängebacken, dein Bauch und dein Hintern wackeln?»

Nurto lacht, und Kawsar lächelt triumphierend, es ist nicht einfach, dieses Mädchen aufzuheitern.

«Dort mögen die solche Frauen nicht. Die mögen solche wie mich, mit kleinen Brüsten, langen Beinen und ohne ein Gramm Fett. Die sind nicht wie die dummen Männer hier, die es gernhaben, wenn sich Asha Fettbein schnaufend und keuchend in ihrem Bett wälzt.»

«Das hat dir wohl dein Fotograf erzählt?» Kawsar hat ihre Zweifel.

«Ja, aber es ist ganz offensichtlich, ich habe die Zeitschriften gelesen.»

«Gelesen?»

«Dann eben angeschaut, kommt doch aufs Gleiche raus. Die Bilder sprechen für sich. Warum tust du eigentlich immer so, als ob du Professorin an der Laafole University wärst?»

«Ich bin keine Professorin, ich bin ungebildet wie ein Kind, aber ich kann einfach unangebrachten Stolz nicht ausstehen.»

«Das ist kein unangebrachter Stolz. Ich werde lesen lernen. Ich werde was aus meinem Leben machen. Ihr alten Weiber seid stolz auf eure Unwissenheit – das nenne ich unangebrachten Stolz.»

Kawsar bleibt ruhig, mittlerweile kann sie der schlechten Angewohnheit kaum widerstehen, Nurto zu ärgern, auch weil es einen kathartischen Effekt auf sie hat. «Ich bin eine einfache Frau, die nichts bereut und sich für nichts schämen muss», lügt sie. «Ich habe ein untadeliges Leben geführt.»

«Untadelig und sinnlos», giftet Nurto.

Das trifft Kawsar tiefer als erwartet. Sie rutscht etwas zur Seite, als wiche sie einem Geschoss aus; ihr eigener Pfeil hat sie gefällt.

«Lass mich einfach in Ruhe.» Sie dreht Nurto den Rücken zu und starrt die Wand an, die vertrauten Löcher und Risse im Putz schieben sich wieder in ihr Blickfeld. «Wenn mein Mann hier wäre, würdest du es nicht wagen, so mit mir zu sprechen», sagt sie leise.

«Und du würdest es nicht wagen, mich zu verspotten, wenn meine Familie Geld hätte.»

Das Mädchen ist wie eine Kobra, sofort zum Angriff bereit. Sie schätzt die eigene Lage richtig ein, und Kawsar fühlt wider Willen Neid, dass Nurto sich so behaupten kann. Sie selbst hat lange gebraucht, um Macht und Machtlosigkeit derart deutlich unterscheiden zu können.

Den restlichen Tag über schweigen sie sich an. Im Wohnraum um Kawsar wird es dunkler, schließlich verstummt das Schnipp, Schnapp der Schere, die zu Boden fällt. Dieser Klang weckt in ihr die Erinnerung an ihre Collegezeit: die von den Nadeln zerstochenen Fingerkuppen, die Hand, die vom stundenlangen Stoffschneiden schmerzte, die hübschen Decken, Vorhänge und Röcke, die sie schneller anfertigte als alle anderen.

Ein Kind rattert mit einem Metallbecher am Fenstergitter entlang, aber Kawsar sieht nicht hin. Seit Kurzem spähen fremde Kinder zaghaft zu ihr herein, sie sind sich nicht sicher, ob die Gerüchte über eine Hexe, die nie ihr Haus verlässt, wahr sind. Sie johlen durchs Gitter und rennen weg, spucken und werfen Steinchen gegen das Fenster. Sie sind die Wiedergeburt all jener Kinder, die gezeugt wurden, um alte Frauen zu plagen; jede Generation bringt ein neues Regiment hervor, geboren, um den Lebenswillen der ohnehin schon Verzweifelten auszulöschen; sie wiederum sind dazu verdammt, stets acht Jahre alt zu bleiben, den Mund voller großer, neuer Zähne, das verwirrte Herz berstend vor Bosheit und Angst. Es sind wahrscheinlich nicht die Nachbarskinder – sie hätten sich nicht so schnell gegen sie gewandt –, es müssen Kinder aus anderen Vierteln sein, die fern von zu Hause ihren Schabernack treiben und wieder heimwärts rennen, ehe ihre Mütter sie vermissen.

Kawsar fällt die lumpentragende Witwe ein, die hinter dem Haus ihrer Kindheit in einer Holzhütte wohnte, geschwätzig trotz der Isolation, in der sie lebte, die kleinen Jungen, die sie verspotteten und Steine nach ihr warfen, im Glauben, das Murmeln sei ein Zeichen, dass sie verrückt oder besessen wäre. Wie Kawsar jetzt, war sie einzig von ihren Erinnerungen besessen, von Ereignissen aus der Kleinkinderzeit bis zu jenem Tag, an dem sie sich aufgelehnt hatte.

„*Naayaa,* Kawsar!» Dahabo bollert gegen die Tür.

«Mach auf!», ruft Kawsar schnell in Richtung Küche.

Nurto eilt heraus, die Hände rot vom Tomatensaft, ihre nackten Füße patschen und rutschen über den Boden. Sie reißt die Tür auf und rennt wieder zurück in die Küche, meidet dickköpfig Kawsars Blick.

Dahabo beugt sich vor und küsst Kawsar auf die Stirn. «Sieh dir mal die vielen Papierstücke in deinem Fenster an.» Sie deutet nach oben.

«Das sind Opfergaben, Gebete. Hast du nicht gewusst, dass ich hier im Viertel eine Heilige bin?» Ungefähr fünfzehn Kaugummi- und Bonbonpapierchen sind dünn zusammengerollt durch den Maschendraht geschoben worden, als wäre ihr Haus ein Heiligenschrein.

«Diese Bengel! Haben beinahe das ganze Ding ruiniert!»

«Lass ihnen doch ihren Spaß.»

Dahabo entfernt die Einwickelpapiere, an die sie herankommt. «Du weißt, dass die Ausgangssperre jetzt auf vier Uhr nachmittags vorverlegt ist, wenn es draußen noch hell ist?»

«Wann haben sie das denn verkündet?»

«Gestern auf dem Markt, bevor wir zugemacht haben.»

«Mit welcher Begründung?»

Dahabo drückt die Papierchen zusammen. «Nachdem, was im Souk erzählt wird, sieht es so aus, als würde das NFM die Städte noch vor Monatsende angreifen.»

«Das ist bloß Gerede, das sagen die Leute doch seit Jahren.»

Dahabo setzt sich auf die Bettkante. «Nein, Kawsar, diesmal ist es etwas anderes. Im ganzen Land erheben sich die Rebellen gegen ihn. Wenn er untergeht, wird er das ganze Land mit sich reißen, er will, dass wir alle neben ihm im Grab liegen wie bei einem dieser Pharaonen. Meine Töchter sind in Panik, sie wollen ihre Kinder rausschaffen», sagt sie leise. «Jawahirs Mann hat für uns alle Visa organisiert, wir sollen zu ihm nach Dschidda kommen.»

Kawsar traut ihren Ohren nicht, Dahabo soll das noch mal wiederholen; und erneut trifft sie das «wir» wie ein kleiner Brandsatz. «Warum musst du denn gehen?», fragt sie. Es hat ihr beinahe die Sprache verschlagen.

Dahabo wendet Kawsar das Gesicht zu und sieht ihr in die Augen. «Was bliebe mir noch ohne sie?»

Kawsar wird die Freundin nicht kampflos ziehen lassen, wird Besitzansprüche anmelden. Sie wird schreien, ihre Habseligkeiten verstreuen und ihre Kleider zerreißen. «Und was bleibt *mir* ohne dich?»

Zärtlich umfasst Dahabo Kawsars Kinn. «Komm mit. Lass diese Gefängnisschuhschachtel zurück und komm mit. Auch du bist meine Familie.»

Kawsar stellt sich die Einzimmerwohnung in Dschidda vor, die Matratzen werden tagsüber an die Wand gelehnt, Kinder rennen herum, und es herrscht ständiges Chaos, aus der Küche dringen die Streitgespräche zwischen drei oder vier Generationen. Sie kann ihre letzten Monate nicht stumm und unwillkommen wie eine Kröte in einem Klohäuschen verbringen, all dies im Blick.

«Kann ich nicht bei dir sein, Dahabo?»

«Du bist bei mir, aber was soll ich machen?»

«Bleib da. Lass dich von niemandem vertreiben.»

Dahabo atmet geräuschvoll aus und versinkt noch ein bisschen tiefer in der Matratze. «Erinnerst du dich an Asiya vom College?»

«Was ist mit ihr?» Kawsar erinnert sich an das Mädchen, das sie im Unterricht terrorisiert hat, schlechte Zähne, schlechtes Haar, schlechte Kleider, das sich zwischen sie hatte drängen wollen.

«Kein einziges ihrer Kinder ist ihr geblieben, entweder tot, vermisst, im Gefängnis oder im NFM. Bald wird es uns allen so gehen.»

«Dahabo, mir geht es jetzt schon so. Verlang nicht von mir, dass ich Mitleid mit ihr haben soll.»

«Ich habe Angst. Ich habe Angst, morgens aufzuwachen, darüber nachzudenken, was nächste Woche, nächsten Monat, nächstes Jahr sein wird. Ich bin mit den Nerven am Ende, ich kann nicht mehr.» Dahabo schlägt sich mit der flachen Hand aufs Herz.

«Ich werde dich auffangen, komm, zieh zu mir. Ich sage Nurto, dass sie gehen kann.»

«Meine Kinder», sagt Dahabo mit fester Stimme, ehe sie sich die Schuhe anzieht, «ich kann mich nicht von ihnen trennen.»

Lange und unnachgiebig starren sie einander an, bis Dahabo schweigend den Bungalow verlässt.

«Dumme, dumme alte Frau.» Bei jedem Wort schlägt sich Kawsar mit der Faust an die Stirn. Sie erkennt sich nicht wieder: eine alte Hexe, die sich nicht eingestehen kann, dass ihre Zeit vorbei ist, dass Kinder und Enkel Vorrang haben müssen. Was hatte sie sich bloß dabei gedacht? Zu verlangen, dass Dahabo zurückbleibt, bei ihr, zwei alte Weiber, die sich gegenseitig die grauen Haare zählen, ist das etwa ihr Wunsch? Das ist doch einfach nur schamlos und unnatürlich. Wird sie als Nächstes, wenn hinter ihrem Rücken gelacht wird, Verwünschungen ausstoßen? Anderen den bösen Blick zuwerfen? Jenen, die ihr etwas abschlagen oder Familien haben, Unglück wünschen? So werden alte Weiber zu Hexen – ein, zwei tragische Vorfälle und das grüne Gift fließt nur so aus ihnen heraus.

Einmal in der Stunde holt Kawsar Atem wie ein Reptil, die ferne Sonne brennt ihr auf den Kopf, ihre gelben Augen rollen in den Höhlen, kaltes braunes Blut gerinnt in ihren trockenen Aderfurchen. Sie hat den Überblick verloren, wie viele Tabletten sie sich in den Rachen gestopft hat, genügend jedenfalls, damit der Schmerz gedämpft ist, ihrer Sehkraft das grelle Technicolor genommen wird, bis das Haus durch die dünnen Pupillenschlitze unheimlich und einfarbig wirkt. Sie presst die Hände fest auf die Lider, und ihr dumpfes Leben löst sich in bernsteinfarbene Sternschnuppen und explodierende Galaxien auf. Das hat sie als kleines Mädchen gelernt, die tote Zeit zu vertrödeln, indem sie durch die stille, fast schwarze Welt hinter ihren Augen reiste. Als Seele ist Kawsar nicht sehr gealtert, sie denkt immer noch zu viel nach, verliert sich in Träumen und Albträumen, ihr Körper verbirgt – nein, hält gefangen –, was echt und ewig an ihr ist, jenen winzigen Nadelstich unsichtbaren Lichts in diesem ihrem dunklen Leichentuch. Sie ist dazu verdammt, um sich zu schlagen, gegen ihre Haut zu flattern, verzweifelt um Entlassung in die Welt bemüht, hektisch wie ein Glühwürmchen, das ein Kind eingefangen und in ein Glas gesperrt hat.

Erlösung war alles, was sie je gewollt hatte. Einmal glaubte Kawsar, sie hätte sie gefunden. Auf dem niedrigen Ast eines unbekannten Baums am Juba sitzend – Krokodilaugen spähten über das brackige Wasser zu ihr hoch, sechs Meter hohe Palmen wimmelten von keckernden, schwarzschwänzigen Affen, flussabwärts gähnten Nilpferde, und über ihr schlüpften Tausende Schmetterlinge aus ihrem Kokon –, konnte Kawsar spüren, wie Licht durch sie strömte. Sie war offen, ohne Haut, geboren, um diesen einen unvergänglichen Augenblick zu erleben. Farah hatte im Auto nach dem Fotoapparat gekramt, versucht, den Namen der Schmetterlingsart zu bestimmen, ihr Vorkommen in diesem bestimmten Baum zu erklären, aber sie hatte ihm den Mund zugehalten, er solle einfach nur sehen, fühlen; sie wollte, dass sie beide so stumm und ekstatisch waren wie diese neugeborenen Schmetterlinge.

Kawsars verklebte Lider öffnen sich, und Licht dringt durch ihre kurzen, dichten Wimpern. Es könnte Tagesanbruch oder vier Uhr nachmittags sein, ankerlos auf den Wellen der Zeit treibend, macht sie einfach die Augen auf und akzeptiert, was man ihr sagt.

Nurto beugt sich übers Bett. «Dahabo hat dir das hier gebracht.» Sie stellt den Korb aufs Bett.

«Warum hat sie mich nicht geweckt?»

Nurto zuckt die Achseln und geht in die Küche zurück.

«Hör gefälligst zu, wenn ich mit dir rede, du kleine Hure.»

Bei dieser Beleidigung bleibt Nurto stehen, und ihr Blick wandert zu Kawsar, ihr Körper bleibt unbewegt.

«Bring diesen Plunder in die Küche zurück.» Kawsar nimmt den Korb und schiebt ihn mit Schwung über den Boden, dabei kippt der Inhalt – Datteln und Hackfleisch mit *Ghee* – auf den staubigen Beton.

«Alte, hast du den Verstand verloren? Gutes Essen einfach so auf den Boden zu schmeißen, und ich soll's dann auffegen! Glaubst du vielleicht, ich bin deine Sklavin, oder was?» Nurto greift den Henkel, setzt sich den Korb auf die Hüfte und knallt die Tür hinter sich zu.

«Schlampe!», stößt Kawsar hervor.

Hinter der grünen Tür sieht sie nicht Nurto, sondern Dahabo.

Was für ein kühles Verhalten, als kennten sie einander kaum, hat Dahabo einfach den Korb hingestellt und ist davongeschlichen. Und dieses Verhalten von einer Frau, der sie nach ihren Geburten die Laken gewaschen hat und umgekehrt. Was kommt als Nächstes? Wahrscheinlich müssen sie sich offiziell zum Tee verabreden, wie das früher die Engländerinnen taten. Die alte Dahabo hätte sie wachgerüttelt oder sich aufs Bett gesetzt und einfach losgeplappert. Was nutzte ein Korb ohne Gespräch? Ist sie über Nacht zur Bettlerin geworden? Hat sie, in deren Familie Dahabos Mutter früher Dienstmädchen war, Almosen nötig?

Kawsar steigt die Zornesröte ins Gesicht. Ihre Spucke schmeckt bitter und bleibt in der Speiseröhre stecken; sie trinkt die Tasse Wasser leer, die auf dem Nachttisch steht.

Am liebsten würde sie aus dem Bett springen und die Tür verbarrikadieren, mit Brettern vernageln, bis niemand mehr hindurchkommt, als Warnung und Zurechtweisung für jene, die sie bemitleiden, die es wagen, sie für eine Bettlerin zu halten, eine Bedürftige, eine Frau ohne Namen, ohne Ansehen.

Dunkelheit breitet sich über ihre Augen wie schwarzes Öl. Beim Aufwachen rannen ihr dicke Tränen über die Wangen, im Kopf hatte sie ein dumpfes Gefühl, als hätte sie schon seit Längerem geweint, aber ohne sich an den Grund erinnern zu können. Nurto hat die Petroleum-*Feynuus* angelassen, und im Haus stinkt es nach abgebranntem Docht. Wie viele Wohnungen sind wegen derartiger Nachlässigkeiten schon abgebrannt?

Nurto schnieft in ihr Kopfkissen, murmelt unverständliche, aber nach Rechtfertigung klingende Worte vor sich hin. Sogar in ihren Träumen streitet sie und ist widerborstig. Durch den Raum flattern die Schatten großer Nachtfalter, knallen wie Gefangene gegen die Fliegengitter vor den Fenstern; es sind unheimliche Geschöpfe auf der Suche nach Licht, nur um sich dann darin zu opfern. In Vollmondnächten, wenn alles in bläulich weißes Licht getaucht ist und selbst die Blätter an den Bäumen scharfe Umrisse haben, ist das Gesicht des Mondes von

Millionen schwirrender Pünktchen verdunkelt, die sich gegenseitig anrempeln, als machten sie ein Wettrennen zum Himmel; ihr Hunger, ihre Zielstrebigkeit haben etwas Hingebungsvolles und erinnern sie an die Koransure, die Allah mit einer Lampe und seine Gläubigen mit Nachtfaltern vergleicht. Vielleicht ist der sagenhafte Baum im Mond das Ziel der Nachtfalter; jener einzigartige Baum, dem bei jeder Geburt ein Blatt wächst – wenn es fällt, endet das mit ihm verbundene Leben. Ihr eigenes Blatt muss am dünnsten aller Fäden hängen, den selbst der Flügelschlag eines Nachtfalters zerreißen könnte.

Die Bäume in ihrem Garten waren aus dem Tod geboren; sie markierten die sterblichen Überreste ihrer Kinder und wuchsen aus ihnen hervor. Nie verarbeitete sie deren Früchte, das wäre eine Form von Kannibalismus gewesen; aus diesen weichen, formlosen Gebilden waren große, kräftige Bäume mit fester Rinde geworden, die blühten, Vögel auf ihre Zweige kommen ließen und deren Äste über die Gartenmauer in die Welt nach draußen kletterten. Die Säuglinge im Garten hatten alle einen Namen, das Geschlecht war manchmal erkennbar gewesen, manchmal nur vorstellbar. Der größte war Ibrahim, ein beinahe perfekter kleiner Junge, auf dessen runden, gummiartigen Gliedern lauter helle Haare sprossen. Sieben Monate hatte er in ihrem unwirtlichen Schoß überlebt. Müde war er, seine Stirn tief gefurcht, und sie meinte gesehen zu haben, wie er einmal tief und schicksalsergeben in ihren Armen Atem geholt hätte, ehe er die geballten Fäustchen sinken ließ und den Kampf verloren gab. Ihn zu begraben, war schwierig gewesen; er hatte Zehen, Fingernägel, einen vollen Haarschopf, verquollene Augen, die eindeutig die Form der ihren angenommen hätten. Farah reagierte feindselig auf das Bündel im Leichentuch, weigerte sich, es anzusehen oder zu berühren. Kawsar blieb im Bett, drückte es zärtlich an ihre Brust, während Farah nach einem Arzt rief, der ihren Blutfluss stoppen sollte. Als der italienische Geburtshelfer schließlich in der Tür stand, sah sie wächsern aus, ihre feuchte Haut war so kalt wie die des Kindes, und sie war so von ihrem gewohnten Denken und Verhalten abgekoppelt, dass sie ohne Murren die Beine öffnete und den Fremden alles sehen ließ. Er stocherte und schnitt und nähte, während

Ibrahim mit offenem Mund neben ihr zu dösen schien. Als der Italiener ihn untersuchen wollte, weigerte sie sich, drückte den Säugling an ihre Brust, und ihre Nägel durchbohrten seine Haut. Sie erinnert sich an Wehklagen und Schreie, sie selbst aber blieb stumm. Zwei Tage später, als Farah nicht da war, Blut und Flüssigkeit nicht mehr schimmerten und in Ibrahims Haar versickert waren und seine Lippen eine dunkelgraue Farbe angenommen hatten, raffte Kawsar die befleckten Tücher um ihre Hüfte und patschte mit bloßen Füßen in den Hof. Mit den Händen grub sie ein Loch in den sandigen Boden, ihre Nägel splitterten und brachen ab, und sie hörte erst wieder auf, als sie einen schmalen, zwei Fuß tiefen Graben ausgehoben hatte. Am Wasserhahn in der Küche füllte sie einen Eimer und wusch Ibrahim, beließ ihm die bunte, selbstgestrickte Decke und bettete ihn sanft hinein. Sie sprach das Totengebet und glättete vorsichtig die Erde über der Decke; es dauerte lange, bis die violetten, roten und rosa Quadrate unter dem Braun der Erde verschwunden waren. Farah war am späten Nachmittag zurückgekehrt. Er warf einen Blick Richtung Bett, fragte aber nicht, was vorgefallen war; schweigend setzte er sich auf seinen Stuhl und las die Zeitung, während sie mit zur Wand gedrehtem Kopf zu schlafen vorgab. Er wärmte einen Rindfleischeintopf auf, den er in seinem schmuddeligen Stammcafé gekauft hatte, zu dem nur Männer Zutritt hatten, und stellte eine Schüssel neben sie. Seine Finger strichen über ihren Oberarm. «Kawsar, du musst essen, damit sich dein Blut wieder regeneriert, du hast so viel davon verloren, du brauchst Eisen», sagte er und versuchte, ihren Kopf zu sich zu drehen.

Sie entzog sich ihm, murmelte etwas; der Geruch des Eintopfs drehte ihr den Magen um. Ihr eigenes wundes Fleisch war erst vor ganz kurzem aufgeschnitten worden, sie konnte sich vorstellen, wie es gewürfelt, geklopft und gewürzt wurde. Aus ihren steifen geblümten Laken drang schwerer Abdeckereigestank. Farah hielt Abstand, im Raum wimmelte es von grünäugigen Fliegen. Ein Baumwolllappen triefte zwischen ihren Schenkeln vor dunklem, schwarz geronnenem Blut, und alle paar Stunden ersetzte Farah zaghaft tastend den Lappen, ging rasch ins Bad und wusch sich lange die Hände. Wenn er zurückkam, rochen seine Finger nach Desinfektionsmittel. Bestimmt verglich er sie mit anderen Frauen, sauberen Frauen, die ein gesundes, dickwangiges Baby nach dem anderen bekamen, ein paar Stunden nach der Entbindung aufsprangen und die nächste Mahlzeit kochten. Mit jeder Fehlgeburt, jeder Totgeburt wurde das Gespenst einer Zweitfrau realer. Bestimmt zeigten ihm seine Verwandten schöne junge Mädchen mit vollen Brüsten und breiten Hüften und flüsterten ihm ins Ohr: «Warum nicht? Warum nicht?» Ja, warum eigentlich nicht? Sie könnte sich eventuell mit um das Kind der Halbwüchsigen kümmern – es baden, neben ihm sitzen, wenn die junge Frau mit Freundinnen zum Souk ging, ihm über die dicken Wangen streicheln, wenn es im Schlaf wimmerte.

Nachdem Hodan gestorben und auf dem verfallenen Friedhof in der Stadt beerdigt worden war, hatte sie sich wie rasend auf ihren Garten geworfen, Leben in jeden freien Zentimeter gerammt, die Nägel abgebrochen und schmutzrandig, und an den Knien hatten ihre *dirics* immer braune Flecken. Sie hatte jede Blume gepflanzt, die sie kannte, und von einigen, die sie nicht kannte, Ableger genommen und sich in den einst von den Engländern angelegten Gärten bedient; statt Trauergeschenken brachten die Nachbarn ihr Samen, weil sie meinten, sie sei übermäßig besorgt, ob sie sich im Alter wohl hinreichend selbst versorgen könne, nur um sich dann zu wundern, dass die reifen, prallen Früchte einfach dort verrotteten, wo sie heruntergefallen waren. Ihr Garten war ein Farbfleck, den man vom Himmel aus sehen konnte; er parfümierte die *jiilaal* und schickte in der October Road seinen Duft von Haus zu Haus. Als sie dann auch noch außerhalb ihres Grundstücks und am vermüllten Straßenrand vor ihrem Haus jätete, grub, säte und bewässerte, hatte Dahabo sie nach drinnen gezerrt, aufs Bett gedrückt und gesagt, es sei Zeit, damit aufzuhören.

Jetzt noch erinnert ein Kreis feuerroter Blumen um die Außenmauern an diese Zeit. Ihr Garten ist ein Orientierungspunkt auf dem Stadtplan, das überdachte Gässchen daneben ist beliebt für spätnächtliche Stelldicheins. Der Garten markiert den Mittelpunkt von Guryo Samo, das Herz, von dem aus die Straßenarterien zu den Extremitäten der Nachbarschaft führen. Welche geheimnisvollen Tiere wohl um diese Stunde durch sein Unterholz schnuppern? Nie hat sie sich spätnachts darin aufgehalten, und bei der Erkenntnis, dass sie das nun auch niemals mehr tun wird, durchfährt Kawsar ein stechender Schmerz. Sie könnte Nurto wecken und ihr befehlen, sie solle sie nach draußen tragen, aber darin läge keine Freude: Dort muss man allein sein und Muße haben, um zu beobachten, wie sich die Nachtblüher langsam öffnen, und inmitten von Eulen, Hunden und Zikaden dem raschelnden Gras lauschen. Sie wird warten müssen, bis dieses Entzücken direkt durch die Erde in ihre Knochen dringt.

Die Regenfälle haben ihr Letztes gegeben, und nun kommt *jiilaal*, die unerbittliche Trockenzeit, die von Dezember bis März dauert. Durch die Straßen von Hargeisa schickt sie lediglich Sandteufel, aber für die Nomaden kommt jetzt die Zeit des Dürstens und des Leidens. 1987 geht allmählich seinem Ende entgegen, und das neue Jahr gleitet herein, grau und leblos wie die zensierten Hörspielkomödien im Radio. Jeden Abend betet Kawsar, Oodweyne möge vor Morgengrauen sterben und ihr eigenes Blatt dann ebenfalls sacht abfallen. Aber jeden Morgen ist er noch am Leben, weder sein hohes Alter noch ihre Verwünschungen können ihm offensichtlich etwas anhaben.

Wochenlang hat sie Dahabo nicht gesehen, aber immer noch ignoriert Kawsar hartnäckig ihr Klopfen. Manchmal hört sie Dahabos Stimme im Hof, wenn sie Nurto auf ihrem Rückweg vom Markt auflauert und die beiden dann verschwörerisch flüstern; gelegentlich schmuggelt Nurto etwas zu ihr nach draußen und streitet es hinterher ab. Dahabo nicht wiederzusehen ist leichter, als sie zu sehen, zu berühren, mit ihr zu sprechen, im Wissen, dass sie bald fort sein wird. Die prophezeite Belagerung der Stadt steht noch aus, aber Nurto erzählt, dass Dahabo ihren Marktstand geschlossen und ihr Haus verkauft hat. In Bezug auf Dahabo ist Kawsar eifersüchtiger und besitzergreifender, als sie das je gegenüber ihrem Mann gewesen ist; sie möchte wieder mit ihr über den Markt streifen können, Hand in Hand, gemeinsam sicher auf die andere Straßenseite gelangen. Wenn das nicht geht, wird sie Dahabo dafür, dass sie sie im Stich lässt, so viel Schmerz zufügen, wie sie nur vermag.

Kawsar hat Nurto auf den Markt geschickt, sie soll neue Kleider nähen lassen, und während sie auf ihre Rückkehr wartet, starrt Kawsar auf ihre Hände, fragt sich, warum es so lange her ist, dass sie ihnen etwas zu tun gegeben hat. Um die ihr noch verbleibenden Minuten, Stunden, Tage, Wochen und Monate zu füllen, könnte sie doch immerhin stricken, nähen oder weben. Sie schließt die Augen und stellt sich vor, wie sie ein indigofarbenes Baumwollquadrat nimmt und im Perlstich mit Silberfaden eine Nachtlandschaft entwirft, in der Mitte ein fast voller Mond, der von Wolkenschatten verdunkelt wird. Stimmengewirr und Schritte auf der Straße schrecken sie aus ihren Gedanken auf, sie hört, wie Maryam English ruft: «Komm jetzt her … Gut, dann warte nur, was passiert, wenn du zurückkommst!»

Der Krawall verebbt allmählich, und Kawsar reckt sich zum Fenster hoch und schreit: «Maryam, was brüllst du denn so?»

Kurzes Schweigen, dann drückt eine zerzauste und bekümmerte Maryam die Tür auf. «Mein dummer Sohn ist mit den anderen weg.»

«Wohin?»

Maryam seufzt. «Zum Theater. Die Guddi haben alle Nachbarn aufgefordert zuzusehen, wie ein paar armen Männern, die von den Soldaten gefangen genommen wurden, der Prozess gemacht wird.»

«So etwas findet jetzt also im Theater statt?»

Maryam lacht höhnisch. «Tja, wir alle sind wohl bloß Schauspieler, und das Ganze ist eine große Bühne. Ich weiß nicht, wie es dir geht, aber diese zerrissenen Kleider sind mein Kostüm, und beim Weinen vergieße ich Krokodilstränen.»

Kawsar lächelt. «Und wenn kein Publikum anwesend ist, stehe ich auf und tanze zur Musik aus dem Radio.»

«Das wissen wir doch alle.» Spaßhaft droht ihr Maryam mit dem Finger.

«Kennen wir die Männer?»

«Nein, die Namen kamen mir nicht bekannt vor, aber vielleicht sind sie ja auch Schauspieler, die bloß ihre Rolle spielen.»

«Das hoffe ich für sie.»

«Morgen gehe ich mit den Schülern zu einer Demo.» Mit dieser Ankündigung bricht Nurto später am Abend das Schweigen. «Damit sie mit den Exekutionen in der Birjeeh-Festung aufhören.»

«Du gehst nicht, Nurto. Ich verbiete es.»

«Ich gehe, ob du willst oder nicht.»

Kawsar schwenkt drohend ihre Tasse in Nurtos Richtung. «Wenn du morgen mitgehst, mach dir bloß nicht die Mühe und komm etwa hierher zurück. Ich bitte Maryam, deine Sachen zusammenzupacken und draußen vor die Tür zu stellen.»

«Wie kannst du so was sagen? Ich versuche doch bloß zu helfen!»

«Du hast keine Ahnung, in welche Gefahr du dich begibst, ich schon, und so lange du unter meinem Dach wohnst, bin ich dein Vormund, ob du nun willst oder nicht», sagt Kawsar vehement und verschüttet heißen Tee auf ihre Schenkel.

«In deinen Augen ist alles, was ich mache, falsch. Dir wär's wohl am liebsten, wenn mich die Erde einfach verschlingen würde.»

«Nurto, das stimmt doch nicht. Wenn es mir egal wäre, würde ich dich gehen lassen. Vertrau mir einfach, wenn ich sage, dass ich mehr über diese Dinge weiß als du, ich habe am eigenen Leib erfahren, was passieren kann.»

Kawsar spult vor ihrem geistigen Auge die Ereignisse ab, die Hodan vom Klassenzimmer auf den Friedhof brachten, aber sie ist unsicher, was sie Nurto, wenn überhaupt, verraten soll. «Bin ich nicht das beste Beispiel, wozu sie fähig sind?», fragt sie schließlich und rührt nicht an ihrem Schmerz.

Gleichgültig zuckt Nurto die Schultern und trägt das schmutzige Geschirr in die Küche.

Kawsar stellt die Tasse auf ihren Nachttisch und reibt mit einem Umschlagtuch an dem feuchten Fleck auf ihrer Decke herum. Die Vorstellung mutet seltsam an, dass sich in diesem langweiligen Bungalow früher einmal so viele Dramen abgespielt haben, dass gegen Ende das Zusammenleben mit Hodan wie ein Hindi-Film gewesen war, voll verhängnisvoller Missverständnisse und tragischer Vorkommnisse. Die erste Einstellung müsste den letzten Morgen voller Normalität im Februar 1982 zeigen, als Hodan in ihrer rosa Uniform zur Schule ging und Kawsar ihr nachsah, wie sie die winterliche Straße Richtung Guryo Samo Middle School entlangging. Dass an diesem Tag die Krankenhausärzte verurteilt werden sollten, bedeutete ihr wenig, in Gedanken war sie bei den Besorgungen, die sie zu erledigen hatte, ehe ihre Tochter zum Mittagessen nach Hause kam. Als Kawsar mit neuen Schuhen für Hodan unterm Arm vom Markt zurückkam, hatten sich alle Nachbarn auf der Straße versammelt. Sie redeten laut und zusammenhanglos, die Hände in die Hüften gestemmt, bis ihr Maryam zurief: «Sie haben alle Ärzte zum Tod verurteilt, und jetzt drehen die Schüler durch.» Ungläubig schüttelte Kawsar den Kopf – da musste ein Missverständnis vorliegen, oder die Leute übertrieben. Wie konnten sie zehn Ärzte hinrichten, weil diese eine Sanierung des Krankenhauses gefordert hatten? Man würde sie höchstens feuern, weil sie ihre Vorgesetzten schlecht aussehen ließen. Der Morgen verging, und ihre Nachbarn berichteten immer Schlimmeres: In der Nähe des Gerichtsgebäudes waren tödliche Schüsse auf die Demonstranten abgefeuert worden; Hunderte von Schülern verließen ihre Klassenzimmer und versammelten sich Steine werfend vor dem Polizeirevier; Soldaten wurden zur Unterstützung der Polizei abkommandiert.

Kawsar legte das zur Hälfte geschälte Gemüse in eine Schüssel und marschierte zur Schule, um Hodan heimzuholen. Das einstöckige Gebäude war leer, die Rohrstöcke waren in den Händen der Lehrer nutzlos geworden. «Sie ist mit den anderen zusammen weg», wiederholte Hodans Lehrer immer wieder, aber Kawsar warf trotzdem in alle Klassenzimmer einen Blick, in der Hoffnung, irgendwo ihre Tochter allein und lesend vorzufinden. Als sie das Stadtzentrum erreichte, waren die Schüler im Gewühl ihrer besorgten Angehörigen kaum auszumachen; die Tore des Polizeireviers waren geschlossen, und Soldaten drängten die Menge mit Stöcken zurück. Später, viel später am Nachmittag hörte sie, dass alle Mädchen verhaftet und aufs Polizeirevier gebracht und die Jungen zum Militärhauptquartier Birjeeh verfrachtet worden waren.

Die Tore des Polizeireviers blieben den ganzen Tag geschlossen, und die Eltern durften ihre Kinder weder sehen noch ihnen Essen bringen. Angesichts der Wut auf den Gesichtern der Polizisten, die brüllend und geifernd die Menge zum Weggehen aufforderten, fragte sich Kawsar, was sie den Mädchen hintern den Mauern antaten. In Tränen aufgelöst taumelte sie nach Hause, fortgezerrt von Dahabo, deren Kinder alle die Schule bereits vor Jahren verlassen hatten. «Ich mache ihnen keinen Vorwurf, wir Erwachsenen sind viel zu duldsam gewesen», hatte sie gesagt. «Du solltest stolz auf sie sein, Kawsar.» Aber es gab nichts, worauf sie hätte stolz sein können. Kawsar wusste, dass sich Hodan nicht für Politik interessierte; sie musste mit ihren Klassenkameraden mitgegangen sein, damit diese ein anderes Bild von ihr bekamen – sie, die Tochter der Alten, die nie draußen spielen durfte.

In den drei Nächten, die Hodan im Gefängnis verbrachte, schlief Kawsar nicht. Sie stand im Morgengrauen auf und wartete vor den Gefängnistoren, sah, wie die Mädchen nacheinander in die Arme ihrer Mütter entlassen wurden, und jeden Tag, wenn sie bei Sonnenuntergang allein nach Hause ging, drückte sie die Schüssel mit kaltem *iskukaris,* Reis mit Ziegenfleisch, einem Bettler in die Hand. Ohne ihre Tochter hatte ihr Leben den Halt verloren. Folgsam wartete Kawsar vor dem Revier, verrenkte ihren Hals, versuchte, über den Stacheldraht hinweg in die schmalen Fenster zu spähen.

Endlich wurde Hodan ausgespuckt, sie sah nicht viel besser aus als ein Straßenmädchen, ihr Gesicht war schmutzig, das Haar verfilzt, die Uniform verdreckt. Kawsar rief ein Taxi und verfrachtete sie hinein, ehe jemand ihr die Tochter wieder wegnehmen konnte. Hodan verbarg den Kopf im mütterlichen Schoß und gab keinen Ton von sich. Zu Hause rannte sie sofort unter die Dusche, machte sich nicht die Mühe, das Wasser auf dem Herd warm zu machen, und schlief dann im gemeinsamen Bett ein. Kawsar schlüpfte neben sie, schob sacht die Laken beiseite und untersuchte Hodans Körper auf Verletzungen. Auf den Oberschenkeln befanden sich kleine Blutergüsse, vier auf jedem Bein von der

Größe und Form einer Traube; sie zog wieder die Betttücher über ihre Tochter, nahm sie fest in den Arm, hoffte wider besseres Wissen, dass das, was sie befürchtete, nicht passiert war.

Am Morgen nach ihrer Freilassung, beim Frühstück aus Leber und *canjeero*, lenkte Kawsar vorsichtig das Gespräch auf das, was Hodan auf dem Revier zugestoßen war.

«Nichts.» Hodan hob den Blick nicht vom Teller.

«Gar nichts? Haben sie dich nicht verhört?» Kawsars Stimme blieb sanft, zeugte von unverfänglicher Neugier. «Bloß ein paar Fragen, nicht viele ...» Sie schien sich absichtlich den Mund vollzustopfen, damit kein Wort mehr herausdringen konnte.

«Sie waren schon wütend auf uns, bloß weil wir draußen warteten. Ich hatte Angst um dich.»

Hodan ließ den halb vollen Teller stehen und wusch sich die Hände.

«Ruh dich heute aus, du kannst morgen wieder in die Schule gehen.»

«Ich gehe nicht mehr in die Schule.»

«Warum nicht?»

«Ich will keinen von denen mehr sehen.»

«Aber sie haben doch alle das Gleiche durchgemacht ...»

«Lass mich, *Hooyo*, lass mich in Ruhe», fuhr Hodan ihre Mutter an und schloss sich im Bad ein.

Nachdem sie eine Woche gefehlt hatte, kam der Lehrer vorbei, aber Hodan weigerte sich, ihn zu sehen. Dann schickte er drei Klassenkameradinnen vorbei, die ihr eine Dose Halwa brachten; sie zogen sich zu einer geheimen Unterredung in den Garten zurück und zerteilten die dicke süße Scheibe, während Kawsar in der Küche die Ohren spitzte. Aus den wenigen verständlichen Worten konnte sie sich nichts zusammenreimen, aber beim Anblick der Rücken fiel ihr auf, wie klein Hodan im Vergleich zu den anderen Mädchen war, wie gebeugt ihre spatzenhafte Wirbelsäule vom vielen Lesen. Immer noch überflogen äthiopische Bomber Hargeisa, erinnerten Regierung und Bevölkerung noch Jahre nach Kriegsende daran, dass sie verloren hatten, und vorsichtshalber rief sie die Mädchen nach drinnen, als ob der Bungalow sie vor den Flugzeugen schützen könnte.

Die Mädchen gingen, sie hatten Hodan nicht davon überzeugen können, wieder in die Schule zu gehen. Kawsar sah, wie ihre Tochter sich im Bad wieder und wieder die klebrigen Hände wusch, und spürte, wie alle Worte sie verließen. Ihr Verhältnis, das zuvor so innig gewesen war, war brüchig geworden. Von dem Augenblick an, in dem Hodan geboren worden war, hatte Kawsar ihren Duft eingeatmet, als wäre er die Luft, die sie am Leben hielt. Ihre Schönheit und Zerbrechlichkeit zogen Kawsar das Herz zusammen. Sie war eifersüchtig auf Farah gewesen, wenn Hodan auf seinen Knien saß und beim Vorlesen mit ihrem Finger den Sätzen folgte. Es war, als stehle er Kawsar Zeit mit ihrer Tochter, aber als Farah kurz nach Hodans neuntem Geburtstag starb, beobachtete Kawsar stolz, wie sie sich auf seinen Stuhl setzte und weiterhin seine Bücher las. Stets hatten sich Mutter und Tochter durch Berührungen und Küsse verständigt, zusammengekuschelt im selben Bett geschlafen, aber innerhalb eines einzigen Augenblicks war diese federleichte Zwiesprache verloren gegangen. Sprach sie das Wort aus, das beide ungesagt ließen, wäre die vorgebliche Ruhe auf ewig dahin, würde wahrscheinlich alles zerbrechen, die Schande ihrer beider Leben beherrschen. Hodan weigerte sich schlichtweg, das Haus zu verlassen, und Kawsar fügte sich eher, als dass sie ihrer Tochter die Worte entrissen hätte.

Das stumme Brabbeln war das erste Anzeichen von Hodans Krankheit gewesen; wie lautlose Gebete, die aber jedem Zweck entfremdet waren. Kein schlichtes *bismallah* vor dem ersten Bissen einer Mahlzeit oder ein *ashahaado* beim Zubettgehen, sondern lange, eilige, angsterfüllte Sätze, wobei sie die Augen zukniff, als gebe sie aus tiefster Seele Unschuldsbeteuerungen oder blutrünstige Eidesschwüre von sich. Kawsar tat, als bemerkte sie nichts, aber ihr Blick glitt von der Näherei in ihrer Hand oder von der Bügelarbeit zu ihrer in einer Ecke zusammengekauerten Tochter, die so weit entfernt schien wie der fernste, kälteste Stern am Himmel. Dann kamen die Fragen, stets mit dem leichten Beigeschmack des Vorwurfs, Hodans Augen waren dabei weit aufgerissen, wachsam wie die einer Eule. Nicht einmal das kleinste Zucken, die kleinste Reaktion entgingen ihr, und sie schenkte diesen unabsichtlichen Regungen mehr Aufmerksamkeit als den Worten, die sie ohnehin offenbar alle für Lügen hielt. Manche von Hodans Fragen wirkten harmlos, banal; sie wollte nur wissen, warum Kawsar so lange gewartet hatte, bis sie endlich ein Kind bekam. Aber keine der Antworten schien sie zufriedenzustellen, und am folgenden Tag, der folgenden Woche, dem folgenden Monat wurde diese Frage wiederholt, in dieser oder jener Form erneut gestellt.

Dann kam das obsessive Waschen, sie schrubbte sich die Hände, bis die Haut Blasen warf und sich schälte. Vor dem Mittagessen legte Kawsar Teller und Löffel auf den Tisch, und Hodan spülte beide ab, bevor sie aß – damals als sie sich noch das Besteck mit ihrer Mutter teilte, ehe die dämmerblaue Blechschüssel mit dazugehörigem Löffel auftauchte. Das kleine Mädchen, das mit Fleisch aufgepäppelt worden war, das im Mund ihrer Mutter weichgekaut worden war, schien nun abgestoßen von Kawsars Berührung, war aber weiterhin zu verwöhnt, um für sich selbst zu kochen, die Handhabung des Holzkohleofens war ihr zu umständlich, als dass sie sich die Mühe gemacht hätte.

Kawsar nahm alles hin, tat, als sähe sie es nicht, dass Hodan mit ihren Fäusten wütend ihre Schläfen bearbeitete, als versuchte sie, sich komplizierte Gedanken aus dem Kopf zu hämmern. Ihre erste Sorge war gewesen, Hodan vor lüsternen Jungen zu bewahren, diesen Streunern, die noch vom anderen Ende der Stadt Schwäche und Verletzlichkeit erschnüffeln konnten. Ihr Körper reifte schneller als ihr Verstand. Kawsar verstand allmählich, warum die Araberinnern in Mogadischu ihre Töchter bis auf einen Sehschlitz ganz verhüllten. Das Schwarz war ein Kokon, bis die Mädchen bereit für die lüsternen Augen der Männer waren. Hodan wirkte immer noch viel zu jung; die Brüste sahen auf dem schmalen Brustkorb lächerlich aus, und sie hatte die braun verschmierten Zähne eines Kindes, das die Finger nicht von der Keksdose lassen kann. Es würde noch zehn Jahre dauern, bis sie einer erwachsenen Frau ähnelte, aber trotzdem lungerten nach Schulschluss Jungen in Schuluniformen um das Bungalowtor herum, wollten durch die Fenster einen Blick auf Hodan erhaschen. Eines Tages verlor Kawsar die Fassung und warf einen Schuh nach einem dieser Hunde, zielte mit dem Keilabsatz auf sein Gesicht, in der Hoffnung, dem Bengel das Auge auszuschlagen; er hatte einen Stein zurückgeworfen und sie in die Rippen getroffen. Das war der Anfang vom Ende, der Übergang von Kontrolle zu Chaos, von Hoffnung zu Verzweiflung, von Ehrsamkeit zu Schande.

Alles hätte einen anderen Verlauf genommen, wäre Hodan ein wehrhafteres Kind gewesen, das seine Wut, seinen Schmerz nach außen, auf andere hätte richten können. Auf dem Schulspielplatz trugen die Jungen Stahlkappenschuhe, und vor dem Unterricht bildeten sie ein Grüppchen und traten sich gegenseitig vors Schienbein. Gewinner war der Junge, der am längsten durchhielt. Es war nicht ungewöhnlich, dass die Elf-, Zwölfjährigen einen Streit mit Rasierklingen ausfochten, die sie in ihren Ärmeln versteckt hielten. Die Lehrer konnten die Schüler fast nach Herzenslust verprügeln, treten und boxen, aber wenn sie zu weit gingen, eilte ein Elternteil mit erhobenen Fäusten herein. Dieser Tage war Gewalt zum Credo geworden, wurde auf allen Ebenen akzeptiert und belohnt; für die Sanftmütigen und Nachdenklichen war kein Platz. Auch bei den Nachbarn sah Kawsar, wie Knirpse von ihren älteren Geschwistern zu Prügeleien angestachelt wurden; einmal wurde Hodan von einer Gruppe Mädchen aus dem einfachen Grund angegriffen, weil sie ihr die Schuhe neideten. Sie rannte nach Hause, einen Riss in der Bluse, das Haar aus den Zöpfen gerissen, ein blutender Kratzer zog sich von der Nase über die Wange, am meisten aber war sie über den Zustand ihrer Schulhefte aufgebracht, die man zerrissen hatte und auf denen herumgetrampelt worden war. Sie wollte nicht, dass Kawsar die Hefte ersetzte oder die Mütter der Mädchen aufsuchte, damit diese bestraft würden, sie zitterte einfach nur vor Trauer um ihre zuvor makellosen Hefte; in ihr war keine Rache, sondern diese Großmut, die sowohl Erwachsene wie Kinder als Schwäche, als Blutleere interpretierten. Sie war «feig», «nicht ganz richtig» hieß es. Dahabo hatte versucht, ihr beizubringen, wie man stritt, fluchte, kämpfte, denn Kawsar war genauso sanftmütig wie ihre Tochter. Dahabo piesackte Hodan, versetzte ihr Klapse, um eine Reaktion hervorzurufen, aber es funktionierte nicht, das Mädchen versteckte sich hinter seiner Mutter und wartete darauf, dass Dahabo sie in Ruhe ließ. Wenn Hodan sich zu Gewalt hinreißen ließ, richtete sich diese gegen sie selbst.

Nachdem sie abgespült hat, kommt Nurto in den Wohnraum zurück, erwähnt aber die Demonstration nicht, sitzt stattdessen still auf ihrer Matratze, in die Fotos einer indischen Zeitschrift vertieft, die ihr der Markthändler geschenkt hat. Beim Licht der *feynuus* studiert sie Haar, Augenbrauen, Make-up und Hennaschmuck der Schauspielerinnen, runzelt die Stirn, als verrichte sie harte Arbeit, überlegt, wie sie wohl mit ihren dürftigen Mitteln deren Aussehen nachzaubern kann. Sie reißt die Seiten mit den schönsten Frauen aus den Zeitschriften heraus und sammelt sie unter ihrem Kopfkissen, als hoffte sie, dass deren Glanz im Schlaf auf sie abfärbt, wahrscheinlich sind ihre Träume wie die Fotos in Rot und Gold getaucht.

Gerade hängt die neugeborene Mondsichel zart und schmal in ihrem Sternenkinderzimmer, und Kawsar sieht zu ihr hoch, während sie leise ein Gebet für Hodans Seele spricht.

Nachdem Nurto die Lampe gelöscht hat und eingeschlafen ist, liegt Kawsar noch lange wach. Sie gibt ihrer Schläfrigkeit erst nach, als sie um sieben Uhr Maryam Englishs Kinder zur Schule gehen hört, das laute Knirschen ihrer Sandalen, und ihre rötlichen Haare an ihrer Fensterbank vorbeischweben sieht. Kawsar schläft ein, die Wange in einen Sonnenstrahl getaucht.

Die Eingangstür pendelt in ihren Scharnieren; Kawsar lässt sie morgens gern eine Viertelstunde offen stehen, damit der Geruch ihrer stinkenden Verbände und die abgestandene Luft aus dem Haus geweht werden. Die Wunde des komplizierten Beckenbruchs eitert immer noch, juckt unter der Baumwollgaze, und sie kratzt sich mit ihrem *caday* über die schimmernde, vernarbte Haut. In diesen stillen Augenblicken denkt sie oft an die Soldatin mit dem abwesenden Blick, die sie niedergeschlagen hat, und ihr Herz schlägt schneller.

«Du kannst mir nicht wehtun», sagt sie mehrmals, und langsam wird ihr Atem wieder gleichmäßiger.

Der Ausschnitt des Straßenlebens, den sie von ihrem Bett aus sehen kann, ist wie ein Traum, läuft an ihr vorbei wie ein Film, der sich unkontrolliert von seiner Rolle abspult: Hunde, Ziegen, Säuglinge mit nacktem Hintern, die sprachlosen Komparsen des Lebens tauchen in ihrem Türrahmen auf und verschmelzen wieder mit der Welt draußen.

Aus dem Fenster gegenüber der Videohalle hört sie manchmal die älteren Kinder aus der Nachbarschaft leise miteinander reden, in gebrauchten *whodead*-Kleidern spielen die jüngeren Geschwister die Dramen nach, die ihre Eltern vor ihnen zu verbergen suchen. Als sie noch gehen konnte, hatte Kawsar ein Mädchen im Overall beobachtet, das einen Cowboy verhaftete, während eine Brautjungfer und eine winzige Krankenschwester ihr Befehle zubrüllten, Stöcke wie Pistolen auf den Bösewicht gerichtet. In Zahras kleinem Kino sehen sich die Kinder für zehn Schilling Videos an, kommen anschließend herausgepurzelt und ahmen die Gesten und die Gesichtsakrobatik von Amitabh Bachchan nach oder teilen bei Bruce Lee abgekupferte Karateschläge aus. Kawsar kann sie jetzt hören, Jungen und Mädchen mit verschrammten Knien, die die Rettung ihrer Onkel aus dem Mandera-Gefängnis organisieren, Raubüberfälle auf die Midland Bank planen, damit ihre Eltern ihre Steuern zahlen können, und den Polizisten, die ihre Elternhäuser plündern, Rache schwören. Im NFM wimmelt es nur so von älteren Ausgaben dieser Kinder, die in Kofferräumen versteckt die Stadt verlassen, wenn Stöcke als Ersatz für Gewehre nicht mehr ausreichen. Kawsar versteht das ganze Land nicht mehr – Polizistinnen sind zu Folterknechten geworden, Tierärzte zu Ärzten, Lehrer zu Spionen, Kinder zu bewaffneten Rebellen.

Nurto ist im Bad; dass sie der Demonstration ferngeblieben ist, verschafft ihr einen Morgen frei von Pflichten, und bislang hat sie ihn dazu genutzt, sich die Nägel zu lackieren und ihre Haare mit Henna zu färben.

Die vier Wände von Kawsars Zimmer scheinen jeden Tag etwas näher zu rücken. Durch die Löcher im Dach rinnt Regenwasser an der blauen Farbe herunter und hinterlässt Geistertränen, als betrauerte das Haus alle Tode, dessen Zeuge es gewesen ist. Zuerst hatte sich ihre

Mutter zu einem Knäuel voller Schmerzen zusammengerollt und war binnen weniger Tage nach dem Auszug aus ihrem eigenen Bungalow stumm und hilflos geworden und mit zusammengekniffenen Augen gestorben, als hätte sie sich den Tod herbeigewünscht. Farah war im erhabenen Alter von fünfundfünfzig gestorben, wenige Stunden, nachdem er über Brustschmerzen geklagt hatte, zu rasch, als dass der Arzt, der noch seine Schicht im Krankenhaus beenden musste, ihn hätte behandeln können; Schweiß strömte ihm über Gesicht und Rücken, er griff sich ans Herz, umklammerte seinen Arm und bettelte um Wasser, Tasse um Tasse. Hodan hatte diese Tode miterlebt, ihre riesigen Augen hatten jede Einzelheit aufgenommen, während sie sich um Kawsars Beine herumdrückte und sie hin und wieder umklammerte, als wollte sie sagen, «sei stark, *Hooyo*, sei stark». Kawsar war stark gewesen, aber dann hatte ihr Kind ein Messer genommen und sie entkernt.

In den Schock, als Kawsar in einem leeren Haus aufwachte und Hodan weder im Garten noch im Hof finden konnte, mischte sich Erleichterung, als ihr einfiel, dass es eine Welt jenseits ihrer Grundstücksmauern gab. Frohgemut wartete sie bis zur Mittagszeit, Hodan war wohl auf den Markt gegangen, um Lebensmittel einzukaufen. Als die Sonne ihren Zenit überschritt und allmählich sank, sank auch Kawsars Stimmung. Ob sie Hodan gesehen hätten, fragte sie die Nachbarn, aber die wussten nichts von ihrem Verbleib; sie rannte zu Dahabos Marktstand, vielleicht hatte Hodan die Freundin besucht, aber Kawsar wurde enttäuscht. Wieder zu Hause riss sie den Schrank auf und stellte fest, dass zusammen mit einer Reisetasche ein paar von Hodans Kleidern verschwunden waren, und ihr wurde klar, die hereinbrechende Nacht würde sie allein verbringen. Am selben Abend begleitete Dahabo sie auf das Polizeirevier, um Hodan als vermisst zu melden, und versicherte ihr dabei ständig, dass ihre Tochter bestimmt am nächsten Morgen wieder zu Hause sein würde. Die ganze klare Vollmondnacht über hatte Kawsar gewartet, auf Schritte lauschend, bis die Sonne Neonlichter in den Latten der Fensterläden aufblitzen ließ.

Zweiundneunzig Tage lang blieb Hodan fort. Sie erzählte weder

Kawsar noch sonst jemandem, wo sie gewesen war, was sie erlebt hatte, aber zwei Wochen später nahm sie einen Kanister Benzin und eine Streichholzschachtel mit ins Bad und zündete sich an. Den kahlen Kopf, die marmorierte Haut und den grinsenden Totenschädel, Kawsar wird diesen Anblick nie vergessen. Voller Wut hatte sie diese Mumie begraben, als deren verfluchte, klappernde Augenlider endlich Ruhe gaben. Welche Sünde hatte sie begangen, dass sie eine derartige Strafe verdiente? Selbst wenn Hodan eine Hure geworden wäre, die ihren Körper auf der Straße verkaufte, hätte die Demütigung nicht größer sein können. Erst Jahre später erfuhr Kawsar, dass junge Mädchen das heutzutage wohl häufiger taten, sich in Waschräumen und Höfen abfackelten, ehe ihr Leben überhaupt erst begonnen hatte. Sie hatte Hodans sämtliche Kleider und Habseligkeiten weggegeben; der Großteil des Goldschmucks, den Kawsar für die Hochzeit ihrer Tochter gesammelt hatte, wurde verkauft, das Geld dem Waisenhaus gespendet. Die Laken, die immer noch nach Hodans Körpermilch dufteten, wurden ausrangiert und ersetzt. Im Laufe der Monate baute sich ihre Wut langsam ab, verschwand aber nie völlig und glühte weiter wie Kohlen in ihr.

Langsam erwacht Kawsar aus ihrem Tablettenschlummer und versucht, anhand von Nurtos Tagesablauf die Zeit zu bestimmen. Im Haus ist es still, bis das Mädchen die Tür, die vom Garten in die Küche führt, aufstößt und die Einkäufe zu Boden plumpsen lässt. Kawsar lauscht den eiligen Schritten Richtung Bad, dann rauscht Wasser, und Rohre klopfen, als es sich seinen Weg vom Tank in den Hahn bahnt. Später taucht Nurto in ein Handtuch gehüllt auf, Wasser tropft ihr von der Nase, rinnt ihr aus den Ohren, und sie zittert unkontrolliert.

«Wickel dich richtig ein.» Kawsar wirft ihr eine Decke zu.

Nurto knetet die Decke, hält sie sich vor die Brust. «Sie …», sagt sie mit klappernden Zähnen.

«Wer?»

«Die Soldaten … alle haben sie gesehen … damit jeder sie sehen konnte.»

«Was willst du damit sagen? Wer hat dir wehgetan?», schreit Kawsar und sieht vor ihrem geistigen Auge, wie man auf der Straße Nurto die Kleider vom Leib reißt.

«Mir hat niemand wehgetan. Mir nicht. Den Nomaden.»

Kawsar sinkt auf ihre Kissen zurück. «In der Stadt?»

«Sie haben am Markt acht tote Männer vom Wagen geworfen, ich habe einen gesehen, dem hingen die Eingeweide aus dem Bauch.» Nurto sieht aus, als wollte sie sich übergeben, und kauert sich auf ihrer Matratze zusammen.

«Hat niemand die Leichen abgeholt?»

Nurto schüttelt den Kopf.

Kawsar kann sich die Frauen und Mütter der Nomaden vorstellen, wie sie verzweifelt nach ihren Liebsten suchen, zuerst die Nachbarn fragen, dann Bekannte und schließlich die Polizei. Aber was für Entfernungen müssen die Frauen überwinden? Ihre kleinen Behausungen sind nur von Bergen und Steinen umgeben, jeder *reer,* jeder Haushalt, ist ein eigener Planet. Früher traf sie im Minibus zum Souk hin und wieder die Männer, die sorgfältig die Schillinge für die Fahrt abzählten und dabei einen Stolz verströmten, den die Städter verloren hatten. Die alten, häufig adlergesichtigen Männer mit den Turbanen hielten sich aufrecht, die Gewänder flossen über ihre schmalen Knochen; sie mussten sich nicht mit den Guddi, der Ausgangssperre herumschlagen, wurden nicht zu Paraden gezwungen, aber jetzt hat das Regime auch sie im Visier.

«Ruh dich aus, streich den Vorfall aus deinem Gedächtnis», beschwichtigt Kawsar. Jeden Tag gibt es neue Ausschreitungen, und Nurtos Reaktion ängstigt sie.

Eine Stunde später schickt Kawsar das Mädchen hinüber zu Zahras Videohalle, damit sie sich zur Ablenkung einen Hindi-Film ansieht. Sie sitzt im Bett und verschafft sich Kühlung mit einem schwarzen Lackfächer, den Farah ihr einmal geschenkt hat, und einzelne Strähnen ihres dünnen Haars tanzen im Luftzug. Draußen steht die schwere Luft, ist mit Elektrizität aufgeladen. Die Hauptregenzeit ist im Anmarsch, hat sich von den Regenwäldern des Kongo über das äthiopische Hochland verspätet auf den Weg ins verdorrte, versengte Somalia gemacht. Die

Sonne hat sich hinter den violetten Wolken verkrochen, aber ihre Hitze lässt Kawsar immer noch den Schweiß über die faltige Haut rinnen.

Bisher sind es halbherzige Regenschauer gewesen. Kaum haben sie eingesetzt, haben sie sich auch schon wieder verzogen; wenn die richtige Regenzeit kommt, sind es unablässige Güsse, die durchs Dach strömen und die Straßen überfluten, bis es so aussieht, als trieben die Bungalows auf hoher See. Sie sind die Manifestation eines ganzen Jahrs der Gebete, eine Sintflut, wie sie die Nomaden wünschen. Nur ein derart brutales Land verdient einen derart brutalen Regen; er tröpfelt nicht zart auf wächserne Blätter, sondern wühlt die Erde auf wie Artillerie, zerstört in wenigen Stunden ganze Straßen. Manchmal werden Kinder von der Sturzflut mitgerissen und ihre Leichen später viele Kilometer entfernt neben ertrunkenen Kühen und völlig ramponierten Fahrrädern aufgefunden. Erst Dürre, dann Flut, offenbar droht den Somaliern stets Unheil.

Die Flut, die sie in den Sechzigern unten im Süden erlebt hatte, wirkte wie eine göttliche Strafe: Das Wasser stand hoch genug, um Palmen, Minarette und Telegrafenmasten zu verschlingen, Krokodile, Wasserschlangen und übellaunige Nilpferdfamilien schwammen darin herum. Sie erinnert sich, wie sie auf dem Dach von Farahs Landrover stand und auf die Dörfer hinuntersah; zwei Strohdächer ragten aus dem Wasser, auf denen Männer, Frauen und Kinder Zuflucht gefunden hatten. Auf allen landwirtschaftlichen Flächen, die von den Juba und Shabelle bewässert wurden, wiederholte sich diese Szenerie: Auf dem abgetragenen Boden verrottete die Jahresernte. Zum ersten Mal musste der noch junge Staat die ehemaligen Kolonialherren anbetteln, und seitdem hat die Regierung nie damit aufgehört; wegen der Fluten und Hungersnöte, wegen Traktoren und Röntgenapparaten, die Gebetsmatten sind nach Westen ausgerichtet, flehentlich beugen sich die Knie.

Seit die Italiener und Briten abgezogen waren, schien das Land unentwegt von Wirtschaftskrisen, Staatskrisen und Naturkatastrophen heimgesucht zu werden. Die Europäer müssen bei ihrem Abzug einen knochentiefen Fluch hinterlassen haben, und in ihrem Fahrwasser erhoben sich längst verblichene Dschinns wie Oodweyne, die alles zu

Sand und Wüste werden ließen. Kawsar hatte ihn flüchtig in Mogadischu kennengelernt, als er noch ein junger Offizier und Farah District Commissioner von Baidoa gewesen war, er war ein ganz gewöhnlicher Mann gewesen, weder Zukunftsvisionen noch despotische Niedertracht ausstrahlend, er wurde bereits in jungen Jahren kahl – das war das einzig Bemerkenswerte an ihm. Wie die Zeit ihre Spielchen treibt. Sie erhöht Zwerge und legt Riesen in Fesseln – weshalb sonst war Farah unter der Erde und Oodweyne saß auf einem Thron? Beinahe unbemerkt und heimlich war er nach der Ermordung des letzten gewählten Präsidenten an die Macht gekommen, und wenn seine Stimme im Radio ertönte, kam sie ihr stets bedrohlich vor und erinnerte sie an jene fünf Tage im Jahre 1969, nachdem der Präsident von seinem Leibwächter erschossen worden war und Radio Hargeisa unablässig Koranrezitationen gesendet hatte, Schulen und Behörden wegen der angeordneten Staatstrauer geschlossen worden waren, während Kawsar sich im Bett von einer ihrer Fehlgeburten erholt hatte.

Das Erstaunen, das sie am sechsten Tag verspürt hatte, als um 9 Uhr morgens fröhlich der Militärputsch und der neue Name des Landes verkündet worden waren, Somalische Demokratische Republik, war nie mehr gewichen, sondern hatte gewissermaßen wie ein Basso continuo alle darauf folgenden verwirrenden Ereignisse begleitet: die Verhaftung des Premierministers, die Abschaffung des Parlaments und der Verfassung, die Übernahme des Landes durch den Obersten Revolutionsrat mit Oodweyne als dessen Vorsitzendem. Farah war einer der wenigen gewesen, der Ablehnung geäußert hatte; er hatte die neuen Führer «Kuckucke» genannt und den Kontakt zu Freunden abgebrochen, die sagten, sie zögen die Militärherrschaft dem Chaos der Demokratie vor. Kawsar, in Farahs Augen typisch Frau, wollte einfach nur Ruhe und Frieden und eine möglichst stabile Lage.

Die Junta führte ein somalisches Alphabet ein, organisierte Freiwillige zum Bau von Schulen, Krankenhäusern, Straßen und der Reparatur des Stadions in Hargeisa, sagte den Menschen, sie sollten ihre Clannamen vergessen und einander «Genosse» nennen. Dann verlor sie den Krieg und zeigte ihre wahre Natur. Kawsar wünscht, sie könnte mit

Farah reden und ihm sagen: «Du hattest recht, ich geb's ja zu, sie sind unerträglich.» Das würde jedoch bedeuten, dass er sehen würde, dass in seiner Abwesenheit alles zusammengebrochen war: Hodan gestorben, seine Frau alt und verkrüppelt, das Haus schmutzig und verfallen, seine alten Freunde entweder tot, im Gefängnis, dem *Khat* oder dem Alkohol verfallen. Der von ihm geforderte Widerstand wurde nun von Kindern angeführt, und in der Zwischenzeit war das Regime überall so tief verwurzelt wie das Unkraut im Graben, sodass wohl alles herausgerissen werden müsste, wollte man es loswerden.

Plötzlich ist das Signal von Radio NFM stärker, die Stimmen klar in der Nachtluft zu vernehmen, es sind keine Geister mehr, die aus einer jenseitigen Welt sprechen, ihr zackiger Hargeisa-Dialekt klingt klar und selbstbewusst. Kawsar dreht leiser, bis die Stimmen kaum mehr zu hören sind. Nurto trägt eines von Kawsars alten geblümten Nachthemden, ein züchtiges, langärmliges Etwas, das im Gegenlicht völlig durchsichtig wird; Farah hatte es ihr gekauft, und Kawsar stellt sich vor, wie sein Blick ihren Körper verschlang, so, wie ihr Blick nun Nurtos Körper mustert.

Abends herrscht jetzt eine andere Stimmung; sie sind eher Zimmergenossinnen, statt Herrin und Dienerin. Sie fühlen sich wohl mit den Gerüchen und Gewohnheiten der anderen, drehen einander nicht mehr den Rücken zu. Sie erproben kleine Intimitäten, versuchen die Kluft zu überbrücken, die sich zwischen ihrem Alter und ihren Lebensumständen auftut. Kawsar will unbedingt wissen, ob sie demnächst heiraten will. Nurto wirkt bereit, hat die kleinen Pickel, die heranwachsende Mädchen bekommen, wenn ihr Körper reif für die Liebe ist, und ihre nächtlichen Seufzer sind schwer von Einsamkeit.

«Hast du was von deinem amerikanischen Freund gehört?», fragt Kawsar, nachdem sich das Radioprogramm in statisches Rauschen aufgelöst hat.

«Nein, er ist in Saba'ad und fotografiert die Flüchtlinge. Ich hab ihn seit Wochen nicht mehr gesehen.»

«Bist du an ihm interessiert?»

Nurto wendet das Gesicht ab. «Ich glaube nicht, dass er es ernst meint.»

«Er wird in sein Heimatland zurückgehen, du solltest ihn nicht zu nah an dich ranlassen. Mit einem, der deine Sprache spricht, der aus deiner Kultur stammt, bist du besser dran.»

«Wie war dein Mann denn so?»

«Klug, groß, dickköpfig, ehrlich, wollte immer was lernen …»

Nurto fällt ihr ins Wort. «War er reich?»

«Er arbeitete hart und wurde reich, diese Schränke sind voll mit den Kleidern, die er mir gekauft hat.»

«Hm. Genauso stelle ich mir mein Leben vor.»

«Eine Zeit lang ist es tatsächlich sehr nett, aber Einkaufen kann ja wohl nicht alles im Leben sein.»

«Die Frauen im Souk, denen die Dienstmädchen die Taschen hinterhertragen, kommen mir ziemlich glücklich vor.»

«Und garantiert erzählen sie einem von der Eifersucht auf die Zweitfrau oder von ihrer Sorge, dass sie ihrem Mann nie einen Sohn gebären werden.»

«Das kann einem auch passieren, wenn man arm wie Schlamm ist. Ich hätte lieber diese Sorgen und Geld in der Tasche als zehn Söhne, die ich nur mit Schwarztee füttern kann.»

«Sei vorsichtig mit dem, was du sagst, Gott hört immer zu, und er wird dich prüfen.»

«Er soll mich mit Geld prüfen, das ist eine Prüfung, der ich mich gerne unterziehen würde.»

«Gab es bei euch zu Hause nur Schwarztee?»

«Manchmal, wenn Mutter krank war. Es ist besser geworden, seit wir alle von der Schule abgegangen sind und angefangen haben zu arbeiten.»

Diese Art von Leben hat Kawsar nie kennengelernt. Der einzige Hunger, der je in ihr nagte, war selbst verursacht, wenn sie sich einfach statt aufs Essen auf andere Dinge konzentrierte; sie genoss die angenehme Benommenheit, die sie bei leerem Magen erfüllte, aber vielleicht lag ein Teil des Reizes auch in dem Wissen, dass nur ein paar Schritte entfernt eine wohlgefüllte Speisekammer lag. Von Kindheit an war ihr das Essen jeden Tag stets zur gleichen Zeit aufgetischt worden, um ihre Aufmerksamkeit zu beanspruchen, und dickköpfig hatte sie gegen diese Tyrannei der Mahlzeiten angekämpft. Sie aß, was sie wollte und wann sie wollte. Wenn die Straßenjungen an der Tür ihrer Mutter bettelten, pflegte Kawsar ihren Teller nach draußen zu tragen und ihnen das Essen anzubieten, als könnte *sie* allein von Luft und Liebe leben.

«Wie ist dein *Aabbo* gestorben?», fragt sie Nurto.

«Wie stirbt man schon? Er ist krank geworden und ein paar Tage später in seinem Bett gestorben.»

«Und von da an bist du nicht mehr zur Schule gegangen?»

«Nein, wir sind noch eine Weile hingegangen, aber dann konnte *Hooyo* nicht mehr.»

Kawsar hat eine Idee, es ist, als hätte der Himmel aufgeklart. «Nurto, wenn du zur Schule gehen willst, kann ich dir helfen.»

«O nein ...»

«Oder es könnte jemand herkommen und dich hier unterrichten. Du hast tagsüber viel zu viel freie Zeit, und du solltest etwas damit anfangen.»

«Mit der Schule bin ich durch. Ich kann so viel lesen, wie nötig – die einzige Schule, auf die ich gern gehen würde, ist eine Kosmetikschule.»

«Was würdest du dort denn lernen? Wie du jemanden mit Kajal anmalst?»

«Da lernt man alles – Make-up, Frisieren, Hennamalerei, Haarentfernung.»

«Und wie soll dir das helfen?»

Nurto wirft ihr einen Blick zu, als wäre Kawsar blind. «Ich könnte ein eigenes Geschäft aufmachen!»

«Sind die Leute wirklich bereit, jemanden zu bezahlen, damit der ihnen Lippenstift aufs Gesicht schmiert?»

«Bei Hochzeiten und so geht man zur Kosmetikerin.»

«Die Zeiten haben sich wahrlich geändert.»

«Das haben sie», bekräftigt Nurto.

«Und damit könntest du dir deinen Lebensunterhalt verdienen?»

«Ich glaub schon.»

«Du willst also auf diese Kosmetikschule gehen?»

«Wenn das geht ...»

«Dann solltest du dich einschreiben, ich zahle das Schulgeld.»

«*Wallahi?*»

«Ja.»

Nurto springt auf und küsst Kawsar auf die Stirn. «Dich hat Gott geschickt.»

Verlegen schließt Kawsar die Augen, die Küsse bringen ihre Haut zum Singen.

Draußen scheint hell der Vollmond, beleuchtet die Nachbarschaft wie ein Scheinwerfer, und in den Bäumen raschelt der Wind. Kawsar liegt mit offenen Augen da, ihr eigenes Lachen hat sie geweckt; ihre Gefühle im Traum sind immer ganz real, aber sie kann sich nie an den Inhalt erinnern. Die Bilder sehen so verschwommen und künstlich aus wie alte Filme, die Radio Hargeisa an längst vergangenen Sommerabenden unter freiem Himmel vorzuführen pflegte. Sie sind verwaschen und wacklig, die Stimmen mal leiser, mal lauter, als sprächen Menschen, die in der Luft ertrinken.

Der Raum glitzert. Ein Mädchen, das Nurto in Größe und Aussehen gleicht, aber so geschwind wie ein Sandteufel ist, kam vorbeigefegt, in jeder der acht Hände einen Lappen, und hat kein einziges Staubkorn und kein loses Haar übersehen. Die Laken sind anständig gewaschen und ordentlich auf einem Stuhl gestapelt, alle schmutzigen Tassen und Gläser eingesammelt worden, der Dreck, der sich in jeder Ritze eingenistet hat, ist herausgebürstet worden, von den Fensterbänken sind die toten Fliegen und Moskitos gefegt worden, der Boden ist mit Dettol geschrubbt, die Glühbirne poliert, bis das Glas glänzt. Jede Oberfläche klirrt vor längst vergessener Sauberkeit. Die Luft in ihrer Nase ist klar und frisch, der enge Raum um sie herum zehnfach vergrößert.

Zwei Eseltreiber eilen am Fenster hinter Kawsars Bett vorüber, reden in ihrer Geheimsprache mit den Tieren, Peitschen knallen, als ihre Schützlinge einen Galopp versuchen, aber mit der schweren Ladung von Ziegen- und Hammelfleisch zu kämpfen haben. Eine summende Fliegenwolke verfolgt sie und die Verwünschungen des alten Mannes aus New York, der das halbe Jahr in einem Bungalow neben dem Hotel verbringt.

«Geht mit eurem Dreck woandershin! Sucht euch eine andere Abkürzung für diese Innereien!», kreischt er.

«Whodead! Whodead!», geben sie zurück und rotzen ihm den Spitznamen, den sie ihm verpasst haben, ins Gesicht.

Nurto öffnet leise die Tür und streckt ihren Kopf herein, und ein breites Lächeln leuchtet auf ihrem Gesicht. «Soll ich dir eine Tasse Tee machen? Hättest du gern Kaffee? Ich habe heute frische Bohnen gekauft, sie rösten bereits.»

Das ist das erste Mal, dass sie Kawsar Kaffee angeboten hat. «Ja sicher, aber was ist denn über dich gekommen?»

«Alles wird anders, Kawsar, und da soll ich nicht aufgeregt sein? Ich habe mich an der Kosmetikschule eingeschrieben. Soll ich einen Kuchen backen? Würde gut zum Kaffee passen.»

«Wie du magst.» Kawsar lächelt leise. Es wird das arme Mädchen ein paar Stunden kosten, mit dem Holzkohleofen einen Kuchen zu backen, aber ein Versuch kann nicht schaden.

«Hast du es bequem? Ist dir warm genug?»

Zufrieden hebt Kawsar die Hand. «Hast du heute Morgen Schmerztabletten gekauft?»

Nurto verschwindet kurz in der Küche und kommt mit einer braunen Papiertüte zurück. «Hier. Ich habe zwei Packungen gekauft, damit sie dir nicht so schnell ausgehen.» Sie legt die Tabletten behutsam auf den Nachttisch.

«Braves Mädchen.»

«Hast du was dagegen, wenn ich nachher zur Videohalle gehe?»

«Nein, was zeigen sie denn?»

«Einen Hindi-Film, einen alten mit dem Titel *Pakeezah*. Ich hab ihn schon zehn Mal gesehen.»

«Den kenne ich, mit dem Tanzmädchen, das einen Mann im Zug trifft. Ich hätte gedacht, der wäre zu altmodisch für dich.»

«Es gibt keinen Hindi-Film, den ich nicht gesehen hab, die aus den Fünfzigern, Sechzigern, Siebzigern, alle. Mein Vater, Gott möge seiner Seele Frieden schenken, hat in einem Kino gearbeitet, bevor es geschlossen wurde, und ich durfte oft bei ihm im Vorführraum sitzen.»

«Du würdest eine gute Schauspielerin abgeben, dein Gesicht ist sehr ausdrucksstark.»

Nurto lächelte. «Ich wäre bestimmt eine tolle Schauspielerin. Ich muss bloß von hier weg, und dann kann ich tun und lassen, was ich will.»

In der Stille schiebt die Uhr die Zeit voran; als Nurto aufsteht, hat das Gewicht ihrer Sehnsucht eine Kuhle in der Matratze hinterlassen.

Etwas kitzelt Kawsar in der Nase und entlockt ihr ein Niesen.

«Allah!» Nurto rast barfuß in die Küche, als der Geruch nach verbrannten Kaffeebohnen stärker wird.

Gegen vier Uhr nachmittags ist die Ausgangssperre umfassend durchgesetzt, und als stünde die Sonne gleichfalls unter dieser Tyrannei, verdunkelt sich vorzeitig der Himmel, Wolken verbergen bedrohlich Mond und Sterne, die auf ihre Positionen geeilt sind. Die verdunkelte Stadt scheint nur noch eine Bühne zu sein, auf der die Soldaten herumstolzieren können, und der Bungalow eine Höhle, vor der Bären und Monster ihr Unwesen treiben und vor der ein geheimnisvolles Kreischen zu hören ist; Kawsar und Nurto drängen sich zusammen wie Kinder, die Angst davor haben, was die Dunkelheit wohl bringt. Nurto war pünktlich aus der Videohalle zurück, zerrte ihre Matratze näher heran und lehnte sich mit dem Rücken an das Bettgestell, ihr Haar war nur ein paar Zentimeter von Kawsars Fingern entfernt, die Locken leuchteten im Nacken rot und fein im Licht der Petroleumlampe.

Das Radio läuft auf niedrigster Lautstärke; der Regierungssender spricht von den Versuchen, die Versteppung um Banaadir zu stoppen, von Höflichkeitsbesuchen des Präsidenten bei ausländischen Potentaten – geregelte Abläufe eines Staats in Friedenszeiten; Radio NFM dagegen berichtet über Ereignisse in einem anderen Land, einem Land, in dem die Wasserspeicher zerstört, ausländische Waffen gegen unbewaffnete Nomaden eingesetzt und Gefängnisse gestürmt werden, um Unschuldige zu befreien. Beide Orte sind gleichermaßen unbegreiflich; von ihrem Bett aus glaubt Kawsar nur an die Existenz einer dunklen leeren Straße da draußen mit ein paar Bungalows und einer alt gewordenen Welt, die verfällt und bald untergehen wird.

Am nächsten Morgen schreckt Kawsar aus dem Schlaf, die Tür erzittert in ihrem Rahmen, wildes Hämmern, Pause, erneutes Hämmern. Nurto schnellt von ihrer Matratze empor und steht benommen mitten im Zimmer und wartet auf Anweisungen. Immer noch wird heftig gegen die Tür gehämmert.

Zitternd befestigt Kawsar ihr Kopftuch und bedeutet Nurto, sie solle öffnen.

Das Mädchen versteckt sich hinter der Tür, öffnet alle Schlösser und macht langsam auf.

Dahabo drückt die Tür ganz auf und kommt herein.

«Willst du uns etwa zu Tode erschrecken? Wir dachten, die Rotbaretts kommen und brechen uns die Knochen!», schreit Kawsar.

«Na ja, wenn du mir nicht die Tür aufmachen willst, muss ich eben zu anderen Mitteln greifen.» Sie marschiert zu Kawsar hinüber und zieht ihr grob die Decken weg. «Du kommst mit mir. Draußen steht ein Auto, das uns nach Mogadischu bringt, von dort fliegen wir nach Dschidda.»

Kawsar wirft sich die Decken wieder über die Beine. «Du bist wohl verrückt!»

Dahabo reißt die Decken erneut weg. «Ich habe die Abreise unserer gesamten Familie hinausgezögert, um dir ein Ausreisevisum zu verschaffen. Blamier mich jetzt also nicht.»

Kawsar lässt die Decken, wo sie sind, und verschränkt die Arme wie ein gescholtenes kleines Mädchen. «Wer hat dir meinen Pass gegeben?»

«Wer wohl?» Dahabo deutet mit dem Kopf auf Nurto, die sich in eine Ecke drückt. «Vertrau mir, wenn ich dir sage, dass es Zeit ist, wegzugehen. Wenn du aufstehen und herumlaufen könntest, würdest du überall die Soldaten sehen, den halb leeren Markt. Nimm mit, was unersetzlich ist, und dann lass uns gehen.» Sie ergreift Kawsars Hand und zieht sie sanft nach vorn.

Kawsar entzieht sich ihrem Griff und verschränkt wieder die Arme. «Keiner hält dich auf, Dahabo. Wenn du gehen willst, dann geh.» Ihr Herz rast, ihr Kopf fühlt sich taub an, sie ist unfähig, auch nur den kleinsten Gedanken zu fassen; ihr warmes Bett scheint ihr der einzig sichere Ort.

«Im Namen Gottes!», kreischt Dahabo. «Wann wirst du dich ändern? Wann schüttelst du endlich deinen verdammten Stolz ab, deine Eitelkeit, deine Dickköpfigkeit? Soll ich dich auch noch darum bitten, dass du dein eigenes Leben rettest? Wann änderst du dich? Sieh dich doch an! Sieh dich doch mal um, wie du lebst! Willst du etwa so zurückbleiben? Die da wird dich nämlich nicht retten.»

«Das erwarte ich auch gar nicht. Nurto, geh und setz den Kessel auf.»

Nurto huscht in die Küche.

Dahabo wirbelt durch das Haus auf der Suche nach den Dingen, die sie für Kawsar packen kann. Sie macht den Schrank auf und reißt wahllos Sachen heraus. «Wo bewahrst du die Fotos auf? Was ist mit deinem Hochzeitsschmuck?»

Draußen hupt es.

«Sie warten, Kawsar! Jetzt ist keine Zeit mehr für deine Spielchen.»

«Lass das, Dahabo. Du bringst nur alles in Unordnung. Ich gehe nicht mit. Sieh mich an und hör mir zu.»

Schließlich dreht Dahabo sich um, ihre Augen sind blutunterlaufen und tränen. «Du bist diejenige, die mich verlässt, Kawsar, nicht umgekehrt. Ich würde dich auf dem Rücken raustragen, wenn du mich lässt.»

«Das weiß ich doch, aber das möchte ich nicht.»

«Du willst also einfach hier sterben?»

«Ich will mein Leben in meinem eigenen Haus beenden, Dahabo. Das ist doch keine Tragödie.»

Zum ersten Mal weint Dahabo vor ihr – schreckliche, unbeholfene Schluchzer, die ihr im Hals stecken bleiben. Kawsar öffnet die Arme und streckt sie ihr entgegen.

Dahabo schwankt zu ihr hinüber und schlingt die Arme um den Hals der Freundin.

«Es tut mir so leid, wie ich dich die letzten Wochen über behandelt habe. Ich wollte dich nicht verlieren. Geh mit deinen Kindern, Dahabo, leg die Beine hoch und zerbrich dir wegen niemandem mehr den Kopf, du verdienst, dass es dir gut geht.»

Dahabos Tränen sickern durch Kawsars Umschlagtuch auf ihre Haut.

«Erinnerst du dich, wie dich deine Mutter zum ersten Mal zu uns gebracht hat und wir die Putzlappen, den Mopp und die Reinigungsmittel auf dem Dach versteckt haben und sie den ganzen Nachmittag lang danach gesucht und uns hinterhergejagt ist? Es kam mir vor, als sei ich mir selbst im Körper einer anderen begegnet.»

«Hör auf damit, hör auf!» Dahabo, die allergisch gegen Gefühlsausbrüche ist, reißt sich los. «Du kommst also nicht mit?»

Wieder hupt es, diesmal länger und vehementer.

«Nein.»

Dahabo nickt. «Ich akzeptiere deine Entscheidung, aber ich werde immer an dich denken.»

«Und ich an dich.» Kawsar nimmt Dahabos Kopf in die Hände und küsst sie fest auf beide Wangen und auf die Stirn. «*Nabadgelyo*, alte Hexe.»

«*Nabaddiino*, du böses Weib.»

Der Tag vergeht wie im Flug. Kawsar fühlt sich benommen, wie unter Drogen, als hätte sie gerade eine Operation, eine Amputation hinter sich. An ihren Kleidern kann sie immer noch Dahabos Duft riechen, kann immer noch ihre Anwesenheit spüren, aber ihre Freundin ist längst unterwegs auf dem einzigen passablen Asphaltstreifen, der nach Mogadischu führt. Kawsar weint nicht, sie starrt nur auf die Tür und fragt sich, ob Dahabo vielleicht durch einen merkwürdigen Zufall wieder zurückkommt, und nimmt am Abend genügend Schmerzmittel, um den Schlaf herbeizuzwingen.

Mitten in der Nacht schlägt Kawsar die Augen auf. Irgendetwas stimmt nicht. Die Straßenhunde geben keinen Laut von sich, normalerweise bellen und jaulen sie, wenn sie den Müll am Straßenrand durchwühlen. Nicht einmal das Rumpeln der Wassertankwagen auf der Straße zum Flughafen ist zu hören. Keine Soldaten, die an Türen hämmern.

Sie sieht zu Nurto auf ihrer Matratze hinüber, sie hat die Beine auf dem Betonboden ausgestreckt, den Kopf unter Decken vergraben. Kawsar öffnet den Mund, will nach ihr rufen und sie bitten, ob sie aus dem Fenster sehen kann, unterdrückt aber den Impuls. Sie wird selbst wach bleiben und das Fenster über ihrem Bett im Auge behalten.

Sie presst eine Hand auf die Stelle hinter ihren Rippen, an der es gleichmäßig pocht, und ihr fällt ein, dass ihr Vater, ihre Mutter und ihr Mann alle einem schwachen Herzen erlegen sind. Ihr Mann hat in ebendiesem Bett zum letzten Mal Luft geholt, die Haut klamm, den Mund geöffnet, die Augen aus ihren Höhlen quellend. Im Kopfkissen klebt noch sein Schweiß, der des lebenden und der des sterbenden Farah, und vermischt sich mit ihrem. Offensichtlich haben ihre Organe ihr jetzt den Kampf angesagt; dunkel wie Tee tröpfelt ihr Urin in die Bettpfanne, ihr Stuhl ist schleim- und blutummantelt. Nur ihr Herz scheint von den Scharmützeln nicht betroffen, sein Schlag ist gedämpft, aber beharrlich; es hat so viel erlitten, dass sich seine Wand verhärtet hat, die es wie Verbandsmull vor weiteren Verletzungen schützt. Wenn ihr Ende naht, wird das Herz ihr stärkstes Organ sein und versuchen, den Rest mitzuschleppen wie ein Maultier seine Last. Sie wünscht, sie könnte ihm einen Zuckerwürfel geben und sagen: «Gut gemacht, du hast mir brav gedient, aber jetzt ist es an der Zeit für den wohlverdienten Ruhestand.»

Im Zustand zwischen Wachen und Schlafen sieht Kawsar sich, wie sie den Riegel der Holztür zurückschiebt, die von ihrer asketischen Küche in den ummauerten Garten führt. Die Schrauben im oberen Scharnier haben sich gelockert, und Kawsar muss die Tür an der Klinke leicht anheben, damit sie aufgeht. Sie hört ein Seufzen, ob es von ihr oder dem Garten kommt, vermag sie nicht zu sagen. Hinter der Tür erwartet sie Eden: die Bäume, Pflanzen und Früchte ihrer Arbeit, ein kleines Grundstück, über das sie gütig geherrscht hat. Zweige reichen von einer bröckelnden Lehmmauer zur anderen, bilden ein Blätternetz, das Sonnenschein und Mondlicht filtert.

Sie holt tief Luft und atmet den Duft ein, den diese ihre Kinder verströmen, die sie ins Leben geträumt hat: Tamarinde, Guave, Granatapfel, Bougainvillea und Jasmin. Wenn sich schon ihr Viertel mit seinen alten Bungalows und breiten Straßen aus feinem Goldsand vom restlichen Hargeisa unterscheidet, dann gibt es wohl nirgendwo auf der Welt einen Garten wie ihren – ein Ort, an dem die Zeit anders tickt; hier wird sie in ihre Jugend zurückkatapultiert, statt sich ihrem Ende entgegenzuschleppen. Nichts innerhalb dieser Mauern deutet darauf hin, dass sie kein junges Mädchen mehr ist, das draußen an der frischen Luft die Zeit verbringt, bis die Mutter voll beladen zurückkehrt und die Tageseinkäufe auf den Küchenboden plumpsen lässt. Hier sind ihre Gelenke geschmeidig, ihr Rücken ist gerade, ihre Gedanken sind klar und weit wie der Horizont. Sie wird Anweisungen hinterlassen, dass sie unter dieser mit Glimmer durchsetzten Erde begraben werden will, wo sie gewiss sein kann, weiterhin den Regen auf ihren Knochen zu spüren, warm und dick wie Blut. In Gedanken stolpert sie vorwärts auf der Suche nach dem geeigneten Ort für ihr Grab. Ein stilles, unauffälliges Plätzchen, damit das Grab nicht den Blick auf den Garten versperrt.

Sie kriecht in die linke hintere Ecke, wo der Tamarindenbaum steht, wie eine Frau, die ihr Haar im Wind wehen lässt, von den oberen Ästen baumeln Webervogelnester, die Tamarinde bietet Schatten und Vogelgesang. Unter dem Baum ist eine unregelmäßig mit wildem Gras bewachsene Stelle, und sie zupft an dem vertrockneten Gelb herum, sie möchte nichts derart Unordentliches auf ihrem Grab haben. Zwischen Tamarindenbaum und Mauer streckt sie sich prüfend aus, die Länge ist perfekt, wie ein guter Schuh mit ein bisschen Spielraum um die Zehen. Das Erdreich unter ihr ist geschäftig, dort wimmelt das Insektenleben, ganze Städte, ganze Völker pflanzen sich fort, atmen, sterben in zeitloser Panik. Was werden sie denken, wenn sie in ihre Welt einfällt? Werden sie Kawsar für einen schweren, stummen, dunklen Eindringling halten? Oder für Manna, das eine wohlwollende, anonyme Macht herabregnen lässt? Viel wahrscheinlicher wird überhaupt nicht gedacht, sondern zu Augen, Zunge und den anderen saftigen Stellen gedrängt, bevor dies ein anderer tut. Bei der Vorstellung an kleine Münder, die an ihr knabbern und saugen, und dass ihre alten Überreste seltsame Körper nähren, kribbelt Kawsars Haut.

«Sollen sie doch kommen. Sollen sie doch alle kommen», murmelt sie.

Sie wacht auf, als der Himmel immer noch rosa und sternenübersät ist, und betet, dass Dahabo die Hauptstadt heil erreicht und beim Besteigen des Flugzeugs nach Dschidda keine Angst hat. Keine von ihnen ist je geflogen, und es wirkt unpassend und lächerlich, sich in diesem Alter in die Lüfte zu schwingen. Kawsar legt sich aufs Kopfkissen zurück und bemerkt, dass das Bett unter ihr leicht vibriert; zuerst genießt sie das Gefühl, hält es für den Auswuchs ihrer Phantasie, dann wird das Schaukeln heftiger, presst ihre Knochen gegen das Bettgestell. Die Bungalowmauern scheinen zu ächzen, dann erbeben sie, bringen das Blechdach zum Scheppern, und die gerahmten Stoffe fallen von der Wand.

«Was ist denn los, Nurto? Ist das ein Erdbeben?»

Nurto will von der Matratze aufspringen, aber ihre Beine verheddern sich in den Betttüchern; sie reißt die Decken weg und wirft sie auf den Boden. In Sekundenschnelle steht sie am Vorderfenster.

«Panzer. Die Straße ist voll mit Panzern und Soldaten.»

«Allah, es fängt an. Sie werden uns alle ausradieren.»

Die Panzertürme justieren sich, surren wie Riesenzikaden, ehe sie einrasten. Dann hören sie die ersten entfernten Schüsse des Krieges, ein schwaches Ping wie Popcorn, das aus der Pfanne hüpft, gefolgt von Schreien und Wehklagen.

Nurto duckt sich unter das Fenster. «Sie sind in Maryams Haus rein.»

Kawsar holt tief Luft, will etwas Beruhigendes zu Nurto sagen, aber ihr Verstand setzt aus. Panik verbrennt die sich gerade formenden Gedanken.

Langsam schiebt Nurto den Kopf zur Fensterecke hoch. «Sie haben Maryam auf die Straße gezerrt.»

Während die Minuten dahinschleichen, beobachtet Kawsar das Mädchen; Nurto scheint gelähmt, steht vollständig still, nur ein paar feine Haarsträhnen bewegen sich im Luftzug.

Gewehrfeuer rattert los, und Nurto dreht sich um und fällt in sich zusammen, die Knie an die Brust gedrückt, den Kopf in den Armen geborgen. Die Soldaten sprechen rasend schnell in einem Dialekt, den Kawsar kaum versteht. Sie klingen verwirrt, überwältigt von dem Ausmaß ihres Tuns. Kawsar bekommt ein paar Satzfetzen mit. «Wann kommen die Maschinenpistolen?» – «Welches Haus als nächstes, Hassan?»

«Sie ist tot. Ich muss rauskriegen, ob es *Hooyo* und meinen Geschwistern gut geht.» Nurto steht auf, weicht Kawsars Blick aus, glättet langsam ihre Leintücher und faltet Decken.

«Bring mir bitte einen Krug Wasser, eine Tasse, die Schmerztabletten, die restlichen *canjeero* und das Radio», sagt Kawsar, die plötzlich von einer Welle der Ruhe überspült wird.

Nurto schiebt den Tisch näher an Kawsars Bett heran und ordnet die Gegenstände darauf. Vorsichtig trägt sie den Plastikkrug aus der Küche, den sie so gefüllt hat, dass er beinahe überfließt.

«Arme Maryam.»

Nurto schüttelt den Kopf, gibt aber keine Antwort.

«Nimm.» Kawsar holt eine Rolle Geldscheine unter ihrem Kopfkissen hervor.

Nurto küsst Kawsars Handrücken, als sie das Geld nimmt. Ihre Augen sind tränenlos. Sie klemmt einen Stuhl unter die Klinke der Eingangstür, nimmt ihre mit Kleidern und Kosmetika vollgestopfte Stofftasche und verlässt das Haus durch die Hintertür in der Küche. Kawsar weiß, dass Nurto mutig genug ist, um über die hohe Gartenmauer zu klettern. Bedauerlicherweise hat Kawsar sie mit Glasscherben gegen Diebe bewehrt. Nurto wird, blutend oder nicht, durch das Gebüsch kriechen und über die Höfe entlang des Grabens huschen müssen, bis sie die Hütte ihrer Familie im Norden Hargeisas erreicht.

Die Panzer feuern los, jede Detonation wird von einer Hitzewelle begleitet. Kawsar steckt sich die Finger in die Ohren, aber das Donnern bohrt sich durch ihren Kopf. Durch die Fenster weht eine Staubwolke herein und bedeckt alles mit einer Schicht aus Gips und Sand. Kawsar legt die Hand über den Krug, aber das Wasser wird trotzdem verschmutzt.

In eine weiße Rauchwolke gehüllt, feuern sich die Panzer ihren Weg durch die Straße. Kawsar stützt sich auf den Ellbogen und sieht zum Fenster zu ihrer Rechten hinaus. Ihre Nachbarn fliehen in einem Nebel aus Zementstaub, aber die bunten Sandalen und Kleider verraten sie, und die Soldaten lassen sich auf die Knie fallen und schießen auf die geisterhaften Gestalten. Über ihr ächzt ein Flugzeugmotor, und vom Flughafen sieht sie eine MiG herabgleiten, auf beiden Tragflächen die somalische Flagge. Kawsar spürt, wie sich die Luft um sie ballt und ihr den Atem raubt, während Geschosse die Blechdächer im Viertel herunterfetzen.

Sie sinkt aufs Bett zurück und zieht sich eine Decke über den Kopf, hat Angst, dass in den nächsten Sekunden eine Bombe durchs Dach kracht. Beide, sie und das Viertel Guryo Samo, haben das Ende ihrer Zeit erreicht; die Soldaten werden die Straße in eine Wüste zurückverwandeln, die Sterne ausknipsen, die Hunde erschießen und die Sonne in einem Brunnen löschen.

Filsan

Filsan verbringt ihre Tage in Hargeisa, aber in den Nächten vermisst sie ihre Stadt so sehr, dass sie mit dem würzigen Meergeruch im Haar erwacht. Schönes Mogadischu – deine Moscheen mit den weißen Turbanen, Körbe voller Anchovis, hell wie Quecksilber, Jazz und schlurfende Füße, feinknochige Dienstmädchen mit sanftem Lächeln, das blendende Weiß deiner Häuser vor dem Saphirblau des Meeres –, du wirst vermisst, scheinen ihre Träume ihr zuzuflüstern. Wie Kletten hängen die Erinnerungen an ihr. Sie kommt sich wie eine Verbannte vor und versteht nicht, was sie hier noch hält: Ehrgeiz, der Wunsch nach Veränderung, das Bedürfnis, ihrem Vater zu entfliehen – reicht das denn, sie von ihrer Stadt fernzuhalten?

Sie ist allein, ungeliebt, vergessen. Ihre Hand liegt auf ihrem Bauch, als Filsan die Augen aufschlägt, und sie stellt sich vor, die Hand gehöre jemand anders. Es ist zwecklos, Unterarme, Beine oder den Intimbereich zu rasieren, denn die bekommt ohnehin niemand zu sehen; nur ihre eigenen Fingerspitzen streichen über ihre Schenkel. Früher einmal hatten Männer nach ihr gefragt und Filsans Vater ihre Absichten erklärt, aber er hatte sich über sie lustig gemacht, und sie hatte für deren Balzerei und die Schmeicheleien nichts als Verachtung übrig gehabt; sie hatten kein Interesse an ihr als Person, wussten nichts von ihr, nur dass sie seine Tochter war. Sie wollte jemanden, der ihn nicht um Erlaubnis fragen, sondern ihn auf den alten, unbedeutenden Mann zurechtstutzen würde, der er war, der sie einfach entführen würde, aber allmählich war es unwahrscheinlich geworden, dass sie noch irgendjemand bei Nacht und Nebel entführen wollte; so etwas passierte siebzehnjährigen Mädchen, keinen Frauen, deren Stirnfalten immer tiefer wurden.

Filsan steht auf und nimmt ihre Uniform vom Haken an der Tür; der Wecker klingelt erst in zehn Minuten, aber sie will nicht mit ihren

Gedanken allein sein und gleichzeitig über alles und nichts grübeln. Sie streift sich den Uniformrock über den Kopf und steigt in die Hose. Ein schneller Abstecher ins Bad, und dann steht sie in der Gemeinschaftsküche vor dem Herd, die Wand dahinter ist rußgeschwärzt, in der Luft hängt immer noch der Geruch nach Fleisch und *Ghee* vom vorigen Abend. In ihrem Stieltopf kocht das Wasser, auf der Oberfläche zittern Teeblätter, Kardamomkapseln und Gewürznelken, kurz vorm Überkochen packt sie den Griff und gießt gerade so viel ein, dass ihr Emailbecher voll ist. Sie kippt drei Löffel Zucker hinein, spült und trocknet den Topf ab, ehe sie ihn in ihrem Schrank einschließt. Sie ist von Natur aus misstrauisch, aber mittlerweile bringt sie in der Kaserne ihre Habseligkeiten geradezu zwanghaft in Sicherheit; die anderen Frauen schämen sich nicht, Unterwäsche von der Leine, Geschirr aus der Küche und Seife vom Waschbecken zu stehlen. Filsans Rationen werden nicht nur ein Raub der Ratten im Vorratsraum, sondern auch der Kameradinnen, die Reissäcke aufschneiden und Ölfässer anzapfen. Gern würde Filsan die Schuldigen melden, aber die verstecken sich hinter einer Kultur der Bestechlichkeit; auf den örtlichen Polizeiwachen erlaubt man reichen Gefangenen, eine Zelle zu «mieten», sie bezahlen die Wachen, damit sie ihre Tage draußen verbringen können, und kehren nur nachts für ein Nickerchen zurück. Ihr Land und die Revolution sind ihnen egal, es geht einfach darum, was sie für sich herausholen können.

Sie trinkt ihren Tee, er verbrennt ihr die Kehle auf eine Weise, die sie angenehm findet. Das ist ihr ganzes Frühstück. Man hat ihr nie das Kochen beigebracht; ihrem Vater war es wichtig, dass sie sich auf das Lernen konzentrierte, die Hausarbeit wurde den Dienstmädchen überlassen, aber jetzt wünscht sie sich, sie könnte sich schnell etwas zubereiten, statt irgendwo etwas kaufen zu müssen. Filsan sieht sich in der dunklen Küche um, hört ihren Magen gluckern und kommt sich eher wie eine Vollwaise, nicht wie eine Halbwaise vor. Zu Hause hätte Intisaar die Wachstuchdecke mit den gelben Blümchen aufgelegt, eine Thermoskanne Schwarztee auf den Esstisch gestellt, einen Krug Orangensaft, einen Obstsalat mit Mango, Papaya und Bananen unter einer

Fliegenhaube, einen Teller *laxoox,* frittiertes Brot, und wenn ihr Vater am Vorabend darum gebeten hätte, auch Rührei und Lammnieren.

Die anderen Frauen – in der Kaserne wohnen insgesamt fast fünfzig – trudeln in der Küche ein; Filsan hält ihre leere Tasse in der Hand und starrt aus dem Fenster auf einen leeren Hof. Vorn ziehen sich kreuz und quer die Wäscheleinen von Stange zu Stange, im Hintergrund ragen die beiden Kuppeln der Hauptmoschee auf. Unterhalb des Fensters bilden Gasbetonsteine, die vom Bau eines beinahe fertiggestellten und vom Militär requirierten Hotels übrig geblieben sind, eine Art Kaserne für gurrende Tauben. Filsan und ihre Kameradinnen ignorieren einander, aber was würde sie zu ihnen sagen, wenn sie mit ihnen reden könnte? Sie würde ihnen sagen, dass sie noch nie gut darin gewesen ist, Freundschaften zu schließen, dass Intisaars Kinder zwar einen netten Eindruck machten, aber auf Anweisung ihres Vater nicht ins Haus durften, dass die Nachbarskinder sie verachteten, dass sie es einfacher fand, sich mit den Freunden ihres Vaters zu unterhalten, dass ihr Gesicht verschlossen wirkt, weil sie nicht weiß, wie man ein offenes Gesicht aufsetzt. Schweigen ersetzt diesen Wortschwall, und die Einsamkeit bleibt ihr dicht auf den Fersen wie ein Schatten.

Filsan spült ihre Tasse aus, schließt sie weg und kehrt auf ihre Stube zurück. Sie will ihr Bett machen, ehe sie zum Sitz des Mobilen Militärgerichts geht. Ihre geplante Versetzung zum Regionalen Sicherheitsrat war in dem Augenblick abgesagt worden, als sie aus Haaruuns Auto geworfen worden war; stattdessen bekam sie den Befehl, heimgekehrte Matrosen und Cafébesitzer zu observieren, die antirevolutionärer Aktivitäten verdächtig waren. Als sie die Hand auf die Türklinke legt, hört sie aus der Küche Gelächter und weiß, dass es ihr gilt; schwer zu sagen, ob die anderen es lächerlich finden, dass sie Haaruun abgewiesen hat, oder ob sie es einfach amüsant finden, dass überhaupt jemand an ihr interessiert gewesen ist.

Als sie die Stube betritt und sich bückt, um eine Socke aufzuheben, überkommen sie Trauer, Selbsthass und Wut darüber, dass ihr Leben so unbedeutend und mickrig ist und diese Zwei-mal-zwei-Meter-Zelle das ganze Ausmaß ihrer Welt darstellen soll. Ihr Vater hatte sie eingesperrt und gesagt, sie würde die Entscheidung nicht bereuen, die er für sie treffe, sie wäre der neue Typ Frau mit den gleichen Fähigkeiten und Möglichkeiten wie jeder Mann sie habe, und jetzt lebt sie enthaltsam, stumm wie eine Nonne, der nur noch graue Haare wachsen. Ihr ganzes Leben lang hatte man sie Staub ansetzen lassen, unbeachtet wie ein Bild an der Wand, und nur durch gelegentliches Wehklagen, Toben und Zuschlagen kann sie sich kurz Gehör verschaffen.

Der Sitz des Mobilen Militärgerichts befindet sich in einem Gebäudekomplex aus Kolonialzeiten. In Mogadischu, wo es stets schwül und diesig ist, hätte man den aus einem der Dächer ragenden Schornstein gar nicht gesehen; hier hingegen ist der Wind manchmal so kalt und beißend, dass man sich mit ein wenig Phantasie einen vor dem Feuer dösenden Engländer vorstellen kann, zu dessen Füßen ein langhaariger Hund liegt. In dem spartanischen Büro stehen zwei Schreibtische, einer für Captain Yasi und ein kleiner verkratzter für sie, Corporal Adan Ali. Sie sind für die Koordination einiger Abteilungen im Nordwesten Somalias verantwortlich, deren Zuständigkeit, seit die heftigen Angriffe der NFM-Rebellen auf Sheikh und Burao 1984 niedergeschlagen worden sind, sowohl Zivilisten als auch Militärangehörige unterliegen. Auf ihrem Schreibtisch liegt ein bunter Stapel mit Berichten, Haftbefehlen und Gerichtsprotokollen; sofort erregen zwei grüne Dokumente ihre Aufmerksamkeit, zwei weitere Todesurteile, die Colonel Magan, Staatsanwalt und Richter in einem, gefällt hat. Der Colonel arbeitet im Gebäude nebenan und kommt nur selten zu ihnen; aber aus seinen Bemerkungen, die er in roter Tinte auf den Rand ihrer Protokolle schreibt, lässt sich seine Brutalität deutlich ablesen: «Ein Possenreißer und Lügner»; «Warum sind wir den noch nicht losgeworden?» Oder besonders häufig: «Macht seine Freunde ausfindig.» Bereits jetzt hat er in diesem Jahr mehr Menschen zum Tode verurteilt als der Nationale Sicherheitsdienst oder der Regionale Sicherheitsrat. Es ist, als säße man mitten in einem Spinnennetz, zöge an diesem oder jenem Faden, ob sich dort wohl eine Fliege verfangen hat, alle sind irgendwie durch ihren Clan oder Heirat miteinander verwandt, ein Rebell führt zu einem weiteren

Dutzend von Rebellen, und so sind immer neue Schreibmaschinenbänder nötig.

Sie ist eine Büroangestellte beim Militär, von den über ihr stehenden goldbetressten Männern wird sie weder beachtet noch gelobt, und es ärgert sie maßlos, dass ihre Hauptaufgaben trotz zwei Jahren im Frauenhilfskorps und fünf Jahren bei den Siegespionieren, den grünuniformierten Vollstreckern des Regimes, immer noch die einer Sekretärin sind. Hatte ihr Vater geträumt oder gelogen, als er ihr sagte, sie würde Hargeisa in seinen Grundfesten erschüttern? Oder war er betrunken gewesen? Oder hatte er sie unbedingt aus Mogadischu forthaben wollen, für den Fall, dass der auf ihm lastende Verdacht sich verdichtete und bedrohliche Ausmaße annahm? Anhand der Agentenberichte, die auf ihrem Schreibtisch landen, merkt sie, wie schwierig es ist, die Handlungen, Absichten und Worte von Menschen zu interpretieren; wenn sie ein Dossier über ihren eigenen verschlossenen Vater anlegen müsste, wo würde sie überhaupt anfangen? Er hatte sie geliebt, aber auch verachtet, sie grausam, aber auch mit Respekt behandelt; einen flüchtigen Blick auf die Welt gewährt durch die Gitterstäbe seiner Liebe. Sie sieht ihn vor sich, wie er auf dem Flachdach ihrer dreistöckigen Villa in Mogadischu hin und her geht, zwischen zwei schlanken Minaretten blinkt ein Stück Indischer Ozean, wie er mit einem Fernglas über das Viertel wacht, Osten und Westen nach den Spionen absucht, die ihn seiner Meinung nach beobachten.

Captain Yasin trifft ein, groß und elegant mit seinem schwarzen Barett. Sie beide teilen sich das Büro, und unwillkürlich beobachtet sie ihn den ganzen Tag lang: seine regelmäßigen Gänge durchs Büro und den Korridor entlang, die Privatgespräche, die er von der einzigen Telefonverbindung ihrer Abteilung aus führt, die Stummel seiner Mentholzigaretten, die allmählich den schwarzen Aschenbecher füllen, und das Bonbondöschen, das er gedankenverloren schüttelt, wenn er über einem Problem brütet.

Filsan steht auf und salutiert, aber er lächelt und hebt abwehrend die Hände.

«Nun schnappen Sie nicht gleich über, Miss Corporal, aber vor ein paar Tagen habe ich mit Major Adow gesprochen, der mich fragte, ob ich ihm einen überzeugenden Kandidaten für einen Einsatz empfehlen könne, bei dem es darum geht, den lästigen Nomaden an der Grenze eine Lektion zu erteilen. Ich habe fieberhaft hin und her überlegt, und dann fielen Sie mir ein, wie Sie da hinter Ihrem kleinen Schreibtisch kauern. So effizient! So ehrlich!»

Filsan sieht zu ihm hoch, und in ihrem Blick liegen Verachtung und Begehren.

«Nach Birjeeh mit Ihnen, im Laufschritt marsch!» Mit dramatischer Geste zeigt er zur Tür, und unwillkürlich lacht sie. Als sie den Raum verlässt, folgt ihr sein interessierter Blick, was ihr nicht unangenehm ist.

Wie ein verwunschenes Schloss auf einem kahlen Berg erhebt sich Birjeeh, das militärische Hauptquartier, teilweise hinter hohen mit Zinnen und Wachtürmen versehenen Mauern versteckt; dem Eingang mit dem breiten Torbogen fehlen nur noch Fallgitter und Burggraben, und das Bild wäre komplett. Filsan hat Gefangene in das betonierte Waffenlager eskortiert, das nun als Arrestzelle dient, kann sich aber gut vorstellen, dass in Geheimzellen ganz tief unten vergessene zottelbärtige Gefangene hausen.

Der Offizier Logistik, Lieutenant Hashi, führt sie ins Büro des Majors, er schaut mit seinem schmalen Fuchsgesicht mürrisch drein, bereits von irgendetwas genervt.

Im Zimmer drängen sich dreißig muskulöse Kommandosoldaten der hier stationierten 26. Infanteriedivision. Sie stehen im Halbkreis um Major Adow, aber zwischen ihren Körpern blitzt seine Uniformjacke braun, kaki und golden auf, in seiner Hand liegt wie ein Zauberstab ein schwarzer Stift.

«Kommt näher, Genossen», sagt er und erhebt sich. Filsan fällt auf, dass er kaum größer ist, wenn er steht.

Lieutenant Hashi rollt eine Karte aus und befestigt sie auf einer Filztafel hinter dem Schreibtisch. Sie zeigt die Nordwestregion Somalias bis ins kleinste Detail: Wasserlöcher, Wasserspeicher, trockene Flussbetten, unbefestigte Straßen. Oberhalb einiger Dörfer in der Nähe der äthiopischen Grenze sind drei blaue Kreise auf der Karte eingezeichnet; innerhalb der blauen Kreise befinden sich rote Halbkreise.

Major Adow zeigt mit seinem Stift nacheinander auf die blauen Kreise und nennt die Namen. «Salahley, Baha Dhamal, Ina Guuhaa. Wir haben verlässliche Informationen, dass die Rebellen des NFM in diesen Dörfern Unterschlupf gefunden haben, wo man sie mit Wasser und Nahrung versorgt. Seit die Aufständischen ihr Hauptquartier von London nach Äthiopien verlegt haben, sind sie immer dreister geworden, und es sind Orte wie diese, die sie glauben lassen, sie hätten den Hauch einer Chance, uns zu besiegen.»

Filsan reicht den Soldaten ungefähr bis zu den Achseln; ihr gefällt ihr Geruch, der Moschusgeruch des Schweißes vermischt mit Haaröl und Waffenfett.

Lieutenant Hashi fängt ihren Blick auf, sein blutunterlaufenes Starren soll sie einschüchtern, aber verglichen mit dem ihres Vaters ist es harmlos.

«Sie haben den Auftrag, die Wasserspeicher von Salahley zu zerstören. Seit über zehn Jahren bauen die dort jedes Jahr einen neuen und gewähren nun den Rebellen Zugang zu einigen davon. Corporal Adan Ali! Wo sind Sie, mein Mädchen?», brüllt Major Adow.

Filsan schiebt sich nach vorn, bis sie einen Meter vom Schreibtisch entfernt steht.

«Sie haben die Aufgabe, dem Dorf unsere Verärgerung mitzuteilen. Stellen Sie sicher, dass die dort verstehen, dass wir weitere Strafmaßnahmen ergreifen können und das auch ohne Zögern tun werden. Wir brauchen einen gebildeten Genossen, der die Grundgedanken der Revolution klar und deutlich kommunizieren kann. Das können Sie doch?»

«Ja, Major», antwortet Filsan schnell.

«Einmal im Monat erhält das Dorf per Lastwagen eine Wasserlieferung, und die traditionellen Brunnen können weiterhin genutzt werden.»

«Werde ich übermitteln, Sir.»

«Lieutenant Hashi wird das genaue Datum und die Uhrzeit des Einsatzes noch bestätigen. Zeitgleich werden sich die vierte und die achtzehnte Abteilung Baha Dhamal und Ina Guuhaa vornehmen. Noch Fragen?»

Nervös treten die Soldaten von einem Bein aufs andere, schweigen aber. Die Worte drängen sich auf Filsans Lippen, aber sie fürchtet, sie könne zu arrogant wirken. Sie räuspert sich, und alle Blicke richten sich auf Filsan. «Machen wir überhaupt Gefangene?» Sie flüstert beinahe.

Major Adow lächelt breit, jene Art Lächeln, mit der man einen Fahrrad fahrenden Hund bedenken würde. «Gute Frage, *jaalle*. Dieses Detail muss noch geklärt werden, aber gut, dass Sie sich gemeldet haben.»

Filsan sieht die anderen Soldaten herablassend lächeln, obwohl sie selbst zu feige waren, etwas zu sagen.

Hashi deutet auf seine Armbanduhr, und Major Adow nickt. «Genossen, lassen Sie uns diese Besprechung beenden.» Er reckt die Faust in die Luft und brüllt: «Sieg für die Partei! Sieg für die Nationalarmee! Tod und Niederlage den Rebellen!»

Gemeinsam mit den anderen Soldaten brüllt Filsan die Parole, reckt die Faust in die Luft.

Filsan reißt die Augen auf. Feuchte Laken umschlingen ihre Beine. Liedfetzen kreisen durch ihre Gedanken, Liebeslieder, deren oberflächliche Bedeutung sie kennt, die tiefere aber nicht versteht; im Dunkel der Nacht klingen sie höhnisch und albtraumhaft. Die Salahley-Operation ist ihr erster Einsatz an der Front, zum ersten Mal seit ihrer Ankunft wird sie Hargeisa verlassen, und vor Aufregung kann sie kaum die Augen schließen. Sie lebt das Leben eines Soldaten, während ihr Vater vor dem Fernseher herumsitzt und ägyptische Seifenopern guckt.

Zwei Tage später erfolgt der Einsatzbefehl. Ihre Abfahrt aus Hargeisa ist für fünf Uhr morgens angesetzt, die Ankunft in Salahley wird um neun Uhr sein, wenn sie mit Höchstgeschwindigkeit fahren. Der Lastwagen holt sie in Birjeeh ab und wird Richtung Westen fahren. Filsan hat gehofft, dass ihre Periode erst nach dem Einsatz beginnt, aber wie aus blankem Hohn kommt sie zu früh, lässt sie bleich werden und sich in Krämpfen winden. Sie stürzt einen Schwarztee nach dem anderen hinunter und vermeidet jegliche Nahrung, die ihre Übelkeit nur noch verstärken würde, aber am Morgen nach dem Anfall liegt sie zusammengerollt da und schluchzt vor Schwäche. Sie atmet tief ein, entwirrt ihre Glieder und zwingt sich zu ihrer morgendlichen Routine. Vor allen anderen trifft sie in Birjeeh ein, noch ist es dunkel, aber Vögel flattern in den Zweigen, wecken einander auf. Das Gebäude sieht jetzt noch beeindruckender aus, die Mauern verschmelzen mit der Dunkelheit und bilden eine Zitadelle aus Äther und Stein.

Filsan und die dreißig Mann starke Einheit verlassen Birjeeh in einem Konvoi aus vier großen Lastwagen jenes Typs, den die Leute hier «Verhängnis» nennen, weil er in Dutzende tödlicher Unfälle verwickelt ist. Filsan sitzt auf dem Beifahrersitz des ersten Trucks, der Schmerz in Unterleib und Rücken wird durch das sanfte Vibrieren des Motors gedämpft. Der Fahrer hatte ihr den Arm entgegengestreckt, als sie sich abmühte, in das große Fahrzeug zu steigen, aber bisher ist kein einziges Wort zwischen ihnen gefallen.

«Morgen, Corporal.» Lieutenant Afrah streckt von der Rückbank seinen Kopf ins Führerhaus.

«Guten Morgen, Sir», salutiert Filsan unbeholfen. Der Lieutenant hat jene merkwürdigen braunen Augen, über die manche Somalier verfügen, mit einem dicken blauen Hof um die Pupille, als wäre er kurz vor dem Erblinden.

«Sind Sie nervös?» Er lächelt, und zwischen seinen Schneidezähnen ist eine Schönheitslücke zu sehen.

«Nein, ich will nur meine Aufgabe gut machen.»

«Es wird ganz einfach sein, rein und wieder raus, bevor der Motor überhaupt abgekühlt ist. Hier habe ich ein Sturmgewehr für Sie, ein FAL. Der Rückstoß bei dieser Waffe ist nicht so stark, besser für Sie als die Kalaschnikow. Major Adow meinte, Sie seien an der Waffe ausgebildet worden?»

«Beim Frauenhilfskorps, aber das ist einige Zeit her. Ich weiß nicht ...»

«Sie werden die Waffe nicht brauchen, sie dient nur zur Abschreckung, falls sich ein paar Unruhestifter im Dorf aufhalten sollten.»

«Ja, Lieutenant.» Filsan nimmt die Waffe entgegen; der Kolben ist relativ kurz, der Lauf hingegen stößt an das Lastwagendach. Sie hält sich das Gewehr quer vor die Brust, streift sich den Riemen über den Rücken; während der Übungen in Mogadischu hat sie das Ziel nie getroffen, aber es fühlt sich gut an, wieder eine Waffe zu halten; ein Gewehr macht selbst aus einer Frau einen Soldaten.

Sie presst sich den kalten Kolben in den Magen und lehnt sich zurück, belauscht das leise Gespräch zwischen zwei Männern des Kommandotrupps direkt hinter ihr. Sie reden über eine Frau, mit der einer der beiden Sex gehabt hat, auf eine Art, die sich anhört, als wäre die Frau ein Tier gewesen, das er gefangen und getötet hat.

Sie rauschen durch den letzten Checkpoint und lassen die dreckige, geduckte Stadt hinter sich, die im Rückspiegel immer kleiner wird und verschwindet. Ein Lichtrand entzündet sich um sie herum, alles wird fleckig und hell wie bei einem überbelichteten Film, der Horizont ist von schiefen Granitpyramiden durchbrochen. Eine derartige Landschaft hat sie erst einmal gesehen, als Vierzehnjährige während der Somalischen Alphabetisierungskampagne auf dem Weg nach Dhusamareb. «*Haddaad taqaan bar, haddaanad aqoon baro.* Wenn du's kannst, bring's anderen bei, wenn du's nicht kannst, lern's», lautete der Slogan; alle Schulen, Colleges und Universitäten schlossen sieben Monate lang und schickten Studenten und Professoren in die Schlacht gegen den Analphabetismus in jede Stadt, in jedes Dorf und jedes Lager. Die Sprecher von Radio Mogadischu beschrieben den Feldzug höchst dramatisch: Stifte, Bücher, Kreiden und Tafeln waren die Waffen, die Helden einfache Lehrer und Halbwüchsige, die tapfer die Unwissenheit im ganzen Land bekämpften. Filsan war während *Eid* im August 1974 vom Platz des 21. Oktober aufgebrochen. Der Präsident hatte eine großartige Rede gehalten, die sie teilweise immer noch auswendig konnte: «Der Kampf, an dem ihr euch mit euren Fähigkeiten beteiligt, ist ehrenvoller als ein gewöhnlicher Kampf und besitzt mehr Wert, als alles, was ihr kennt.» Er hatte recht; wenn sie in diese Zeit zurückkehren könnte, täte sie es. Sie vermisste das Leben mit der Familie des Schmieds, am Morgen und am Spätnachmittag unterrichten, von den Töchtern Lieder und Tänze lernen, in der Abenddämmerung am Bach sitzen und Milch direkt von der Kuh trinken. Die gesamte Kampagne war mit Spenden finanziert worden, und selbst als Vierzehnjährige wurde sie respektvoll behandelt, weil sie lesen konnte. Sie schrieb die Gedichte der alten Männer in der neuen somalischen Schrift auf, und diese falteten Filsans Kritzeleien zusammen und steckten sie sich wie Talismane in die Kleider. Es war eine Traumzeit – sie waren voller Liebe für das Land und einander; jetzt scheint es nur noch Rebellen, Diebe und Soldaten zu geben, die einander bekämpfen. Wahrscheinlich ist sie die Einzige, die immer noch an dieses alte Somalia glaubt, jenes Somalia, in dem sie aufgewachsen ist.

Die asphaltierte Straße endet abrupt, und der Lastwagen wird langsamer, kämpft sich über die steinige und holprige Piste. Im Süden des Landes gäbe es in so einer Gegend Strauße, Antilopen, gelegentlich einen Löwen oder Leoparden, aber hier besteht die gesamte Tierwelt aus einer Schildkröte, die am Pistenrand herumtrödelt. Die Landschaft ist kahl, hart und öde, hier ist nur Unheil zu erwarten. Es gibt keine Markierungen oder Orientierungspunkte, offensichtlich weiß der Fahrer intuitiv, welche Abzweigung er nehmen muss.

Wie sich die Menschen in dieser trostlosen Gegend wohl in einer mondlosen Nacht zurechtfänden, fragt Filsan, und der Fahrer deutet zum Himmel. «Vielleicht spricht Gott zu ihnen, oder sie kennen immer noch die alten Sternkarten und orientieren sich daran.»

Ihre Vorfahren väterlicherseits waren Händler, die mütterlicherseits Hirsebauern und vermehrten gemächlich ihren Landbesitz und ihren Reichtum; ihre Familiengeschichte kann nicht mit Wüstenwanderungen oder Kamelkarawanen aufwarten. Es scheint, als ob diese wilde Gegend den Charakter der Menschen geformt hat oder gleichgesinnte Gemüter angezogen hat, sich dort anzusiedeln. Als der Lastwagen die Grenze zu Äthiopien erreicht, steigt das Land sanft, aber stetig an, die Luft wird frisch und duftet nach den gelben Blüten der Gummiakazie. Ein junger Schäfer versteckt sich vor dem Konvoi hinter einem Dickicht, seine schlanke Gestalt ragt gerade noch so aus dem kümmerlichen Gezweig heraus, seine schwarzköpfigen Schafe grasen weitverstreut im Gelände.

Filsan dreht sich um, als Lieutenant Afrah ihre Aufmerksamkeit einfordert.

«Wir nähern uns unserem Ziel, und ich verlange, dass jeder von Ihnen sich so verhält, wie man Ihnen das in der Ausbildung beigebracht hat. Wir greifen den Feind heute voraussichtlich nicht an, lassen aber stets Umsicht walten, wir durchsuchen schnell die Häuser, und wenn Sie auf Dorfbewohner mit Waffen stoßen, bringen Sie die Übeltäter samt Waffen zu mir. Im letzten Wagen unseres Konvois sitzen die Sprengstoffexperten. Es sollte nicht mehr als eine halbe Stunde dauern, bis die Wasserspeicher zerstört sind. Wir wollen, dass der Einsatz reibungslos und ruhig verläuft. Über Funk stehen wir in ständigem Kontakt mit Birjeeh; alle ungewöhnlichen Vorkommnisse müssen mir sofort gemeldet werden. Überprüfen Sie jetzt noch einmal Ihre Waffen.»

Es ist ein *tuulo*, kaum Dorf zu nennen: ein paar Behausungen, die wie Bienenstöcke aussehen, vor den Eingängen hängen alte Tücher, eine Teebude, deren Kessel auf offenem Feuer stehen, ein einzelnes Steinhaus mit Blechdach, Ziegen und herumstreunenden Kindern; unter einem Baum ist eine freie Fläche für religiöse Unterweisungen und Clanzusammenkünfte. Filsan kommt es vor, als wäre sie in die Vergangenheit versetzt worden, als sähe sie eine Szenerie vor sich, die sich seit Jahrhunderten kaum verändert hat. *Bedu*-Frauen spähen aus ihren *aqals* heraus, den Blick auf sie geheftet, vor allem auf ihre Hose – dieses fremde Wesen, dieses weder männliche noch weibliche Kuriosum in ihrer Mitte. In Filsans Augen sind sie mindestens ebenso seltsam: klein, gebeugt, zahnlos wie verhutzelte Kinder.

Man hat die Ältesten zusammengerufen, und Filsan wird sich wieder ihrer Rolle an diesem Ort bewusst. Sie tritt vor, will die drei Männer unterbrechen, die Filsan aber ignorieren und auf ihren Stöcken und krummen Beinen auf einen hinter ihr stehenden Rekruten zuhumpeln.

Sie packt den Mann zu ihrer Rechten am Arm. «*Jaalle,* ich bin diejenige, mit der ihr gefälligst zu reden habt.»

Der Mann ist schmal und drahtig, schüttelt sie aber überraschend kraftvoll ab. Filsan setzt ihm nach, will niemanden um Hilfe bitten; am liebsten würde sie ihn an den langen, grauen Haarbüscheln zurückzerren, die seine Glatze umkränzen, und ihn auf die Knie zwingen. Sie holt ihn ein und drückt ihm den Gewehrlauf ins Kreuz. «Halt!»

Er erstarrt und dreht sich langsam zu ihr um.

Sie zieht die Waffe zurück, hält sie aber fest umklammert, zielt immer noch in seine Richtung.

«Wir wollen mit dem Kommandanten sprechen. Warum seid ihr hier? Was haben wir verbrochen?» Der grüne Star trübt seine Augen, seine Ohren sind groß wie die eines Wüstenfuchses.

«Mein Kommandant hat mich beauftragt, mit euch zu sprechen. Wir sind von der Revolutionsregierung mit uneingeschränkter Handlungsvollmacht ausgestattet. Uns liegen überzeugende Beweise vor, dass ihr das gesetzlich verbotene National Freedom Movement unterstützt, und um weitere Kollaboration zu verhindern, werden die *berkeds* in der Nähe dieser Ansiedlung zerstört.» Filsan spricht schnell, holt nicht einmal Luft. «Ihr dürft weiterhin eure traditionellen Tiefbrunnen benutzen. Einmal im Monat werdet ihr von der Gemeindeverwaltung mit zusätzlichem Wasser versorgt.»

Ein anderer Ältester tritt vor, wedelt mit seinem unbehauenen Stock herum. Er ist breit gebaut, das Haar mit Henna gefärbt, er erwartet, dass sie zurückweicht. Sie aber bleibt stehen. «Diese *berkeds* sind unser persönliches Eigentum, wir haben für das Material bezahlt, die Zisternen selbst gebaut, unterhalten die Brunnen …»

Offenbar hat sich das gesamte Dorf um Filsan versammelt. Die anderen Soldaten sind in den Hütten verschwunden. «Dieses Land gehört dem Staat», Filsan wird lauter und deutet auf das weite Land hinter ihnen, «und versucht bloß nicht abzustreiten, dass ihr die Terroristen mit Wasser aus den *berkeds* versorgt habt.»

Der dritte Älteste, jünger als die beiden anderen und mit vollem schwarzem Haarschopf, mischt sich in die Unterhaltung ein. «*Jaalle*», sagt er spöttisch, «wir brauchen diese *berkeds,* um unsere Kamele, unsere Ziegen und Schafe zu tränken, für unsere Waschungen vor den Gebeten, für eine Tasse Tee morgens. Für mehr reicht das Wasser sowieso nicht. Wir befinden uns mitten in einer langen Dürreperiode, und da glaubt ihr tatsächlich, dass wir die Rebellen mit Wasser versorgen?»

Während er noch spricht, schießt eine riesige Wolke aus Wasser, Lehm und Stein hoch in den Himmel, westlich des Dorfes. Rund um das Dorf ereignet sich alle drei Minuten eine Detonation, und das Gebrüll des Dynamits wird von den Kalksteinhügeln zurückgeworfen. Die Dorfbewohner rennen auf die Explosionsherde zu, die Ältesten vorneweg, dahinter die vor Aufregung und Angst kreischenden Kinder.

Filsan setzt hinterher und holt die Menge in dem Moment ein, als Lieutenant Afrah die letzte Zündung freigibt. Die rechtwinkligen Betonmauern der *berked,* die dem Dorf am nächsten liegt, hat es zerfetzt, Teile ragen wie Grabsteine aus dem Lehm.

Die Zerstörung bringt die Ältesten zum Schweigen, aber sie spürt ihre Wut, so, wie sie einst die Wut ihres Vaters lesen lernte, entdeckt die gleichen Anzeichen: steifer Unterkiefer, angespannte Schultern, die Körper vom Objekt des Hasses abgewandt.

Entspannte, lächelnde Kommandosoldaten tauchen auf, die Reaktion der Dorfbewohner interessiert sie nicht. Derartige Angriffe sind ihnen willkommen, minimales Risiko, und vielleicht gibt es auch noch etwas zu plündern. Filsan ist nach der Verfolgung außer Atem, hat Seitenstechen und presst die Hände auf die Rippen. Die Dorfbewohner stehen wie angewurzelt da, ihr Blick wandert von einem Krater zum nächsten, von den Akazien tropft unechter Regen. Filsan marschiert auf die Ältesten zu, will ihnen die Notwendigkeit dieses Vorgehens erklären, welche Vorteile es hat, wenn sie eine Zusammenarbeit mit den Rebellen ablehnen und in welchem Maße sie davon wirtschaftlich profitieren würden.

Der rothaarige Älteste dreht sich um, als sie sich nähert, und zielt mit seinem Stock auf ihr Gesicht. Sie bemerkt nicht, wie ihr Finger den Abzug ihres Gewehrs drückt, ihr Körper wird vom Rückschlag zurückgeworfen. Der Schlag des Gewehrs gegen ihre Brust überrascht sie genauso wie das plötzliche Knallen der Kugeln. Als der Älteste auf den

Hintern fällt, nimmt sie an, dass er bei seinem Angriffsversuch das Gleichgewicht verloren hat, bis Blutflecken auf seinem Hemd erscheinen und der weiße Stoff sich vor ihren Augen in dunkler werdendes Rot verfärbt. Dann stürzen die beiden anderen Ältesten zu Boden, die offenen Augen sind immer noch auf sie gerichtet. Die Bewegungen am Rand ihres Sehfelds verwischen, sie erkennt nicht, dass die grauen Schatten, die sich den hingestreckten Männern nähern, ihre Kameraden sind.

«Feuer einstellen!», ruft Lieutenant Afrah.

Filsan blickt auf ihre Füße hinab und sieht bronzefarbene Käfer darüberhuschen; sie presst die Stiefel aneinander, und die Käfer regen sich nicht mehr, sondern haben sich in leere Patronenhülsen verwandelt.

Die Ältesten liegen übereinander wie Betrunkene; ein Heulen erklingt, als zuerst eine Frau, dann noch eine und eine dritte zu den Toten, den Sterbenden eilen. Filsan versucht, einen Schritt vorwärts zu machen, aber es fühlt sich an, als wären ihre Stiefel einbetoniert.

Lieutenant Afrah zielt mit seiner Kalaschnikow auf die jungen Männer in der Menge. «Zurück! Zurück! Zurück!»

Eine Gruppe Soldaten treibt die Jugendlichen vor sich her und drängt sie auf eine freigeräumte Fläche in der Mitte der ärmlichen Siedlung zurück. Filsan bemerkt zum ersten Mal, wie dürr ihre Waden sind, bloße Stecken, die aus den zerfransten Sarongs ragen. Sie werden vorwärtsgestoßen, die Hände auf den lockigen Hinterköpfen verschränkt, und müssen in der Sonne hocken, bis die Soldaten abziehen.

Eine alte Frau zieht die Ehefrauen von den Leichen weg und bedeckt die Gesichter der Männer mit einem Tuch; sie schweigt, dreht sich aber zu Filsan um und hebt den Finger; ob sie ihr damit Schuld zuweisen, Vergeltung androhen oder sie verfluchen will, weiß Filsan nicht zu deuten.

«Steigen Sie in den Lastwagen, *jaalle*, wir sichern die Gegend», befiehlt Lieutenant Afrah.

Filsan starrt angestrengt auf ihre Stiefel, die weit entfernt zu sein scheinen. «Aber ich kann mich nicht bewegen.»

Afrah schnippt mit den Fingern, und ein Rekrut, kaum älter als fünfzehn, tritt neben ihn. «Begleite sie zum Lastwagen zurück.»

Sanft umfasst der Rekrut ihren Ellbogen, wie er es bei seiner Großmutter täte, und führt Filsan, die über die aufgerissene Erde voranstolpert.

«Sie haben sich wacker geschlagen, *jaalle*», flüstert er ihr immer wieder ins Ohr, während sie den knappen Kilometer zu den Fahrzeugen zurücklegen.

«Aber was ist passiert? Wer hat sie getötet?», fragt sie leise.

Im dunklen Kokon ihrer Stube schießen Filsan immer wieder Bilder vom Tage durch den Kopf: drei Leichen, die mit ihr nach Hargeisa zurückfahren, die Überreste der Fliegen, die der Scheibenwischer auf der Windschutzscheibe verschmiert, Geier, die im Gegenlicht der Mittagssonne nebeneinanderhocken, zurück in Birjeeh die hastige, verlogene Meldung an Major Adow, die Soldaten um sie herum in der Kantine, die beschreiben, wie sie selbst auch Rebellen erschossen haben, das Tack-Tack-Tack der Schreibmaschine, als sie den Bericht über den Einsatz in Salahley verfasst.

Um vier Uhr morgens schrillt wütend der Wecker, übertönt das sanfte Rauschen des Regens draußen im Hof. Mit einem Schlag bringt Filsan den Apparat zum Schweigen und rollt sich zusammen, genießt die Wärme des schmalen Betts.

Beinahe noch im Halbschlaf registriert sie unter den verschränkten Armen das Pochen ihres Herzens, es schlägt dumpf, als wäre sie vor etwas oder jemandem auf der Flucht, und doch ist sie in Sicherheit, in der Geborgenheit ihrer Stube. Unruhig steht sie auf und wäscht sich im Gemeinschaftswaschraum; das kalte Wasser zieht die Haut über ihren Brüsten zusammen, und auf ihren Armen bildet sich Gänsehaut.

Im Waschraum riecht es grauenvoll, ein kleines Fenster genügt nicht, damit die Wände trocknen oder der Gestank der verstopften Toiletten abziehen kann; hinter der Tür sammeln sich verbogene Haarnadeln, Kämme, denen Zinken fehlen, rostige Rasierklingen, verdreckte

Unterwäsche. Mädchen, denen von klein auf beigebracht worden ist, ihr Heim sauber zu halten, rebellieren und werden zu Schmutzfinken, soll doch jemand anders ihre Sauerei beseitigen, wohingegen die verwöhnte Filsan von dreckigen Böden und überlaufenden Waschbecken geradezu besessen ist. Es ist sinnlos, die faule Rekrutin zu melden, die zum Putzdienst abgestellt worden ist, da niemandem das Frauenquartier wichtig genug ist, um Disziplinarmaßnahmen gegen sie zu ergreifen. Filsan quetscht einen winzigen Klecks aus der importierten Shampoo-Flasche, die sie in Mogadischu gekauft hat, und massiert mit den Fingernägeln kräftig ihre Kopfhaut.

Die in ihrem Kopf kreisenden Gedanken wollen sich nicht zu etwas Sinnvollem zusammensetzen, und sie massiert immer fester, will ergründen, weshalb es hinter ihren Rippen so ausdauernd hämmert. Filsan bückt sich, um das Haar unter dem Wasserhahn auszuspülen, und muss weinen, unaufhaltsam fließen Tränen, die ihr in den Augen brennen. Die zuvor konfus schwirrenden Gedanken verbinden sich nun und schreiben mit leuchtenden Buchstaben U-n-g-e-h-e-u-e-r auf das Dunkel in ihrem Kopf. Die Buchstaben tanzen und narren sie. Sie ist in jeder Hinsicht ein Ungeheuer, und das Gewicht dieser Erkenntnis macht ihre Knie weich und lässt sie den Kopf senken; in Gebetshaltung legt Filsan die Wange auf den schmierigen Boden und lässt das Wasser über sich strömen.

Allmählich beruhigt sich ihr Herzschlag wieder, die Buchstaben verblassen, sie hört Schritte im Korridor, es wird an eine Tür geklopft. Filsan stemmt sich hoch, dreht den Hahn zu und wickelt sich in ein Handtuch, schnappt sich Nachthemd und Shampoo und huscht auf ihre Stube zurück. Im Korridor muss sie sich an einem Mädchen vorbeidrücken, das seinem Liebsten im Hof zuwinkt und Kusshände zuwirft. Filsan wirft einen raschen Blick durchs Fenster und sieht, wie der Mann sich das Hemd in die Hose stopft und zurückwinkt. Ihr modern eingestellter Vater hat es ihr erspart, aber wahrscheinlich ist dieses Mädchen beschnitten wie alle anderen auch, und trotzdem halten sie sich Liebhaber, als wäre dies ihr gutes Recht. Nur Filsan befolgt die Regeln, hat Angst, sie zu übertreten – niemand hat ihr beigebracht, dass Stehlen,

Vögeln und Töten in Ordnung ist, solange man Stillschweigen darüber bewahrt. Stets hat Filsan alle Belehrungen sehr ernst genommen, sie aufgesaugt und verinnerlicht, nach Anerkennung gehungert – und nun taugt sie nicht für das wahre Leben, ist ein Monster.

Beim Eintreten kommt Filsan ihre Stube noch mehr als sonst wie eine Zelle vor, mehr Schlupfwinkel für Ganoven als ein Soldatenquartier. Ein kleiner ovaler Spiegel an der gegenüberliegenden Wand fängt ihr Abbild ein. Das Weiß ihres Handtuchs, das Braun ihrer Haut, das Schwarz ihres Haars bilden abstrakte Formen; sie ist namenlos, unschuldig, nur eine Silhouette. Sie tritt näher, hat Nachthemd und Shampoo immer noch unter die nassen Arme geklemmt. Das Gesicht ihrer Mutter starrt zurück, kalt und fremd, das Gesicht, dessen Anblick ihr Vater nicht erträgt. Er will nicht begreifen, dass sie es sich nicht ausgesucht hat, dieser Frau zu gleichen; die hohe Stirn, die weit auseinanderstehenden Augen, die schmale Nase, das kleine Kinn sind ihr aufgezwungen worden. Sie mag ihr Gesicht genauso wenig ansehen wie er. Wenn sie eine ehrbare Mutter gehabt hätte, stünde sie jetzt nicht hier, beinahe dreißig, ungeliebt und auch nicht liebenswert und mit dem Wunsch, der Spiegel zerspränge in tausend Stücke.

Als der nächste Krampf ihren Unterleib packt, lässt Filsan sich auf das niedrige Bett sinken. Ihr Körper entzieht sich ihrer Kontrolle, will ihr entkommen, so scheint es jedenfalls. Ein ähnliches Gefühl der Auflösung hatte sie schon einmal, da war sie gerade fünfzehn und wuchs scheu in diesen weiblichen Körper hinein. Gemeinsam mit ihrem Onkel Abukor, einem Diplomaten, waren die Cousinen Rahma und Idil zum zweiten Mal aus Washington zu Besuch gekommen. Während ihre Väter von Hotelbar zu Hotelbar zogen, bummelten die drei Mädchen über Mogadischus Boulevards, wichen den grapschenden Händen der Junggesellen auf ihren Vespas und den fahrlässig gesteuerten VW-Käfern und Fiat Unos der üppigen Import-Export-Ladies aus, die Süßholz raspelnd den Regierungsbeamten lukrative Handelslizenzen abgeschwatzt hatten. Die Schwestern kreischten, als Filsan sie untergehakt durch das dichte, hupende Chaos des Ahmed-Gurey-Kreisverkehrs Richtung Strand scheuchte, wo sie vollständig angezogen im Wasser planschten oder auf dem mit Seetang übersäten Strand saßen und sich Eis von den Fingern leckten. Sie sah zu, wie Rahma und Idil sich mit vier schlaksigen Jungen anfreundeten, die in der Nähe der Brandung Fußball spielten. Es war egal, wie schlecht sie Somalisch sprachen, die Jeansschlaghosen, die roten Lippen und die Großspurigkeit der Mädchen genügten, dass sich die Jungen um sie scharten. Von da an trafen sie sich jeden Tag, und allmählich entspannte sich Filsan in dieser ausgelassenen Gesellschaft, in der man sich kabbelte und balgte.

Abdurahman, einer der Jungen, mit Brille und dichten Locken wie ein Lämmchen, erregte ihre Aufmerksamkeit durch die Frage, welche Bücher sie denn gerne lese; sie hatte nicht erwartet, dass er «Eugen Onegin» kannte, «Der Meister und Margarita» oder «Schlachthof 5», aber er nickte anerkennend und fragte, ob sie wisse, dass Puschkin auch äthiopische Vorfahren gehabt habe. Eines Nachmittags gingen sie vom Strand zum Dervish Park und schauten sich die Regierungskundgebung an; während sie die Via Makka Al-Mukarama entlanggingen, konnten sie den Gesang und die Trommeln hören, und sie fiel in Gleichschritt mit Abdurahman. Als ihm auffiel, dass sie wegen des grellen Sonnenlichts die Augen zukniff, lieh er ihr seine Sonnenbrille, und sie ließ ihren verborgenen Blick über die bronzene Silhouette von Mohamed Abdullah Hassan auf seinem Pferd gleiten, über die großen Bäume, die der Meerwind zur Seite bog wie einen Theatervorhang, und über den schmalhüftigen Jungen mit dem Gesicht, das aus exotischen Fernen kam. Am Eingang des Parks wehten an den Masten die Flaggen der Somalischen Revolutionären Sozialistischen Partei. Filsan stand neben dem weiß getünchten Hotel Bulsho auf dem höchsten Punkt der Sandhügel, die die Küste und den größten Teil der Stadt voneinander trennen, mit Blick auf den alten Leuchtturm und das Altstadtviertel Hamar Weyne, das vor tausend Jahren von langbärtigen arabischen und persischen Händlern gegründet worden war. Sie fühlte sich wie im Lied «Shimbiryahow» von Magool, der berühmten Sängerin – träge durch die Lüfte schwebend, frei: «O Vogel, fliegst du? Folgst du dem Wind?» In Gedanken vernahm sie die Frage und antwortete: «Das werde ich.» Das Fest war bereits in vollem Gange: Männer jonglierten mit roten und grünen

Paprikas, wollene Löwenmähnen ums Gesicht gebunden; Trommler bearbeiteten mit Ziegenleder bespannte Trommeln, schnitten mit zuckendem Kopf der Menge aus Halbwüchsigen und Studenten merkwürdige Grimassen; Mädchen in traditionellen rot karierten Umschlagtüchern wiegten sich sanft in den Hüften und trällerten Revolutionslieder. Im Gewühl waren ihre Cousinen und die anderen Jungen abhandengekommen, und sie griff nach Abdurahmans Arm, ehe auch er noch verschwand, packte dann ein Stück Hemd zwischen Daumen und Zeigefinger und hielt sich daran fest. Über ihren Köpfen hingen weitere Banner, die in krakeliger blauer Farbe «Tod dem Stammessystem» verkündeten, «Genossen, nicht Feinde» und «Aufbruch».

Ein bärtiges Parteimitglied mit Megafon legte in einfachen Worten die neue Philosophie dar: Fragt nicht, welchem Clan jemand angehört, behauptet nicht, ein Stamm sei anderen überlegen, verschafft euren Verwandten keine Vorteile. Er predigte den längst Bekehrten; weder hatten die Jungen die Mädchen nach ihrem Clan gefragt, noch wäre es den Mädchen eingefallen, sich um den der Jungen zu scheren, das war etwas für alte Knacker und Versager. Die Musik erstarb bis auf einen Trommelwirbel, und in dem Moment, in dem Filsan die Mitte des Getümmels erreichte, wurde eine aus Stofffetzen zusammengebastelte, mit Gras ausgestopfte Puppe, versehen mit dem Schild «Stammessystem», an einem Ast hochgezogen, eine echte Schlinge um den fransigen Hals.

«Verbrennt sie! Verbrennt sie! Verbrennt sie!», skandierte das Publikum.

Während die Aktivisten noch zauderten, reckte sich aus der Menge ein langer Arm und hielt ein Feuerzeug an den Fuß der Puppe. Sie ging in Flammen auf und ließ brennendes Konfetti auf die Köpfe regnen.

Filsan kreischte und duckte sich, als die weißglühenden Flocken auf ihrer bloßen Haut landeten. Abdurahman legte ihr den Arm um die Schulter und rannte mit ihr zum Eingang zurück, presste sie im Gewimmel eng an sich. Rahma und Idil rannten lachend vorbei. Filsan griff wie ein Fischer in den Menschenstrom und erwischte Idils Handgelenk.

«Ey, dieses Land ist echt verrückt!»

«*Chaotisch* meinst du», berichtigt Rahma.

«Wie könnt ihr Leute bloß so leben?»

«Es ist auch dein Land.» Filsan wechselte einen wissenden Blick mit Abdurahman. Ständig machten die Mädchen irgendwas herunter: «Guck mal diesen grääässlichen Mann da, isst mit den Händen, grääässlich»; «Sieh mal, dieses grääässliche Brot da auf der Theke»; «Erwartest du etwa, dass ich mich auf dieses grääässliche Loch da setze?» Alles war dermaßen «grääässlich» und manchmal auch dermaßen *najaas*, wenn ihnen nach Somalisch war. Das blumige Schriftenglisch, das Filsan in der Schule gelernt hatte, wurde bei ihnen zu einer Sprache, die offensichtlich nur für kritische Äußerungen gedacht war.

«He! Sharmarke, Farhan, Zakariya, wir sind da!», rief Abdurahman seinen Freunden zu.

Alle sieben gingen zur Straße zurück. Es war bereits vier Uhr nachmittags, und Filsan wollte nach Hause, nach Casa Popolare, die Beine hochlegen und vor dem Abendessen einen von Rahmas albernen Liebesromanen lesen.

«Wir können jetzt doch noch nicht zurück», jammerte Idil. «Jeden Scheißabend hocken wir zu Hause rum. Mir ist langweilig, Filsan, dermaßen langweilig!»

«Wir müssen zu Hause sein, bevor es dunkel wird», entgegnete Filsan leise.

«Sie kommen immer erst spät nach Hause, und es dauert noch *zwei Stunden*, bis es dunkel wird», fauchte sie.

«Wie du willst.» Resigniert hob Filsan die Hände.

«Lasst uns ins Kino gehen, in der Nähe von Ceel Gaab gibt es eins, wir können uns einen Film ansehen und euch dann nach Hause bringen, bevor es dunkel wird.» Abdurahman scheuchte sie vor sich her und verdrehte hinter Rahmas und Idils Rücken die Augen.

Sie gingen die Via Makka Al-Mukarama Richtung Ceel Gaab entlang, bedeckten ihre Nasen vor den dunklen Abgaswolken beim Busbahnhof, überquerten den alten italienischen Platz und blieben einen Augenblick stehen, als sie an einer Funkband vorbeikamen – Bassgitarre, Leadgitarre, Orgel, Saxophon, Schlagzeug und Sänger –, die in einem zur Straße offenen Lagerraum improvisierte.

«*So was* will ich sehen. *Africa gone funky, baby*», schrie Idil, schnippte mit den Fingern und wackelte mit den Hüften.

«Wir sind also kein ganz hoffnungsloser Fall?», stichelte Abdurahman.

«Nicht alle, nein», gab sie ausdruckslos zurück.

Sie erreichten das Kino, das eingeklemmt zwischen einem indischen Schmuckhändler und einem italienischen Café mit extravaganter Espressomaschine auf der Theke lag. Am Eingang lungerte ein Straßenjunge herum und zerrte so lange an ihren Kleider, bis sie ihm ein paar Tüten geröstete Erdnüsse kauften.

«Ich hoffe, dass ein Kirk-Dabagalaas-Film läuft, Kirk Dabagalaas fegt die anderen Schauspieler von der Leinwand», sagte Abdurahman, und Filsan war sofort klar, wie ihre Cousinen reagieren würden.

Während Idil in einen hysterischen Lachkrampf ausbrach, senkte Rahma das Kinn, sah ihn unter zusammengezogenen Augenbrauen hervor an und wiederholte angewidert: «Kirk Daba-ga-laas?»

Filsan vermeinte, Schweißperlen auf Abdurahmans Haaransatz zu sehen. «So heißt er.»

«Er heißt Kirk DOUGLAS, nicht Dabagalaas, DOUGLAS.»

«Wen interessiert das, Idil, wen INTERESSIERT das? Warum hörst du nicht endlich auf, so zu tun, als wärst du Amerikanerin? Du bist nämlich im selben Krankenhaus geboren wie ich!» Filsans Gesicht war nur wenige Zentimeter von dem ihrer geschockten Cousine entfernt.

Die Schwestern verstummten und hielten Abstand zu Filsan, während die Gruppe zu den Holzsitzen auf der Empore hochstieg. Vor dem Hauptfilm wurde ein Revolutionslied abgespielt, und Filsan und die Jungen standen auf und sangen: «Diese gesegnete Regierung, diese gesegnete Arbeit …» Unterdessen knabberten Idil und Rahma ihre Erdnüsse. Es war nicht einmal ein amerikanischer, sondern ein chinesischer Film, in dem ein kaiserlicher Spion in einer entfernten Provinz von Banditen gefangen genommen wurde und sich in die Verbotene Stadt zurückschlagen musste. Die erste Hälfte gefiel Filsan, aber dann wurde die Zeit lang. Sie drehte Abdurahmans Armbanduhr so, dass sie die Zeit ablesen konnte. Es war schon nach sechs, in ein paar Minuten würde die Dunkelheit anbrechen. Sie rutschte auf ihrem Sitz hin und her, befürchtete, dass die Schwestern nicht mitkämen, wenn sie gehen würde, also zwang sie sich zu bleiben, schenkte dem Film aber keine Aufmerksamkeit mehr, hörte nur die Gewaltausbrüche, während sie sehnsüchtig zum Ausgang hinübersah.

Endlich ging zehn nach sieben das Licht an, und Filsan rannte zur Tür und die Treppe hinunter. Der Himmel war schwarz und mondlos; die Palmen auf dem Platz beleuchtet wie riesige Ananas.

«Los, Beeilung!», brüllte sie Rahma und Idil an, als diese aus dem Kino schlenderten.

«Keine Sorge, wir bringen euch heim.» Abdurahman deutete auf die Bushaltestelle, an der zehnsitzige Fiat-Busse auf Kundschaft warteten.

Sie verließen das Stadtzentrum mit einem alten Bus, dessen Polsterung größtenteils aus den Sitzen geplatzt war. Ein halbwüchsiger Schaffner, dem an einer Hand drei Finger fehlten, krabbelte um ihre Beine herum und sammelte die fünf Schilling für die Fahrt mit seiner guten Hand ein. Durch Plastikblumengirlanden hindurch betrachtete Filsan die Stadt; als sie sich den Vororten näherten, wurden die Straßen sandig und die Villen modern, mit klaren Linien, die Tore wurden von Wachmännern mit Schlagstöcken geschützt.

«Möchtest du morgen nach Hamar Weyne? Ich kann mit dir und deinen Cousinen zum Markt gehen, dort gibt es ein gutes jemenitisches Café, dort können wir einen Saft trinken ...»

Sie sah weiterhin starr aus dem Fenster. «Daraus wird nichts.»

«Das ist 'ne ganz Schwierige, lass es», sagte Sharmarke leise.

«Hier!», schrie Filsan, als sie in Casa Popolare an der Coca-Cola-Werbung in der Nähe ihres Hauses vorbeifuhren.

Quietschend hielt der Bus, und die ganze Gruppe stieg aus. Filsan dreht sich zu Abdurahman um. «Ist o.k., wir kommen jetzt allein zurecht.»

«Wir gehen nur noch ein kleines Stückchen mit», sagte er und folgte ihr.

Er wollte höflich sein, aber Filsan hatte auch so schon genug Ärger am Hals, ohne dass ihr Vater sie mit einer Bande Jungen entdeckte.

Dann sah sie ihn oder zumindest seine Silhouette, beleuchtet vom Verandalicht stand er auf der Straße. Sein Schatten auf dem Boden war riesig und furchteinflößend.

«Bitte, Abdurahman … bleib hier.» Filsan wedelte abwehrend mit der Hand und ging die letzten zehn Meter zum Haus, als wäre sie ein Bergsteiger, der mit arktischen Winden und Höhenkrankheit kämpfte; sie spürte, wie ihr das Blut aus dem Kopf wich, ihre Füße schwer wurden und hörte einzig das Geräusch ihrer Schuhe auf dem Sand.

Der erste Schlag war beinahe eine Erleichterung, eine Ohrfeige mit dem Handrücken riss ihr die Minni-Maus-Spangen aus dem Haar, die sie von ihren Cousinen bekommen hatte.

Als er ihren Arm nahm und die Treppe zur Veranda hochschleuderte, war sie schlaff wie eine Puppe.

«Wirf den Teufel ab, der dir auf dem Rücken hockt, Adan!», rief ihr Onkel, der in der Tür stand. «Lass das Mädchen los!»

«Aabbo, mach, dass er aufhört!», schrie eine der Cousinen.

«Sie hat doch gar nichts Böses getan!», brüllte eine Jungenstimme.

Filsan konnte Stimmen und Menschen nicht mehr auseinanderhalten, ihre Sinne waren vernebelt, als würde ihr Gehirn nach und nach seine Funktionen einstellen.

Onkel Abukor wollte sie dem Griff ihres Vaters entreißen, aber dieser stieß ihn mit der Schulter aus dem Weg.

Rahma und Idil waren mittlerweile ebenfalls im Haus, alle fünf rangen jetzt in dem schmalen Flur miteinander. Mit aufgerissenen Augen sah Intisaar von der Küchentür aus zu und wischte sich wiederholt die Hände an einem Lappen ab.

Ihr Vater hatte sich Filsans Haar um die Hand gewickelt. «Wo bist du gewesen?» Sein Speichel landete auf ihrem Hals, während er ihren Kopf hin und her schüttelte. «Ist es jetzt so weit, dass du in die Fußstapfen deiner Mutter trittst? Ich hätte dich nicht behalten sollen! Du Skorpion, du Hure, du verdienst es nicht, meinen Namen, den meines Vaters zu tragen! Du hättest diese Jungen, diese Hunde ohne Weiteres in mein Haus gebracht, was? Du dachtest wohl, wenn dein Onkel hier ist, kannst du tun, was du willst? Idiotin! Ich sollte dich aus dem Haus werfen! Dich in der Gosse leben lassen zusammen mit deiner dreckigen Mutter.»

Filsan sah, wie ihr Onkel mit seinen kleinen rundlichen Händen auf den Rücken ihres Vater einhämmerte, seine braunen Schuhe vollführten auf den Fliesen einen verzweifelten Tanz, aber es war zwecklos, der Zorn musste heraus, wurde er erstickt, war es noch schlimmer.

Sie erhaschte einen Blick auf Rahma und Idil, die sich an die Wand gepresst aneinanderklammerten, ihre Münder im Schrei verzerrt, sie sahen lächerlich aus.

Die Schläge verloren an Kraft und gingen in schallende Klapse über, immer wieder kratzten die langen Nägel des Vaters über Filsans Haut. «Rauf auf dein Zimmer», keuchte er und schubste sie die Treppe hinauf. «Intisaar! Kontrollier ihre Unterwäsche, und wenn du was findest, pack ihre Sachen und schmeiß sie raus.»

Wie ein Tier hetzte Filsan auf allen vieren die Treppe hoch und krabbelte in ihr dunkles Zimmer, zu verängstigt, um das Licht anzuschalten. Intisaars schwere Schritte folgten ihr die Treppe hoch, stapf, stapf, stapf, im Rhythmus mit Filsans Herzschlag.

Knarrend ging die Tür auf, und noch ehe Intisaar etwas sagen konnte, zog Filsan ihre hochgeschnittene Baumwollunterhose unter dem Faltenrock hervor, knüllte sie zusammen und legte sie mit zitternden Fingern auf die ausgestreckte Hand der Haushälterin.

«Was ist das nur für ein Leben», seufzte Intisaar und schloss die Tür.

Zwei Tage später wurde die Zimmertür aufgeschlossen, Filsan hatte sich die ganze Zeit nicht aus ihrer zusammengekrümmten Stellung vom Fußboden bewegt. Als sie schließlich aufstand, wurde ihr schwarz vor Augen, und ihre Knie gaben nach. Intisaar griff ihr unter die Achseln und zog sie hoch, stieß die unangetasteten Teller beiseite, den Reis mit Joghurt, den sie für Filsan zubereitet hatte, und ging mit ihr ins Bad, wo sie ihr vorsichtig den blutunterlaufenen Körper abwusch. Im Haus war es still; Onkel und Cousinen seien aus Protest ins Al-Uruuba-Hotel gezogen, sagte Intisaar, und Filsan war erleichtert, dass sie ihre Gesichter nicht mehr sehen, ihr Mitleid nicht ertragen musste.

Auf ihrem Schreibtisch im Mobilen Militärgericht liegt ein Kuvert mit geprägtem Regierungswappen, das Filsan vorsichtig öffnet; sie zieht die Karte heraus. Das Propagandaministerium gibt ihr die Anweisung, sie solle für Radio Hargeisa ein Interview geben. Major Adow muss sie über die Salahley-Aktion informiert haben. Filsan wirft die Karte auf den Schreibtisch; so lange hat sie darauf gewartet, dass man auf sie aufmerksam wird, aber nun will sie sich am liebsten in einer Ecke verstecken, zu den Schaben ins Dunkel schlüpfen. Um drei Uhr nachmittags wird sie im Sender erwartet.

Ihr Bericht über die Vorfälle in Salahley liegt ganz oben auf einem Aktenstapel, ist über und über mit Unterschriften und Stempeln verschiedener Ämter geschmückt.

Captain Yasin betritt das Büro. «Wie ich höre, sind Sie jetzt eine echte Soldatin.» Er zielt mit einer imaginären Pistole auf sie und tut, als drücke er ab.

Filsan verbirgt ihr Gesicht hinter einer Akte und murmelt etwas Unverständliches.

«Sie werden befördert, nachdem die jetzt gemerkt haben, wozu Sie imstande sind.»

Sie hebt den Kopf. «Tatsächlich?»

Captain Yasin lächelt. «Natürlich können die Sie auch wie ein preisgekröntes Kamel paradieren lassen, den ausländischen Journalisten vorführen, die ständig die Regierung kritisieren.»

«Sie wollen, dass ich im Radio spreche.»

«Da sehen Sie.» Yasin zündet sich die erste Zigarette des Tages an. «Als Nächstes werden Sie ins Büro von Brigadier-General Haaruun beordert, und Sie bekommen einen Stern auf Ihre Epauletten.»

Haaruuns Name lässt sie frösteln. Von ihm hat sie nichts Gutes zu erwarten. Lieber hierbleiben, unterhalb des Radars, als das Risiko einzugehen, noch mehr von ihm gedemütigt zu werden.

«Sie schulden mir mächtig was. Ich kann Sie mir gut als dritte Frau des Präsidenten vorstellen, wie Sie ihm seine Phrasen um die Ohren hauen.» Er bricht über seinen eigenen Witz in schallendes Gelächter aus.

«Warum treten Sie eigentlich nicht im Fernsehen auf, Captain? Ihr Talent ist hier völlig verschwendet», sagt sie und schnappt schließlich doch nach dem Köder.

Filsan verzichtet auf das Mittagessen und trifft eine halbe Stunde zu früh bei Radio Hargeisa ein. Der Sender nimmt das ganze oberste Stockwerk des Gebäudes ein, das von den Briten, kurz bevor sie sich auf ihren Abzug vorbereiteten, erbaut worden war, und nun ist es eine Hargeisaer Institution, und die Sprecher sind den Bewohnern der Stadt so vertraut wie die eigene Verwandtschaft. Filsan wartet hinter einem Mikrofon, während Ali Dheere die Nachrichten liest: im Irak Tausende Tote nach einem Massaker in einem kurdischen Dorf, Sowjets berichten von der Aufrüstung der afghanischen Rebellen, Erzbischof Tutu nach Marsch mit zwei Dutzend kirchlichen Führern auf das Parlament in Kapstadt wieder freigelassen. Während sie den Nachrichten lauscht, empfindet Filsan einen kurzen Augenblick des Trostes. Auf der ganzen Welt brodeln Konflikte; im Vergleich zu dem, was im Irak und in Südafrika an der Tagesordnung ist, verblasst das, was sie in Salahley getan hat. Angeblich vergiftet Saddam Hussein die Kritiker seines Regimes, und die Afrikaander schleppen ihre Gegner in Steinbrüche und richten sie auf improvisierten elektrischen Stühlen hin.

«Heute Nachmittag begrüßen wir einen ganz besonderen Gast», legt Ali Dheere los. «Ein Mädchen aus Mogadischu, das seinem Land in der Armee dient, oder vielmehr eine bemerkenswerte junge Dame, die den üblichen Wunsch, eine eigene Familie zu gründen, hintangestellt hat ...»

Filsan nimmt einen Schluck Wasser aus dem Glas vor ihr.

«... und ihr Land mit der Waffe verteidigt. Ihr Name ist Corporal Filsan Adan Ali, und sie ist die erste Frau, die seit dem Ogadenkrieg in eine kämpferische Auseinandersetzung mit dem Feind verwickelt war. Herzlich willkommen, Corporal Adan Ali.»

«Danke», sagt Filsan leise in das runde Mikrofon.

Ali Dheere bedeutet ihr, dass sie lauter sprechen muss. «Also, Corporal, woher kam Ihr Wunsch, Soldatin zu werden? Ist doch eher ein außergewöhnlicher Beruf für eine Frau.»

«Äh ... ich ... mein ... Vater dient in der Armee, und ich wollte immer in seine Fußstapfen treten, das war wahrscheinlich der Hauptgrund.»

«*Haa* ... also eine Familientradition, die von Ihrem Vater an Sie weitergegeben wurde. Was sind in Ihren Augen die besonderen Herausforderungen für eine Frau in der Armee?»

Filsan denkt eine Minute lang nach, zensiert in Gedanken, was besser ungesagt bleibt.

Ali Dheere schraubt seine Hand in die Höhe, wie um sie anzutreiben.

«Es gibt wirklich keinen Unterschied. Wir durchlaufen das gleiche Training, tragen die gleiche Verantwortung, sehen uns den gleichen Gefahren gegenüber wie unsere männlichen Genossen. Es gibt keine Sonderbehandlung.»

«Aha, aber es gibt doch nach wie vor nur sehr wenige Frauen in der Armee, wenn ich das recht sehe. Warum?»

Automatisch spult Filsan nun die Lektionen ab, die man ihr seit der Grundschule eingetrichtert hat. «Die Revolution steckt immer noch in den Kinderschuhen, die Überwindung reaktionärer Traditionen, des Aberglaubens schreitet nur langsam voran. Der Genosse hat uns gezeigt, dass Männer und Frauen gleich sind und wir alle dazu beitragen können, unser Land voranzubringen.» Diese Worte stammen aus ihrem Lesebuch in der sechsten Klasse.

«Das ist nicht das erste Mal, dass Sie in die Schlagzeilen kommen, Corporal. Wir haben hier einen *October Star* vom 19. März 1975, und darin ist ein Foto, auf dem Ihnen der Präsident eine Medaille verleiht. Womit haben Sie sich in so jungen Jahren schon eine Medaille verdient?» Er lacht.

«Während der Alphabetisierungskampagne habe ich Landarbeiter in Dhusamareb unterrichtet, und meine Schüler schlossen beim Test besser ab als alle anderen im Bezirk.»

«Und was für ein Gefühl war es, den Präsidenten zu treffen?»

Filsan versucht, sich an diesen Moment zu erinnern, aber alles liegt im Nebel, unscharf festgehalten vom Fotoapparat ihres Vaters. Es ging wie am Fließband, sie hatte nur zehn Sekunden, dann schob ein Funktionär sie weiter, aber sie entsinnt sich, dass er bei der Begrüßung ihre Hände mit den seinen umfasste, ihr auf die Schulter klopfte und in die Augen sah. Er schien ehrlich stolz auf sie.

«Es war der erhebendste Augenblick in meinem Leben.» Filsan zögert, wahrscheinlich klingt es übertrieben. «Da wusste ich, dass ich mein Leben der Revolution widmen würde.»

«Hervorragend. Und Sie sind eine Frau, die zu ihrem Wort steht, denn vor Kurzem haben Sie an vorderster Front einen Aufstand niedergeschlagen, der die Sicherheit unseres Landes bedrohte. Können Sie uns mehr darüber erzählen?»

Filsan holt tief Luft, sie muss sich einfach nur an das halten, was im Bericht steht. «Wir wurden nach Salahley geschickt, weil wir Zivilisten davon abbringen sollten, Terroristen Unterschlupf zu gewähren. Uns lagen Informationen vor, dass einige unbedarfte Einzelpersonen zu solchen Aktionen verleitet worden sind und äthiopischen Agenten materielle Hilfe zukommen lassen und ihnen Unterschlupf bieten.»

«Dabei kam es zur Auseinandersetzung mit den Rebellen, stimmt das? In die Sie verwickelt waren?»

«Äh …» Sie überlegt, wie viel sie preisgeben soll, trommelt mit den Fingernägeln auf den Tisch.

Ali Dheere zeigt auf den Tisch und hebt warnend den Finger.

Sie legt die Hände in den Schoß und beugt sich vor. «Wir wurden von drei Rebellen überfallen, die sich in dem Dorf versteckt hielten. Sie trugen Zivilkleidung, waren aber bewaffnet. Ich griff sie als Erste an, meine Kameraden kamen mir zur Hilfe und der Angriff wurde erfolgreich niedergeschlagen.»

«Man sage nie, Frauen seien schwächer als Männer. Hier in Somalia haben wir sprungbereite Löwinnen, die uns verteidigen. Corporal Adan Ali, wir danken Ihnen für die Opfer, die Sie bringen, und fühlen uns geehrt, dass Sie in unserer Armee dienen. Genossen, lasst uns Augen und Ohren offen halten, damit junge Patrioten wie Corporal Adan Ali nicht unnötig Gefahren ausgesetzt sind.»

Die ersten Takte einer politischen Hymne und eine Geste von Ali Dheere bedeuten ihr, dass sie entlassen ist.

Filsan trabt die Treppe hinunter, vollführt beinahe einen Stepptanz, so aufgedreht ist sie. Das Interview war eine Art Hinterhalt, ein Fragenwirbel, dem sie sich gehorsam gefügt hat, aber das Bild, das Ali Dheere von ihr gezeichnet hat, gefällt ihr: heldenhaft, kriegerisch und distanziert, eine Einzelkämpferin, eine ätherische Riesin, ein Dschinn, der das Schwert vor der Brust umklammert. Ein Dschinn, der sich nicht plötzlich der Sandale des Mannes entsinnt, den er niedergestreckt hat, des schweißgefleckten Riemens unter dem schwieligen Fuß, des losen Lederflechtwerks über den Zehen. Filsan muss sich die Version der Ereignisse, die sie Ali Dheere erzählt hat, einhämmern, damit die Erinnerung an den tatsächlichen Vorgang nicht mehr aufblitzt. Auf der Rückfahrt nach Hargeisa hatte Lieutenant Afrah sie beruhigen wollen und gesagt, dass die Erinnerung an den Mann allmählich auf den Grund ihrer Gedanken herabsinken würde, begraben unter anderen Ereignissen und Sorgen. Filsan würde abwarten, bis es so weit war, aber zuerst musste sie wohl die Puzzleteile zusammensetzen: Warum kann sie sich nicht mehr daran erinnern, dass sie die Waffe abgefeuert hat? Was war in den Sekunden davor und danach passiert? In welches Loch war sie gefallen?

Captain Yasin bastelt ein Flugzeug aus einem Blatt Papier und lässt es in Richtung von Filsans Schreibtisch fliegen. Es gleitet nur kurz durch die Luft und landet neben ihren Füßen; es ist ihr Versetzungsantrag mit dem Stempel «BEWILLIGT». Schon in sechs Wochen wird Filsan wieder in ihrem gelben Zimmer mit den Kirschvorhängen sein. Sie sehnt sich nach Intisaars Kochkunst, nach ihren knusprigen Lamm-*sambuusi*, diesen frittierten Teigtaschen mit Lammfleischfüllung, dem gegrillten Fisch, der mit gewürzten, süßen Vermicelli auf den Tisch kommt, und den scharfen, öligen, in grüne Chilisauce getauchten *bajiye*, frittierte Küchlein aus Augenbohnen. Intisaar, die tausend Schilling Lohn die

Woche bekommt, war ihr eine wunderbare Mutter gewesen, und während ihre eigenen Kinder von der Großmutter aufgezogen wurden, schuftete sie in der unheilvollen Atmosphäre des stillen Hauses. Filsan schreibt eine Liste, was sie Intisaar aus Hargeisa mitbringen möchte, Gegenstände, die bezeugen, dass sie die andere versteht und an sie gedacht hat – eine Silberkette oder sogar eine Goldkette, wenn sie es sich leisten kann, importierte Taarab-Schallplatten, Bandagen für ihre geschwollenen Knie. Letzteres käme vielleicht sogar am besten bei ihr an, jetzt da Intisaar ein gesetztes Alter erreicht hat, mit siebenundfünfzig trockne des Knochenmark allmählich ein, hatte sie in ihrem singenden *Bajuni*-Dialekt gesagt, und von dann an warte man nur noch darauf, dass einem die Knochen zu Staub zerbröselten. Wenn es nötig sein sollte, würde Filsan Intisaars Knochen sogar mit Schienen und Verbänden zusammenhalten! Wie viel schöner wäre Filsans Leben gewesen, wenn sie ihre Tochter gewesen wäre. Zusammengekuschelt mit ihren Geschwistern in einem *cariish*, einer Lehmhütte, schlafen, sich dabei in die Arme schmiegen, die gerade am nächsten sind, und den Geschmack der Liebe in der Muttermilch schmecken, wenn sie abends zu ihnen lächelnd nach Hause kommt.

«Ich habe Sie im Radio gehört. Ich wusste gar nicht, dass Sie den Präsidenten getroffen haben», Captain Yasins Stimme lässt sie zusammenzucken.

«Das ist lang her, woher hätten Sie es auch wissen sollen.»

Filsan öffnet das Fenster, damit der Rauch von Captain Yasins Zigaretten abziehen kann, steht kurz untätig da und sieht zu, wie der Wind vertrocknete Blätter in den Hof flattern lässt.

«Wollen Sie mit mir nach Saba'ad kommen?», fragt Captain Yasin. «Ich überprüfe, wie es dort in Sachen Miliz aussieht, vielleicht haben sich diesmal mehr als fünf Kandidaten zusammengefunden. Muss darüber einen Bericht schreiben.»

Ein Bericht, den letztendlich *ich* schreiben werde, denkt Filsan und sinkt auf ihren Stuhl.

«Kommen Sie, wird Ihnen guttun.»

«Was ist mit diesen Akten?»

«Die werden schon nicht weglaufen.» Yasin zieht sie vom Stuhl hoch. «Kommen Sie. Das ist ein Befehl.»

Filsan hinterlässt auf ihrem Schreibtisch eine Nachricht, wo man sie finden kann, und folgt ihm zum Jeep.

Saba'ad liegt zweiunddreißig Kilometer nordöstlich von Hargeisa. Das größte der fünf Flüchtlingslager im Nordwesten ist gewachsen und hat sich zu einer Art Satellitenstadt entwickelt, mit Ausmaßen, so weit das Auge reicht. Zweiundzwanzigtausend Somalier aus der Ogaden-Region Äthiopiens halten sich dort gerade so über Wasser, sie sind entweder vor den Auseinandersetzungen 1977/78 oder wegen der darauf folgenden Hungersnöte geflüchtet.

Die Lagerbewohner leben in Behausungen, die aus gespendeten Abdeckplanen, Akazienzweigen, Lumpen und gesammeltem Metall zusammengestückelt sind. Vom erodierten, ausgelaugten Erdreich steigen große Staubwolken auf. Filsan schützt Nase und Augen vor dem Sand und hält sich dicht an Captain Yasin. Mehrere Wohltätigkeitsorganisationen unterhalten an verschiedenen Stellen im Lager Schulen, Kliniken, Gemeinschaftszentren; mit Fahnen und Plakaten, die von Akronymen nur so triefen, markieren deutsche, irische und amerikanische humanitäre Helfer ihre Territorien. Ein Blick auf das Lager macht deutlich, wie sehr Somalia in diesem Krieg gedemütigt worden ist; ein paar Kilometer entfernt besitzen diese Menschen Land, ein Zuhause, Höfe, hier leben sie von Grütze. Irgendwann im September 1977 hatten sich neunzig Prozent des Ogaden in der Hand der somalischen Regierung befunden, und die Nation hat sich immer noch nicht von der enormen Gewalt erholt, die nötig war, die Menschen aus dem Land ihrer Väter wieder zu vertreiben, wird sich vielleicht niemals davon erholen; der Krieg hat die Regierung Truppen, Ausrüstung und die Unterstützung der Sowjetunion gekostet.

Als Treffpunkt hat Captain Yasin dem Anführer der Milizen den Friedhof im Westen des Lagers genannt, und die ungefähr fünfzig Burschen hocken dort wartend zwischen den Felsbrocken, die Gräber markieren. Die Kämpfer sind zerlumpte Halbwüchsige in Sarongs und Westen, sie sind mit langen Stöcken bewaffnet und tragen Sandalen aus Gummireifen. Als Captain Yasin und Filsan zu ihnen hochklettern, erheben sie sich.

«Ist das eure gesamte Truppe?», fragt Captain Yasin.

Der Anführer ist groß und ausgemergelt, ein grünes Käppi verdeckt seine Augen. «Nein, wir sind mehr, aber die anderen kümmern sich um die Tiere, die ihnen noch geblieben sind.» Seine Stimme klingt sandig, trocken.

«Das ist Corporal Adan Ali, sie wird ebenfalls mit euch arbeiten.»

Die Burschen werfen einen kurzen Blick in Filsans Richtung.

«Bevor wir richtige Waffen verteilen, müssen wir wissen, wie viele ihr seid.»

«Wir werden uns zeigen, wenn wir unsere Waffen haben. Vorher nicht.» Der Anführer scharrt beim Sprechen Bilder in den Sand: gerade Linien, Sonnen, Berge, Kurven. «Wir warten darauf, dass ihr sagt, was ihr von uns wollt.»

Die Halbwüchsigen, die einander die Arme über die Schultern gelegt haben, betrachten Filsan mit freundlichem Interesse; sie haben die schlanken Glieder von Marathonläufern, sind aber in diesem Gefängnis aus Sand und Fels zusammengepfercht.

«Ihr müsst so viele Männer wie möglich organisieren. Drillt sie, damit ihr gemeinsam mit uns dieses Land zusammenhalten könnt», erwidert Captain Yasin.

«Das werden wir.» Der Anführer räuspert sich und spuckt auf sein Bild. «Was bekommen wir in der Zwischenzeit von euch? Und wann helft ihr uns, damit wir unser eigenes Land zurückbekommen?»

Die Halbwüchsigen beugen sich vor, wollen sich die Antwort keinesfalls entgehen lassen.

«Habt Geduld. Wir werden euch mehr Lebensmittel zukommen lassen, aber bis wir die nötige Ausrüstung erhalten, können wir wenig tun.»

Fragend sieht Filsan auf.

Geschlagen nickt der Anführer. «Wir werden einfach warten. Der Ogaden läuft nicht weg.»

«Innerhalb eines Monats bekommt ihr Waffen, Panzerfäuste, Transportmittel. Diese Frau wird dafür sorgen», er deutet auf Filsan.

Sie versteht nicht, was er meint. Warum sollten sie diesen Flüchtlingen Panzerfäuste geben, wenn Somalia doch bereits über eine der größten Armeen Afrikas verfügt? Was verspricht er diesen Männern, und warum? Ob er sie, Filsan, in Waffenschmuggel oder in eine Verschwörung verwickeln will? Was wohl ihr Vater sagen würde, wenn sie wegen einer derart schmutzigen Sache vors Kriegsgericht käme? Sie dreht auf dem Absatz um und verlässt die Versammlung, nimmt den Weg zurück zum Jeep. Kurz darauf ist Captain Yasin neben ihr, aber sie eilt weiter, ignoriert ihn.

«Was haben Sie denn?» Er hält sie am Arm fest.

«Lassen Sie mich los!» Sie reißt sich los, es ist ihr egal, dass er ihr Vorgesetzer ist.

«Warten Sie, Filsan! Was ist denn los?»

«Ich werde Sie melden! Sie können so viele Straftaten begehen, wie Sie wollen, aber mich werden Sie nicht mit hineinreißen.»

«Was für Straftaten?»

«Halten Sie mich doch nicht für blöd. Ich bin zwar eine Frau, aber so leicht lasse ich mich nicht zum Narren halten.»

«Wovon sprechen Sie?»

Filsan bleibt abrupt stehen und senkt die Stimme. «Sie verkaufen Waffen.»

Er krümmt sich vor Lachen. «Sie sind ja verrückt! Denen Waffen verkaufen? Und womit sollen die mich bezahlen?»

«Warum bekommen sie dann Panzerfäuste, die eigentlich für die Armee bestimmt sind?»

Er zieht sie zu sich heran. «Weil das die Regierung so will. Hier können wir nicht darüber reden.» Er nimmt wieder ihren Arm und begleitet sie bis zum Fahrzeug. «Steigen Sie in den Jeep», befiehlt er. «Ich kann Ihnen nicht alles erzählen, aber ich erzähle Ihnen, was ich weiß.»

Schweigend verlassen sie Saba'ad; erst als sie die lange, leere Straße nach Hargeisa erreichen, entspannt sich Captain Yasin und beginnt zu reden. «Die Regierung hat beschlossen, dass die derzeitige Situation unhaltbar ist. Wenn das NFM weiterhin da ein Dorf, dort ein Bataillon angreift, ermutigt das andere Clanmilizen, und dann kämpfen wir demnächst an zwanzig Fronten.»

Noch nie hat Filsan ihn so ernst erlebt. Sie betrachtet sein kantiges Profil und fühlt das alte Begehren in sich aufsteigen.

«Sie – mitsamt der Führungsspitze in Mogadischu und Hargeisa – haben beschlossen, dass sich etwas ändern muss.»

«Was muss sich ändern?»

«Alldem muss ein Ende gemacht werden. Damit die Terroristen nicht immer mehr Landesteile besetzen können, muss die komplette Bevölkerung umgesiedelt werden.»

«Hargeisa evakuieren?»

«Alle Städte – Hargeisa, Burao, Berbera –, überall dort, wo sich das NFM sammeln könnte.» Mit dem Handgelenk wischt er sich den Schweiß von der Oberlippe.

«Für wann ist das geplant?»

«Steht noch nicht fest.»

Es scheint unfassbar, könnte aber eine Verbesserung gegenüber diesem belastenden, kräftezehrenden Zustand darstellen. Die Menschen hier könnten in einem von der Regierung kontrollierten Gebiet freier leben; es ist eine außergewöhnliche Lösung, aber es sind auch außergewöhnliche Zeiten.

«Woher wissen Sie davon?»

Captain Yasin lächelt. «Ah, wissen Sie denn nicht, dass ich zum inneren Kreis gehöre?»

«Wann erfahren wir anderen davon?»

«Wenn es absolut nötig ist, und bitte, Filsan, Sie dürfen mit niemandem darüber reden, oder wir landen beide im Gefängnis.»

«Beleidigen Sie mich nicht. Ich bin nicht irgendein tratschendes Marktweib. Ich nehme meine Arbeit ernster als sonst irgendjemand in unserer Abteilung.»

«Das weiß ich», nickt er, «deshalb habe ich es Ihnen auch erzählt.»

Zurück auf ihrer Stube wird Filsan vom Bedürfnis nach Ordnung überwältigt. Sie baut ihr Bett neu, zieht Decken und Laken besonders straff, fegt den Linoleumboden und wischt mit einem nassen Lappen auf, räumt die Kleider weg, die sich auf dem Stuhl angehäuft haben, wischt sämtliche toten Moskitos von den Fensterbänken, sammelt die unter dem Bett verstreuten Kassetten zusammen und stopft sie in eine Schublade, springt aufs Bett, poliert die nackte Glühbirne, macht schließlich das Fenster auf und sprüht etwas Parfüm auf ihr Bettzeug.

Nach diesem Rausch ist sie zwar etwas ruhiger, aber immer noch rastlos. Gedanken buhlen um Aufmerksamkeit. Ihr ist schwindlig, als hätte sie sich im Kreis gedreht; so lange hat sie sich gewünscht, es möge sich etwas in ihrem Leben tun, irgendetwas, das durch diesen Schleier dringt, der sie von der Außenwelt trennt, und nun folgt Ereignis auf Ereignis wie eine Sturzflut, und sie treibt auf den Wellen hüpfend mit, während ihr das Wasser gegen die Brust schlägt.

Der Bücherstapel neben dem Bett – akademische Abhandlungen über Maßnahmen zur Bekämpfung aufständischer Gruppen und eine gebundene Ausgabe von Machiavellis «Fürsten» – zieht ihre Aufmerksamkeit auf sich. Der Machiavelli war ein Abschiedsgeschenk ihres Vaters; sie nimmt ihn in die Hand, wischt den Staub vom Renaissance-Porträt auf dem Umschlag und schlägt ihn auf. Dass ihr Vater seinen Namen in das Buch gesetzt hat, als hätte er das fünfhundert Jahre alte Werk selbst verfasst, entlockt ihr ein Lächeln. Keine Widmung, keine Botschaft, einfach nur seine verschnörkelte Unterschrift auf der Titelseite. Er hatte es ihr in der Luftpostverpackung aus Plastik überreicht, in der es gekommen war, und gesagt, es enthielte alles, was sie über die Menschen wissen müsse. Filsan hat es nicht gelesen, legt es jetzt wie eine Art heiliges Buch neben ihr Kopfkissen, ein Totem ihres alten Lebens, ist jedoch immer noch nicht bereit für seine grauenvollen Geheimnisse über die Menschheit. Sie möchte etwas Trockenes, Neutrales, Technisches lesen und hofft, dass «Grundlegende Maßnahmen zur Bekämpfung aufständischer Gruppen» ihre Gedanken fesseln kann.

Sie knipst die Nachttischlampe an. Die eng bedruckten Seiten und unübersichtlichen Diagramme tun ihren Augen weh, aber sie zwingt sich, die Seiten immer wieder zu lesen. In kleinen Kästchen werden Beispiele der Theorien von Mao, Marshal Bugeaud und anderen aufgeführt. Sie hat ihren Spaß an diesen Geschichten – jedes bekannte menschliche Problem, jeder Konflikt hat offenbar eine Vorgeschichte, mag sie auch noch so weit zurückliegen; die modernen Kommunisten imitieren biblische Racheakte.

Das Buch hilft, ihre Gedanken sind jetzt weniger durcheinander. Captain Yasin wird zur geringsten ihrer Sorgen. Sie verabscheut, wie Frauen sich verändern, sobald Männer in ihr Leben treten. Liebe macht aus Frauen offenbar viel größere Idioten als aus Männern; an der Uni ließen die Mädchen ihre Freunde ihre Hausaufgaben abschreiben und grübelten in der Mensa verdrossen über den kleinsten Kommentar, die nichtigste Begebenheit, setzten sich selbst herab und veränderten sich und warfen ihre Zukunft weg, um Männer zu heiraten, die kaum etwas Besseres als Taxifahrer werden würden. Wahrscheinlich ist sie zu kopfgesteuert, um jemanden wirklich lieben zu können; schon schmusende Paare machen sie verlegen – sie wirken, als hätte man sie gehirnamputiert –, aber wenn sich die Möglichkeit zu einer Beziehung mit Captain Yasin ergeben sollte, wird sie sich nicht dagegen wehren. Sie versucht, den Begriff «letzte Chance» zu vermeiden, aber er nistet sich gänzlich ungebeten in ihrem Kopf ein.

Sie nimmt den Machiavelli in die Hand, und ein Stück Papier flattert heraus, die blau linierte Seite eines Notizbuchs. Sie hebt es vom Boden auf und erkennt ihre eigene Handschrift. *Liebe Hooyo,* steht da – sie hat den Brief im Bus nach Hargeisa geschrieben, in der Hoffnung, da sie nun weit entfernt von ihrem Vater ein eigenes, unabhängiges Leben führt, könne sie auch mit ihrer Mutter neu beginnen –, *ich bin befördert und nach Hargeisa versetzt worden, und freue mich darauf, das Leben der Menschen im Nordteil des Landes kennenzulernen.*

Filsan sind ihre Worte peinlich; sie stellt sich vor, wie ihre Mutter darüber lacht und ausruft: «Und wen, glaubt sie, interessiert das?»

Ich habe oft an Dich gedacht und mich gefragt, ob es nicht an der Zeit ist, dass wir anders miteinander umgehen. Ich weiß, dass Dein Leben nicht einfach gewesen ist; Du glaubst zwar, meines wäre einfach gewesen, aber das ist nicht der Fall. Auf meine Weise habe ich gelitten und den Preis für eure Scheidung bezahlt. Hier hört der Brief auf, genau an der Stelle, an der Anschuldigungen gekommen wären. Filsan erinnert sich, wie sie ihn in das Buch geschoben hat, ihn unter ruhigeren Umständen beenden wollte. Sie schnappt sich aus ihrer Schublade einen Stift und legt den Brief auf das Lehrbuch; behandelt ihn wie eine Aufgabe, listet die relevanten Punkte zuerst auf:

– *Du hast Aabbo freiwillig geheiratet*
– *Du hast ihn für einen anderen Mann verlassen*
– *Du hast aus Deinem Leben nichts gemacht, sondern nur immer nur auf Kosten Deiner Ehemänner gelebt*
– *Es sollte Dich nicht wundern, dass ich nach meinem Vater komme, warst Du doch es doch, die mich bei ihm zurückgelassen hat*
– *Ich bin bereit, Dir zu vergeben*
– *Ich werde Deine Kinder bei ihrer Ausbildung unterstützen*
– *Wenn ich Dich besuche, möchte ich nicht über Aabbo reden*
– *Wenn ich Dich besuche, möchte ich überhaupt nicht über die Vergangenheit reden*

Vor vier Jahren haben sie sich zum letzten Mal gesehen. Filsan hatte einen Bus in den Wardhigley-Bezirk genommen. Nichts hatte sich verändert, das Haus war immer noch dreckig, vollgestopft mit den Früchten zweier gescheiterter Ehen. Auf der Sitzfläche ihres Stuhls konnte Filsan Krümel spüren, alle Oberflächen waren klebrig und Kinder sabberten ihr über Knie und Hände. Es war verstörend, zu sehen, wie ihr eigenes Spiegelbild – älter, dicker, aber immer noch erkennbar – unter diesen Bedingungen lebte. Nachdem sie ihr ein Glas Orangenlimonade und einen Teller Kekse hingestellt hatte, zog sich ihre Mutter mit einer Nachbarin in die Küche zurück, aber ihre Stimme drang zu ihr: «Seine Geisel sieht mich genauso an wie er», «Man hätte doch annehmen können, dass sie Geld mitbringt», «Sie sieht nicht aus, als würde sie mal heiraten, ein Gesicht wie ein Schuh.»

«Seine Geisel», so hatte ihre Mutter sie immer genannt. Filsans Vater hatte sich von ihr nur unter der Bedingung scheiden lassen, dass sie ihm das Kind überließ, das Kind verließ. Sie hatte seine Bedingung akzeptiert, aber von da an war Filsan ihr Ogaden geworden, ihr kleines umkämpftes Stück Erde. Abordnungen der Clanältesten besuchten erst das eine und dann das andere Haus, versuchten, Zutritt, Kompromisse auszuhandeln, tranken Tee und hielten moralische Vorträge. Ihr Vater war nicht umzustimmen; von dem Zeitpunkt an, als Filsan fünf war, bis zu ihrem dreizehnten Lebensjahr, gehörte sie ihm allein. Aber als sie älter wurde und allmählich in Gesicht und Körper ihrer Mutter zu ähneln begann, schickte er sie immer wieder tagelang in dieses schmutzige Lehmziegelhaus. Der Blick, mit dem er sie betrachtete, wurde hart, er umarmte sie nicht mehr, ertrug ihre Nähe nicht mehr. Sie gehörte nicht mehr zu ihm und somit niemandem.

Sie übermalt ihre Liste; es ist einfacher, ihre Mutter der Vergangenheit zu überlassen, diese Wunde, die zum größten Teil verheilt ist, daran herumzuzupfen bringt nichts.

Am nächsten Morgen liegt eine in Goldpapier eingewickelte Süßigkeit auf ihrem Schreibtisch. Captain Yasin sieht nicht auf, hackt mit ungelenken Fingern auf eine Schreibmaschine ein. Filsan unterdrückt ein Lächeln und setzt sich, widersteht dem Drang, ihn zu fragen, was ihn denn so pünktlich zur Arbeit getrieben hat. Sie hat absichtlich weder Make-up aufgelegt noch sonst etwas an ihrem Erscheinungsbild geändert. Wenn er sie will, muss er sie ohne Verschönerung und Spielchen akzeptieren. Wiederholt schielt sie auf die kahle Stelle, die auf seinem Kopf keimt; die Süßigkeit ist zwar kindisch, aber sie ist trotzdem gerührt.

«Ich habe schlechte Nachrichten für Sie», sagt er.

Sie sieht ihm in die Augen.

«Ihre Versetzung ist gestrichen. Letzte Nacht haben die Rebellen an der Grenze ein Flugzeug abgeschossen. Irgendwoher haben sie Luft-Boden-Raketen ergattert.»

«Das ist schrecklich.»

Er zuckt die Schultern. «Das Ende ist nah.»

Captain Yasin geht allein zum Mittagessen, aber gegen Ende des Arbeitstages, als ihre Finger vom Dauertippen brennen, tigert er um ihren Schreibtisch herum und fragt, was sie mit ihrem Abend vorhabe.

«Lesen, Captain.»

«Armes Mädchen, mehr haben Sie nicht vom Leben?»

Filsan setzt sich kerzengerade auf. «Ich bin nicht zum Vergnügen hier. Ich will etwas aus meinem Leben machen.»

«Das Leben ist zum Genießen da.»

«Für Faulenzer und Straßenjungen vielleicht.»

«Nein, auch für Sie und für mich. Dürfte ich Sie zum Abendessen ausführen?»

Filsans Blick wandert zu ihren Händen. «Ich weiß nicht.»

«Ich weiß nicht? Sind Ihre Bücher wirklich so viel interessanter als ich?»

«Ich muss noch arbeiten.»

«Ich auch. Reden wir beim Essen über die Arbeit.»

Captain Yasin wartet unter einem Strommast hundert Meter von der Kaserne entfernt. In dem weißen Hemd, das im Dämmerlicht fluoreszierend leuchtet, wirkt er dünn und eckig. Sie hat ausgestellte Jeans und eine weitfallende, rote Tunika angezogen, ein Tuch liegt um ihre Schultern. Sie begrüßen einander linkisch, schütteln sich im Licht einer Teebude die Hand, ihre ist winzig in der seinen.

«Roble, sehr erfreut», lächelt er. Zum ersten Mal hat er ihr seinen Vornamen genannt.

«Filsan, ebenso.»

Filsan geht neben ihm her und spürt eine statische Aufladung, als würden sie buchstäblich unter Strom stehen; es fühlt sich erstaunlich gut an, neben einem Mann zu gehen im Wissen, dass er einen allen anderen Frauen vorzieht.

Roble, der die Hände in die Hosentaschen gesteckt hat, gibt die Richtung vor und plaudert über Restaurants, die er mag, Hotels, in denen Alkohol ausgeschenkt wird, die besten Orte, wo man höhere Beamte trifft.

Filsan nickt höflich und fragt sich, ob er von dem Zwischenfall mit Haaruun gehört hat. Die Nachricht hat sich verbreitet, denn die Leute starren sie an, stupsen sich an bei ihrem Anblick, aber sie hofft inständig, dass ihm die Sache entgangen ist.

Als ein Lastwagen gefährlich dicht an ihnen vorbeifährt, zieht er sie von der Straße weg; die Ausgangssperre steht unmittelbar bevor, und ungeachtet des maroden Straßenzustands rasen die Zivilfahrzeuge vorbei, um rechtzeitig an ihr Ziel zu gelangen.

An einem Checkpoint biegen sie nach rechts, grüßend hebt Roble vor einer Gruppe Soldaten hinter der Schranke die Hand, und sie betreten das Lake Victoria, ein Gartenlokal, in dem zahme Tiere durch das Gelände streifen.

Es ist brechend voll mit Männern in Uniform, die auf weißen Plastikstühlen um Tische sitzen, die ein wenig schief auf dem Schotter stehen; Ketten mit roten Glühbirnen ziehen sich von Ecke zu Ecke, und ein Generator überdröhnt die Musik, die aus zwei großen Lautsprechern dringt.

Die Männer sehen von ihren Kartenspielen, von ihrem Essen auf, taxieren die Frau in ihrer Mitte.

«Ist es recht hier?», fragt Roble und zeigt auf einen dunklen Tisch unter einer Bougainvillea.

Filsan kennt die Bedeutung dieser Blicke. Dass sie eine Hure ist, weil sie sich in der Öffentlichkeit mit einem Mann zeigt, mit dem sie nicht verheiratet ist. Als sie auf ihren Stuhl rutscht, sind immer noch alle Blicke auf sie gerichtet. Umgehend taucht neben Roble ein Kellner mit schwarzer Fliege und Schuhen ohne Fersenkappen auf. Roble bestellt zwei Cola und eine Lammplatte.

Langsam wendet sich die Aufmerksamkeit von Filsan wieder dem roten Kern des Restaurants zu.

«*Bedus.*» Roble lächelt. «Man könnte denken, sie hätten noch nie eine Frau gesehen.»

«Ungebildet eben.»

«Oder eifersüchtig.» Roble streichelt mit dem Knöchel seines rechten kleinen Fingers über ihren kleinen linken Finger.

«Lassen Sie das.» Filsan zieht ihre Hände aus seiner Reichweite.

Er hebt die Hände zum Zeichen, dass er sich ergibt.

Ein winziges Kitz nähert sich nervös zitternd ihrem Tisch; Filsan nimmt von dem Schälchen auf dem Tisch eine Pistazie und bietet sie ihm auf der flachen Hand dar. Das Tier kommt näher und näher, schnuppert an ihrer Hand. Es ist von anrührender Schönheit, die großen, schwarzen Augen mit den dichten Wimpern, das karamellfarbene Fell, die zarten Knochen. Es verschmäht die Pistazie und springt zum nächsten Tisch.

«Warum sind Sie nicht schon längst verheiratet?», fragt er.

«Mich wollte keiner.»

«Wissen Sie auch, warum?»

«Nein, warum?» Filsan lächelt überrascht; sie beschließt heute Abend offen und freimütig zu sein, sich einmal keine Zurückhaltung aufzuerlegen.

«Weil Sie sich so benehmen, als würden Sie niemanden brauchen.»

«Ich *brauche* auch niemanden, aber das heißt nicht, dass ich nicht bestimmte Wünsche habe.»

«Und welche bestimmten Wünsche sind das?»

«Jemand an meiner Seite, auf meiner Seite, mit dem ich meine Gedanken teilen kann.»

Roble zündet sich eine Zigarette an, ein weiteres Lichtpünktchen in der Dunkelheit. «Gedanken über das Budget unseres Ministeriums oder andere Gedanken?»

«Gedanken über alles Mögliche. Sie würden nie erraten, wie weit und wie tief meine Gedanken reichen.»

«Aha, Sie philosophieren also da oben auf Ihrer kleinen Stube?»

Der Kellner kommt mit einem Tablett, auf dem sich der Reis um die Lammschulter türmt, und zwei Cola-Flaschen, die von der ständigen Wiederverwendung schon ganz rau sind.

«Hin und wieder. Aber manchmal wünsche ich mir einfach, dass in meinem Leben mal etwas Gutes passiert.»

«So etwas wie ich vielleicht?»

Filsan hebt eine Augenbraue. «Höchst arrogant.»

«Zugegeben, aber habe ich unrecht?»

«Das weiß ich noch nicht. Warum schenken Sie mir auf einmal so große Aufmerksamkeit?»

«Zeit. Uns bleibt weit weniger Zeit, als wir glauben, besonders uns Soldaten, daher ich will meine Zeit nicht mit Warten verschwenden.»

Filsan hebt die Flasche zum Mund, um ihr Lächeln zu verbergen.

«Sehr dramatisch. Aber unsere Abteilung ist doch ziemlich sicher?»

«Momentan ja, aber machen Sie sich keine Sorgen, ich bin da und beschütze Sie.»

«Wahrscheinlich würde ich Sie besser beschützen.»

«Ganz bestimmt würden Sie die Rebellen mit vorgehaltener Schreibmaschine zur Aufgabe zwingen.»

Roble bringt Filsan zur Kaserne zurück. Die Ausgangssperre hat die Zivilisten gezwungen, sich in ihren Häuser einzuschließen, nur ein schwacher Geruch nach Holzkohle, Gewürzen und Petroleumlampen lässt ihre Existenz erahnen. Die Straße ist dunkel und verlassen, nur das Schreien und Rascheln der Mäuse jagenden Katzen und das leise, vom Knacken eines Funkgeräts untermalte Gespräch der Soldaten im Checkpoint sind zu hören. Filsan sieht nach oben; der Himmel, der sich über ihnen wie eine Kuppel wölbt, wimmelt von Sternen, zarte schwarze Wolken, silbern oder weiß gerändert, ziehen über den Mond hinweg – dort oben ist eine Stadt voller Leben.

«Sie wissen, dass man in klaren Nächten die Satelliten sehen kann?»

«Habe ich gehört. In Mogadischu gibt es zu viel Licht, als dass man so etwas sehen könnte.» Filsan starrt weiter in den Himmel und stolpert über einen Stein.

Stützend umfasst Roble ihre Taille, einen Augenblick lang liegen ihre Hände auf den seinen, dann schiebt Filsan sie weg.

Langsam und furchtlos schlendern sie zur Kaserne zurück. Filsan fällt ein, dass sie einmal gelesen hat, die Nacht sei für Liebende gemacht und jedes Paar unsichtbar für den Rest der Welt. Das stand in einem Liebesroman, den Rahma vergessen und Filsan unter ihrem Bett gefunden hatte.

Ein scharfer Wind fegt durch die Straße, bläht Robles Baumwollhemd, und Filsan muss sich ihr Tuch fester um die Schultern ziehen. Fast haben sie die Kaserne erreicht.

«Du solltest nicht weitergehen, sonst sieht man dich noch», sagt Filsan und streckt ihm die Hand hin. «Bis morgen.»

Roble lacht leise über ihre Förmlichkeit, schüttelt ihr aber die Hand.

Er wartet, bis sie am Wachposten vorbei und auf dem Gelände ist. Außer Sichtweite beobachtet Filsan im Treppenhaus, wie er sich umdreht und weggeht. Sein Anblick, wie er mit gebeugtem Kopf in die Dunkelheit schreitet, rührt sie; er wirkt so einsam, so verletzlich, eine Beute für alle möglichen Geister oder Ungeheuer. Sie will seinem Rücken eine Kusshand zuwerfen, kommt sich aber albern vor und begnügt sich damit, seinem weißen Hemd nachzusehen, das in der Nacht verschwindet wie ein von hohen Wellen und niedrigen Wolken umspieltes Schiffssegel.

Statt in die erwarteten Träume – voller Zärtlichkeit, Kerzenlicht, Erhabenheit – versinkt Filsan in einem Albtraum. Sie steht auf einer dunklen Ebene, nur sie und die Ältesten, hinter deren Rücken die unzerstörte *berked*. Der Wind heult um sie herum, reißt Filsan die Worte von den Lippen, sie trägt weder Gewehr noch Pistole, sondern hat ein Messer mit gezackter Klinge in der Hand, das im grauen Licht schimmert. Die weißen Pilgergewänder der Ältesten flattern knallend im tosenden Wind, aber die Männer selbst stehen schweigend da. Filsan hebt ein Bein und macht einen Schritt vorwärts, die Schwerkraft ist aufgehoben, ihr Schritt wird zum Sprung, zum Flug und verzweifelt versucht sie, wieder auf den Boden zu gelangen, schwebt am größten der Ältesten vorbei, langt nach unten und packt seinen Arm, benutzt ihn als Anker. Seine Haut ist eisig, und tief in seinen leeren Augenhöhlen kreisen Wirbel. Filsan berührt seine Brust, aber da ist kein Herzschlag, kein Einatmen, kein Ausatmen zu spüren; der Körper ist eine harte Schale, von der sterilen Mondluft tadellos konserviert. Die *berked* ist bis zum Rand mit pudrigem, weißem Staub gefüllt. Der Abgrund dahinter, sternenlos und formlos, erstreckt sich scheinbar bis in die Ewigkeit. Der einzige

Unterschlupf weit und breit befindet sich im Körper des Ältesten. Filsan sägt mit dem Messer am Hals des Mannes, wie Metall klirrt die Haut beim Druck der Klinge, blaue Funken sprühen. Mühsam führt sie das Messer hin und her, bekommt Blasen an den Handflächen, bis die metallene Halsschlagader aufgeschlitzt ist. Sie hält sich am Gewand des Ältesten fest, meidet seinen leeren Blick, senkt den Arm und lässt die schmerzende Schulter kreisen. Nochmals hebt sie das Messer an den Schnitt, langsam tropft aus dem Hohlraum eine Flüssigkeit; sie stippt mit dem Finger hinein und mustert ihn. Es ist helles, dünnflüssiges Blut. Sie sieht keine Alternative, versucht, sich in den Ältesten hineinzuzwängen, Messer, Hände, Wangen sind blutbeschmiert. Mit einem Knacken bricht sein Kopf ab und fällt in den Dreck. Filsan versucht, sich durch die Öffnung zu quetschen, kann aber nur einen Arm hineinschieben, Blut quillt zwischen ihren Fingern hindurch. Es gibt keinen anderen Ausweg als den Abgrund, der sie ruft.

Sie schreckt in ihrem Bett hoch und macht das Deckenlicht an, ganz sicher, dass ihre feuchten, kalten Hände blutverschmiert sind, hält sie sich vor die Augen – sie sind sauber, die gleichen braunen Linien in den Handflächen, die gleichen molligen Finger wie immer.

«Uns vergisst man nicht so leicht», scheinen die Ältesten zu sagen.

«Ich bin schneller als ihr», entgegnet sie und schlägt energisch die Laken zurück.

Ohne Bad oder Küche aufzusuchen, verlässt sie die Kaserne und wäscht sich das Gesicht im Büro. In den vergitterten Fenstern geht die Sonne auf, und langsam ziehen sich die Ältesten aus ihren Gedanken zurück. Sie nimmt den Stapel Berichte in Angriff, den sie am Tag zuvor nicht bearbeitet hat, weil sie sich nicht hatte konzentrieren können. In einer besonders dicken Akte wird erwähnt, dass ein Rebellenführer mehrmals gesichtet worden ist, in Äthiopien, aber auch in Somalia selbst, im Oriental Hotel, wenn man den Guddi Glauben schenken kann. Offensichtlich sind die Guddi der Meinung, falsche Informationen seien besser als gar keine. Ihre ständigen Intrigen gegen Einzelpersonen oder Gruppen machen ihr die Arbeit doppelt und dreifach schwer.

Draußen rast mit kreischenden Sirenen eine Kolonne von Polizeiautos vorbei. Filsan steht auf und stellt sich ans Fenster. Im Hauptquartier des Regionalen Sicherheitsrats, das sich im ehemaligen Haus des District Commissioners befindet, brennt es; das Gebrüll der Demonstranten geht im Sirenengeheul unter. Am Himmel steht eine schwarze Rauchsäule wie ein Riesendschinn, der aus seiner Flasche entkommen ist. Sie nimmt den Telefonhörer in die Hand und wählt die Nummer von Birjeeh, das Besetztzeichen tutet ihr entgegen, und sie stellt sich wieder ans Fenster. Diese Rauchsäule bedeutet für ihre Abteilung endlose Ermittlungen, wochenlange Arbeit – wer immer das Ratsgebäude angezündet hat, hat der Regierung den Fehdehandschuh hingeworfen: wenn sie zu einem derart geschützten Grundstück vordringen können, dann können sie überallhin kommen.

Roble kommt mit Colonel Magan vom Mobilen Militärgericht herein. Filsan vermeint, die Andeutung eines Lächelns auf dem Gesicht des Colonels zu sehen, als er sich schwungvoll hinter Robles Schreibtisch setzt. Ein Störfall beim Regionalen Sicherheitsrat könnte ein Pluspunkt für ihn sein.

«Funktioniert überhaupt eines von diesen verdammten Dingern?», schreit Magan und sticht auf die Telefontasten ein.

Sie versucht, Robles Blick zu erhaschen, aber er starrt mit gerunzelter Stirn auf den Colonel hinab.

«Tot.» Colonel Magan legt den Hörer auf, zieht den Stuhl näher an den Schreibtisch heran und bedeutet ihnen, sich davorzustellen. Er hat ein Raubvogelgesicht: knopfäugig, hakennasig und bedrohlich. Er verschränkt die sehnigen Hände und legt das Kinn auf die Fingerknöchel.

Filsan steht nahezu in Habachtstellung vor ihm, hat die Hände nervös hinterm Rücken verschränkt.

«Wir müssen die Situation unter Kontrolle bekommen. Das Feuer im Ratsgebäude ist nur eine Ablenkung. Die echte Katastrophe hat sich gestern Abend im Mandera-Gefängnis ereignet», er klopft sich mit den Knöcheln an den Kiefer und holt tief Luft, «als die Rebellen angegriffen und fast alle Gefangenen befreit haben.»

Endlich wirft ihr Roble einen schnellen Blick zu, den sie erwartungsvoll erwidert.

«Derzeit sind die Straßen nach Osten gesperrt, und jede Infanterieeinheit in dieser Gegend ist zur Grenze abkommandiert worden, damit die NFM ihre Kameraden nicht aus dem Land schleusen kann. Sie werden hier täglich Patrouille gehen. Demnächst folgen weitere Instruktionen. Den restlichen Tag über werde ich in Birjeeh in Besprechungen sein. Captain Yasin, ich möchte, dass Sie so viele Kollaborateure identifizieren wie möglich und herausfinden, was sie über den Gefängnisausbruch wissen.»

Nach dem Angriff auf das Gefängnis schaltet die klappernde, schwerfällige Maschinerie der Somalischen Nationalarmee einen Gang hoch. Innerhalb von vier Wochen bekommt die Saba'ad-Miliz ihre Granatwerfer und einen Ausbilder, der sie in der Handhabung unterweist, in den Lagern draußen in der Wüste werden weitere Milizen rekrutiert, und Filsan organisiert in den Regierungsgebäuden von ganz Hargeisa, auch in den Räumlichkeiten ihrer Abteilung, Einquartierungen für Truppendivisionen aus Beledweyne, Kismayo, Merka, Galkayo und Mogadischu. Roble telefoniert ununterbrochen, einen Stift hinterm Ohr, organisiert die reibungslose Überführung schwerer Waffen von Mogadischu nach Hargeisa. Ihre einzige Ruhepause ist der Wachgang, den sie zwischen drei und sechs Uhr nachmittags jeden Tag im Viertel Guryo Samo absolvieren. Die Sicherheitsorgane sind in kleine Einheiten aufgeteilt worden, die miteinander wetteifern, die Wurzeln des NFM zu kappen, Informationen werden fast wie Schätze gehortet, statt sie zu teilen. Filsan und Roble verbringen drei einsame Stunden miteinander, gehen Straßen auf und ab, die so sandig sind, dass ihre Stiefel bis zu den Schnürsenkeln darin versinken, von allen wurden sie ignoriert, bis auf die Kinder, die bei ihrem Anblick flüchten. Zum ersten Mal seit Salahley trägt Filsan wieder eine Waffe, deren Gewicht unheilvoll auf sie wirkt; es fällt ihr schwer, die Macht in den Läufen, Spulen und den Abzügen zu ignorieren, ständig schiebt sie das Gewehr zur Seite.

Über dem Viertel liegt eine schläfrige Stimmung; sie reißen Witze über Schlafzauber, aber manchmal gähnen sie so anhaltend, dass sie tatsächlich mit einem Bann belegt sein könnten. An einem Verkaufsstand unter einer Weide kaufen sie mit Regierungsgutscheinen zum schweigenden, aber offensichtlichen Missvergnügen des kahlköpfigen Händlers Erfrischungsgetränke. Nach jeder Patrouille taumeln sie im Aquarell-Licht zur Kaserne zurück und an einem überwucherten Obstgarten vorbei, über dessen Mauern zarte Blüten hängen, die mit ihren durchsichtigen Kelchen beinahe im Takt nicken. Manchmal pflückt Roble aus den roten und rosa Blumen für Filsan einen welken Strauß, den sie unter ihrem Uniformrock versteckt und auf ihre Stube rettet, wo sie die zerdrückten feuchten Stängel zwischen ihren Brüsten herauszieht.

Innerhalb von vierzehn Tagen werden vierhundert der Rebellen aus dem Mandera-Gefängnis geschnappt, hauptsächlich alte, zahnlose Männer, die entschlossen ihre Geheimnisse in ihren klapprigen Körpern bewahren wollen. Filsan und Roble haben die Anweisung, einen Mann zu verhören, Umar Farey aus Guryo Samo, der unter Verdacht steht, in seinem Hotel antirevolutionäre Versammlungen zu organisieren. In der ehemaligen Waffenkammer von Birjeeh zeigt Roble eine Gewaltbereitschaft, die Filsan nicht erwartet hat. Während sie hinter einer Schreibmaschine sitzt, Frage um Frage auf den Hotelier abfeuert, pirscht Roble sich heran und versetzt dem Mann präzise Schläge. Einmal muss Filsan kichern. Sie hält sich den Mund zu und wartet, dass der Anfall vorübergeht, aber der Häftling erinnert sie an eine Comicfigur mit Gehirnerschütterung; sie sieht förmlich zwitschernde Vögel um seinen Kopf kreisen. Umar Farey versucht, die Schläge gleichgültig hinzunehmen, jedes Mal dreht er seinen Kopf wieder stur nach vorn, die blutunterlaufenen Augen sind ausdruckslos auf sie gerichtet. Sie spürt, wie ihr die Ältesten über die Schulter auf die getippten Seiten spähen, ihr Atem kitzelt sie unerträglich im Nacken; sie dreht sich um und schreit: «Lasst mich um Gottes willen in Ruhe!»

«Was ist denn mit dir los?», fährt Roble sie an.

«Tut mir leid.» Sie lässt den Kopf sinken.

Das Verhör dauert noch eine Stunde, aber sie erhalten keine wichtigen Informationen. Mit blutender Nase wird der Gefangene in seine Zelle zurückgebracht, und Filsan bindet ihr Taschentuch um Robles geschwollene Knöchel und kauft ihm bei einem Straßenhändler eine Packung Eis, die er darauf pressen kann. Nervös berührt sie ihn, klopft ihm Staub vom Hemd und kontrolliert in regelmäßigen Abständen seine verletzte Hand, aber er ist ungewöhnlich schweigsam.

«Mit wem hast du da drin geredet?», fragt er schließlich auf ihrem Weg zurück ins Büro.

Filsan blinzelt heftig und setzt ein künstliches Lächeln auf. «Mit niemandem.»

«Und warum hast du gelacht?»

«Er sah lächerlich aus. Der Gefangene.»

«Das hat uns aber nicht besonders professionell aussehen lassen, oder?», sagt Roble streng. «Und nicht nur das. Ich ertappe dich manchmal dabei, wie du minutenlang in die Luft starrst und mit den Gedanken ganz woanders bist.»

«Tatsächlich?» Filsan spürt, wie ihr Gesicht brennt, beinahe so, als wäre ihr eine Maske abgerissen worden.

«Du bist anders als alle Frauen, die ich kenne.» Er lächelt, aber seine Worte klingen hart. Er sieht sie an, als wäre sie verrückt.

Gehorsam trottet Filsan mit gesenktem Kopf neben ihm her und fragt sich, wie lange er schon so von ihr denkt. Verstohlen wirft sie ihm Blicke zu, versucht, seinen Gesichtsausdruck zu ergründen; seine Augen sind zusammengekniffen, die Lippen bilden eine strenge Linie, aber so sieht er in letzter Zeit meistens drein. Sie schweigt und hofft, dass sich seine Laune bessert; vielleicht hat das Verhör sie ihm verdorben und er braucht einfach Zeit, bis er den dickköpfigen Hotelier und seine Lügen wieder vergisst.

Den ganzen Nachmittag über wechselt Roble kaum ein Wort mit Filsan und versteckt sich hinter einer Aktenbarrikade. Am frühen Abend entspannt sich die Atmosphäre, und er erklärt sich bereit, sie nach Hause zu bringen. Sie erreichen den Checkpoint, der ihrer Kaserne am nächsten liegt, nach Anbruch der Dunkelheit; die Soldaten haben sich um das Funkgerät geschart, schlanke, junge Männer in wollenen Militärmänteln, die für stämmige russische oder deutsche Soldaten gedacht sind. Die einzige Lichtquelle bildet eine schwache Taschenlampe, die einen weißen, immer schwächer werdenden Lichtkreis verbreitet. Als sie näher kommen, löst sich die Gruppe auf; die Männer salutieren vor Roble und mustern Filsan von oben bis unten und von unten bis oben.

«Es hat einen Angriff auf Burao gegeben, Captain», sagt der Bursche mit der Taschenlampe; sein Gesicht liegt im Schatten, und Filsan kann nur seine schiefen Zähne und das kleine spitze Kinn sehen.

«Wann?», bellt Roble und reißt einem Soldaten das Funkgerät aus der Hand; aus dem Lautsprecher dringt nur ein Knistern.

«Das ist nicht klar, Sir, könnte ein paar Stunden her sein. Es gibt schwere Gefechte, Hunderte Rebellen belagern die Stadt.» Seine Stimme klingt, als sei er immer noch im Stimmbruch, aber vielleicht findet er auch einfach nicht die richtigen Worte für die Situation, in die er geraten ist.

«Wo ist Ihr befehlshabender Offizier?»

«Er wurde nach Birjeeh beordert. Man glaubt, dass noch mehr Rebellen auf dem Weg nach Hargeisa sind, er organisiert Verstärkung für unseren Abschnitt.»

Filsan umklammert ihr Gewehr.

«Ich muss hierbleiben, bis ihr Offizier zurückkommt.» Roble streift sich den Gewehrgurt über den Kopf und wechselt auf eine andere Frequenz, wo sich leise Stimmen in Akronymen unterhalten.

«Ich bleibe ebenfalls, Captain.» Filsan bezieht hinter der Schranke des Checkpoints Stellung.

«Corporal, gehen Sie zurück in Ihre Kaserne, und warten Sie auf weitere Anweisungen.» Er dreht ihr den Rücken zu und hält sich den Kopfhörer ans Ohr, bevor er einen Soldaten fragt: «Über wie viele Rebellen in Burao reden wir genau?»

«Wir haben keine Ahnung, Sir, die Verbindung bricht immer wieder zusammen.»

Filsan geht zu Roble und flüstert ihm ins Ohr: «Ich will bei dir bleiben.»

«Geh, Filsan, das ist eine ernste Sache.»

Als sie seinem Blick begegnet, wird sie von einer Woge des Hasses überspült. Warum glaubt er, dass er besser ist als sie? «Ich gehe, Captain.»

«Bringen Sie sie nach Hause», befiehlt er niemand Bestimmtem, aber sie wartet nicht ab, sondern marschiert los.

Die Straße ist ein blasses Band, umgeben von schwarzen Bäumen, schwarzen Mauern, schwarzem Nichts, dort, wo Leben sein sollte. Es ist erst sieben Uhr abends, aber bis auf das Stapfen ihrer Stiefel ist kein Laut zu hören.

Sie wirft einen prüfenden Blick über die Schulter, sieht, wie ihr einer der Soldaten vom Checkpoint folgt, halbherzig und mit einem gewissen Abstand; seine Anwesenheit verärgert sie noch mehr, und Filsan geht schneller und schwört sich, dass sie Roble nie wieder auch nur einen Blick schenken und ihm eine Lektion erteilen wird, weil er sie gedemütigt hat. Sie weiß, dass sie ihn morgen wiedersehen wird, wenn er hinter seinem Schreibtisch sitzt und enthusiastisch erzählt, wie der Rebellenaufstand in Burao blutig niedergeschlagen wurde.

Sie achtet nicht auf das Gebüsch neben sich, in dem es zu flüstern scheint und sich regt, ihr Blick ist auf die Straßenseite gerichtet, wo es zur Kaserne abgeht, und sie bemerkt nicht, wie sich die Sträucher vom Boden heben. Filsan streicht sich eine Strähne aus der Stirn und zieht den Gewehrgurt fester, damit ihr die Waffe nicht gegen den Schenkel schlägt. Sie will bloß noch unter die Dusche und dann schlafen.

Das Knacken eines Zweigs hinter sich schiebt Filsan auf ein herumstreunendes Tier, den Geruch nach muffigem Schweiß auf ihren langen, anstrengenden Tag, aber ein aufkommender Zweifel lässt sie innehalten und sich umdrehen.

Dschinns bevölkern die Straße, ihnen wachsen verschlungene Äste aus Köpfen und Armen; sie streckt die Hand aus, um eine der schemenhaften Gestalten zu berühren, und spürt erstaunt warmes Fleisch unter ihren Fingern.

«Hände hoch!», befiehlt der Dschinn im Hargeisa-Dialekt und hält ihr eine Kalaschnikow vors Gesicht.

DRITTER TEIL

Die Tür hält fünf kräftige Schläge aus, bevor sie aufspringt. Kawsar dreht sich um, im Haus steht ein halbwüchsiger Soldat, der eine Tarnjacke trägt; ihre Blicke treffen sich kurz, dann zieht er sich zurück. Die Tür fällt ins Schloss, der Riegel ist kaputt, baumelt lose an den Schrauben.

«Und?», fragt eine Stimme hinter ihm.

«Nichts, alles schon geplündert. Lass uns gehen.»

Ob er sie wohl gesehen hat? Oder hat er gedacht, eine Leiche starre ihn an? Wie wird sie überhaupt merken, dass sie gestorben ist? Niemand wird um sie klagen, um sie weinen. Keiner der Nachbarn hat bei ihr hereingeschaut, also müssen sie entweder tot oder geflohen sein.

Ihr Schädel pocht, und sie hat Halsschmerzen. Sie gießt sich ein Glas staubiges Wasser aus dem Krug ein und zählt die Schmerztabletten. Nur noch fünf. Kawsar spült sie hinunter. Draußen vor ihrem Fenster sind immer noch Schritte zu hören, klobige Stiefel auf Beton. Die Soldaten lachen, die geheimnisvolle Verzückung spielender Jungen. Wahrscheinlich wühlen sie sich gerade durch die Unterwäsche in Maryams Haus.

Kawsar lehnt sich mit der Wange gegen den feuchten Kissenbezug mit dem Akazienmuster, Tränen hängen von den dünnen Ästen wie Blätter. Sie fühlt sich benommen, aus dem Flussbett ihrer Erinnerung steigen sepiafarbene Bilder und versunkene Laute auf: das Trampeln der Schnürstiefel, als die Polizisten vor dem District Commissioner in Salahley paradierten. Als sie jung war, hatte sie dieses Geräusch sehr gemocht, ging mit ihrer Frühstücksschüssel auf die Veranda, damit sie dem festen Tritt ihres Mannes auf dem Schotter lauschen konnte, das Geräusch wehte zu ihr herüber, über Vogelgesang, klirrende Metallschilder und das Kommandogebrüll des britischen Sergeants hinweg.

Damals waren die Polizisten wunderschön, das Haar glänzend, der Seitenscheitel akkurat, ihre Uniformen rochen nach Waschmittel und Seife. Kawsar hatte ihren frischgebackenen Ehemann Farah angezogen, als wäre er eine Puppe, jeden Tag seine Kleider gewaschen und gebügelt und abends seine Stiefel mit Kiwi-Schuhcreme poliert. Sie achtete auf seine Erscheinung so sehr wie auf ihre eigene. Schön wollten sie aussehen, wenn sie ihr Land von den Briten zurückeroberten.

Kawsar nimmt noch einen Schluck Wasser und spricht das Gebet für die Sterbenden. Eine schlichte Kugel kann sie akzeptieren – nicht nötig, dass sie ihre Zeit an eine alte Frau verschwenden –, aber Kawsar befürchtet, die Soldaten könnten sie aus dem Bett zerren oder zwingen, aufzustehen. Sie will ihnen das Gold und das Bargeld unter der Matratze geben, wenn sie ihr versprechen, sie in Ruhe liegen zu lassen. Sie stellt sich das Radio neben das Ohr, dreht die Lautstärke herunter und schaltet es ein. Seit Jahren ist der Äther im Krieg zwischen dem Diktator und den Rebellen hart umkämpft, jetzt allerdings knistert Oodweynes Stimme aus dem Lautsprecher, klingt mit jedem Wort klarer und triumphierender.

«Bürger, wir sind zu äußerst einschneidenden Maßnahmen gezwungen worden. Wir haben an unsere Genossen im Norden appelliert, sie mögen unsere Meinungsverschiedenheiten mit friedlichen Mitteln beilegen; wir haben sie inständig gebeten, es nicht zuzulassen, dass unsere Souveränität von den Feinden des somalischen Volkes und ihren Kollaborateuren unterminiert wird. Unsere Geduld im Angesicht des Terrorismus hat uns die Sympathien der ganzen Welt eingebracht, selbst der Präsident der Vereinigten Staaten schickt Hilfe, damit wir die Bedrohung, der wir uns gegenübersehen, eliminieren: ein US-Marineschiff mit Versorgungsgütern wird demnächst im Hafen von Berbera erwartet. Wir verfügen über die Mittel und den Willen, einen Sieg zu erringen, wie unser Land ihn in seiner Geschichte noch nicht erlebt hat, und alle Antirevolutionäre werden bitter erfahren, was es bedeutet, sich dem Staat und dem Fortschritt entgegenzustellen.»

Ehe die Ansprache wiederholt wird, würgt Kawsar seine Stimme ab. Wenn alles, was man kennt, um einen herum stirbt, ist Sterben gar nicht so qualvoll. Es ist, als wäre die Welt für Kawsar erbaut worden und würde bei ihrem Weggang nun wieder abgerissen. An einem Abend in den späten Sechzigern hatte Kawsar im Nationaltheater in Mogadischu gewartet, dass Farah an ihren Tisch zurückkehren würde. Sie hatte ihn inständig gebeten, sie einmal auszuführen, während sie wegen seiner Polizeiausbildung in der Hauptstadt waren, aber überall, wo sie hingingen, wurde seine Aufmerksamkeit von seinen Freunden von der Somalischen Jugendliga beansprucht. Deprimiert und verlassen hatte sie zugesehen, wie der Putztrupp den Boden fegte und die Bühnenarbeiter die Stadt zerlegten, die wenige Minuten zuvor noch so belebt gewirkt hatte. Zimmermannslehrlinge mit glatten Gesichtern, die aus den goldenen Backsteinen echten Halwas die Mandeln stibitzten, zerrten den Süßwarenstand des Komikers von der Bühne. Eine Sonnenuntergangskulisse, auf der tintige Vögel flatterten, wurde aufgerollt und von einem Jungen in eine Papprolle geschoben. Kawsar, die als Erste in der October Road einen Bungalow gebaut hatte, würde mit ansehen müssen, wie die Straße wieder in ihren Urzustand zurückkehrte und die Häuser dem Erdboden gleichgemacht wurden, damit die Wacholderbäume und die Paviane wieder zurückkommen konnten.

Mit einem Ruck schlägt Deqo in ihrer Tonne die Augen auf. Es klingt, als würden Männer die Außenseite mit Hämmern bearbeiten. BUMM, DONG, BUMM. Sie geht in die Hocke und späht hinaus, aber da ist niemand, nur der übliche Kreis schweigender Bäume. Es dröhnt weiter, und Deqo kriecht aus der Tonne, will die Ursache herausfinden. Wochenlang hat sie keine Menschenseele gesehen, die Stadt und den Markt gemieden, für den Fall, dass der alte Mann sie dort finden könnte. Ihr Haar ist struppig und hoffnungslos verfilzt und durch das mittlerweile zerlumpte Kleid, in dem sie aus Nasras Haus geflohen war, schimmert die Haut. Ihre Nahrung besteht aus hartem, unreifem Obst und ihr Mund ist wund. Jedes Gramm Gewicht, das sie in Hargeisa zugelegt hat, ist wieder verschwunden; sie ist größer und überschlank, hört beim Gehen ihre Schritte nicht, schwebt vielmehr über den Boden, hinterlässt keine Fußabdrücke. Die Blitze am Himmel sind willkommen, je mehr Regen fällt, desto größer ist ihr Trinkwasservorrat in dem Eimer, den sie aus dem Müllhaufen unter der Brücke gefischt hat.

Als Deqo einen kurzen Blick nach oben wirft, fällt ihr auf, wie merkwürdig die Blitze sind, sie scheinen aus dem Boden zu schlagen, statt auf ihn hinab, und der Donner klingt kehlig und metallisch zugleich. Mit ohrenbetäubendem Getöse stößt ein Flugzeug herab, und verängstigt stolpert sie ins Gebüsch. Als sie sich der über den Graben führenden Betonbrücke nähert, vibriert der Boden unter einer langsamen Prozession dunkelgrüner Panzer, die die Brücke von Nord nach Süd überqueren; vielleicht findet im Stadion eine weitere Parade statt, noch ein Tag voller Soldaten, Reden und Tänze. Nachdem die Panzer verschwunden sind, ist die Brücke leer, und sie klettert die Böschung hoch. Auf der Brücke wirft sie einen prüfenden Blick Richtung Süden zum Flughafen und Richtung Norden zum Theater: Hier und da stehen Rauchsäulen, und bis auf die geheimnisvollen Explosionen, die sie vom Graben aus hören konnte, liegt über allem eine unheimliche Stille.

Neugierig geht Deqo Richtung Souk, hoffentlich weiß eine der Marktfrauen, was los ist. Sie nimmt an, dass der Markt wie immer geöffnet hat, links die Frauen mit den Körben, rechts die Gemüseverkäufer, dazwischen Straßenhändler, ungefähr in ihrem Alter, die Snacks und einzelne Zigaretten verkaufen, der Hauptmarkt ein Trubel aus Köpfen und Armen. Erst als sie sich der riesigen blau-weißen Flagge nähert, die auf eine der Mauern der Stadtverwaltung gemalt ist – das gleiche Bild, von dem sie im Getümmel immer nur Bruchstücke gesehen hat, ist nun in seiner ganzen regenverwaschenen Gänze sichtbar –, bemerkt Deqo, dass sie sich im Herzen des Souk befindet. Stille, umgestürzte Tische und Kisten haben die ihr bekannte Welt ersetzt, ihre einzige Gesellschaft sind die ausgemergelten, flohgeplagten Katzen, die unter einer Markise kauern und verzweifelt eine dunkle Blutpfütze auflecken.

Deqo sucht den Boden nach etwas Essbarem ab, aber es liegen nur Erdnussschalen und zertrampeltes Gemüse herum. Sie schwenkt in das Gässchen neben dem städtischen Gebäude und erreicht bald darauf den Checkpoint. Soldaten in gelben Tarnanzügen stehen Wache, aber eine

Frau in Kakiuniform und Barett winkt Deqo heran. «Hände hoch! Wo kommst du her?», schreit sie.

«Vom Markt.» Deqo zeigt hinter sich. «Wo sind denn die ganzen Händler, *jaalle*?“

«Irgendwo in den Bergen. Wer bist du? Wo ist deine Familie?»

«Ich bin Waise, aus Saba'ad.»

«Du kannst die Hände runternehmen.»

Langsam lässt Deqo die Arme sinken.

«Ich habe Hunger, *jaalle,* wo krieg ich was zu essen her?»

Die Frau geht zu einem anderen Soldaten, bespricht sich mit ihm und kehrt mit ihm zurück. «Wenn du eine Aufgabe für uns übernimmst, bekommst du von uns etwas zu essen.»

Deqo schirmt mit der Hand ihre Augen vor der Sonne ab und nickt.

«Komm mit.» Die Frau führt Deqo und den Soldaten in Richtung des wohlhabenden Viertels auf der anderen Seite des Grabens. In gebückter Haltung, das Gewehr im Anschlag, spähen sie um die Ecke, ehe sie sich weiterwagen. Das Funkgerät am Gürtel der Frau knackt, und sie schaltet es aus.

«Siehst du die Häuser dort am Ende der Straße?» Sie zeigt auf zwei riesige Villen, deren Tore aufgebrochen sind. «Ich will, dass du da reingehst und nachschaust, ob Leute da drin sind.»

«Ist das alles?», fragt Deqo.

«Das ist alles, und dann bekommst du von uns etwas zu essen.»

Als Deqo auf Zehenspitzen losgeht, wobei sie die Soldaten nachahmt, sieht sie, dass die Grundstücksmauern der Villen Einschlagslöcher haben, Krater groß wie Lastwagenreifen. Die Häuser selbst, vor denen glänzende neue Autos stehen, sind unbeschädigt. Deqo wirft einen ängstlichen Blick über die Schulter auf die Soldaten, die rasch aus ihrem Blickfeld verschwinden. Sie betritt das Grundstück der etwas kleineren Villa und steht neben einem verlassenen Kinderfahrrad, in der Erwartung, dass sie gleich verjagt wird; Vögel rascheln, in der Ferne ertönen Schüsse, aber niemand kommt heraus. Die Villa ist weiß und hat eine geflieste Veranda, die zu einer Doppeltür aus Glas führt. Deqo betritt das Haus und zählt sieben Zimmer, das Bad und die große Küche nicht mitgerechnet. Im Schlafzimmer brennt noch das Deckenlicht, aber sie weiß nicht, wie man es ausschaltet. Die Zimmer riechen nach der Familie, die hier gewohnt hat, eine eigenartige Mischung aus Waschpulver, Gewürzen und Baby.

Die größere Villa wirkt ebenfalls verlassen, auf einem Teppich sind allerdings Fußabdrücke zu sehen. Deqo hebt eine Gewehrkugel auf, die unter dem Wohnzimmertisch liegt, und behält sie gewissermaßen als Glücksbringer in der Hand, während sie die Zimmer inspiziert. In diesem Haus gibt es zwei Fernseher, einen im Wohnzimmer, den anderen im Schlafzimmer; Deqos Spiegelbild wird darin eingefangen und von den Apparaten mit ihren schwarzen Augen beobachtet. Die Küche ist voller abgepackter Lebensmittel, die sie nicht identifizieren kann.

Deqo sprintet zu den Soldaten zurück, die sie um die Ecke winken.

«Hast du jemanden gesehen?», fragt die Frau ungeduldig.

«Nein, die Häuser sind leer.»

«Hast du auch ganz sicher niemanden gesehen? Sag die Wahrheit.»

«Ich hab in jedes Zimmer geguckt.»

«Was hast du da in der Hand?»

Deqo macht die Hand auf und zeigt ihr die Kugel. Die Soldatin nimmt die Kugel und flüstert ihrem Kameraden etwas ins Ohr.

«Hab ich in dem großen Haus gefunden. Unter 'nem Tisch.»

Die Soldatin ersetzt die Kugel mit einem geschmolzenen Schokoriegel aus ihrer Tasche. «Schleich dich», befiehlt sie ihr, bevor sie und der Soldat in die Richtung gehen, aus der sie gekommen sind, aufmerksam nach allen Seiten spähend wie Diebe.

Roble sagte, er sei sofort hergerannt, als er die Schreie gehört hätte. Filsan war von einer buntgemischten Gruppe umringt; zwei ältere Männer – einer in Kaki, einer mit Safarijacke – und zwei Halbwüchsige, die Jeans und Hemden mit breitem Kragen trugen.

«Gib uns deine Waffe», verlangte der Mann in Kaki, sein Gewehr auf sie gerichtet.

Filsan stand vollkommen still, unfähig, eine Antwort von sich zu geben. Es war, als wäre alles, was sie je gelernt hatte, ausradiert.

Einer der Burschen entsicherte seine Kalaschnikow, und das Geräusch katapultierte Filsan wieder in ihren Körper zurück. Sie sah in den Lauf, erblickte ihr eigenes Ende und brüllte nach Roble.

Ehe der Bewaffnete seine Kalaschnikow abfeuern konnte, erledigte ihn vom Checkpoint her ein Schuss in den Rücken.

Die Rebellen drehten sich um und schossen zurück, Filsan war plötzlich nicht mehr wichtig, und sie warf sich in die Wasserrinne, in der die Männer sich versteckt hatten. Nach wenigen Sekunden war das Feuergefecht vorüber, drei Rebellen lagen tot auf dem Boden und dem ins Dunkel der Nacht rennenden Mann in Kaki waren Soldaten auf den Fersen.

Roble rannte zu ihr hinüber und zog sie aus dem Dornengestrüpp, sein Herz donnerte gegen ihre Rippen, und der Moment war einzig wegen des Geruchs nach Hundescheiße an Filsans Stiefeln verhunzt. Unter seinen Arm geschmiegt und erschrocken, aber unversehrt, war sie mit Roble zum Checkpoint zurückmarschiert und alle Feindseligkeit zwischen ihnen war verschwunden. Seine Gestalt wurde fast ganz vom Schatten verschluckt, nur der Umriss eines Mannes, wie er sein sollte, und sie klammerte sich an ihn, drückte sich immer enger an ihn. Auf eine beschwingte, animalische Art fühlte sie sich außer sich, bar jeglicher Zurückhaltung, jeglichen Anstands; sie wollte mit ihm verschmelzen, *er werden*. Aber Roble hatte sie auf die Tonne beim Checkpoint gesetzt, ihr die Taschenlampe gegeben, sich dem Funkgerät zugewandt und Befehle für sofortige Verstärkung gebrüllt, besorgte Blicke in alle Richtungen geworfen. Noch in dieser Nacht waren sie getrennt worden, er zu einem Checkpoint in den Bergen außerhalb der Stadt abgestellt worden und sie nach Birjeeh, wo sie bei der Koordination der Siegespioniere mit den bewaffneten Truppen helfen sollte, die sich bereits in Hargeisa befanden.

Jedes Mal, wenn Filsan während der nächsten Tage einen Militärlastwagen durch die Straßen rasen sieht, auf der Ladefläche uniformierte Tote, erstarrt sie beim Gedanken, Roble könnte unter ihnen sein. Das NFM ist keineswegs zurückgeschlagen und aus der Stadt vertrieben worden, sondern zahlenmäßig angewachsen und hat sich verschanzt.

Hunderte Rebellen sind aus dem Exil im äthiopischen Buschland zurückgekehrt, aus ihren Wüstenhöhlen, und tragen auf dem Rücken Waffen, die sie irgendwo ergattert haben. Veteranen, deren Namen und Fotografien sich in Akten über polizeilich gesuchte Personen finden, sind gekommen, um Chaos und Verwüstung anzurichten; ihre offenkundige Auferstehung wirkt als ein Ruf zu den Waffen für die Tausenden wütender Jugendlichen der Stadt.

Beim Checkpoint in der Nähe des Nationaltheaters überwacht Filsan alle Bewegungen in das strategisch wichtige Stadtzentrum. Die meisten Bewohner sind während der ersten Stunden der Bombardierung geflohen, einige jedoch bleiben zurück: die Verkrüppelten und Alten, die Patienten, die aus den vom Militär requirierten Krankenhäusern geworfen worden sind, Straßenkinder und Geisteskranke, die ein Granatwerfereinschlag aus dem Irrenhaus befreit hat. Filsan schaltet ihr Funkgerät ein und hört, dass die Rebellen die Wasserversorgung des Krankenhauses gekappt haben und dass umgehend Lastwagen Wasser für die verletzten Soldaten dorthin transportieren müssen.

Zwei Mitglieder der Siegespioniere, Ahmed und Jimaale, werden zum Checkpoint beordert und sollen bei der Identifizierung der NFM-Sympathisanten helfen; sie wissen alles über jeden – Familie, Clan, Wohnviertel, Beruf, Kollegen –, es zahlt sich endlich aus, dass sie jahrelang ihre Nasen überall hineingesteckt haben. Sie wirken wie neugeboren, Armbanduhren und konfisziertes Geld beulen ihre Taschen aus; sie wollen von den Rekruten Waffen haben, aber Filsan verbietet es.

Eine Gruppe Zivilisten, Bündel auf den Rücken, nähert sich vorsichtig dem Schlagbaum. Das einzige männliche Wesen ist ungefähr zwölf Jahre alt und müht sich mit einem Handkarren ab, der mit ihren weltlichen Gütern vollgeladen ist.

Sie bleiben vor dem Schlagbaum stehen und warten.

«Wo kommt ihr her?», fragt Filsan.

«Iftiin», antwortet eine junge Frau, die mit einem Riemen um die Stirn die Last auf ihrem Rücken gesichert hat. Sie ist offenbar die Anführerin der Gruppe, die älteste Frau lehnt sich keuchend gegen die Wand.

«Wie heißt du, und wer sind diese Leute?»

«Nurto Abdillahi Yusuf. Das sind meine Mutter und meine Geschwister.» Ohne sich umzudrehen, deutet sie nach hinten.

«Ihr Vater hat im Kino gearbeitet; es ist bekannt, dass ihre Familie *anti* ist. Untersuch den Karren, wahrscheinlich versorgen sie den Feind!», schreit Ahmed und hastet gleich selbst zum Karren.

«Zurücktreten», befiehlt Filsan und schneidet die Haltegurte des Karrens durch. Sie wühlt sich durch den Inhalt: eine Schaumstoffmatratze, eine Papiertüte mit Medikamenten, Reis- und Mehlsäcke, ein *girgire*-Kocher und dann etwas Überraschendes.

«Da!», schreit Jimaale auf. «Ertappt wie die Katze mit einem Stück Hühnerfleisch.»

«Die ist zum Schutz gegen Banditen, wir sind nur Frauen und Kinder, wir müssen uns doch verteidigen können», bittet Nurto flehentlich.

«Wo habt ihr die her?» Filsan untersucht die Waffe, ein altes Polizeimodell.

«Die haben wir schon seit Jahren, mein Vater hat sie gekauft, nachdem bei uns in den Siebzigern eingebrochen wurde, jeder hat eine, damals brachen in unserer Gegend nachts Betrunkene und Klebstoffschnüffler ein.»

«Lügnerin! Lügnerin!» Jimaale gibt dem Mädchen einen Stoß. «Du bist eine *anti*! Warum ruft ihr nicht die Polizei, wenn eingebrochen wird?»

«Wir haben dich bei Demonstrationen gegen die Regierung gesehen, uns kannst du nichts vormachen.» Ahmed versetzt ihr einen Tritt, und sie stürzt.

Filsan zieht ihn fort. «Bringt sie nach Birjeeh. Dort werden sie die Wahrheit schon herauskriegen.»

Ahmed und Jimaale reißen der Familie die Bündel von den Rücken, während Filsan Nurtos Handgelenke und die ihrer Mutter zusammenbindet. Die Kinder wehren Filsans Hände ab, Filsan unterdrückt den Drang, sie zu schlagen, und weist die beiden jüngsten Rekruten an, mit der gesamten Sippschaft zum Hauptquartier zu marschieren. Ihre Gestalten werden immer kleiner, und Filsan erscheint es wie eine Ironie des Schicksals, dass sich ihre Flucht verzögert hat, weil sie so viele Besitztümer wie möglich mitnehmen wollten und nun ebenjene Besitztümer ihre Flucht behindern.

Das Knacken des Funkgeräts drängt sich in Filsans Gedanken, am anderen Ende ist Lieutenant Hashi mit dem Befehl, sie solle sich zum Checkpoint beim Radiosender begeben. Sie überlässt den Karren Ahmed und Jimaale, sollen sie doch klauen, was sie wollen, und hastet zur nächsten Stellung.

Fragmentarisch dringt das Chaos von draußen an Kawsars Ohr: das scharrende Geräusch, mit dem das Wellblech von den Nachbardächern gerissen wird, das kehlige *Wruuum* der Kanonen, die hinter dem Hotel abgefeuert werden, die sich unheilvoll nähernden Schritte im Hof. Sie spürt, dass ihr der Tod bevorsteht; alles an ihr ist kalt, und ihr Herz schlägt schwerfällig, verzweifelt. Ein Gewicht senkt sich auf die Matratze, und sie dreht den Kopf. Farah sitzt da in seinem schmal geschnittenen Nadelstreifenanzug, den er so mag, lehnt sich zurück und stößt einen abgrundtiefen Seufzer aus. «Wer hätte gedacht, dass es so weit kommen würde?»

Es tut so gut, seine tiefe, klare Stimme zu hören, Tränen treten ihr in die Augen.

«Kawsar-*yaaro*, kleine Kawsar, du hast dich ohne mich so sehr abrackern müssen. Schließ jetzt mit allem ab.» Er lächelt, und da sind sie, die flachen Grübchen in seinen Wangen. «Wir haben auf dich gewartet.»

Neckend tritt Hodan aus der Küche, lächelt das Lächeln ihres Vaters und trägt ein Hochzeitskleid aus Satin, das sich um sie herum auf dem Boden ausbreitet.

«Nehmt mich mit.» Kawsar streckt die Arme so weit nach oben wie möglich.

Als Hodan näher tritt, sieht Kawsar, wie ihr perfektes, leuchtendes Gesicht verblasst, bis nur noch Staubflocken durch die Luft tanzen. Sie dreht sich zu Farah um, aber das Bett ist leer. Sie lässt die Arme sinken und schreit auf, verflucht sich selbst: Warum kann sie nach einem derart langen, schwierigen Leben nicht wenigstens einen einfachen Tod haben? Warum muss sie diese Prüfung über sich ergehen lassen? Wenn sie ein Messer hätte, würde sie ihrem Leben ein Ende bereiten.

Deqo schleicht sich zu den Villen zurück. Die Bäume sind kahl, alle Vögel fortgeflogen, es herrscht eine unheilvolle Stille. Sie möchte noch mal die prächtigen Küchen sehen, die glänzenden Kupfertöpfe berühren und die unter geheimnisvoll-exotischen Verpackungen ächzenden Schränke ausräumen. Hinter ihr ertönt das kehlige Dröhnen der Granatwerfer, und sie läuft schneller, hält sich dicht an der Wand und versteckt sich im Schatten herabwuchernder rosa Bougainvilleen. Sie schlüpft auf das Grundstück der größeren Villa, rennt die Betonstufen hoch und betritt den kühlen, grün gefliesten Empfangsraum. Ein schwerer Sessel mit Holzgestell steht nahe genug an der Tür, sodass sie ihn schieben und als Barrikade benutzen kann. Der Deckenventilator gerät durch den Luftzug in Bewegung, aber im restlichen Haus ist es geisterhaft still. Die Möbel sind mit riesigen Tüchern bedeckt, in den Falten auf dem Boden sammeln sich bereits Staub und tote Insekten.

Deqo durchquert die Eingangshalle und geht in die Küche. Eine Wand wird von weiß gestrichenen Schränken beherrscht, in denen sich Pfannen, Besteck und Vorräte verbergen, die in Nasras Küche auf dem Boden gestanden hätten. Auf einer Strohmatte neben dem Fenster ist ganz deutlich der dunkle Abdruck eines Körpers zu sehen, nur ein Paar Plastikschlappen und ein *caday* erinnern an das Dienstmädchen, das in diesem Raum gelebt und gearbeitet hat. Statt eines improvisierten *girgire* hatte sie einen richtigen Holzkohleherd, auf dem sie die Mahlzeiten zubereiten konnte, mit vier runden Platten und einem Ofen darunter – er muss ihr viele Arbeitsstunden erspart haben. In einem riesigen Emailspülbecken stapelt sich das dreckige Geschirr, das die Familie vor ihrer Flucht benutzt hat. Deqo taucht einen Finger in die erstarrte rote Sauce auf einem Teller und leckt ihn ab, es schmeckt immer noch gut. Aus zwei großen Wasserhähnen tropft es auf das Geschirr, und sie beschließt, abzuspülen, als eine Art Bezahlung für die Gastfreundschaft der Familie, die ihr unwissentlich gewährt wird. Mühsam dreht sie die schwergängigen Hähne auf, und das Wasser rauscht heraus, klar und reichlich; in ihrer Reichweite finden sich Lappen und Reinigungsmittel, und binnen Kurzem ist das Spülbecken leer.

Deqo wedelt ihre Hände trocken, ganz erstaunt, welcher Luxus ihr bisher verborgen geblieben ist. An einem Ort wie diesem ist Arbeit keine Arbeit; man muss keine Eimer vom Brunnen herschleppen, keinen zusammenstürzenden Pfannenstapeln oder herabfallenden Messern ausweichen. Die Küche hat eine hohe Decke und zwei breite Fenster, durch die die Mittagssonne hereinströmt; die zartgelbe Farbe der Wände taucht alles in ein weiches Licht. An der Wand hängen drei riesige Kupferpfannen, die sich im Luftzug leicht bewegen und deren Böden goldene Strahlen auf Deqos Haut werfen. Ihr Atem geht schwer, jetzt weiß sie, wo sie hingehört.

Sie öffnete den nächstgelegenen Schrank und greift sich einen Stapel Kekspackungen, importierte Ware, die sie auf dem Markt zwar gesehen, aber noch nie probiert hat, klemmt sich noch eine Flasche Sirup unter dem Arm und sucht ein Schlafzimmer. Sie wählt das größte und wirft ihre Beute auf die rosa Seidensteppdecke, die über das riesige Bett gebreitet ist; es ist, als lehnte man sich auf einer Wolke zurück, flöge auf einem Zauberteppich dahin. Sie streckt alle viere von sich, zieht sie wieder an, streckt sie wieder aus, das Gefühl der über die Seide gleitenden Glieder lässt sie vor Entzücken erschauern. Sie dreht die Flasche mit dem Mund auf, spuckt den Verschluss aus und trinkt die dunkle Flüssigkeit, dick und karamellsüß. Sie lässt eine Hand zur aufgerissenen Kekspackung wandern, nimmt drei Plätzchen heraus und stopft sie sich in den Mund, Krümel regnen auf sie herab, die sie achtlos aufs Bett, auf den Boden fegt. Sie kann tun, was sie will, ohne Bestrafung, ohne Belehrungen, ohne Beaufsichtigung.

Deqo wacht in einem dämmrigen, fremden Zimmer voller Schatten und dunkler Nischen auf, und das nasse Gefühl an den Beinen versetzt sie in Panik. Sie springt vom Bett auf und sieht die Lache dunkelroten Sirups auf der Steppdecke. Sie verwünscht sich selbst, weil sie diesen Palast innerhalb so kurzer Zeit verdreckt hat, und packt die klebrige

Flasche. Sie zieht den schweren Seidenstoff weg, und zu ihrer Erleichterung sind die Laken darunter immer noch makellos; sie rafft die Decke zusammen und trägt sie ins Bad, will sie später waschen. Vom Krieg hinter den Mauern dringt kein Geräusch ins Haus; es hallt und summt und tickt in den Räumen, als wäre Deqo von einem Riesen verschluckt worden und steckte in seinem Brustkorb fest. Sie tanzt und schlittert über die gefliesten Böden; sie fühlt sich vollkommen sicher in diesem Versteck, einzig das Tappen ihrer Füße leistet ihr Gesellschaft. Unter einer Tür dringt Licht hervor, und ihr fallen die anderen Zimmer ein, die ebenso üppig möbliert sind wie das, in dem sie geschlafen hat. Sie drückt die Tür auf – das Zimmer ist voller Schatten, riesiger Schatten, die über alle Wände schwirren. Sechs weiße Nachtfalter flattern zwischen Glühbirne und geblümtem Lampenschirm. Ob dies die einzige Lichtquelle ist, die sie ausfindig machen konnten, ob die restliche Stadt wohl in reglosem Dunkel liegt und ob die Insekten wohl wie sie Angst davor haben, was in dieser Dunkelheit alles passieren kann?

Deqo geht zum Fenster und entdeckt das Loch im Fliegengitter, durch das die Nachtfalter hereingekommen sein müssen. Es ist kurz vor Einbruch der Dunkelheit, und ein Strich wässrigen Indigoblaus trennt den schweren Himmel von der dunklen Erde. In der Ferne schießen Leuchtraketen wie Sterne in den Himmel, ziehen giftiggrüne Streifen hinter sich her. Eine fremde Welt wird zerstört, der sie nicht angehört und von der ihr nichts gehört. Nachdem sie die Vorhänge zugezogen hat, richtet sich ihre Aufmerksamkeit auf den Schlüssel im Schrank; er knackt wie ein steifer Knöchel, dann gehen die dicken Spiegeltüren auf. Er ist mit Kleidern vollgestopft, die Metallstange biegt sich unter ihrem Gewicht, auf dem Boden stehen reihenweise Schuhe. Deqo nimmt ein Paar silberne High Heels heraus und schlüpft hinein, hinter der Ferse klafft eine faustgroße Lücke. Zwischen den Kleiderlagen erspäht sie Pailletten und bekommt einen Zipfel zu fassen, eine Art kurzärmliges, schwer besticktes Oberteil, vorn prangt eine Palme aus Perlen in allen Edelsteinfarben. Ein breitkrempiger schwarzer Hut vervollständigt das Outfit, und Deqo tritt schwankend ein paar Schritte zurück und betrachtet sich im Spiegel; zum ersten Mal gefällt ihr das Mädchen, das da zurücklächelt.

Nach ein paar ereignislosen Stunden am Theater-Checkpoint kommt ein weiterer Befehl von Hashi, Filsan soll sich Roble auf der Jigjiga Road Richtung Äthiopien anschließen. Ein Jeep holt sie ab, und trotz der Gefahren, die in dem angesteuerten Distrikt lauern, springt sie bereitwillig in den Wagen. In den Bergen um Hargeisa verstecken sich Hunderte Rebellen, und die Schusswechsel zwischen ihnen und den Soldaten hallen durchs Tal. Filsan bedeckt ihre Nase gegen den stechenden Rauch, der von den brennenden Häusern herüberweht, und kurbelt das Seitenfenster hoch. Sie hat nichts dabei, was sie Roble geben könnte, nicht einmal eine Flasche Cola; der einzige Trost, den sie bieten kann, ist ihre Anwesenheit. Das ist hoffentlich genug. Im Vorbeifahren entdeckt man kleine, in den Bergen herumkletternde Punkte; die Flüchtlinge ähneln bunten Deckenbündeln, die sich wie Ameisen in Kolonnen fortbewegen.

«Sollten lieber in ihren Betten bleiben und nicht hier draußen sterben», sagt der Fahrer, dessen Dialekt Filsan an zu Hause erinnert.

Ihr Interesse ist geweckt, und sie wendet sich ihm zu. «Wann bist du aus Mogadischu gekommen?»

«Vor drei Tagen. Ich habe kaum geschlafen, bin bloß gefahren, gefahren, gefahren.» Er deutet mit der flachen Hand auf die Straße.

«Wie ist die Lage dort?»

«Schwierig, die Stadt ist voller Flüchtlinge aus dem Norden.»

Das ist Filsan egal; sie will wissen, welche Sänger in ihrer Abwesenheit den Durchbruch geschafft haben, ob das Strandcafé Lido noch geöffnet hat und ob der Fernsehempfang besser geworden ist.

Er erzählt ihr, dass er in Wardhiigley geboren, aber in Hamar Weyne aufgewachsen und zu einer Schule gegangen ist, von der sie nur ganz vage gehört hat; als junger Mann war er Mechaniker, bevor er in die Armee eingetreten ist. Sie haben keine gemeinsamen Verwandten, Bekannten oder Interessen, und rasch geht ihnen der Gesprächsstoff aus.

Der Jeep verlässt die asphaltierte Straße und erklimmt einen unbefestigten Weg. «Näher kann ich nicht ranfahren, geh einfach der Biegung nach, dann siehst du sie.»

Filsan wischt sich über die Stirn, hoffentlich sieht sie nicht allzu schlimm aus oder riecht abstoßend. So hatte sie sich die Wiederbegegnung nicht vorgestellt, aber es ist allemal besser als Warten.

Plötzlich ist er da, lehnt mit einem Fernglas vor den Augen an einem Felsblock; sie bleibt stehen und genießt seinen Anblick, ruhig und gelassen, da prasselt nur ein paar Meter entfernt Maschinengewehrfeuer gegen den Felsen. Nach einer Ewigkeit, immer noch das Fernglas vor den Augen, bemerkt er Filsan, ein breites Lächeln zieht sich über das Gesicht mit dem Viertagebart. Er breitet die Arme aus, obwohl er weiß, dass sie sich nicht hineinwerfen wird; stattdessen rennt sie auf ihn zu und umfasst mit beiden Händen seine Hand und schüttelt sie.

«Willkommen, willkommen, *jaalle!*», er winkt sie zu den anderen hinüber. «Das ist Corporal Abbas, das sind die Gefreiten Samatar und Klein-Abdi. Groß-Abdi hat sich gerade hinter den Felsbrocken zurückgezogen.»

Filsan salutiert, und scherzhaft nehmen die Männer Haltung an und schlagen die Hacken zusammen.

«Haben Sie was zu essen mitgebracht?», fragt Abbas.

«Tut mir leid, ich habe selbst nichts gegessen.»

«Wir sterben hier oben garantiert den Hungertod», stöhnt er.

Filsan sieht zu Roble hoch. «Wann warst du zum letzten Mal unten in der Stadt?»

«Vor zwei Tagen, ein einziges Schlachtfeld! Ständig heißt es, nur noch ein paar Stunden, nur noch ein paar Stunden, aber abgesehen von dir ist immer noch keine Verstärkung gekommen.»

«Sie haben mir nicht gesagt, dass ich Verpflegung mitbringen soll.» Sie tut so, als suchte sie in ihren Taschen nach Schokolade.

«Ist nicht deine Schuld.» Roble tätschelt ihr die Schulter. «Zumindest hatten wir keine Probleme.»

«Keine Probleme?»

«Nichts. Wir beobachten die Lage, und zwar durchs Fernglas – besser als Kino. Da, guck mal.» Roble streift sich den Riemen des Fernglases über den Kopf und reicht es Filsan.

Hargeisa bietet ausnahmsweise einen schönen Anblick, violett und rosa der dunstige Himmel, rauchdunkel die Wolken, auf den Blechdächern spiegelt sich in goldenen Lachen die riesige, orangefarbene Sonne, die eben versinkt. Tiefe Schatten verbergen die Zerstörung. Filsan hält sich das Fernglas vor die Augen und sucht, bis etwas ins Blickfeld kommt: ein Stück Straße und Räder. Ein weinroter Toyota hält am Straßenrand, und ungefähr acht Zivilisten drängen heraus. Noch mehr Flüchtlinge rennen die Straße entlang, gehen atemlos ein paar Schritte, ehe sie wieder loslaufen. Sie schwenkt zurück zum Auto und beobachtet, wie ein Vater seine kleine Tochter – ein ungefähr fünfjähriges Mädchen im fleckigen Kleid – zum Pinkeln ans Gebüsch neben der Straße begleitet; er hält sie unter den Armen und seine Schuhe außer Reichweite. In der Nähe geht ein Granatenschauer nieder, nur zwei, drei Meter von Vater und Tochter entfernt, und alle Passagiere springen aus den Büschen und laufen zum Auto zurück. Der Vater flitzt ebenfalls los und bedeutet dem Mädchen verzweifelt, sich zu beeilen. Sie stolpert hinterher und zieht dabei mit einer Hand die Unterhose hoch. Der Vater springt in das Auto, als es gerade anfährt, er hält die Tür auf, aber der Fahrer gibt Gas und fährt davon, das kleine Mädchen bleibt in einer Auspuffwolke zurück. Noch mehr Geschosse gehen nieder, aber das Mädchen rennt dem Wagen hinterher, bis sie im aufgewirbelten Staub einer Katjuscha-Salve verschwindet. Ungläubig lässt Filsan das Fernglas sinken, der Vater hat sein Kind einfach dem Tod überlassen. Das Auto, jetzt nur noch ein dunkler Fleck, fährt auf der kurvenreichen Straße Richtung Äthiopien weiter.

Sie versetzt sich in die Lage des Mädchens und verspürt eine plötzliche Sehnsucht nach ihrem Vater, sieht ihn ganz deutlich vor sich, mit einem Whiskyglas vor dem Fernseher, den rechten Fuß unter den linken Schenkel geschmiegt. Obwohl er so streng war, hätte er sie nie im Stich gelassen. Sie hatte seine beiden letzten Anrufe in der Kaserne ignoriert; er möchte, dass sie nach Mogadischu zurückversetzt wird, fort vom Krieg.

Die Sonne ist untergegangen, die Silhouetten der Berge ähneln den Stacheln auf dem Rücken von Leguanen, und hie und da wird im Tal die Stadt von Feuern erleuchtet. Ein Funkspruch kommt durch, sie würden alle beim Checkpoint abgelöst und zu einer Lagebesprechung nach Birjeeh gebracht, und jetzt warten sie, hauchen sich wärmende Luft auf ihre eisigen Finger. Abbas und Klein-Abdi haben Zweige gesammelt und ein kümmerliches Feuer angezündet, Roble und Filsan kauern schweigend nebeneinander. Groß-Abdi tritt auf sie zu und fragt nach einer Zigarette; er ist mager und zittert in seinem kurzärmeligen Hemd. Roble gibt ihm seine halb leere Schachtel. Schließlich hören sie das Knirschen von Reifen auf dem Schotter, und fünf mit Sturmgewehren und einer Panzerfaust bewaffnete Soldaten kommen zur Ablösung.

Langsam fahren sie mit ausgeschalteten Scheinwerfern nach Hargeisa zurück, hoffentlich erregen sie nicht die Aufmerksamkeit der Rebellen oder werden von den eigenen Rekruten beschossen, was immer öfter verkommt. Filsan wird gegen Roble geschleudert, während der Jeep durch ein Schlagloch nach dem anderen fährt; sie hocken aneinandergequetscht hinten, den Blicken entzogen, und er legt ihr den Arm um die Schulter. Sie greift nach seiner Waffe und stellt sie neben ihre. Prasselnd steigen Leuchtspurgeschosse weiß leuchtend in den Himmel und erinnern Filsan an die billigen chinesischen Feuerwerksköper, die manchmal während *Eid* in ihrem Viertel gezündet werden. Eine Sekunde lang schimmert das Weiß von Robles Augen im Licht eines Checkpoint-Scheinwerfers auf.

«Heute Abend wird der Mond sehr hell sein», sagt er leise.

«Woher weißt du das?»

«Wir alten Nomaden kennen uns eben mit den Geheimnissen der Natur aus.»

Sanft stößt sie ihm in die Rippen. «Du hast davon so viel Ahnung wie ich, nämlich gar keine.»

«Wart's nur ab. Gib ihm noch zwei Stunden, und du glaubst, da oben hängen Scheinwerfer.»

«In zwei Stunden liege ich in meinem Bett und schlafe, statt wie ein Idiot den Mond anzustarren.»

«Tja, ich jedenfalls werde mich den anderen Idioten des Mitternachtsklubs anschließen.»

Der Jeep bremst abrupt, und Filsan knallt mit dem Mund gegen ihr Knie.

«Was war das?», brüllt der Fahrer.

«Was?»

«Irgendwas ist gegen die Windschutzscheibe geflogen.»

«Auf keinen Fall anhalten! Weiterfahren!»

«Los, weiter!», brüllen die anderen Soldaten.

Filsan schmeckt Blut und reibt sich mit dem Finger über die schmerzende Zungenspitze.

Ein Lichtblitz erleuchtet den roten Fleck auf ihrem Zeigefinger. Einen Augenblick später rammt ein Elefant den Jeep, so kommt es ihr zumindest vor, ein wütender Elefantenbulle nimmt sich den Wagen vor und schleudert Filsan und Roble auf die Straße hinaus.

Ausgestreckt liegt sie da, krallt sich an den Boden, als könnte er sich entfernen, dreht sich zu Roble um und streckt die Hand aus. «Steh auf, Roble. Steh auf.»

Keine Antwort.

«Wie viele?», brüllt jemand.

«Sieben, alle getroffen!», brüllt eine andere Stimme zurück.

Filsan schält sich aus dem Schotter, tastet herum und bekommt den Gurt einer Maschinenpistole zu fassen, die aus dem Jeep geschleudert worden ist, und zieht sie näher heran.

Schritte kommen auf sie zu, Stimmen schreien unverständliche Befehle, Taschenlampen schicken ihren Lichtstrahl über die schwere Wunde in Robles Rücken.

«Abbas? Abdi? Könnt ihr mich hören?», krächzt sie.

«Ich bin hier, Corporal», flüstert Groß-Abdi. «Ich bin immer noch da. Machen Sie sich bereit.»

Die Rebellen feuern los, ehe Filsan auch nur einen von ihnen ausmachen kann. Sie schickte einen Kugelhagel in die Dunkelheit, aus der die Taschenlampen aufblitzten. Sie hat die Waffe nicht richtig zu fassen bekommen, und der Rückstoß ist heftig.

«Fahrt zur Hölle!», kreischt einer der Rebellen.

Sie schalten alle Taschenlampen aus und drängen vorwärts.

Filsan schießt ununterbrochen. Ihre Waffe spuckt Kugeln, und anders als in Salahley fühlt sich alles absolut real an: Ihr Herz wummert, sie hört noch das geringste Geräusch und fühlt sich wie ein Tier, das gleich zerrissen wird. Der Geruch verbrannten Fleisches weht zu ihr herüber, und sie hält die Luft an.

Irgendwo neben ihr feuert Groß-Abdi. Kugeln prallen hell tönend von der Karosserie des schwelenden Jeeps ab und fallen mit einem dumpfen *Plop* in den Sand. Die Rebellen sind ungefähr vier Meter von ihnen entfernt; Filsan kann nicht sagen, wie viele es sind, aber sie muss diesen Abstand einhalten und zerrt Robles Kalaschnikow näher zu sich heran, um sie zu verwenden, wenn ihr Magazin leer ist.

«Mich hat's getroffen!», schreit einer der Rebellen.

Eine Taschenlampe blinkt auf, nur kurz, aber es genügt, dass Filsan eine Gestalt ausmachen kann, einen knochigen, jungen Mann mit Brille, der an ihrer Uni Naturwissenschaften studiert haben könnte. Sie eröffnet das Feuer auf ihn.

Der Beschuss durch die Rebellen lässt nach. Filsans Augen haben sich an die Dunkelheit gewöhnt, und sie kann zwei Silhouetten ausmachen, eine kriecht hastig davon, die andere hinkt verzweifelt hinterher.

«Nicht aufhören, Corporal, nicht aufhören.» Groß-Abdi ist irgendwo hinter ihr, seine Stimme klingt jetzt schwächer als vorher.

Sie braucht keine Ermunterung. Die Erhaltung ihres kleinen, nichtigen Lebens – des Lebens, das sie so oft beenden wollte – ist das Einzige, was zählt.

Ein neues Geräusch ergänzt die Kakophonie, ein Wagen kommt schlitternd hinter dem Jeep zum Halten.

Immer noch feuernd, wirft Filsan einen Blick über die Schulter, ob noch mehr Rebellen angerückt sind, aber es ist eine Einheit von Soldaten im gepanzerten Mannschaftstransporter. Sie schießt weiter, ihr ganzer Körper zittert vor Angst und Erleichterung.

Die Soldaten verteilen sich um den Jeep, und bald brechen zwei Rebellen zusammen, schlagen dumpf auf dem Boden auf, die anderen versuchen, wieder mit der Dunkelheit zu verschmelzen, aber man setzt ihnen zu Fuß nach.

Während die Kugeln um sie herumpfeifen und das Echo der Schüsse von den Bergen widerhallt, kriecht Filsan auf Händen und Knien zu Roble. Seine Augen und Lippen sind geöffnet, als wäre er mitten im Satz unterbrochen worden. Sie presst zwei Finger auf seine Halsschlagader. Nichts.

Nach sieben Anläufen springt der Fernseher endlich an; aus der Holzkiste schreit es erregt, woraufhin sich Deqo unter das Bett verkriecht. Das Gesicht einer Frau füllt den Bildschirm, verschwörerisch lächelnd wendet sie sich direkt an Deqo. «Wir werden Ihnen heute einen wunderbaren Abend bereiten, bis zehn Uhr werden Komiker Sie unterhalten, Sänger Ihnen Ständchen bringen und Dichter Sie zu Tränen rühren. Rufen Sie Ihre Familie und die Nachbarn zusammen, stellen Sie Tee auf den Tisch und vergessen Sie Ihre Sorgen.»

«O.k.», gibt Deqo zur Antwort und schielt unter dem Bett hervor.

«Unser erster Gast ist Ihnen sicherlich wohlbekannt. Bitte begrüßen Sie Sheikh Sharif von Mogadischu.»

Das Bild weitet sich, damit auch Sheikh Sharif, der knallorangefarbene Hintergrund und die Köpfe des Publikums noch hineinpassen. Zu Deqos Erstaunen ist Sheikh Sharif in diesem eleganten Theater wie ein armer Nomade angezogen, mit *ma'awis,* Wickelrock, und Weste, ein *caday* zwischen den Zähnen; er rennt über die Bühne und hat die Augen wegen der auf ihn gerichteten Scheinwerfer zusammengekniffen.

«Nehmt diese Dinger weg, ich sehe ja gar nicht, wo ich hintrete!», schreit er, hebt eine Hand vor Augen und stolpert theatralisch.

Deqo und das Publikum lachen.

«*Joow*! Kenne ich Sie nicht?» Er zeigt auf einen Mann in der ersten Reihe. «Sind Sie nicht der Neffe der besten Freundin der Cousine der Schwägerin der Tante von Hassan Madoobe? Aber natürlich! War das nicht Ihre Mutter, die von Straußen niedergetrampelt worden ist?»

Die Kamera zeigt den Mann im Publikum in Großaufnahme, der erheitert den Kopf schüttelt.

«Aber natürlich! Haben Sie heute Abend Ihren gesamten *reer* mitgebracht? Der Saal ist so gestopft voll wie der Geldbeutel, in dem meine Frau ihre Schwarzmarktdollar aufbewahrt.»

«Weshalb erzählst du Fremden von unseren Geschäften?», kreischt eine Stimme aus den Kulissen.

Das Publikum jubelt, und ein Hutzelweibchen kommt heraus, Jahrzehnte älter als Sheikh Sharif, droht ihm mit dem Stock und jagt ihn rund um die Bühne, während er um Hilfe fleht. «*Tollai*! Halt sie doch mal einer auf! Straußenjunge, komm und weis sie in ihre Schranken! Das hat man davon, wer das tiefe Land verlässt, dem bleibt die Männlichkeit wie die Kamelknochen zurück.»

Mitten in ihrem Gekicher bemerkt Deqo einen Tumult vor dem Fenster. Sie schlängelt sich unter dem Bett hervor und schiebt den Vorhang zur Seite.

Vier Männer verfolgen eine einsame Gestalt im Anzug. «Bleib sofort stehen!»

«Ich bin unschuldig! Ich schwöre es bei meinem Glauben!», schreit der Flüchtende, rennt aber weiter.

«Schießen!», befiehlt der Anführer, und die Soldaten gehorchen.

Deqo sieht, wie der Mann von Kugeln in den Rücken getroffen wird, sein Körper eine merkwürdig verdrehte Haltung annimmt. Die Beine tragen ihn noch ein gutes Stück, ehe er am Tor der Villa auf die Knie fällt.

«Dann schwör jetzt auf deinen Glauben, toter Mann!», ruft einer der Soldaten aus.

Deqo betrachtet seinen Tod mit der gleichen Distanziertheit wie die Fernsehsendung. Sie begreift nicht, warum diese erwachsenen Männer einander quälen, und ist dankbar dafür, dass eine Glasscheibe sie von ihnen trennt.

Sie wendet sich wieder der Sendung zu, sieht den Heldentaten von Sheikh Sharif und seiner Frau gleichgültig zu, bis eine Sängerin die Bühne betritt. Sie erkennt die Lieder von Nasras Kassetten wieder, aber bei dieser Frau klingen sie trauriger, die Melodie langsamer. Sie holt sich aus der Küche eine überreife Banane und eine Packung Lutscher und sieht sich den Rest der Varietévorstellung an, bis nur noch Schnee über den Bildschirm rieselt. In blaues Licht getaucht und vom Rauschen eingelullt, schläft Deqo bei laufendem Fernseher ein.

Ein Lastwagen bringt Filsan und Groß-Abdi ins Krankenhaus, zusammen mit den Leichen von Roble, Klein-Abdi, Abbas, Samatar und dem namenlosen Fahrer. Auf dem Boden des Fahrzeugs schwappt das Blut, es stammt hauptsächlich vom Fahrer, dem ein Granatsplitter fast den Kopf vom Hals gerissen hat. Roble liegt flach auf dem Rücken, starrt den Mond an, der so hell leuchtet, wie er es vorhergesagt hatte. Der Adrenalinrausch ist vorbei, und jetzt spürt Filsan die Schusswunde in der Hüfte; sie presst die Hand auf die Hose, und zwischen ihren Fingern quillt Blut hervor.

Kettenklirrend und quietschend öffnet sich das Tor zum Hauptgebäude des Krankenhauses; ein blau gekleideter Krankenwärter hilft ihr hinten aus dem Fahrzeug heraus, Groß-Abdi wird auf einer Trage fortgebracht. Obwohl ihm ein Schuss den Unterleib aufgerissen hat, hat er weitergekämpft, jetzt aber jammert er wie ein Kind und fleht Gott um Hilfe an, die Ärzte und seine Mutter. Filsan hält sich an dem Krankenwärter fest, während der Lastwagen zur Leichenhalle weiterrollt, ihr Herz ist so schwer, als wäre es mit Dynamit gefüllt. Fassungslos schüttelt sie den Kopf, sie wünscht sich, dass es möglich wäre, die Zeit auch nur eine halbe Stunde zurückzudrehen.

«Beeilung, hier draußen ist es nicht sicher», warnt der Krankenwärter.

Er bringt sie zur Notfallstation. Vorsichtig müssen sie sich zwischen den Betten und den Verletzten auf dem Boden hindurchlavieren, die an verschiedenen Schläuchen hängen. Eine Schwester mittleren Alters und in rosa Uniform führt sie zu einem schmutzigen Bett in der Ecke, das von einem Vorhang geschützt ist. Schroff schickt sie den Krankenwärter fort, befiehlt Filsan, sich hinzulegen, und zieht den Vorhang zu – es klingt als würde man Messer schleifen –, und fragt die junge Frau, was ihr fehlt.

«Meine Hüfte», wimmert Filsan.

Die Schwester zerrt Hose und Unterhose herunter und drückt mit bloßen Händen auf der geschwollenen Wunde herum. «Das ist bloß eine oberflächliche Verletzung.»

«Bitte geben Sie mir etwas gegen die Schmerzen.»

«Was geben Sie mir dafür?»

«Schauen Sie in meine Hosentasche.»

Die Schwester durchstöbert alle Taschen, bis sie eine Rolle mit kleinen Schillingscheinen findet; mit blutigen Fingern zählt sie das Geld und steckt sich alles in den Rockbund. «Ich bringe Ihnen was», sagt sie leise.

Wenn sie schon die Lebenden so behandeln, wie gehen sie dann wohl erst mit den Toten in der Leichenhalle um?, denkt Filsan. Haben gierige Hände bereits Robles Kleidung durchsucht? Werden sie die Armbanduhr stehlen, auf die er so stolz war, oder ihm den Silberzahn aus dem Mund reißen? Die Gewissheit verursacht ihr Übelkeit. Es gibt nichts, womit sie ihren Körper bedecken könnte, also versucht sie, ihre Hose wieder hochzuziehen, sinkt aber zurück, lieber entblößt sie ihr ungepflegtes Haarbüschel, als die Schmerzen ertragen zu müssen, die sich korkenzieherartig in ihr Becken bohren.

Ein Arzt erscheint, sein Gesicht ist teilweise hinter einer Maske verborgen, sein Kittel braun von getrocknetem Blut. Er scheint ihre Nacktheit nicht zu bemerken und arbeitet wortlos und ohne Augenkontakt. Schließlich verbindet die Schwester die Wunde, gibt ihr ein Schmerzmittel und eine schmutzige Decke, unter der sie schlafen kann.

Die ganze Nacht über herrscht Lärm auf der hell erleuchteten Station. Immer mehr verletzte Soldaten werden eingeliefert, andere sterben und werden ohne viel Federlesens hinausgetragen, um Platz für die Lebenden zu machen. Das Provinzkrankenhaus verfügt nur über einen Operationssaal, deshalb werden Eingriffe, die sonst unter Vollnarkose vorgenommen werden, nur mit örtlicher Betäubung direkt auf der Station durchgeführt. Das Kissen, mit dem sich Filsan die Ohren zuhält, dämpft die Schreie und das Gebrüll der Menschen nicht, die ein paar Meter von ihr entfernt gerade einen Arm oder einen Fuß verlieren. Gegen vier Uhr morgens ist sie immer noch hellwach, ist beinahe dem Wahnsinn nahe und ruft nach Wasser, wieder und wieder und wieder. Sie zieht den Vorhang auf und blinzelt ins Neonlicht; der Arzt, von einer Traube Schwestern umringt, streitet sich mit Lieutenant Hashi.

«Das ist ein Befehl von allerhöchster Ebene. Sie haben keine Wahl.»

Ungläubig hebt der Arzt die Hände und geht hinaus.

«Feigling!», faucht Hashi ihm nach. «Dann bleibt es an euch hängen, Schwestern. Tut eure Pflicht.» Er winkt eine Gruppe von zehn Highschool-Schülern in Schuluniform und Handschellen auf die Station; die Jugendlichen schieben sich, von vier Polizisten flankiert, vorbei und bekommen von Hashi die Anweisung, den Schwestern in ein Wartezimmer zu folgen.

Draußen zwitschern Vögel in den Bäumen, aber Filsan kann vor Durst nicht schlafen. Vergeblich wartet sie darauf, dass die Schwestern wiederkommen. Schließlich schlurft der Krankenwärter, der sie hereingeführt hat, auf die Station, und sie hämmert auf das metallene Bettgestell, um seine Aufmerksamkeit zu erregen. Diesmal kann sie ihn genau betrachten: ein kahlköpfiger Mann, Mitte Dreißig, mit unterwürfigem, ängstlichem Gesichtsausdruck. Er wirft einen Blick über die Schulter, ehe er sich hinabbeugt und ihr die Hand auf den Oberarm legt. «Was ist los, Cousine?»

Sie zeigt auf ihren Hals und bringt ein krächzendes «Wasser» heraus.

Er massiert ihre Schulter auf eine vertrauliche Art, die ihr nicht gefällt. «Ich hol dir welches, aber du musst warten.»

«Warum?»

«In dem Zimmer da geht was Schlimmes vor sich.»

«Du kannst mir nicht mal ein Glas Wasser holen?»

«Neinneinnein. Ich will's nicht sehen.»

«Was nicht sehen?», fragt Filsan aufgebracht.

«Die Kinder, sie bluten.»

«Sie spenden Blut, das ist alles.» Sie wundert sich über die Unwissenheit des Mannes. «Du musst dir keine Sorgen machen.»

«Nein, sie werden ausgeblutet. Der Soldat sagt, sie sollen wie Wasserhähne benutzt werden.»

«Hashi?»

«Genau der.»

«Wie Wasserhähne? Damit sie sterben?»

«Das ist die Absicht.»

Deqo wacht vom Gezänk zweier Straßenhunde auf, die einander anknurren. Sie reibt sich die Augen und gähnt laut und frustriert. Sie wird einen Eimer mit kaltem Wasser füllen, die Viecher verjagen und weiterschlafen. Wasser schwappt über den Eimerrand und auf den Hof, aber es reicht, um die Hunde zu verschrecken. Den Kopf gesenkt, beißt sich Deqo auf die Lippen, müht sich mit beiden Händen mit dem dünnen Henkel ab und bemerkt die auf dem Dach hockenden Geier erst, als ein Schatten über sie gleitet. Der Vogel lässt etwas neben sie fallen, und sie blickt auf den Boden. Ein Blatt? Ein zerknautschtes Stück Leder? Neugierig hebt sie das Ding auf. Ein menschliches Ohr. Sie wirft es weg, lässt den Eimer fallen und rennt zurück ins Haus. Die Geier kreisen noch eine Weile in der Luft, bevor sie sich auf dem Mangobaum niederlassen. Noch nie hat Deqo so viele von ihnen auf einmal gesehen, die Zweige wippen und biegen sich unter ihrem Gewicht.

Durch das Tor kommt ein weißer, muskulöser, braun gefleckter Hund, Blutstropfen hängen ihm wie Tau an den Schnauzhaaren, schnüffelnd folgt er der Spur, die ins Haus führt. Deqo schnappt sich den an der Wand lehnenden Besen und stürmt auf das Tier zu.

«*Bax!* Aus! Aus!», schreit sie gellend und stößt dem Hund die Borsten in die rosa Nase.

Er bleibt wie angewurzelt stehen, kläfft ein paarmal und trottet wieder auf die Straße zurück. Sie verfolgt ihn und wirft ein paar Steine nach ihm. «Bleib ja draußen.»

Da entdeckt sie den Flüchtling: zerfetzt, blutüberströmt, aber immer noch elegant in Anzug und Krawatte. Deqo schlägt mit dem Besen gegen die Mauer, bis die Meute von ihrem Festmahl ablässt. Sie vermeidet es, ihm ins Gesicht zu sehen, und konzentriert sich auf die glänzenden schwarzen Slipper an seinen Füßen, die mit einer goldenen Gliederkette verziert sind. Hochzeitsschuhe, denkt sie. Die Hunde knurren vor

Ungeduld, halten aber Abstand. Der runde Bauch des Mannes lässt fast die Hemdknöpfe abspringen, und schon jetzt verströmt er diesen Geruch, süß und abstoßend zugleich. Deqo zieht ihm die Schuhe von den Füßen – sie sind zu gut in Schuss – und beginnt, mit dem Besengriff ein Loch in die sandige Erde zu graben. Neugierig beobachten die Hunde das Mädchen, halten sich aber fern. Deqo wird niemals ein so tiefes Loch graben können, dass die Tiere nicht doch an den Mann herankämen, aber zumindest kann sie ihm die Würde eines Begräbnisses verschaffen. Nach ungefähr 50 Zentimetern gibt sie auf, kniet sich hin und ruht sich aus. Als der Mann plötzlich von der Mauer ins Rutschen gerät, fällt ihr Blick zufällig auf sein Gesicht. Die Hunde haben ihm die Nase weggebissen, der linke Wangenknochen ragt aus dem Fleisch und ein Ohr fehlt. Der unversehrte Teil seines Gesichts ist das eines reichen Mittvierzigers, die Haut ist blass und faltenlos; der Typ Mann, der erst vor Kurzem aus Übersee zurückgekehrt ist und hier eine Frau finden, vielleicht mit dem ersparten Geld eine protzige Villa in der Nähe seiner Mutter bauen wollte.

Deqo wirft den Besen weg, packt seinen Ledergürtel und versucht, ihn daran bis an den Rand der Grube zu zerren. Es ist, als wollte man einen Fels bewegen; erneut ruckt sie an dem Gürtel, aber der steife Körper bewegt sich nicht. Deqo steigt über den Mann, drückt mit Händen und dann mit den Füßen gegen seinen von Kugeln durchlöcherten Rücken; es kommt ihr wie eines der Spiele vor, das sie und Anab in Saba'ad so oft gespielt haben, die eine attackierte und die andere rollte sich zusammen und leistete Widerstand. Beim Gedanken, dass er sich nur tot stellt, muss sie kichern und drückt gegen seinen Hintern. Es hat keinen Zweck; als er noch lebte, war er mindestens doppelt so schwer wie sie, und jetzt kommt noch das träge Gewicht des Todes dazu. Aber Deqo hat gelernt, hartnäckig zu sein; es gibt kein Problem, für das sie mit ihren beschränkten Mitteln keine Lösung findet. Sie geht um ihn herum. Wie kriegt sie ihn wohl am besten ein paar Zentimeter näher zum Grab? Wenn sie doch bloß seinen Rumpf anheben und ihn so drehen könnte. Deqo schnappt sich den Besen, schiebt ihn unter den Mann und hebelt ihn hoch; langsam, langsam, langsam bewegt er sich und rollt dann auf den Bauch. Sie versucht es nochmals, und diesmal fällt er ins Grab.

Schwitzend, an den Händen den Gestank verfaulenden Fleisches, fegt sie feinen Sand auf seinen Körper, bedeckt zuerst sein Gesicht, dann seinen Rumpf und schließlich seine langen Beine. Fertig. Von der rosa Bougainvillea zupft Deqo ein Blütenbüschel und steckt es dort, wo sein Kopf begraben ist, in den Sand. «Hier, bitte schön!», ruft sie aus.

Paarweise werden die Leichen der Kinder aus dem Wartezimmer gerollt, ein Arm pendelt über den Rand der Liege, leblos und gelb wie ein Herbstblatt. Wie hypnotisiert beobachtet Filsan, wie die nahezu emotionslos wirkenden Schwestern in dem Krankenzimmer, wo Blut gespendet wird, ein und aus gehen. Sie hasten mit einem für die Patienten aufgesetzten Lächeln durch die Station, in ihren Händen scharlachrote Blutkonserven, die ganz offenbar für den Operationssaal gebraucht werden. Befehle befolgen. Befehle befolgen. Befehle befolgen. Das ist das Credo, mit dem sie alle aufgewachsen sind, und es hat Bestand, bis einem die Last der Schuld das Rückgrat bricht. Wahrscheinlich würde ihr Vater dieses Vorgehen als kriegsnotwendig bezeichnen, aber auf Filsan wirkt es wie das Verhalten der Kannibalen in den alten Sagen: völlig normal und doch unwiderruflich verkommen.

Der Krankenwärter kehrt mit einem Glas Wasser zurück.

«Sind sie da drin fertig?» Filsan deutet mit dem Kopf auf das Krankenzimmer.

«Einer noch.»

Sie trinkt in tiefen Schlucken.

«Möge Allah ihren Seelen gnädig sein», sagt er, bevor er mit seiner Liege davonquietscht.

Sie weiß nicht, ob er damit die Schüler oder die Krankenschwestern meint.

Ihre Gedanken wandern zu dem letzten Kind hinter der unlackierten Holztür des Vorraums. Als sie so alt war, wollte sie Pilotin bei der staatlichen Fluggesellschaft werden, ein phantastischer Plan, der nie zum Tragen kam, ihr damals aber realistisch vorkam, als der einzig mögliche.

Als sie alt genug war, um sich um einen Studienplatz zu bewerben, stand ihr Vater schon zu sehr unter Verdacht, als dass er Einfluss auf die Professoren der Fakultät für Luftfahrt hätte nehmen können. Filsan stellt sich vor, wie die Nadel in den schmalen Arm des Schülers dringt, das dicke, rötlich braune Blut herausfließt, langsam, schmerzlos, mit tödlichen Folgen. Wann ist ihnen aufgegangen, dass das Leben aus ihnen heraussickert? Dass trotz aller Strahlkraft und allem Lärm ihres kurzen Lebens nur der Tod seine Ranken um sie schlingt?

Filsan ist von den Geschehnissen im Zimmer nebenan zugleich fasziniert und abgestoßen. Ist sie tapfer genug, um sich für die Teenager zu opfern? Oder soll sie sich einer Zukunft ergeben, in der sie mit ergrauendem Haar neben ihrem Vater in gleichen Sesseln sitzen wird? Die Entscheidung wird ihr abgenommen, denn die Tür geht auf und ein Krankenwärter trägt den letzten Leichnam heraus; ein Mädchen, ihre langen schwarzen Zöpfe schwingen und hüpfen, ihre Handgelenke sind von den Fesseln befreit, ihr Gesichtsausdruck ist ruhig und verzückt.

Filsan rutscht vom Bett; die Tabletten haben ihre Schmerzen so weit betäubt, dass sie mit dem Krankenwärter heimlich Schritt halten kann.

Zeit zu gehen, findet Deqo. Vor dem Tod selbst hat sie keine Angst, aber die Vorstellung, dass ihre Leiche von den Aasfressern der Stadt verschlungen würde, scheucht sie aus der gemütlichen Einsamkeit, die sie so unbekümmert genossen hat. Menschen bedeuten sowohl Gefahr als auch Schutz. Ihre neuen Besitztümer muss sie unbedingt mitnehmen – die Schuhe, Kleider, Konservendosen, den Taschenspiegel –, sie legt alles in ein Tuch und knotet es zusammen, um ihre Schätze eifersüchtigen Blicken zu entziehen. Zeit, nach Saba'ad zurückzugehen, zu klumpigem Haferbrei, Staub und endlosem Warten.

Sie räumt das Chaos auf, das sie da und dort angerichtet hat, verabschiedet sich von jedem Raum und schließt respektvoll die Türen. Im Mangobaum sitzen keine Geier mehr, auf der Straße sieht sie jedoch zwei der Vögel auf den Knien des Mannes hocken, die Hunde müssen die untere Körperhälfte ausgegraben haben, entschlossen hacken die

Vögel in seine Schenkel. Deqo marschiert in die entgegengesetzte Richtung.

Die Straße wimmelt von Milizionären, die teils *whodead*-Kleider, teils Tarnuniformen tragen und geschickt wie Umzugsleute die Häuser ausräumen: Drei kleine Männer tragen auf ihren Köpfen einen riesigen Schrank in einen bereitstehenden Lastwagen, während ein Junge das Wellblechdach von einem Samosa-Stand zerrt.

Sie meidet die Checkpoints, so gut es geht, und wenn es nicht möglich ist, redet sie sich heraus. Ihr verwahrloster Zustand überzeugt die Soldaten davon, dass sie tatsächlich die ist, für die sie sich ausgibt. Ein paar Teebuden und Cafés haben noch offen, versorgen die Armee, aber sonst ist alles wie ausgestorben. Sie verliert die Orientierung, weiß nicht mehr, wo sie sich befindet, wo ihr Graben liegt, und sieht sich nach Anhaltspunkten um, die sie aus der Stadt leiten könnten, verirrt sich schließlich in ein hübsches Viertel, wo in den Höfen traurig Ziegen meckern.

Die Sonne hat ihren Zenit überschritten, und Deqo spürt, wie ihr der Schweiß die Schläfen hinabrinnt. Sie lehnt sich an eine Bungalow-Wand und dabei fällt ihr der Garten gegenüber ins Auge, über dessen mit Glasscherben gespickte Mauer ihr große Obstbäume zuzuwinken scheinen. Sie entdeckt ein niedriges Holztor, springt daran hoch und klettert darüber. Es ist, als wäre sie wieder im Graben, nur ist es hier ordentlicher und riecht besser. Der Boden ist mit Granatäpfeln, Tamarinden und Papaya übersät. Sie sammelt Früchte in ihrem Rock, setzt sich in den Schatten eines Baums und isst eine verrunzelte gelbe Papaya, spuckt die schmierigen schwarzen Kerne so weit wie möglich weg. Jemand hat viel Arbeit in diesen Garten gesteckt, da gibt es keine verbuschten, ungenutzten Flecken, keine zerrissenen Schläuche, in den Ecken türmt sich kein Metallschrott. In den Nestern über ihr singen Webervögel, und eine Armlänge entfernt blühen Blumen mit trompetenförmigen Blüten.

Der friedliche Garten verleiht Deqo Mut, und neugierig schleicht sie auf den kleinen, blau gestrichenen Bungalow zu und schielt durch einen Spalt in der Hintertür in einen dunklen leeren Flur. Die Stäbe vor dem

Küchenfenster sollen Diebe vom Einbruch abhalten, der Abstand zwischen ihnen ist aber breit genug für sie; Deqo lässt ihr Bündel fallen und kriecht hindurch und fällt mit den Füßen voran in einen Haufen Töpfe.

In der Küche ertönt ein Scheppern, ein auf dem Boden tanzender Topfdeckel, und Kawsar wendet den Kopf in Richtung der halb offen stehenden Küchentür.

«Kommt nur, ich bin bereit», sagt sie mit einer Stimme, die nicht wie ihre eigene klingt.

Die Küchentür schwingt neckisch hin und her, aber niemand kommt hindurch. Einmal hatte sie in ihrer Küche einen Dieb ertappt, ihn festgehalten und mit ihm gekämpft, als er durch die Hintertür flüchten wollte, und nun ist sie bereit, den Soldaten gegenüberzutreten.

«*Soobax!* Kommt raus!», gellt sie.

Nichts rührt sich. Kawsar nimmt ihr Glas und wirft es mit aller Kraft gegen die Küchentür. Das Glas zerschellt an der Türklinke, Regenbogen blitzen auf, als die Scherben zu Boden klirren.

Eine geduckte Gestalt erscheint, wie von den von Kawsar hervorgezauberten Gelb-, Rot- und Blautönen herbeigelockt, ein kleines, verschwommenes Etwas. Ein Mädchen mit zerzausten Zöpfen und einem blutroten Hängerkleidchen, die Hände auf dem Rücken, als wäre es bei einer Parade.

«Hodan?» Jetzt ist Kawsar wütend, hat die Nase voll davon, dass ihr Kind sie quält.

Das Mädchen blickt zu Boden, hat das Kinn gesenkt, ein Fächer schwarzer Wimpern verbirgt die Augen. Diesmal löst es sich nicht auf.

«Antworte mir», verlangt Kawsar, und ihr Herz pocht noch heftiger. Ihre Blicke suchen das Mädchen nach Verletzungen ab, aber sie kann keine entdecken; es tut wohl nur so, als könne es nicht sprechen.

«Verschwinde aus meinem Haus, wenn du nicht mit mir reden willst.» Streng zeigt Kawsar auf die Vordertür.

Das Mädchen gibt keine Antwort, rührt sich keinen Millimeter. Seine nackten Füße sind staubig, die langen Beine sind hochgeschossen wie Unkraut aus einem aufgeplatzten Straßenbelag, aber seine Ähnlichkeit mit Hodan ist unverkennbar: das herzförmige Gesicht, die Grübchen, der gertengleiche Körper, alles wie bei ihrem Kind.

«Pass auf deine Füße auf, nimm dich vor dem Glas in Acht», sagt Kawsar, und ihre Stimme klingt weicher.

Das Mädchen spreizt die Zehen, verlagert das Gewicht, bleibt aber wie angewurzelt stehen. Sein Kleid ist an der Seite zerrissen.

Kawsar holt tief Luft. «Was willst du von mir?»

«Ich will mich einfach bloß ausruhen.» Das ist nicht Hodans Stimme; sie klingt tiefer und matter.

«Dann ruh dich aus.» Kawsar wedelt mit der Hand in Richtung Nurtos Matratze.

Das Mädchen geht vorsichtig zur Couch hinüber und schlägt langsam die Beine unter, zieht schüchtern den Rock zwischen die Knie. Nervös kaut sie auf der Unterlippe wie Kawsar als Kind.

«Wie heißt du?»

«Deqo.»

«Wo kommst du her?»

«Aus dem Graben», sagt sie. Bestimmt hört die alte Frau das lieber als Saba'ad.

«Wo ist deine Familie?»

«Ich bin allein.» Das Mädchen sieht ihr in die Augen.

Kawsar zieht es bei diesen Worten das Herz zusammen.

«Woher weiß ich, dass du mich nicht bestehlen willst?»

Deqo zuckt mit den Schultern, plötzlich ist sie missmutig und der Fragen müde. Sie pult Dreck unter ihren Fingernägeln hervor.

Abwägend gleitet Kawsars Blick über sie, von den kurzen Zehen bis zum stumpfen, verknoteten Haar. Sie sieht aus wie eines der robusten, schmarotzenden Kinder, wie sie in Zeiten der Hungersnot geboren werden, und ist wahrscheinlich im Alter von ein paar Wochen aus Äthiopien hierhergebracht und mit Regenwasser und Zucker ernährt worden, einzig von einem stählernen und erwachsenen Willen am Leben gehalten.

Das Zimmer ist wie ein Grab, staubbedeckt, und die abgestandene Luft riecht säuerlich. Deqo beobachtet die alte Frau eine Weile, ehe sie die sichere Küche verlässt. Sie erinnert das Mädchen an die alten Weiber in Saba'ad, die in ihren winzigen *buuls* Zeremonien vollziehen und Namen tragen wie Sheikha Jinnow oder Hajiya Halima, sie sind diejenigen, die wissen, wie man zur Ader lässt, Krankheiten herausbrennt, wie man die Myriaden von Gebrechen, an denen die unglücklichen Frauen im Lager ständig leiden, diagnostiziert und heilt. Ihre Frömmigkeit rührt von den Pilgerfahrten zu Heiligengräbern und dem Wunder ihres langen Lebens her. Diese alte Frau muss von ihrer Nähe zu Gott wohl so überzeugt sein, dass sie nicht wie alle anderen das Bedürfnis hat, zu fliehen; sie hält sich mit Gebeten am Leben und wartet darauf, dass sich langsam der Staub auf ihr niederlässt und sie in ihrem eigenen Schrein beisetzt. Dann betritt Deqo das Zimmer und erkennt sofort, wen sie da gefunden hat.

Kawsar räuspert sich und streicht nervös über die Betttücher. «Du solltest jetzt gehen. Das ist nicht die geeignete Zeit für ein Plauderstündchen beim Tee.»

Plötzlich ist Deqos Aufmerksamkeit geweckt. «Ich kann nirgendwo hingehen.»

Bestimmt würde doch das zerlumpteste und Klebstoff schnüffelnde Bettlerkind aus Angst vor den Bomben zu seiner Familie zurückrennen, aber vielleicht hat Deqo keine Angst, weil ihre Familie in der Nähe ist und Seite an Seite mit den Soldaten die Häuser ihrer Nachbarn plündert.

«Was willst du machen, wenn die Soldaten kommen?», fragt Kawsar.

«Hier in der Nähe sind keine Soldaten. Für eine Weile sind wir sicher.»

Beim anmaßenden «wir» hebt Kawsar die Augenbrauen, der Schalk sitzt ihr im Nacken. «Was sollen *wir* denn machen, bis sie kommen?», fragt sie lächelnd. «*Shax* spielen? Einen Reifen die Straße entlangtreiben? Uns gegenseitig Zöpfe flechten?»

«Echt? Würdest du mir Zöpfe flechten?», erwidert Deqo eifrig und hebt die Hand zum Kopf, als beschäme sie seine Schmuddeligkeit.

Bei der Freimütigkeit des Mädchens durchzuckt Kawsar ein kleiner

Freudenstrahl, eine Art Wärme, die sie immer verspürt hatte, wenn sie sich um die Bedürfnisse eines Kindes kümmern konnte, ein Gefühl, das sie beinahe vergessen hat.

«Hol Haaröl und einen Kamm vom Toilettentisch.»

Deqo reicht ihr beides.

«Setz dich da vor mich hin», ordnet Kawsar an.

Behände setzt sich das Mädchen auf den Boden, stützt sich mit den Armen auf; sie riecht nach Obst und Schweiß.

«Wir sollten dein Haar waschen, aber es geht auch so.» Kawsar löst die alten Zöpfe, strählt Deqos weiches, aber dreckiges Haar mit den Fingern und massiert Jasminöl in die Kopfhaut, während Deqo geistesabwesend mit dem Deckel spielt.

In Kawsars Kopf erklingt ein altes Liebeslied: «Die Liebe, die Liebe ist nicht gerecht, Tränen lauern überall.»

«Kann ich eine Weile hierbleiben?», bittet Deqo.

Kawsars Herz klopft heftig, ihr Atem ist flach. Wenn doch die Zeit in diesem Moment endete und es nichts anderes gäbe außer ihren geschickten Fingern und dem Haar des Mädchens, das es zu Seide zu spinnen gilt. Irgendwo muss es eine bucklige, zahnlose Zauberin geben, die all die ach so verschiedenen Menschen miteinander verwebt, denkt Kawsar, die gedankenlos dieses Kind und mich zusammenführt, während anderswo Familien auseinandergerissen werden.

Sie legt dem Mädchen eine Hand auf den schmalen, sehnigen Rücken, kann die Hitze seiner Seele durch ihre ölige Handfläche spüren, glatt und lebendig wie ein Ei. Eine solche Glut kann doch nicht einfach verschwinden! Wenn man sie jetzt hier ermordete, würden ihre Geister einfach genauso weitermachen, der alte Geist flechtend und der junge wartend und dabei herumzappelnd? Sie kann sich das gut vorstellen, die Stille und die Friedlichkeit, ein Quell des Neides für die Passanten, die zufällig einen Blick durch das vergitterte Fenster werfen, während sie ihrerseits mit dem Zorn und Chaos des Lebens ringen.

Filsan eilt hinter dem Krankenwärter und der toten Schülerin durch die Korridore, körperlose Stimmen fliegen wie Vögel vorbei, Fetzen von

Sonnenlicht fallen durch staubige Fenster. Der Krankenwärter bleibt stehen, und sie erstarrt. Er betritt einen Raum, und der Geruch verrät ihr, dass sie sich vor der Leichenhalle befinden.

Der Mann kommt mit leeren Händen zurück, und sie kann einen Blick in den Raum werfen, ehe die Tür zufällt, niemand vom Personal hält sich darin auf, und sie schlüpft durch die Tür. Auf dem Boden türmen sich die Leichen, an manchen Stellen liegen drei übereinander, in unterschiedlichen Stadien der Verwesung. Filsan sucht nach Robles Gesicht, aber ihr Blick kehrt immer wieder zu dem kleinen Mädchen zurück, dessen schmaler Körper in eines der obersten Fächer gestopft worden ist. Auf der einen Seite des weiß gekachelten Raums entdeckt sie den üblichen Metallschrank und öffnet methodisch eine Tür nach der anderen, von oben links bis nach unten rechts. Die Gesichter sind wie geschmolzene Wachsabgüsse: hier die Kopie einer alten Frau, dort ein reicher Staatsdiener, ein Neugeborenes neben seine Mutter gequetscht. Bedrückt öffnet sie die letzte Tür, hofft, ihn zu finden und doch nicht zu finden, und da liegt er.

Sie haben Roble ordentlich in ein weißes Tuch gehüllt, nur um das Gesicht haben sie eine rautenförmige Öffnung gelassen. Über Nacht scheint er um zwanzig Jahre gealtert; die Wangen sind eingefallen, die breiten Lippen schlaff, die tiefen Augenhöhlen dunkel. Kein Blut, keine Verletzung sind zu sehen; sie berührt eine Augenbraue und streicht ihm das Haar glatt, die unglaubliche Kälte seiner Haut ist der einzige Beweis, dass er nicht mehr lebt. Filsan streicht mit dem Finger über seine Oberlippe, dann neigt sie den Kopf und küsst ihn auf den Mund und schürft sich die Nase leicht an seinem Kinn auf; der erste Kuss ihres Lebens betäubt ihr Fleisch, betäubt ihren Geist. Sie öffnet wieder die Augen, sieht die Fliesen, die schmutzigen Griffe des Kühlschranks und die hübsch marmorierten Adern auf der Hand eines Leichnams, der auf einer Betonplatte liegt.

«Bald bin ich bei dir.» Filsan schiebt Roble in seine Behausung zurück.

Sie erträgt den Gestank nicht und zittert unkontrolliert, zieht sich bis auf die blutbefleckte Unterwäsche aus und wirft ihre Uniform in die

Ecke. Filsan entkleidet eine der Toten – Typ Lehrerin mit vernünftiger, wenig eleganter Brille, nimmt deren Paisley-*diric*, das Umschlagtuch, und die zierlichen Sandalen; die sichtbaren Prellungen auf dem nackten Körper der Frau wirken wie Anschuldigungen.

Sie klettert durch das Fenster in den sonnenbeschienenen, von Unkraut überwucherten Innenhof des Krankenhauses hinaus, schiebt sich das Tuch über Nase und Mund und senkt den Kopf. Vorsichtig setzt sie einen Fuß vor den anderen, wahrscheinlich wird sie noch getötet werden, ehe der Tag vorüber ist, entweder weil sie Deserteurin ist oder als einsame Frau mitten auf einem Schlachtfeld herumläuft, aber sie kann nicht hierbleiben, koste es, was es wolle.

«Geh einfach weiter, geh weiter, geh weiter», murmelt sie vor sich hin.

Neben der Mauer, die das Hauptgebäude von der psychiatrischen Abteilung trennt, ist Gestrüpp, liegen Stacheldrahtreste, dahinter befindet sich die Verbrennungsanlage. Filsan sieht sich prüfend um, ehe sie in den Schatten des Betonhäuschens schlüpft; mühsam klettert sie mit ihren leichten Sandalen auf das niedrige Dach und über die Grundstücksmauer. Sie verliert den Halt und knallt mit dem Rücken auf die Straße.

Die Straße ist leer, die Reifenspuren der Lastwagen wirken wie die Fußabdrücke eines Riesen. Filsan klopft sich den Schmutz ab und geht nach Osten in das Viertel, durch das sie mit Roble zu patrouillieren pflegte. Über die gesamte Stadt sind mehr als fünfzig Checkpoints verteilt – Filsan hat bei der Auswahl ihrer Standorte mitgewirkt –, und selbst wenn es ihr gelingt, alle zu umgehen, sind da noch Granaten, Splitterbomben und Tiefflieger, denen es auszuweichen gilt. Ein paar Meter vor sich entdeckt sie eine Menschenmenge, die sich an die Mauer des Krankenhauses drückt, hier ist eine graue Hose zu sehen, dort ein kühn gemusterter *diric*. Sie versteckt sich und bewegt sich erst weiter, nachdem sie sich vergewissert hat, dass sich keine Soldaten darunter befinden. Die Gruppe rührt sich nicht, kein Wort fällt; wahrscheinlich sind sie zu schwer verwundet oder zu müde, um auch nur einen einzigen Schritt weiter Richtung Krankenhaus zu machen.

Noch ein paar Schritte und dann erkennt sie den Grund: Dort liegen dreißig Leichen übereinander, ihre Glieder sind ineinander verschlungen, sie sind in grotesken Haltungen erstarrt. Bei manchen sind die Blutungen noch frisch, andere sind verfärbt und aufgedunsen, sich wölbende Schenkel, violette Gesichter, straffe, glänzende Haut, wo die Hemden offen stehen. Alle haben mehrere Schusswunden, bis auf einen Mann, durch dessen Kehle ein breiter Schnitt geht, die starre Architektur seines Halses ist offen sichtbar.

Filsan schützt sich mit dem Umschlagtuch vor dem Geruch und den berauschten Fliegen. Einen Moment lang starrt sie eines der Gesichter an und erkennt schließlich die Familie, die sie am Checkpoint angehalten hatte; alle sind sie hier, die humpelnde Mutter, die drei kleinen Mädchen, der halbwüchsige Junge mit seinem überladenen Handkarren und die junge Frau mit dem spitzen Kinn, die sie angeführt hat. Wie war noch ihr Name? Luul? Nura? Die Augen der Frau sind aufgerissen, der Kopf entsetzt zurückgeworfen, die Arme nach ihren Schwestern ausgestreckt. Nach den Blutspritzern auf der Wand zu urteilen, wurden sie hier erschossen. Filsan lässt ihren Blick über die Leichen schweifen, fühlt sich nicht schuldig, sondern verspürt vielmehr eine unersättliche Neugier, ein Verlangen, zu wissen, wann und wo ihr eigener Tod sie ereilen und mit welchem Gesichtsausdruck sie ihn empfangen wird. Sie ist noch nie so gewesen wie andere Menschen, und diese Leichen bestätigen ihr, dass sie auf dieser Erde nutzlos ist; sie ist dazu verdammt, nur ein Handlanger des Todes zu sein.

Filsan sucht den Himmel nach Flugzeugen ab und lauscht auf Panzer. Alles ist ruhig. Sie biegt in ein Gässchen voller Tierkot ab, betritt das nächste Gässchen und dann das nächste.

«Warum bist du weggerannt?», fragt Kawsar, nachdem sie Deqo lange angestarrt hat.

Deqo kaut auf ihrer Unterlippe herum, blickt schuldbewusst zu Boden; sie erinnert sich nur noch bruchstückhaft an den Tag im Stadion: flüchtige Bilder vom Tanzen, dann Schläge, dann der Wind in ihrem Haar, als sie weggerannt ist.

«Keine Ahnung, ich hatte Angst.»

«Hab ich mich denn nicht für dich eingesetzt?»

Deqo nickt.

«Hätte ich mehr für dich tun können?»

Deqo schüttelt den Kopf.

Kawsar atmet geräuschvoll aus, und langsam füllen sich ihre Augen mit Tränen. «Ich hab dich so vermisst.»

Deqo tappt zum Bett hinüber und wischt Kawsar die Tränen ab. «Tut mir leid», sagt sie leise und freut sich, dass sie einen derart tiefen Eindruck auf die alte Frau gemacht hat.

«Du hast mich mit leerem Herzen zurückgelassen», schluchzt Kawsar. «Jetzt ist es zu spät, um mich zu trösten.»

Deqo streichelt ihr weiter über die Wange. «Es ist nicht zu spät, ich kann dir helfen. Ich bring dich hier raus.»

Kurze Zeit später hat Deqo die dreckigen Betttücher abgezogen, Kawsar mit einer Dose Thunfisch gefüttert und ihr mit einem nassen Handtuch Gesicht und Arme abgerieben. Diese Aufgabe hat den Krieg vorübergehend aus ihren Gedanken verdrängt.

«Es ist zu spät», wiederholt Kawsar wieder und wieder und weint dabei bitterlich.

Deqo lehnt sich an das Bett und wartet, dass die Tränen versiegen, das tun sie immer, hat sie von Schwester Doreen gelernt: Gewitter kommen schnell und entladen sich heftig, danach ist der Himmel wieder klar, und bei Tränen ist es genauso.

Kawsars Schluchzen verebbt und hört schließlich ganz auf; ihr gerötetes, verzerrtes Gesicht wirkt kindlich, verwirrt.

Verlegen wendet Deqo den Blick ab, während Kawsar sich allmählich wieder fängt. Das Mädchen hockt im Schneidersitz vor dem Bett und betastet die festen, ziependen Zöpfe auf ihrem Kopf. «Ich will, dass du mit mir nach Saba'ad kommst.»

Schweigen.

«Dort sind wir in Sicherheit, alle werden denken, dass du meine Großmutter bist. Schwester Doreen wird dir helfen.»

Keine Antwort.

Deqo wendet den Kopf und erblickt Kawsars geschlossene Augen. Sie springt auf, hält das Ohr an den Mund der Frau und spürt ihren warmen Atemstrom auf der Haut.

«Dann schlaf ein bisschen.» Sie tätschelt die altersfleckige Hand.

Rastlos hält sie durch das Fenster Ausschau, über dessen Scheibe quer ein feiner Riss verläuft; ein wenig Druck würde genügen, und das Glas würde zerspringen. Der Wind bewegt die Zweige des *miri-miri*-Baums, und gern würde Deqo diesen Luftzug auch auf dem Gesicht spüren.

Auf der Straße wendet sie sich nach rechts, geht in die entgegengesetzte Richtung, aus der sie gekommen ist. Drei tote Körper verderben die friedliche Szenerie; der *miri-miri*, die Bougainvillea und der Wacholder können den Verwesungsgeruch nicht überdecken. Sie bindet eine Ziege los, die immer noch an einen Pflock gefesselt ist, und erschöpft sinkt das Tier in die Knie und blickt Deqo aus riesigen, entsetzten Augen an. Sie geht weiter, überlässt die Ziege ihrem Schicksal. Der hiesige *dukaan* ist aufgebrochen und geplündert worden, halb im Sand vergraben finden sich eingedrückte Dosen mit Kondensmilch und Kidneybohnen. Deqo geht in den Laden und entdeckt hinter dem Verkaufstisch die blutüberströmte Leiche des Besitzers, der auf dem Kopf eine Gebetsmütze trägt und zwischen den verkrampften Fingern eine Handvoll wertloser Armeegutscheine hält. Sie durchsucht die Lebensmittel auf dem Boden und sammelt in ihrem Rock Süßigkeiten, Getränkeflaschen und Kartoffelchips.

Ausgedörrt und verloren lehnt Filsan den Kopf gegen die rußgeschwärzte Mauer und holt keuchend und stoßweise Atem. Sie taumelt auf die Straße und auf einen Checkpoint zu. Die Gewehre werden auf sie gerichtet, und Filsan hebt ergeben die Hände. Noch liegen ungefähr zehn Meter zwischen ihr und den Soldaten, und in ihren Gedanken spult sich ab, was gleich geschehen wird: Einer von ihnen wird sie erkennen und per Funk durchgeben, dass sie eine Deserteurin geschnappt haben; wenn sie Glück hat, wird sie in ein Gefängnis im Süden gesteckt, wenn nicht, dann wird sie in Birjeeh exekutiert.

Beide Optionen sind untragbar, und Filsan rast in ein dunkles Gässchen und rennt so schnell sie kann, ihr Schmerz wird kurzzeitig vom Adrenalin, das durch ihren Körper pumpt, verdrängt. Die Soldaten setzen ihr nach, schießen aber nicht, wahrscheinlich sind sie zu jung und haben immer noch Angst vor den eigenen Waffen; sie holen auf, und als Filsan sich umdreht, ist einer nur noch fünf Meter von ihr entfernt. Sie taucht in die winzige Lücke zwischen zwei Häusern und überquert ein weiteres Gässchen, rast auf das helle Lichtrechteck an dessen Ende zu und wird in eine ihr vertraute Straße ausgespuckt. Hinter sich hört sie die Stiefel des Soldaten und rennt so lange weiter, wie sie kann, bis sie hinter der Wellblechwand eines *dukaan* zusammenbricht. In einem Spalt im Metall taucht ein Gesicht auf, und ein Flüchtlingsmädchen mit Beutegut in den Armen blinzelt sie an. Filsan wendet ihr den Rücken zu und wünscht das Kind weit fort.

«He, *yaari*! Wo ist die Frau hingerannt?», schreit ein Soldat.

Filsan hält die Luft an.

«Sie ist da rauf», sagt die Kleine.

«Wo? Zeig's mir.»

Das Mädchen schlurft ein paar Schritte das Gässchen entlang. «Um die Ecke dort, sehen Sie?»

«Folgt mir, Genossen!», brüllt er über die Schulter zurück, und die Armeestiefel stürmen weiter.

Das Auge mit den langen Wimpern taucht wieder im Riss auf. «Sie sind weg.»

Das Mädchen winkt, Filsan solle ihr folgen, und führt sie in einen kleinen blauen Bungalow, wo sie in Sicherheit ist.

Eine alte Frau liegt unter ihrem Bettzeug begraben da, der untere Teil ihres Gesichts ist von einer Decke verhüllt. Der Geruch, der von ihr aufsteigt, lässt Filsan würgen.

«Ist das deine Großmutter?», fragt Filsan leise.

«Ja, ich kümmere mich um sie. Wie heißt du?»

«Filsan.»

«Warum sind die hinter dir her?»

«Weil ich mal eine von ihnen war.»

«Und jetzt?»

«Jetzt bin ich eine von euch.»

Kawsar regt sich, während Filsan im Bad ist. Sie murmelt Unverständliches und stöhnt, ehe sie die Augen aufschlägt. Deqo steht ungeduldig neben ihr, will ihr unbedingt von der Fremden erzählen.

«Was ist denn los?»

Deqo wirft einen Blick über die Schulter. «Während du geschlafen hast, habe ich eine Frau mitgebracht.»

«Was für eine Frau?»

«Sie war mal Soldatin.»

Kawsar stützt sich auf die Ellbogen auf, fährt sich mit einer Hand übers Gesicht. «Hat sie dir ihren Namen genannt?»

«Filsan.»

«Ist sie allein?»

«Ja.»

Schritte sind zu hören, dann ein *diric*, der über die Fliesen schleift, schließlich taucht die junge Frau auf: mager, zerzaust, gedemütigt, aber unverkennbar Filsan.

Deqo blickt von einer Frau zur anderen, während diese einander kalt fixieren.

«Bist du da, um die Sache zu Ende zu bringen?», will Kawsar schließlich wissen.

Filsan hebt die Hände, ob in einer Geste des Widerspruchs oder der Kapitulation lässt sich schwer sagen.

Deqo bemerkt, dass Kawsars Gesicht dunkelrot angelaufen ist und über ihren Augen ein glasiger Film liegt.

«Da, sieh nur, was du mir angetan hast!» Die alte Frau schlägt die Laken zurück und zeigt ihre verfärbten, ausgemergelten Beine, von denen die Haut abblättert.

Filsans senkt den Kopf ein wenig.

«Bist du zufrieden, jetzt da deine Freunde beschlossen haben, uns alle in die Hölle zu schicken?»

Deqo rückt näher an Kawsar heran, und breitet die Arme aus, als wollte sie die alte Frau beschützen. «Was hast du mit ihr gemacht?»

Filsan weint unbeholfen, schluchzt widerwillig, sie presst den Mund zusammen, will das Heulen unterdrücken. Der Gefühlsausbruch scheint ihr Schmerz zu bereiten. «Verzeih mir, verzeih mir, verzeih mir», die Worte schütteln sie.

Kawsar schiebt ihren Unterkiefer vor und betrachtet sie mitleidlos. «Nur Gott kann dir vergeben.» Ihre Stimme ist ruhig, aber eisig. «Warum bist du hier? Sind sie jetzt auch hinter dir her?»

«Ich bin desertiert.»

«Also könnten sie dich hierher verfolgen?»

«Vielleicht.»

«Verschwinde! Wir haben auch ohne dich genug Schwierigkeiten.»

«Lass sie dableiben», fleht Deqo und greift nach Kawsars Hand. Sie wendet sich an Filsan. «Du kannst sie hier nicht einfach so sterben lassen. Das bist du mir schuldig.»

Beschämt tritt Filsan ans Bett, Kawsar weicht zurück. «Kannst du überhaupt nicht gehen?», fragt die junge Frau.

«Keinen einzigen Schritt.»

«Ich zahle meine Schulden immer zurück. Was immer dieses Kind will, ich tu's.»

Kawsar sieht sich in ihrem Zimmer, ihrem Grab um, blickt durch das Fenster zum roten Himmel hinauf, der über dem Skelett einer vertrauten Welt hängt. Wenn sie mit ihnen mitgeht, wird sie genau sehen, was mit ihrer Stadt passiert ist, wird die Zerstörung riechen und schmecken. Bleibt sie, wird die einzige ihr noch verbleibende Erfahrung ihr eigener Tod sein. «Ich komme mit.»

Auf Deqos Gesicht erstrahlt ein breites Lächeln.

Kawsars Herz klopft lauter und lauter, sie möchte fliehen, hat aber Schuldgefühle beim Gedanken, das Leben des kleinen Mädchens aufs Spiel zu setzen, Angst vor der Soldatin und dem, was sie draußen vorfinden wird, verspürt zugleich das äußerst seltsame Verlangen, zu sagen, was sie möchte, statt sich zu fragen, was denn vielleicht für die anderen gut wäre.

Bis die Nacht hereinbricht, ruhen sie sich in verlegenem Schweigen aus, öffnen und verzehren im Licht des Vollmonds drei Dosen Thunfisch aus der Küche. Ihr Tappen im Dunkel erinnert Kawsar an streunende Katzen, die in einer Speisekammer herumschnuppern. Kawsars Gehör ist so geschärft, dass ihr flacher Atem, ihr eigenes Kauen und selbst ihr rhythmischer Herzschlag ohrenbetäubend auf sie wirken. Es ist einfacher, wenn sie die anderen nicht sieht; ihr Schicksal ruht in den Händen eines verdreckten Straßenkindes und einer brutalen, blutbefleckten Deserteurin. Deqo füllt alle Thermoskannen, die sie finden kann, mit Wasser, während Filsan beinahe katatonisch mitten im Raum herumsteht. Nachdem sich die junge Frau gesammelt hat, späht sie durchs Fenster, öffnet die Haustür einen Spalt und schleicht in den Hof hinaus. Deqo linst durch den Spalt und macht Filsan die Tür auf, als sie mit einer Schubkarre zurückkommt. Sie räumen sämtliche Decken vom Bett und polstern damit das kleine Gefährt, mit dem Raage die meterlangen Baguettes an die hiesigen Hausfrauen auszuliefern pflegte. Als Kawsar sich an den Matratzenrand schiebt, spürt sie, wie aus einigen Wunden Flüssigkeit auf die Laken sickert. «Das sind genug Decken. Ich bin doch kein Ei. Komm, zieht mich hoch.»

Filsan rollt die Schubkarre zum Bett und legt Kawsar zögernd einen Arm um den Rücken. Ihre Berührung fühlt sich nicht so widerwärtig an, wie Kawsar gedacht hat; es ist nur eine Hand, weder gut noch böse, einfach eine kräftige Hand. Die junge Frau bugsiert sie in die Schubkarre.

Deqo deckt Kawsar zu und quetscht die Thermosflaschen in die freien Stellen um sie herum.

«Heb die Matratze hoch und hol das Kästchen raus.»

Filsan stellt das Holzkästchen mit dem Geld auf den Boden, das Kawsar seit Hodans Tod angespart hat – die Mieten der Häuser, die Farah gebaut hat, und die magere Polizistenpension, die auf sie übergegangen ist, hätten ein erkleckliches Sümmchen ergeben müssen – aber mit dem Wert des Somalia-Schilling ist auch ihr Vermögen in den Keller gegangen.

«Gib es mir.» Kawsar presst das Kästchen an ihre Brust, und ihr fällt ein, dass der Schlüssel im Rahmen von einem der Wandteppiche versteckt ist. Sie zeigt darauf, Deqo nimmt ihn vom Nagel, und der Schlüssel fällt zu Boden.

«Hast du ihn?»

«Ja!» Deqo springt triumphierend hoch und lässt den Schlüssel in Kawsars Hand fallen.

«Holt warme Kleidung aus dem Schrank.» Kawsar kommt sich seltsam und albern vor, wie sie die anderen von diesem idiotischen Thron herab herumkommandiert, bemüht sich aber, ihren gebieterischen Tonfall beizubehalten.

«Nein, wir wollen uns nicht zu sehr belasten.» Filsan spricht leise, aber mit einer gewissen Schärfe.

«Dann nehmt eben beide nur einen Pullover!» Kawsar bleibt hartnäckig und zeigt auf den Schrank.

Deqo, die genau weiß, wie kalt Wüstennächte sein können, befolgt Kawsars Anweisungen und sammelt warme Kleidung zusammen.

Filsan packt die Griffe und hebt die Schubkarre an. «Geht das so für dich?»

Vor Angst, gleich herauszufallen, klammert sich Kawsar an den Karrenwänden fest, fängt sich aber wieder. «Lassen wir's drauf ankommen.»

Deqo bildet die Vorhut, Filsan schiebt von hinten, und so verlässt Kawsar schließlich ihren Bungalow. Sie ähnelt einer Eidechse, die aus ihrer Höhle gekrochen ist: schuppige Haut, schlitzäugig, ahnungslos darüber, was sie draußen wohl vorfinden wird. Als sie den betonierten Hof verlassen, sinken sie tief im Sand der October Road ein, eine bleiche, weiße Mondlandschaft empfängt sie surreal und dennoch vertraut. Kawsar dreht sich zu ihrem Bungalow um und nimmt Abschied von den kummerblauen Mauern.

Sie bewegen sich langsam wie unter Wasser, Filsan setzt ihr ganzes Körpergewicht ein und stolpert mehrmals. Kawsar kauert sich unter die Decke und versucht, die Teile des zerstörten Viertels zu etwas zusammenzufügen, das sie wiedererkennt. Raages ach so ordentlicher kleiner Laden ist geplündert worden; Maryams Ziege liegt keuchend und halb tot auf der Seite; Umar Fareys Hotel hat schwer unter dem Granatbeschuss gelitten, die meisten der grünen Fenster sind zersplittert und geschwärzt, die Kassetten der Videohalle sind zerstört, in den umliegenden Bäumen flattern die schwarzen Bänder wie Trauerflor; auf Fadumos Dach schwelt ein Feuer. Deqo zerrt die Schubkarre nach links, von den drei auf dem Bauch liegenden Leichen weg. Kawsar legt sich die Hand über die Augen, muss aber wider Willen hinsehen und erkennt zwischen den Fingern hindurchblickend Maryam und zwei ihrer Kinder. Weder Deqo noch Filsan sehen hin. Kawsar spricht ein Gebet für die Familie und schämt sich, dass sie nicht einmal stehen bleiben kann, um sie zu beerdigen. Maryam mit ihrer Alligator-Handtasche voller Medikamente hat Besseres verdient, als das, was dieses Land ihr und ihren Kindern gegeben hat. Es hat sie zu Haut und Fleisch reduziert, um das sich jetzt die Geier streiten. Ihr Anblick beschämt Kawsar. Alles, woran sie geglaubt hat, spielt keine Rolle mehr: Religion, Tradition und Zivilisation sind hinweggefegt worden. Hodan hat damals gut daran getan, sich davonzumachen.

Bis auf ein paar halbherzige Schüsse und das weit entfernte Rattern der Lastwagen, die über die Hargeisa Bridge fahren, scheint es so, als hätten Soldaten und Rebellen einander einstweilen zermürbt. Die erste Gewaltorgie ist vorüber; jetzt es ist es an der Zeit, die Leichen zu begraben, Wunden zu versorgen und Schlaf nachzuholen. Das Mondlicht ist so hell, dass Kawsar bis ans Ende der Straße sehen kann, wo unter dem Gebüsch kleine samtige Schatten wie Dschinns kauern. Die Panzer, die Flugzeuge, die Hubschrauber, die gepanzerten Fahrzeuge und Kanonen sind in den Schlaf versetzt worden, und die wenigen Singvögel, die nicht geflüchtet sind, trillern los, rufen einander trostsuchend mit desorientierten, niedergeschlagenen Liedern. Sie werden die Dichter sein müssen, die berichten, was sich hier ereignet hat, Empörung lässt ihre Brust schwellen und öffnet ihnen weit die Kehle, die kummervollen Töne verfangen sich in den Bäumen und fallen, sollte das Leben zurückkehren, wie Staub auf Häupter, die lieber vergessen wollen.

Filsan stemmt sich stärker gegen die Schubkarre; die zerbrechliche, alte Frau scheint eine Tonne zu wiegen, und die Anstrengung, sie über den holprigen Boden zu schieben, lässt ihre Arme unkontrolliert zittern. Schmerzblitze zucken ihr Rückgrat hinab; Filsan erträgt sie schweigend und begreift sie als Teil ihrer Wiedergutmachung, als eine körperliche Reinigung, wenn schon keine seelische. Der Schmerz wird schlimmer, beginnt an den Fußsohlen und sägt sich bis zur Schädeldecke hoch. Keuchend und schwitzend fährt sie Kawsar aus Guryo Samo hinaus und in den verwilderten Landstrich dahinter, eine Oase aus Sand, Akazien und Schrott. Das Rad gräbt sich vollständig in den tiefen, feinen Sand, und das Ausgraben fällt Deqo zu, während Filsan nach Atem ringt. Es sind noch weitere fünf, sechs Kilometer, bis sie zu den Straßen gelangen, die aus Hargeisa herausführen. Wenn sie Glück haben, schaffen sie es vor Sonnenuntergang. Wenn nicht, werden sie garantiert von der Armee entdeckt. Deqo lässt eine Thermoskanne mit Wasser herumgehen und schleudert das leere Gefäß in die Aloen.

Filsans Gedanken wandern zu ihrem Vater, der in seinem leeren Haus in Mogadischu schläft; noch nie haben sie so lange keinen Kontakt gehabt. Seit zwei Wochen ignoriert sie seine Anrufe, hat aber ständig seine Stimme im Ohr, den beherrschten, aber herablassenden Tonfall. Sätze wie «Was weißt du denn schon?» und «Sei keine solche Idiotin.» kreisen ihr beständig durch den Kopf. Tief in ihrem Inneren weiß sie, dass sie sich unwiderruflich gegen ihn gewandt hat und jetzt hasst, wie sie sich in seiner Gegenwart geduckt und kleingemacht hat. Es gibt keine Möglichkeit, sich vom Blut reinzuwaschen, aber sie kann ihrem alten Leben den Rücken kehren.

Filsan stemmt sich gegen die Schubkarre, beißt sich auf die Unterlippe, sammelt die letzten Kraftreserven wie ein geschlagenes Maultier. Schwankend kommen sie vorwärts und nähern sich dem armen Viertel auf der anderen Seite der Oase. Die Häuser aus Pfählen und Stoff sind zu Asche verbrannt – die Vorhut der Soldaten hat nichts zum Plündern gefunden und alles bis auf den letzten Rest, alles was Schmiede, Latrinenreiniger und Schuster zurückgelassen haben, zerschlagen, zerfetzt und angezündet. In den Ruinen schwelen Fünf-Schilling-Flipflops vor sich hin.

Filsan stolpert über den Abfall und stützt sich Halt suchend auf Kawsars Schulter. Kawsar ihrerseits wirft ihr einen anklagenden Blick zu, als hielte sie Filsan persönlich verantwortlich für das, was sie da sieht.

Deqo geht ein paar Schritte voraus, sucht den Horizont ab und blickt alle paar Sekunden über die Schulter, um sicherzugehen, dass die anderen immer noch bei ihr sind.

«Geh nicht in diese Richtung, da gibt es nur wilde Tiere. Wir müssen den Hügel hoch, damit wir zur Hauptstraße kommen!», ruft Kawsar aus.

Filsan schiebt die Schubkarre die Hügelkuppe hoch, und als Kawsar sich wieder in der Waagrechten befindet, lässt sie sich erschöpft auf den Rücken fallen. Die ganze Nacht über sind sie unterwegs gewesen, und jetzt dreht sich der transparentblaue Himmel schwindelerregend über ihr. Deqo gießt ihr Wasser in den Mund, Filsan verschluckt sich, schiebt die Thermoskanne weg und schließt die Augen.

«Los doch», befiehlt Kawsar, «ich kann schon die Straße sehen.»

«Ich kann nicht mehr.»

«Es ist schon hell, wir können hier nicht einfach rumsitzen.»

Filsan gibt keine Antwort, sondern legt die Hand über die Augen und versucht, die Situation und ihre Begleiterinnen auszublenden.

Die unermüdliche Deqo hüpft ungeduldig auf der Stelle. «Ich seh mal nach, was sich auf der Straße tut.»

«Sei leise», zischt Kawsar ihr nach.

In den zehn Minuten, die Deqo fort ist, schläft Filsan ein. Das Mädchen kommt zurück und rüttelt sie rabiat wach. Die junge Frau spannt ihre Hände um die Schubkarrengriffe und taumelt Deqo nach, die voraustrabt und auf etwas vor ihnen zeigt.

In dreißig Metern Entfernung taucht ein weißer Lastwagen auf, die Ladefläche quillt über von Flüchtlingen und *Khat*-Kisten. Mit laufendem Motor hält das Fahrzeug an, und ein Mann, der auf einem Streichholz kaut, kommt auf sie zu. Der *Khat*-Schmuggler ist ungefähr dreißig, hat auf der Wange eine tiefe Narbe und verfilztes Haar.

«Eine halbe Million Schilling, und ich bringe euch alle zur äthiopischen Grenze.»

Kawsar schließt das Kästchen auf, das sie umklammert hält, und durchwühlt es. Wenn man noch die Goldohrringe dazunimmt, die sie trägt, könnte es reichen.

Ohnmächtig steht Filsan hinter Kawsar, die ihre Ohrringe abnimmt und alles dem Schmuggler gibt.

Er schiebt das Streichholz hinters Ohr und zählt die Ausbeute nach, fletscht dabei angeberisch die grünen und goldenen Zähne, grunzt zustimmend, nimmt Filsan die Schubkarre aus der Hand und rennt mit Kawsar los, als wöge sie nichts und hebt sie auf die Pritsche. Mürrisch rutschen die Passagiere zur Seite, bieten aber keine Hilfe an, als Kawsar vor Schmerz aufschreit. Deqo springt neben sie, und Filsan krabbelt in dem Augenblick auf die Ladefläche, als der Lastwagen losfährt.

Die Schmuggler fahren so schnell, wie es ihr vierzig Jahre altes Fahrzeug erlaubt, umgehen alle Checkpoints, indem sie abseits der Straßen fahren; gemütlich sitzen die *Khat*-Händler in ihrem Führerhaus, während es die Flüchtlinge hinten umherwirft. Zähne klirren gegen Metallstangen, Nasen knallen gegen Schädel, Rippen werden an *Khat*-Kisten geprellt. Deqo gegenüber sitzt eine weinende Schwangere, der das Blut zwischen den Beinen herausläuft. Sie durchqueren die Haud-Wüste und erreichen binnen zweier Stunden die äthiopische Wildnis; die Flüchtlinge werden angewiesen, hier an diesem kargen Ort, Harta Sheikh, auszusteigen, der Lastwagen fährt nach Dire Dawa weiter. Die Schmuggler setzen Kawsar unter einem Baum ab.

«Da drüben, das Lager ist gleich da drüben!», schreit der Mann mit den Goldzähnen und zeigt in die Ferne.

Filsan bleibt bei Kawsar, Deqo folgt den anderen Flüchtlingen und bleibt nach einer halben Stunde unvermittelt stehen. Der Horizont ist mit *buuls* bedeckt, die am Boden kauern und wie Sanddünen wirken, die in der Wüstenhitze kleine Wellen schlagen. Saba'ad würde fünfmal in dieses Areal reinpassen. Deqo braucht eine Stunde, bis sie das Lager erreicht. Es wimmelt von Männern im Anzug, Frauen in staubigen geblümten *dirics* und heulenden Kindern, die sich die verlausten Köpfe kratzen. Manche Männer tragen blaue UNO-Planen unter den Armen, aber die meisten Bauten sind aus Stöcken und Stoff zusammengeschustert, manche geschickt von ehemaligen Nomaden gebaut, andere fallen beinahe auseinander. Das Lager ist zu neu, als dass Wassersteigrohre, Kliniken oder Latrinen vorhanden wären, und noch gibt es Aloen, Wolfsmilch und Akazien, die für Brennholz und Bauten verwendet werden können. Vor dem einzigen offiziellen Zelt, einem riesigen Gebilde mit UNO-Logo, bildet sich eine Schlange, und Deqo stellt sich an, verfällt rasch wieder in ihre wissbegierige, ungeduldige Saba'ad-Mentalität.

Schließlich ist sie im Zelt, und eine Äthiopierin, auf der Stirn ein tätowiertes Kreuz, winkt sie zu sich. Der Holztisch vor ihr wird beinahe vollständig von einer großen weißen Kladde bedeckt, hinter der Brille ziehen sich ihre Augenbrauen zusammen. «Name?» Sie lispelt leicht.

«Deqo.»

«Alter?»

«Ungefähr zehn?»

«Bist du allein?»

«Nein.»

«Mit wem bist du gekommen?»

Deqo nimmt Anlauf, will die Sachlage erklären, erzählt dann aber die Lüge, die ihr das Herz eingibt. «Mit meiner Mutter und meiner Großmutter.»

«Wo sind die beiden?»

«Draußen vorm Lager, sie brauchen Hilfe, meine Großmutter kann nicht gehen.»

«Jemand wird dir helfen.» Sie winkt Deqo zur Seite, und ein junger Somalier mit breitem Lächeln und rotem T-Shirt mit englischer Aufschrift kommt auf sie zu.

Sanft legt er ihr die Hand auf die Schulter und führt sie aus dem Zelt. Er holt einen Rollstuhl, und Deqo bringt ihn zu Filsan und Kawsar. Sie ist zurückgekehrt in die ihr vertraute Welt; der Krieg und die Zeit in Hargeisa waren nur eine schwere Prüfung gewesen, damit sie das so sehnsüchtig Erwünschte bekommt: eine Familie – mag diese auch noch so zusammengeschustert sein.

Danksagung

Zuerst möchte ich meinen Eltern danken, meiner Mutter Zahra Farah Kahin, aus deren Geschichten dieses Buch hervorgegangen ist, und meinem Vater Jama Guure Mohamed für seine unerschütterliche Unterstützung. Dahabo Mire, Nadifo Cilmi Qassim, Fadumo Mohamed, Ayan Mahamoud, Jama Muuse Jama, Dr. Adan Abokor, Dr. Aden Ismail, Edna Adan, Fadumo Warsame, Assey Hassan, Ahmed Ibrahim Awale, Siciid Jamac, Hodan Mohamed, Amran Ali und Ikraam Jama inspirierten und ermutigen mich weiterzumachen, an diesem Buch dranzubleiben, selbst als es sich beinahe als zu schwierig erwies. Dank an die Authors' Foundation und an Robert Elliott und Scott Brown, an alle meine Kollegen und Freunde und an meine Familie für ihre Geduld. Clare Hey, Courtney Hodell, Ben Mason – *mahadsanid.*

Folgende Bücher erwiesen sich für diesen Roman als außerordentlich wertvoll:

Somalia – the Untold Story: War through the eyes of Somali women, herausgegeben von Judith Gardner und Judy El Bushra

Somalia: A government at war with its own people vom Africa Watch Committee

Environment in Crisis von Ahmed Ibrahim Awale

Sharks and Soldiers von Ahmed Omar Askar

The Mourning Tree von Mohamed Barud Ali

A Note on my Teacher's Group von Jama Musse Jama

Daughters of Africa, herausgegeben von Margaret Busby

«Shimbiryahow», Liedtext von Hussein Aw Farah

Khartum
Asmara
Eritrea
Rotes Meer
Sanaa
REP. JEMEN
Hadramaut
D.V. JEMEN
SUDAN
Blauer Nil
Weißer Nil
Aden
Golf von Aden
Sokotra
Bareda
Kap Guardafui
Dschibuti
Bosaso
Awash
Abbay
Berbera
Somaliland
ÄTHIOPIEN
Dire Dawa
Hargeisa
Burao
(Burco)
Addis Abeba
SOMALIA
Hochland von Äthiopien
Ogaden
Ghibe
Galkayo
Saba'ad
Dawa
Webi Schebeli
Juba
Beledweyne
Rudolfsee
INDISCHER OZEAN
Mogadischu
UGANDA
KENIA
Merka
Djuba
Kampala
Äquator
Viktoriasee
Tana
Kismayo
N
S